Dagmar Hoßfeld
Internat Lindental

Pferde im Herzen

KOSMOS

Umschlaggestaltung von Henry's Lodge, Zürich, Schweiz
Dieses Cover wurde aus insgesamt 2 Fotos/Bildern zusammengesetzt:
Hauptmotiv @ shutterstock / ArtFamily, Pferd im Titel-Label © Fotolia / tcheres.

In diesem Buch sind folgende Bände der Reihe Pferdeinternat Rosenburg enthalten:
Alles wegen Daniel, Dagmar Hoßfeld
©2003 Franckh-Kosmos Verlags GmbH & Co.KG, Stuttgart
Allein ins Abenteuer, Dagmar Hoßfeld
©2003 Franckh-Kosmos Verlags GmbH & Co.KG, Stuttgart
Halloween im Schloss, Dagmar Hoßfeld
©2003 Franckh-Kosmos Verlags GmbH & Co.KG, Stuttgart

Unser gesamtes lieferbares Programm und viele
weitere Informationen zu unseren Büchern,
Spielen, Experimentierkästen, DVDs, Autoren und
Aktivitäten findest du unter **kosmos.de**

Gedruckt auf chlorfrei gebleichtem Papier
© 2016 Franckh-Kosmos Verlags-GmbH & Co.KG, Stuttgart
Alle Rechte vorbehalten
ISBN 978-3-440-15064-1
Lektorat: Janine Hartenstein
Produktion: DOPPELPUNKT, Stuttgart
Grundlayout und Satz: DOPPELPUNKT, Stuttgart
Druck und Bindung: GGP Media GmbH, Pößneck
Printed in Germany / Imprimé en Allemagne

Internat Lindental
Pferde im Herzen

Der Neue im Internat	5
Allein ins Abenteuer	127
Halloween im Schloss	245

Die Freundinnen

Bente Brandstätter: blond, blaue Augen; neugierig. Überzeugte Tierschützerin und Redakteurin der Schülerzeitung. Ihr Pferd: die Holsteinerstute Flippi, Fuchs, viermal weiß gestiefelt.

Karolin »Karlchen« Karlsson: Dänin, brauner Wuschelkopf; fröhlich, frech und aufmüpfig. Ihr gehört der dicke Norweger Schnute (genauso frech wie seine Besitzerin).

Kiki van der Slooten: Belgierin, schwarze Haare; Musikgenie, verträumt. Spezialität: Springreiten. Ihr Pferd: Torphy, ein dunkelbrauner Wallach.

Rebecca Mangold: raspelkurze Haare; ruhig, vernünftig, intelligent. Stipendiatin in Lindental. Ihre Lieblingsdisziplin: Dressur mit ihrer Rappstute Karfunkel.

Dagmar Hoßfeld
Internat Lindental

Der Neue im Internat

1

»Jeden Morgen Haferflocken! Wie hältst du das nur aus?« Bente schüttelte sich und legte ein zweites Sesambrötchen auf ihren Frühstücksteller.

Karlchen lachte. »Mein Pony frisst auch jeden Morgen Hafer«, erwiderte sie fröhlich, »und was gut für Snude ist, ist auch gut für mich.«

Karolin Karlsson – von allen nur liebevoll Karlchen genannt – hatte eine bemerkenswerte Aussprache. Sie sagte nicht »Schnute«, wie ihr Pferd eigentlich hieß, sondern »Snude«. Sie stammte aus Dänemark und dachte nicht im Traum daran, ihren lustigen Akzent abzulegen. Warum auch? Im Internat Lindenhof wimmelte es schließlich nur so von unterschiedlichen Akzenten.

Das Internat gehörte einer Stiftung, die Jugendliche aus der ganzen Welt aufnahm und deren Talente förderte – im Sport, in den Naturwissenschaften, in der Kunst oder in der Musik. Einige der talentiertesten Internatsschülerinnen und -schüler bekamen Stipendien, aus denen ihr Aufenthalt finanziert wurde. Die meisten von ihnen stammten aus Europa, manche aus Amerika und ein Mädchen der Oberstufe kam sogar aus Australien. Sie alle hatten in ihrer Heimat Deutschunterricht gehabt. Das war Voraussetzung, denn in Lindental war die Unterrichtssprache Deutsch. Bei der Internationalität der Schüler fiel Karlchens Aussprache also überhaupt nicht auf, und ihre besten Freundinnen achteten schon lange nicht mehr auf solche Kleinigkeiten.

Karlchen, Bente, Rebecca und Kiki waren Mittelstufenschülerinnen und gingen gemeinsam in die achte Klasse des Reitinternats, das nicht nur wegen seiner Internationalität ein ganz besonderes Zuhause war. Auf dem Stundenplan der Mädchen und Jungen stand das Hauptfach »Reiten«, und das hatte einen wichtigen Stellenwert in ihrem Tagesablauf.

Zu den Aufgaben der Schülerinnen und Schüler gehörten neben dem Stalldienst praktischer und theoretischer Reitunterricht. Begabte Reiterinnen und Reiter wurden ausgebildet und konnten auf Turnieren erste Erfahrungen sammeln. In den Sattelkammern hingen Fotos mit Widmungen von bekannten Springreitern und Dressurreiterinnen, die das Internat besucht hatten. Und auch ein paar Pferde aus der schuleigenen Zucht hatten es im Sport zu Ruhm gebracht.

Für pferdebegeisterte Kinder war es das Größte, im Reitinternat zu Hause zu sein.

Bente und Karlchen quetschten sich mit ihren Tabletts durch die Stuhlreihen. Um diese Uhrzeit war der Speisesaal des Schlosses immer überfüllt. Das »Grünzeug«, wie die Unter- und Mittelstufenschüler von den Älteren genannt wurden, wuselte und schnatterte durcheinander, schnappte sich gegenseitig die Brötchen vor der Nase weg und kleckerte, zum Leidwesen der Küchenleiterin Hilde Wuttig, ausgiebig mit

Kakao. Nur die »Kompostis«, die Oberstufenjahrgänge, durften jeden Tag eine halbe Stunde länger schlafen.

»Hier!« Kiki war aufgesprungen und winkte den Freundinnen zu. Sie hatte mit Rebecca einen freien Tisch am Rande des Speisesaals ergattert und zwei Plätze frei gehalten. Aufatmend ließen sich Bente und Karlchen auf die Stühle plumpsen.

»Immer dieser Stress am frühen Morgen«, stöhnte Rebecca und schob ihre Formelsammlung zur Seite, um Platz für Karlchens Haferflockenschale zu machen. »Ich glaub, ich krieg Migräne.«

»Quatsch, Migräne!« Karlchen mümmelte ihre durchweichten Haferflocken mit großem Appetit, wobei sich ihr »Quatsch« anhörte wie »Kwatts«. »Was du brauchst, ist frische Luft. Ein Ausritt wäre jetzt das Richtige für dich.«

Kiki nickte zustimmend. Mit dem Eierlöffel deutete sie auf die blasse Rebecca. »Statt deine Nase schon vor dem Frühstück in dein Mathebuch zu stecken«, sie pochte mit dem Plastiklöffel auf die aufgeschlagene Formelsammlung, »solltest du dich lieber mit wichtigeren Dingen beschäftigen.«

»Zum Beispiel?«, fragte Bente neugierig.

Kiki schob den Lindental-Boten quer über den Tisch. »Zum Beispiel mit dem Neuen«, sagte sie geheimnisvoll. »Ist der nicht klasse? Also, auf meiner Skala kriegt der glatt eine Zehnkommanull!« Sie seufzte verträumt. »Guckt euch mal diese blauen Augen an …«

Bente und Karlchen beugten ihre Köpfe über den Lindental-Boten. Das dünne Heft war die offizielle Schülerzeitung des Internats. Es verbreitete die neuesten Nachrichten, die ältesten Schülerwitze und stellte neue Schüler und Lehrer vor.

»Wow!«, entfuhr es Bente. »Der sieht aber gut aus!« Interessiert betrachtete sie das Foto des neuen Schülers, der als »Daniel Barenthien, 14 Jahre, Hobbys: Reiten, Hockey, Schwimmen, Snowboarden und Surfen« vorgestellt wurde.

»Daniel Barenthien«, sagte Rebecca, ohne von ihrer Formelsammlung aufzublicken, »kommt aus der Schweiz. Sein Vater ist Ferdinand Barenthien, der berühmte Gehirn-Chirurg. Nur leider …«

»Was leider?«, wollte Bente wissen.

»Leider scheint das Gehirn seines Sohnes Daniel ein bisschen unterentwickelt zu sein«, antwortete Rebecca. »Der süße Daniel ist nämlich schon zweimal von der Schule geflogen. Lindental ist seine letzte Chance.« Sie klappte ihre Formelsammlung zusammen und nahm ihr Tablett. »Aber sein Pferd ist klasse. Mystery, ein Trakehner Rappschimmel.« Mit diesen Worten erhob sich das Mädchen mit den raspelkurzen Haaren und der runden Brille von seinem Stuhl und entschwand.

»Ich frag mich nur, wo dieser Daniel hier snowboarden will?« Bente machte ein nachdenkliches Gesicht. »Vielleicht hätte er doch lieber in der Schweiz bleiben sollen.«

Kiki und Karlchen guckten sich an und stöhnten gleichzeitig auf.

»Komm, du olle Trödeltante.« Kiki gab Bente einen sanften Schubs. »Erste Stunde Bio bei Harti, schon vergessen?«

Bente sprang auf und stieß dabei gegen Karlchens Tablett. Die Haferflockenschale fiel runter und zersprang in tausend Stücke.

»Wenn das die Wuttig sieht!«, schimpfte Karlchen. »Die

dritte Schüssel in dieser Woche!« Sie sammelte die Scherben auf und ließ sie unauffällig in einem großen Mülleimer verschwinden. »Mensch, Bente, wie kann man nur so ungeschickt sein!«

Herr Hartmann gehörte zu den beliebtesten Lehrern des Internats. Er galt laut Lindental-Boten, in dem es eine monatliche Hitliste der Lehrer gab, als »dynamisch, kreativ und flexibel«. Er unterrichtete Biologie, Deutsch und Geschichte, und obwohl diese Fächerkombination in manchen Bereichen staubtrocken war, schaffte Harti es, dem Stoff so etwas wie Leben einzuhauchen.

»Das Liebesleben der Gelbrandkäfer« gehörte anscheinend nicht zu seinen Spezialgebieten. Er machte die DVD an und ließ einen todlangweiligen Film laufen, zu dem sich die 8b Notizen machen sollte, um daraus später einen »lebendigen Aufsatz« – wie der Lehrer sich ausdrückte – zu schreiben.

Rebecca schob ihre Brille zurecht und rümpfte die Nase. »Herr Hartmann«, meldete sie sich mit steil erhobenem Zeigefinger, »das Filmmaterial ist total veraltet. Ich denke nicht, dass es uns zuzumuten ist, auf dieser Basis eine qualifizierte Arbeit abzugeben.«

»Ja, ich weiß, Rebecca«, antwortete Harti seiner strebsamen Musterschülerin, »aber es gibt leider kein neues Material über die Gelbrandkäfer. Betrachtet es einfach als kreative Herausforderung an euer geistiges Potenzial. Die Aufsätze werden auch nicht benotet.«

Der Vormittag quälte sich endlos lang dahin. Nach Bio und Deutsch bei Herrn Hartmann folgten zwei Stunden Mathe bei Frau Dr. Paulus, der Direktorin des Internats. Sie galt als streng und unnachgiebig, war aber trotzdem beliebt. Im Gegensatz zu Herrn Hartmanns lockerem Unterricht waren ihre Stunden allerdings der reinste Drill.

Von ihrem Fensterplatz in der letzten Reihe hatte Karlchen einen perfekten Überblick über die Stallgebäude und die dahinter liegenden Pferdekoppeln. Sie konnte Schnute sehen, ihren runden Norwegerwallach, der sich gerade in einer riesigen Schlammpfütze wälzte.

»Nej!«, entfuhr es Karlchen. »Och, Snude …«

Das Mädchen mit dem rotbraunen Wuschelkopf und den Sommersprossen rund um die Nase wusste, dass es mindestens eine Stunde brauchen würde, um den Fjordi wieder auf Hochglanz zu bringen.

»Bitte, Karolin? Hast du eine Frage?«, erkundigte sich Frau Dr. Paulus freundlich.

Karlchen schüttelte schnell den Kopf und versenkte ihre Nase wieder in ihr Mathebuch. Hin und wieder wandte sie unauffällig den Blick dem großen Fenster zu. Sogar von hier aus konnte sie sehen, dass Schnute eine dicke, dunkelbraune Schlammkruste auf dem Fell hatte.

Am späten Vormittag klingelte es pünktlich zum Mittagessen. An der Tür zum Speisesaal stand Frau Wuttig mit geblümter Schürze und erhobenem Kochlöffel und achtete darauf, dass das hungrige »Grünzeug« nicht über die »gefüllten Futtertröge« stolperte, wie sie es ausdrückte.

»Was gibt's denn heute, Frau Wuttig?«, erkundigte sich Bente.

»Kabeljaufilet mit Senfsoße und Pellkartoffeln«, erwiderte die strenge Küchenchefin.

»Fisch?« Kiki rümpfte die Nase. »Auch das noch!«

»Fisch bietet ein ungeheures Reservoir an lebensnotwendigen Eiweißstoffen«, klärte Rebecca die Freundin auf. »In Kombination mit Pellkartoffeln ist Fisch ein ganz ausgezeichneter Lieferant von ...«

»Rebecca, wir wissen, dass du als Stipendiatin schlauer bist als wir alle zusammen«, unterbrach Bente die Freundin, »aber kannst du das nicht wenigstens beim Mittagessen mal kurz vergessen?«

Rebecca machte ein beleidigtes Gesicht, füllte sich den Teller und ging zu einem freien Platz.

»Ich werd verrückt, da ist er! Daniel ...« Kiki quiekte unterdrückt auf und stieß Bente aus Versehen mit dem Tablett in den Rücken. Die wiederum schubste Karlchen an und Karlchen, die immer gut bei Appetit war und ihren Teller mit einem Berg von Pellkartoffeln mit Soße beladen hatte, verlor das Gleichgewicht und die Gewalt über ihr Tablett.

Die Kartoffeln kamen ins Rollen, rutschten mitsamt der Senfsoße über den Tellerrand und schwappten über die Kante des Tabletts direkt in den Nacken eines bereits am Tisch sitzenden Jungen. Daniel. Der Traumboy aus dem Lindental-Boten. Ausgerechnet.

Kiki schnappte nach Luft und starrte krampfhaft in eine andere Richtung.

»Oh nein, ist das peinlich!«, stöhnte sie leise.

»Argh ...«, machte der Junge, »was zum Teufel ...« Er sprang auf und fasste sich in den Nacken. Dann zog er die mit matschigen Kartoffeln beschmierte Hand zurück und betrachtete sie, als würde sie nicht zu ihm gehören. »Wer war das?«, fragte er in schneidendem Ton und drehte sich im Zeitlupentempo um.

»Ich, ähm, also das war so ...«, setzte Kiki an. Sie schob sich mutig vor Bente und Karlchen, die mit puterroten Gesichtern nur knapp einen Lachkrampf unterdrücken konnten. Die kichernden Freundinnen waren ja fast noch peinlicher als das Ereignis selbst, fand Kiki.

Daniel zog mit spitzen Fingern sein Sweatshirt aus und wischte sich mit ein paar Servietten notdürftig den Nacken sauber. Frau Wuttig kam herbeigeeilt und brachte ihm feuchte Tücher.

»Immer dieselben«, zischte sie in Richtung der vier Freundinnen, während sie den armen Jungen von den Speiseresten zu befreien versuchte. »Am besten gehst du hoch und ziehst dich um, Daniel«, sagte sie freundlich und richtete sich auf. »Mit euch hat man aber auch immer nur Ärger«, schnaufte sie den Freundinnen zu. »Drei Schüsseln sind diese Woche schon kaputtgegangen. Glaubt ja nicht, ich wüsste nicht, wer dahintersteckt.« Kopfschüttelnd verschwand sie in ihrem Heiligtum, der Schlossküche.

Kiki stand sprachlos vor dem blonden Jungen. Mit erhobenen Augenbrauen betrachtete sie die beeindruckenden Muskeln, die unter dem Rand des T-Shirts zum Vorschein kamen, als Daniel sein beklecktes Sweatshirt aufhob und sich zum Gehen wandte.

»Du, das tut uns echt leid«, sagte Karlchen, immer noch unterdrückt kichernd. »Es war keine Absicht, echt nicht.«

»Nee, das war irgendwie eine Kettenreaktion«, mischte sich Bente ein. »Eine Verkettung unglücklicher Umstände sozusagen. Entschuldige bitte.«

Daniel nickte. »Ist ja schon gut«, stöhnte er genervt. »Nun macht mal nicht so 'nen Film von der Sache.« Er drehte sich um und verließ ohne ein weiteres Wort den Speisesaal.

»Mensch, Kiki, wie kannst du nur so blöd sein?« Bente stupste die Freundin an, die wie versteinert dastand und Daniel hinterherstarrte. »Hey, träumst du, oder was?«

»Ich glaub schon«, säuselte Kiki nach einigem Zögern. »Ich glaub, ich hab mich gerade verliebt … Habt ihr diese Muskeln gesehen? Und diese himmelblauen Augen?«

»Mann, die ist ja völlig weggetreten!« Karlchen drängelte sich an ihr vorbei und ging zum Büfett, um sich den Teller neu füllen zu lassen. »Nun lasst uns erst mal was essen, okay?«

Kiki verweigerte die Nahrungsaufnahme. Mit verträumtem Blick saß sie da, starrte auf die Tür und wartete darauf, dass Daniel wieder zum Vorschein kam.

Rebecca schüttelte den Kopf. »Du solltest unbedingt was essen, Kiki«, meinte sie. »Du weißt, dass du nachher Springstunde hast. Wenn du dabei unterzuckerst, na danke …«

»Ich werde nie wieder essen«, seufzte Kiki mit schmachtendem Blick, »nie, nie wieder.«

Die anderen warfen sich einen Blick zu. Karlchen hob die Gabel an die Stirn und machte kreisende Bewegungen. »Jetzt ist sie komplett durchgeknallt«, verkündete sie und pickte die Kartoffeln von Kikis Teller, bevor die kalt wurden.

2

Nach der Mittagspause stiegen die Freundinnen die breite Treppe hinauf, die zu den Schlaf- und Aufenthaltsräumen führte. Früher hatte es im Schloss riesige Schlafsäle mit langen Reihen von Etagenbetten gegeben, doch vor ein paar Jahren waren die Schlafsäle zu gemütlichen kleinen Appartements umgebaut worden. Zwei bis drei Schüler teilten sich jeweils ein Appartement mit eigenem Bad und Dusche. Nur die hohen, mit kunstvollem Stuck verzierten Decken erinnerten noch an die vergangenen Zeiten.

Kiki und Rebecca verschwanden in ihrem Reich. Bente und Karlchen gingen eine Tür weiter.

»In fünf Minuten?«, fragte Karlchen. Sie hatte ihren Wuschelkopf durch die Balkontür geschoben und lugte über den gemeinsamen Balkon ins Nachbarzimmer.

Rebecca nickte. »Wenn ich es schaffe, dieses paralysierte Wesen in seine Reitstiefel zu bekommen«, sie zeigte auf Kiki, die mit offenen Augen zu träumen schien, »sind wir in fünf Minuten fertig.«

Bente und Karlchen schlüpften in ihre Reithosen und stiegen in die Lederreitstiefel. Mit einem weichen Lappen wischten sie noch einmal darüber, dann waren sie fertig.

Der schönste Teil des Tages begann: das Nachmittagstraining mit den Pferden.

Auf Schloss Lindental gab es einen Stall mit internatseigenen Schulpferden und einen für die Privatpferde. Viele Kinder und Jugendliche brachten ihre eigenen Pferde mit ins Internat, aber es gab auch Schüler, die erst hier reiten lernten. Für sie standen Schulpferde bereit.

Andere – so wie Karlchen – besaßen Ponys oder Kleinpferde, die keine Box im Stall brauchten, sondern einen Offenstallplatz mit ganzjährigem Weidegang. Rund um das Schloss gab es für sie herrliche Koppeln und jede Menge Auslauf.

Trotz des imponierenden Namens war Schloss Lindental kein Märchenschloss mit Erkern und Türmchen und hoheitsvollen Bewohnern, sondern ein Land- und Jagdschloss aus dem achtzehnten Jahrhundert. Mit seinen Stallungen und Scheunen glich es eher einem großen Gut. Die Wände des Haupthauses, die Fenster und Türen strahlten in reinstem Weiß. Im Sommer blühten Rosenstöcke im Park. Eingebettet in weite Felder, grüne Wiesen und Wälder lag Schloss Lindental nur wenige Kilometer von der Nordsee entfernt, wodurch zu jeder Zeit ein frischer Wind vom Meer wehte, der sich im Herbst und Frühjahr in heftige Stürme verwandeln konnte.

Die Nachbarn des Schlosses waren Landwirte und Bewohner kleiner Dörfer und Kreisstädte. Eine Großstadt gab es in der Nähe nicht, was besonders die älteren Mädchen störte. Von ausgedehntem Shopping, Kino- und Discobesuchen war in Lindental nicht mal im Ansatz die Rede. Trotzdem fühlten sich alle wohl in ihrer ganz besonderen Schule, egal, aus welchen Gründen sie hier gelandet waren.

Auch Bente, Karlchen, Kiki und Rebecca fühlten sich hier pudelwohl, aber das lag vor allem daran, dass sie ihre Pferde in der Nähe hatten.

Besonders Karlchen ging ohne ihren Schnute kaum irgendwohin und hätte am liebsten in seinem Offenstall ein Feldbett aufgeschlagen, um bei ihm zu übernachten, wenn die Hausordnung das erlaubt hätte.

Ihre Eltern lebten im Süden von Dänemark und hatten wenig Zeit für ihre einzige Tochter, Karolin. Herr Karlsson war Pilot einer dänischen Airline, Karlchens Mutter arbeitete für ein internationales Modehaus. Karlchen besuchte sie hin und wieder in Mailand, Paris oder Amsterdam, wenn die Aufenthalte ihrer Eltern sich überschnitten, aber sie war jedes Mal froh, wieder bei ihrem Norweger zu sein. Lindental war ihr Zuhause; hier hatte sie alles, was sie brauchte: Pferde ohne Ende, ihre heiß geliebten Freundinnen und jede Menge Trubel.

Unruhig trat sie jetzt von einem Fuß auf den anderen. Sie konnte es kaum erwarten, endlich zu Schnute zu kommen. Ihr war klar, dass sie ihn vor dem Unterricht noch von seiner eingetrockneten Schlammkruste befreien musste. Das würde eine schöne Plackerei werden.

»Nun macht schon, ihr Schluffis«, drängelte sie. »Wenn wir zu spät kommen, gibt's Ärger mit Herrn von Hohensee, das wisst ihr doch!«

Hartwig von Hohensee, einer der beiden Reitlehrer des Internats, war freundlich und verstand unheimlich viel von

Pferden, aber wenn es um Unpünktlichkeit ging, kannte er keine Gnade.

Kiki quetschte sich mühsam in ihre Reithose und versuchte, den Reißverschluss zuzuziehen.

»Hilfe, ich hab schon wieder zugenommen«, stöhnte sie. »Bald bin ich alt, fett und hässlich und Daniel wird mich keines Blickes würdigen.« Sie ließ sich aufs Bett fallen und probierte es im Liegen. Der Reißverschluss ging zu. Kiki schloss schnell den Knopf und zog ihr langes Sweatshirt drüber.

»Wie solltest du zunehmen, wenn du nichts mehr isst?«, fragte Bente. »Versteh ich nicht.«

»Wahrscheinlich wächst sie noch, ist doch egal«, meinte Karlchen. »Nun macht schon!«

Sie sprangen die Treppe hinunter und überquerten den Vorplatz des Schlosses. Frau Dr. Paulus mochte es nicht, wenn die Schüler rannten, also bemühten sie sich, extrem lange Schritte zu machen, ohne dabei gehetzt zu wirken, denn die Pauli war bekannt dafür, alles zu sehen und zu hören, was auf Lindental vor sich ging.

Vor den Ställen verabschiedeten sich Bente und Kiki von den beiden anderen. Karlchen wollte mit der Ponyabteilung einen Geländeritt machen – wenn sie es schaffen würde, Schnute vorher noch zu entkrusten –, und Rebecca musste in den Dressurstall.

Rebeccas Rappstute Karfunkel war ein vielversprechendes Dressurpferd. Ihre Eltern hatten die Stute ausgesucht, weil der Springsport ihrer Meinung nach für das zarte Mädchen zu gefährlich war. Das war, lange bevor sich Rebeccas Eltern hatten scheiden lassen.

Rebecca dachte nicht gerne an diese Zeit zurück. Sie liebte ihre Mutter genauso wie ihren Vater, und das Gezerre, zu welchem Elternteil sie gehen sollte, hatte ihr ziemlich zu schaffen gemacht. Aber sie hatte einen Weg für sich gefunden und sich auf eigene Faust im Internat beworben. Wegen ihrer naturwissenschaftlichen Begabung war es ein Leichtes gewesen, ein Stipendium zu bekommen.

Inzwischen hatten ihre Eltern ihre Entscheidung akzeptiert. Zwar fiel es ihrer Mutter immer noch schwer, Rebecca in fremder Obhut zu lassen, weil sie fand, dass sie viel zu sensibel und zerbrechlich war, aber Rebecca hatte einen festen Willen. Und sie selbst fand sich kein bisschen zart oder zerbrechlich, im Gegenteil. Trotzdem lag ihr das Dressurreiten mehr als das actionreiche Springen. Hufschlagfiguren hatten für sie etwas Mathematisches und Logisches, im Gegensatz zum »unmethodischen Überwinden bunt lackierter Hindernisstangen ohne besonderen Grund«.

Nachdem sie ihre Putzkiste aus der Geschirrkammer geholt hatten, ging Bente die breite Stallgasse entlang. In der vorletzten Box schob sich ein schmaler Pferdekopf über die Tür. Eine Fuchsstute wieherte leise.

»Hallo, Flippi«, begrüßte Bente ihr Pferd. Sie blieb vor der Box stehen und gab ihm einen Kuss auf die Stirn.

Kiki betrat unterdessen die Nachbarbox. Torphy, ein dunkelbrauner Wallach, streckte ihr zutraulich die Nase entgegen. »Hey, du alter Schmusebär«, raunte Kiki ihm zu, »hast du dich schön ausgeruht?«

Torphy rieb seinen Kopf an ihrem Sweatshirt und nahm den kleinen Apfel, den sie aus ihrer Reithose hervorgeholt hatte, aus ihrer hohlen Hand. Genüsslich biss er den Apfel durch und zermalmte ihn krachend. Weißer Schaum lief aus seinem Maul und tropfte auf Kikis dunkelblaue Reithose.

»Mensch, Torphy, die ist frisch gewaschen!«, jammerte Kiki. Sie legte dem Wallach ein Halfter an und führte ihn aus der Box. In der Stallgasse band sie ihn links und rechts mit Karabinern fest und putzte ihn vom Kopf bis zum Schweif.

»Ob Daniel auch springt?«, fragte sie Bente, die mit Flippi hinter Torphy stand und ihre Fuchsstute auf Hochglanz polierte. Bente schüttelte die blonden Haare.

»Keine Ahnung«, antwortete sie. »Wir werden's ja gleich sehen.«

Nachdem sie ihre Pferde aufgezäumt und gesattelt hatten, führten sie sie hintereinander über den Hof zur Reithalle.

»Tür frei, bitte!«, rief Kiki laut.

»Ist frei!«, rief eine dunkle Stimme zurück.

»Ach du Sch…«, entfuhr es Kiki. »Wenn man vom Teufel spricht, ist er schon da!« Sie drehte sich um und warf Bente einen verzweifelten Blick zu.

»Ach nee«, sagte Bente gedehnt, »unser Pellkartoffel-Opfer!«

Daniel saß auf einem muskulösen Rappschimmel. Kraftvoll und raumgreifend galoppierte der Hengst unter dem blonden Jungen auf dem Hufschlag. Auf der gegenüberliegenden Seite parierte Daniel sein Pferd durch und rief noch einmal: »Tür ist frei!«

Kiki entfuhr ein Seufzer. Bente zischte von hinten: »Nun mach los! Die Tür ist frei!«

Kiki erwachte aus ihrer Trance und schob das Tor auf. Sie

führte Torphy in die Mitte der Bahn, schenkte Daniel und seinem Schimmel ein strahlendes Lächeln und zog den Sattelgurt nach. Als sie die Steigbügel runterließ, sah sie gerade noch, wie Daniel und der Hengst im Schritt die Halle verließen.

»Mist«, fluchte Kiki. Sie saß auf und klopfte Torphys Hals. »Dann springt er doch nicht mit.«

»Daniel?«, fragte ein braunhaariger Junge auf einem kleinen Rappen neben ihr. »Nee, der geht ins Gelände. Hast du noch nicht gehört, dass der ein großes Vielseitigkeits-Ass ist? Er und Mystery nehmen im Herbst an den Vielseitigkeits-Meisterschaften der Jungen Reiter in Luhmühlen teil!«

»Luhmühlen? Echt?« Bente riss die Augen auf und starrte den Jungen über Kiki hinweg an. »Danke für die Information, Sven. Geht Daniel in deine Klasse?«

Sven nickte. »Ja, aber es sieht so aus, als könnte er besser reiten als rechnen«, erwiderte er. »Im Unterricht ist er 'ne ziemliche Null. Keine Ahnung, auf welcher Schule der vorher war.«

»Ist doch egal«, mischte sich Kiki ein, während sie Torphys Zügel sortierte. »Auf seinem Schimmel stiehlt er sowieso jedem die Show. Da muss er weder Mathe noch Französisch können. Wegen mir jedenfalls bestimmt nicht!«

Herr von Hohensee hatte die Reithalle betreten und begrüßte seine Abteilung. Er hatte Kikis letzte Worte mitbekommen. »Ihr habt also schon gehört, dass unsere Pferdesparte Zuwachs bekommen hat? Daniel kann mal sehr erfolgreich werden.« Er schritt mit aufmerksamem Blick die Abteilung ab, korrigierte hier den Sitz und da die Zügelhaltung. »Er wird hin und wieder mit uns in der Springhalle trainieren oder mit der Dressurgruppe zusammen arbeiten, aber die meiste Zeit sind er und sein Schimmel im Gelände unterwegs. Man nennt die Vielseitigkeitsreiter ja nicht umsonst ›Buschreiter‹.« Er lachte und zeigte dabei sein perfektes Gebiss. »Seid ihr fit?«, fragte er die Jungs und Mädchen. Alle nickten. »Gut, dann wollen wir mal …«

Die Gruppe ließ ihre Pferde locker antraben, um sie warm zu machen. Sie ritten Volten und Schlangenlinien, ließen sie auf dem Zirkel gehen und aus den Ecken heraus angaloppieren.

Herr von Hohensee stand in der Mitte der Bahn und beobachtete seine Reitschülerinnen und Reitschüler mit kritischen Augen. Hin und wieder rief er eine knappe Anweisung oder gab einen Tipp, wie man ein Pferd besser an den Zügel bekam, aber die meiste Zeit hielt er sich schweigend und beobachtend im Hintergrund.

Die Aufwärmphase dauerte zwanzig Minuten. Schon bald gingen die Pferde locker und geschmeidig, bogen sich auf dem Zirkel und kauten zufrieden auf den Trensengebissen. In der großen Halle war dunkles Schnauben zu hören und das leise Knarren und Knirschen der Sättel.

Bente mochte diese ganz besondere Atmosphäre sehr, wenn Pferde und Reiter konzentriert arbeiteten und für nichts anderes Augen hatten. Leise sprach sie mit ihrer jungen Stute und strich immer wieder mit einer Hand ganz leicht über Flippis perfekt gebogenen Hals.

Als Herr von Hohensee mit der Arbeit seiner Schüler zufrieden war, schob er die breite Außentür auf und rief: »Einer nach dem anderen, bitte! Kein Gedränge, jeder kommt an die Reihe.« Das war sein Standardspruch, wenn es endlich auf den Springplatz ging.

Hintereinander gingen die Pferde im versammelten Schritt in Richtung des Schlossparks, in dem ein Parcours aufgebaut war. Es gab Hoch-, Weit- und Steilsprünge, einen Wassergraben und eine dicke Elefantenrolle. Trotzdem schnaubte Kiki wie jedes Mal verächtlich, als sie die bunt lackierten Hindernisse sah.

»Das ist doch was für Babys«, maulte sie. »Wann erhöht der Hartwig endlich mal?«

»Wenn euer Stil perfekt ist«, erwiderte Herr von Hohensee trocken, »und ihr in der Lage seid, mit euren Pferden eine Einheit zu bilden, dann, liebe Kiki, aber erst dann, wird der Hartwig die Stangen höher legen.«

Kiki lief puterrot an. Sie hatte nicht gemerkt, dass der Reitlehrer direkt neben ihr und Torphy zum Parcours ging. Er grinste sie von unten her an. »Verstanden, Fräulein van der Slooten?«

»Ja, kapiert«, antwortete Kiki knapp.

»Fein, dann darfst du heute auf dem Baby-Parcours den Anfang machen.« Herr von Hohensee schob eine Absperrstange zur Seite und ließ Kiki und Torphy auf den Springplatz. Die anderen Reiter nahmen mit ihren Pferden Aufstellung hinter dem Zaun.

Kiki parierte Torphy durch und machte die Steigbügel drei Löcher kürzer.

»Ha, dem werden wir's zeigen, was, Torphy?« Sie strich ihrem Pferd über den Mähnenkamm und nahm die Zügel auf.

Dann legte sie die Schenkel an, ließ Torphy auf der linken Hand angaloppieren und warf dabei einen prüfenden Blick über den Parcours. Es war immer noch derselbe Aufbau wie in der letzten Springstunde. Keine große Anforderung für ein Spitzenteam wie sie und Torphy. Sie ritt einen weiten Bogen und nahm den ersten Sprung ins Visier, einen leichten Lattenzaun. Schon kam der zweite, eine Kombination, für die Torphy einen genauen Absprung brauchte. Kiki hielt ihn zurück und versammelte ihn. Erst kurz vor dem Hindernis gab sie die Zügel frei und beugte sich im Sattel nach vorn. Ihre Zügelhände stützte sie links und rechts auf Torphys Hals, um den Wallach nicht im Maul zu stören.

»Perfekt«, raunte sie ihrem Pferd ins Ohr.

Plötzlich irritierte eine verschwommene Bewegung am Horizont ihre Konzentration. Sie hob den Kopf und blickte in Richtung Schlosswald. Was sie sah, ließ für einen Sekundenbruchteil ihren Herzschlag aussetzen: In mächtigen Galoppsprüngen jagte ein dunkler Schimmel am Waldrand entlang, in seinem Sattel saß ein blonder Junge. Kiki sah, wie der Reiter sein Pferd versammelte. Mit einem gewaltigen Satz übersprang der Schimmel einen quer liegenden Baumstamm.

Kiki hatte völlig vergessen, wo sie war. Sie starrte dem blonden Reiter hinterher und hörte nicht die Rufe ihres Reitlehrers: »Kiki, der Absprung! Pass doch auf!«

Torphy näherte sich dem Wassergraben, ohne dass seine weggetretene Reiterin ihm half, den richtigen Absprung zu finden. Im letzten Moment zog der braune Wallach die Notbremse: Er stemmte die Vorderhufe in den Boden und verweigerte.

»Daniel … uups!«, schoss es Kiki noch durch den Kopf, bevor sie in weitem Bogen über Torphy hinwegflog und auf der anderen Seite des Grabens unsanft auf dem Rücken landete.

Einen Moment lang lag sie leicht benommen da. Sie sortierte Arme und Beine und stellte fest, dass sie nicht nur Torphys Zügel in der Hand behalten, sondern dem armen Wallach gleich das ganze Zaumzeug ausgezogen hatte. Mühsam rappelte sie sich hoch. Herr von Hohensee war sofort bei ihr.

»Hast du dir wehgetan?«, fragte er besorgt.

Kiki schüttelte den Kopf.

»Nee, geht schon«, sagte sie. »Was ist mit Torphy?«

Der Reitlehrer zeigte auf die gegenüberliegende Seite des Wassergrabens, wo Torphy mit verlegenem Gesicht und ohne Zaumzeug am spärlichen Gras knabberte.

Kiki sah, dass der Wallach mit einem Auge verstohlen zu ihr herüberschielte, als wollte er sich einen Eindruck von der Stimmung seiner Reiterin verschaffen, und musste lachen.

»Mensch, Kiki«, sagte Hartwig von Hohensee vorwurfsvoll, nachdem er sich überzeugt hatte, dass Mädchen und Pferd unverletzt waren. »Wie konnte das denn passieren? Ausgerechnet dir, meiner besten Springerin?«

»Keine Ahnung.« Kiki zog die Schultern hoch und grinste. »Ich hab wohl nicht richtig aufgepasst.«

Nachdem sie ihr Pferd neu aufgezäumt und es ein paar Beruhigungsrunden im Schritt hatte gehen lassen, sprang sie noch einmal. Diesmal klappte alles perfekt. Aber das lag wohl daran, dass der blonde Reiter mitsamt seinem Schimmel – zu Kikis großem Bedauern – nicht mehr zu sehen war. Aber

Herr von Hohensee war zufrieden und versprach zum Abschluss des Nachmittagstrainings, die Hindernisse demnächst ein bisschen höher zu legen.

Als sie in den Stall zurückkehrten, wandte sich Bente an Kiki: »Was ist los? Du machst ein Gesicht, als hättest du ein Gespenst gesehen.«

»Kein Gespenst«, seufzte Kiki verträumt, »eher eine himmlische Erscheinung.«

Bente runzelte die Stirn. War Kiki bei ihrem Sturz etwa auf den Kopf gefallen? Ihr abwesender Blick und die glasigen Augen ließen es vermuten.

»Typischer Fall von Gehirnerschütterung«, stellte sie fest. Kiki schüttelte lachend den Kopf. »Meinem Gehirn geht's gut«, versicherte sie. »Nur mein Herz klopft ein bisschen schneller. Aber das hat nichts mit meinem Sturz zu tun, im Gegenteil.« Immer noch lachend ließ sie Bente stehen und führte Torphy in seine Box.

3

Als die Freundinnen am späten Abend in ihre Zimmer zurückkehrten, schauten Sie noch in ihre Mailboxen.

»Cool, die ist von Laura«, freute Bente sich. »Sie wollte mir ein paar neue Fotos schicken.«

Bentes fünfzehnjährige Cousine Laura lebte mit ihren Eltern und ihrem Großvater auf dem Auenhof, einem Reiterhof in der Lüneburger Heide. Genau wie Bente liebte sie Pferde und Ponys über alles und ritt in jeder freien Minute. Neugierig klickte Bente die Mail an und überflog den kurzen Brief. Ein paar Bilder waren angehangen. Das erste zeigte Lauras Eltern und ihren Opa im blühenden Garten des Auenhofes, das zweite Laura mit ihrem Liebling Arkansas, einem temperamentvollen Westfalen Hengst. Auf dem dritten Foto war der ganze Reitclub vom Auenhof abgebildet. Lauras Freund Fynn hatte einen Arm um sie gelegt und grinste breit in die Kamera. Neugierig scrollte Bente weiter.

»Hoffentlich besuchst du uns bald mal wieder«, hatte Laura noch geschrieben. »Sonst kommen wir zu dir und machen dein Internat unsicher!«

Bente kicherte. Die Auenhof-Clique im Internat? Das würde ein schönes Chaos geben! Besonders wenn sie Apollo mitbringen würden, den riesigen Schäferhund, oder Lauras Ziege Ellie.

Auf Kikis Tisch lag eine große Versandrolle. Kiki öffnete den Deckel und zog ein Poster heraus.

Rebecca guckte ihr neugierig über die Schulter.

»Hey, das ist ja super!« Sie zog die Augenbrauen hoch und musterte das Poster, das Kiki in einem langen, dunkelblauen Abendkleid aus glänzendem Satin zeigte, eine alt aussehende Violine samt Bogen in der Hand haltend. In verschnörkelten, weißen Druckbuchstaben stand über dem Bild: »Kiki van der Slooten, die letztjährige Preisträgerin des Jugendmusiziert-Wettbewerbs, spielt im Rahmen des Schleswig-Holstein-Musikfestivals Violinkonzerte von Bach und Mozart. Am Sonntag, dem 30. Mai, um 20.00 Uhr im Rittersaal Schloss Lindental.« Rebecca konnte ihre Bewunderung kaum verbergen. »Ein Solo-Konzert, wow ... Davon hast du ja gar nichts erzählt!«

Kiki zuckte mit den Achseln, drehte einen Stuhl um und setzte sich verkehrt herum drauf. »Ist doch nichts Besonderes«, winkte sie ab. »Außerdem ist es ja noch lange hin ... erst Ende Mai.«

»Trotzdem«, Rebecca ging im Zimmer auf und ab und suchte einen wirkungsvollen Platz für das Hochglanzposter, »du bist talentiert. Du hast Erfolg. Eines Tages wirst du eine weltberühmte Violinistin sein.« Sie blieb abrupt stehen. »Und dann kann ich überall erzählen, dass ich im Internat ein Zimmer mit dir geteilt habe! Wahnsinn!«

»Wer sagt denn, dass ich eines Tages eine weltberühmte Violinistin sein werde?«, fragte Kiki spitz.

Rebecca stutzte. »Na, alle sagen das«, entgegnete sie. »Du doch auch, oder?«

Kiki schüttelte den Kopf. Sie stand auf und ließ sich seufzend auf ihr Bett fallen. Mit hinter dem Kopf verschränkten Armen starrte sie die kunstvoll verzierte Stuckdecke an. »Meine Oma meint das«, murmelte sie, ohne den Blick von der Decke zu nehmen. »Aber ob ich das will, ist noch eine ganz andere Frage.«

Rebecca setzte sich neben Kiki aufs Bett und rollte das Poster langsam wieder zusammen. Sie wusste, wie es um Kikis Innenleben bestellt war. Schließlich war sie ihre beste Freundin und Zimmergenossin. Kiki hatte ihr erzählt, dass ihre belgische Großmutter eine berühmte Konzertpianistin war. Sie hatte Kiki zum vierten Geburtstag eine teure Violine geschenkt und für privaten Musikunterricht gesorgt. Dabei war Kiki schon damals viel lieber in den Ställen ihres Vaters, eines erfolgreichen belgischen Springreiters, unterwegs gewesen und hatte ihn zu großen Turnieren in ganz Europa begleitet.

Kurz nach Kikis drittem Geburtstag hatte sich ihre Mutter in einen argentinischen Berufsreiter verliebt, war mit ihm nach Südamerika gegangen und hatte dort zwei Töchter bekommen. Kiki hatte also zwei kleine Halbschwestern in Südamerika, die sie nur von Fotos kannte. Zu gerne würde sie die beiden Mädchen einmal kennenlernen, schließlich hatte sie sich immer Geschwister gewünscht. Aber weil sie ihre Mutter kaum kannte und Argentinien ziemlich weit weg war, hatte es noch nie geklappt.

Als Kind, zwischen Pferden und Ponys aufgewachsen, hatte sie nichts vermisst. Im Gegenteil: Das Zigeunerleben und das Reisen mit dem Pferdetransporter hatten ihr unheimlich gut gefallen. Aber eines Tages wollte ihre Großmutter sie auf ein Musikinternat in der Schweiz schicken, und ihre kleine Welt, bestehend aus wohlriechenden und ständige Abenteuer versprechenden Turnierställen, wäre um ein Haar aus den Fugen geraten.

Zu Kikis Erleichterung hatte sich damals ihr Vater durchgesetzt und sie nach Lindental geschickt. Seitdem wechselten er und Kikis Großmutter kein Wort mehr miteinander.

»Es muss schrecklich sein, mit zwei Talenten gesegnet zu sein.« Rebecca seufzte. »Aber eines Tages wirst du dich entscheiden müssen: Springreiten oder Violine. Man muss im Leben Prioritäten setzen, weißt du?«

»Du redest wie meine Oma!« Kiki drehte sich auf den Bauch und schob den Kopf unters Kissen. »Wenn du weiter so viel reitest«, kam es im Tonfall der belgischen Großmutter gedämpft unter dem Kissen hervor, »wirst du die Sensibilität deiner Hände verlieren, Kind! Dann ist es vorbei mit deiner Künstlerkarriere. Dann kannst du bis an dein Lebensende durch Pferdemist waten – wie dein Papa!«

Rebecca musste lachen.

»Wie ich dich kenne«, sagte sie zu der abgetauchten Freundin, »kriegst du beides unter einen Hut. Vielleicht bist du irgendwann eine echte Sensation: Kiki van der Slooten, die Geige spielende Weltmeisterin im Springreiten«, fantasierte Rebecca. »Fräulein van der Slooten ist in der Lage, mit ihrem Pferd eine zwei Meter hohe Mauer zu überwinden und dabei eine Suite aus dem Nussknacker auf der Stradivari zu spielen!«

Kiki tauchte grinsend wieder auf und warf der Freundin das Kissen an den Kopf. »Das musst du gerade sagen, du zukünftige Nobelpreisträgerin«, lachte sie. »Hast du dich denn schon entschieden, welcher Naturwissenschaft dein Herz gehört? Physik oder Chemie? Mathe oder sonst was? Schließlich muss man im Leben Prioritäten setzen!«

Rebecca schüttelte den Kopf. »Nee, aber wir haben ja auch noch ein paar Jährchen Zeit.«

»Zum Glück«, stimmte Kiki ihr zu. Sie nahm Rebecca das Poster aus den Händen und schob es unters Bett. »Und davon mal ganz abgesehen, hab ich im Moment ganz andere Sorgen.«

»Welche denn?«, fragte Bente neugierig.

»Wie ich endlich an diesen Daniel rankomme«, seufzte Kiki.

Bente überlegte kurz, dann erhellte sich ihr Gesicht.

»Ganz einfach«, meinte sie. »Über sein Pferd natürlich!«

Karlchen fläzte sich auf dem bunten Teppich vor Kikis Bett.

»Witzcracker«, schnaubte sie in Bentes Richtung. »Daniels Pferd ist ein Hengst und Hengste stehen im Hengststall …«

»… und da haben wir nichts verloren«, vollendete Kiki den angefangenen Satz. »Wir könnten die wertvollen Deckhengste nervös machen«, zitierte sie aus der Stallordnung. »Oder sie könnten uns verletzen, weil Hengste manchmal unberechenbar sind.« Sie pustete sich eine widerspenstige Haarsträhne aus dem Gesicht. »Alles Quatsch«, fand sie. »Aber trotzdem: Dass Daniels Pferd ausgerechnet ein Hengst ist und in unserem Sperrbezirk steht, ist ein echtes Problem. Wie soll ich Daniel auf mich aufmerksam machen, wenn er a) entweder durchs Gelände reitet oder b) im für uns verbotenen Hengststall ist?«

»Tja, das ist wirklich ein Problem«, gab nun auch Bente zu. »Aber irgendwie werden wir die Nuss schon knacken.« Sie zog die Stirn in Falten und schürzte dabei die Lippen. Bente war wegen ihres ruhigen und ausgeglichenen Wesens eine erwiesenermaßen gute Denkerin und hatte schon so manches Problem auf ihre Weise gelöst: durch endlos langes Nachdenken. Die Freundinnen wussten das und ließen sie in Ruhe überlegen.

»Lade ihn doch zu deinem Konzert ein«, schlug Rebecca plötzlich vor. »Kiki gibt Ende Mai nämlich ein Solo-Konzert hier in Lindental«, klärte sie Bente, die nur mit halbem Ohr zuhörte, und Karlchen auf. »Das wäre doch die Gelegenheit, oder etwa nicht? Kiki sieht im Abendkleid echt toll aus«, fügte sie mit verschwörerischer Miene hinzu.

Bente unterbrach ihr Grübeln. Drei verschiedenfarbige Augenpaare starrten Rebecca an.

»Spinnst du?«, fragte Kiki entsetzt. »Das würde ich mich im Leben nicht trauen!«

Auch Karlchen schien nicht sonderlich begeistert zu sein.

»Nee«, meinte sie, »nach allem, was ich bis jetzt von ihm gehört hab, ist dieser Daniel ein ziemlicher Kulturbanause. Ich kann mir echt nicht vorstellen, dass der auf Geigenmusik steht. Der interessiert sich nur für seinen Sport.«

Die Freundinnen verfielen erneut in dumpfes Brüten. Ab und zu hob eine die Hand und sagte: »Ich hab's! Nee, doch nicht …«

Kiki hielt es schließlich nicht mehr aus und sprang auf. »Ich geh jetzt einfach rüber in den Aufenthaltsraum. Wer weiß, vielleicht hockt der süße Daniel da und langweilt sich.«

»Vergiss es«, sagte Bente gedehnt. »Ich hab vorhin gesehen, wie er mit Herrn von Hohensee im Hengststall verschwunden ist.«

»Wahrscheinlich fachsimpeln sie übers Buschreiten«, mutmaßte Rebecca. »So'n Pech.«

Trotzdem rafften sich die vier auf und gingen in den gemütlichen Aufenthaltsraum der Unter- und Mittelstufenschüler. Ein bisschen Ablenkung tat not.

Rebecca und Karlchen spielten eine Partie Schach. Bente sah sich um und entdeckte Sven, der, in einen Sessel gelümmelt, einen Fantasy-Roman las. Sie ging zu ihm hin und versuchte, den Jungen unauffällig auszuquetschen, während Kiki traumatisiert vor sich hin starrte und schwieg.

Daniels Mitschüler wunderte sich über Bentes Interesse an dem Neuen.

»Willst du was von dem?«, erkundigte er sich mit einem frechen Grinsen.

»Du tickst doch nicht ganz richtig«, gab Bente zurück. »Ich handele im Auftrag einer anderen Person, der ich absolutes Stillschweigen bezüglich ihrer Identität zugesichert habe.«

Sven lachte. »Aus welchem Film hast du das denn?«

Bente verzog beleidigt das Gesicht. Okay, den Spruch hatte sie wirklich neulich im Fernsehen gehört, aber das musste Sven ja nun nicht unbedingt wissen. Bente war total stolz auf sich, dass sie das Zitat endlich mal anbringen konnte. Und es passte so gut. Sie war noch völlig in Gedanken, als sie Sven plötzlich »Vielseitigkeit« sagen hörte.

Bente runzelte die Stirn.

»Wie bitte?«

»Na, Vielseitigkeit«, sagte Sven noch einmal. »Dieser Daniel denkt an nichts anderes. In Deutsch stellt er Kraftfutterpläne für seinen Hengst zusammen, damit der noch mehr Power kriegt, und in Mathe berechnet er die Absprungwinkel fürs Gelände. Junge, Junge«, Sven fuhr sich mit den Fingern durchs lockige Haar, »bei den Lehrern macht er sich damit nicht gerade beliebt, kann ich dir sagen. Vier Klassenbucheinträge hat er schon auf dem Deckel und dabei ist er erst ein paar Tage hier. Aber Daniel sagt, dass ihn das nicht kratzt. Das Wichtigste ist für ihn die Vielseitigkeits-Meisterschaft in Luhmühlen.«

»In-te-res-sant«, betonte Bente jede Silbe einzeln. »Und du meinst, die Person, die sich für Daniel interessiert und deren Namen ich hier nicht nennen möchte, sollte die Kontaktaufnahme zu ihm über das Thema Vielseitigkeit versuchen?«

»Logo.« Sven stand auf und klemmte sich sein Buch unter den Arm. »Was anderes existiert für den gar nicht.«

Bente sprang ebenfalls auf. Sie gab Sven einen Kuss auf den Scheitel, was nicht schwierig war, denn Bente überragte den Jungen um mindestens einen Kopf. »Danke, Svenni, du hast mir sehr geholfen«, sagte sie zuckersüß und drehte sich schon um.

»Boah«, machte Sven. Er guckte Bente ein bisschen blöd hinterher. Dann strich er sich vorsichtig über den Kopf, grinste übers ganze Gesicht und verließ – um ungefähr zwei Zentimeter gewachsen – den Aufenthaltsraum.

Bente versuchte mittlerweile, Kiki aus ihrer Trance zu holen. Das schwarzhaarige Mädchen saß im Sessel wie eine Schaufensterpuppe: der Rücken kerzengerade, beide Hände links und rechts auf den Lehnen, der starre Blick in die Ferne gerichtet. Nur mit den Beinen wackelte Kiki nervös hin und her, das war das einzige Lebenszeichen.

»Nun hör mal auf, hier so rumzuhippeln.« Bente schüttelte Kiki an der Schulter. »Ich sag nur ein Wort: Vielseitigkeit!«

Rebecca und Karlchen hatten ihre Schachpartie inzwischen beendet – Rebecca hatte Karlchen wie immer gewinnen lassen – und spitzten neugierig die Ohren.

»Vielseitigkeit?«, erwiderte Kiki mit ausdrucksloser Stimme. »Was soll das?«

Bente stöhnte auf. »Vielseitigkeit ist das Zauberwort zum Herzen von Daniel Barenthien«, erklärte sie geduldig. »Kapierst du denn nicht?«

»Jo, das ist es!« Karlchens Augen funkelten. »Warum sind wir nicht früher darauf gekommen?«

»Worauf?«, fragte Kiki, immer noch leicht begriffsstutzig. Wenigstens hörte sie jetzt zu und ihre Augen waren auch nicht mehr so glasig, wie Bente feststellte.

»Du musst Daniel in ein Gespräch über Vielseitigkeitsreiterei verwickeln«, mischte sich Rebecca ein. »Ist doch logisch! Das ist sein Fachgebiet. Jeder Experte redet gerne über sein Fachgebiet. Wahrscheinlich schmeichelst du ihm sogar damit.«

»Ja, genau, du stellst dich einfach doof«, sagte Bente eifrig.

»Das wird unserer Kiki ganz bestimmt nicht schwerfallen«, kicherte Karlchen. »Da muss sie sich nicht mal verstellen …«

»Lass mich doch mal ausreden!«, schimpfte Bente. »Also, du stellst dich einfach ein bisschen dümmer, als du bist«, wandte sie sich an Kiki, wobei sie Karlchen einen Seitenblick zuwarf, »und erkundigst dich über Vielseitigkeitsreiterei im Allgemeinen und Besonderen.«

»Du kannst ja sagen, dass du vielleicht auch mal an einer Vielseitigkeit teilnehmen möchtest«, schlug Rebecca vor.

»Ich? Im Leben nicht!« Kiki schüttelte den Kopf. »Das ist mir viel zu gefährlich und zu anstrengend!«

»Mensch, du sollst ja auch nur so tun!«, rief Bente. »Kapierst du das denn nicht?«

»Aber ich weiß doch überhaupt nichts über das Vielseitigkeitsreiten«, jammerte Kiki, »außer dass es aus Springen, Dressur und einem Geländeritt besteht.«

»Umso besser.« Bente erhob sich und zog die Freundin am Ärmel aus dem tiefen Sessel. »Erfolgreiche Männer stehen auf unwissende Frauen. Gib dich einfach so, wie du bist, naiv und unwissend – umso mehr kann Daniel glänzen und angeben.«

»Und du meinst, das klappt?«, fragte Kiki mit unglücklichem Gesicht.

»Wir werden sehen, Mädels, wir werden sehen«, murmelte Bente und schob die Freundinnen aus dem Aufenthaltsraum.

4

»Ich geh da nicht rein«, jammerte Kiki am nächsten Tag. Sie machte ein herzerweichendes Gesicht. »Vergesst die ganze Aktion. Ich kehr sofort wieder um.«

»Kommt ja gar nicht in die Tüte!« Bente hatte die Freundin energisch am Sweatshirt gepackt und hielt sie mit unerbittlichem Griff fest.

Kiki, Bente, Karlchen und Rebecca standen dicht aneinandergedrängt hinter einem hohen Mauervorsprung, der die Reithalle mit dem Hengststall verband.

»Aber wenn der Much mich erwischt?«, fragte Kiki.

»Keine Panik. Max hat seinen freien Nachmittag«, entgegnete Karlchen. »Das weiß ich aus zuverlässiger Quelle.«

Maximilian Much war der alte Stallmeister des Lindentaler Hengststalls. Alle hatten Respekt vor ihm, denn er führte, was den Hengststall anging, ein strenges Regiment. Er kontrollierte jeden, der seinen geliebten Hengsten unbefugterweise zu nahe kam.

»Nun bürstest du noch mal dein seidiges Haar.« Rebecca zog eine Drahtbürste aus der hinteren Tasche ihrer Jeans und reichte sie Kiki. »Und dann ran an den Speck!«

»Genau«, mümmelte Karlchen. Sie biss herzhaft in einen

Schokoriegel und betrachtete Kiki von oben bis unten. »Du siehst echt klasse aus. Wenn Daniel da nicht schwach wird, hat er, glaub ich, ein echtes Problem.«

Bente lockerte ihren Klammergriff, zupfte Kikis Pulli wieder in Form und gab ihr einen sanften Schubs. »Los jetzt«, zischte sie ihr zu. »Und immer schön cool bleiben!«

Kiki stolperte aus dem Versteck und blieb unschlüssig stehen. Als sie sich zu den Freundinnen umdrehte, machten die nur energische Handbewegungen in Richtung des Hengststalls. Karlchen wedelte mit ihrem Snickerspapier. »Nun los«, flüsterte sie und verschwand wieder in der Versenkung.

Kiki räusperte sich, warf ihr langes Haar nach hinten über die Schultern und setzte sich zögernd in Bewegung. Vor dem Hengststall blieb sie stehen. Eine schwere Kette war quer vor die offen stehende Tür gespannt.

»›Unbefugten ist der Zutritt strengstens untersagt. Gezeichnet Maximilian Much, Oberstallmeister‹«, las Kiki auf dem Blechschild, das an der Absperrkette baumelte und leicht hin- und herschwang.

Ihr Herz klopfte so laut, dass sie meinte, jeder im Stall müsste es hören, als sie über die Kette kletterte. Im Stall war es ruhig und dunkel und Kikis Augen brauchten einen Moment, um sich an das Dämmerlicht zu gewöhnen. Dann ging sie mutig ein paar Schritte weiter. An den Boxentüren las sie die Namen der Hengste, die hier standen: Balear, Medolo, Remus, Kosak …

Alle Hengstboxen im Stall hatten Paddocks – kleine, durch Außentüren begehbare Ausläufe. Die Hengste konnten selbst entscheiden, ob sie drinnen oder lieber draußen an der frischen Luft sein wollten. Kiki sah, dass die meisten Boxen leer waren. Die Hengste zogen es also anscheinend vor, sich die warme Frühlingssonne auf das Fell scheinen zu lassen.

Sie wollte schon umdrehen und auf kürzestem Weg den Stall wieder verlassen, da hörte sie etwas im hinteren Stallbereich. Sie fasste sich ein Herz. »Hallo?«, rief sie laut. »Ist da jemand?«

»Hier hinten«, kam es zurück. »Wer will das wissen?«

Kiki ging ein paar Schritte weiter und sah, dass eine der Boxentüren offen stand. Sie warf einen Blick auf das Namensschild: »Mystery von Dobbson aus der Maranga, Trakehner, geboren 06. Januar 2005, gezogen in Holstein, Besitzer: Daniel Barenthien«.

Kiki schluckte. Daniel hatte ihr den Rücken zugekehrt und striegelte seinen Hengst.

»Hi«, sagte sie. »Ich bin's nur.«

Der Junge in der Box schaute kurz auf und fuhr fort, das dunkelgraue Fell seines Schimmels mit Striegel und Kardätsche zu bearbeiten.

»Kannst du nicht lesen?«, fragte er, nicht gerade freundlich und ohne das Mädchen eines Blicks zu würdigen. »An der Tür steht klar und deutlich ›Betreten verboten‹.«

Kiki zuckte zusammen. Gleichzeitig fühlte sie, wie leise Wut in ihr hochkochte. Was bildete sich der Typ eigentlich ein? Sie dermaßen arrogant und von oben herab zu behandeln, als wäre sie ein dummes, kleines Schulmädchen. Der tickte wohl nicht ganz richtig!

»Bist du immer so nett?«, fragte sie mit säuselnder Stimme. Sie lehnte sich betont lässig gegen den Türpfosten und strich sich die Haare aus dem Gesicht. »Oder kannst du auch anders?«

»Hä?«, machte Daniel. Er richtete sich auf und musterte sie.

»Ich mein ja nur«, sagte Kiki gedehnt und wandte sich schon halb um.

»Warte doch mal.« Daniel warf die Kardätsche in die Putzkiste und den Striegel hinterher. Dann wischte er sich die Hände an seiner braunen Reithose ab und fragte: »Wer bist du überhaupt?«

»Wer will das wissen?«, fragte Kiki schnippisch zurück.

»Mann, nun sei doch nicht gleich eingeschnappt«, schlug Daniel einen etwas versöhnlicheren Ton an. Er reichte Kiki die Hand. »Daniel Barenthien«, sagte er knapp.

»Kiki van der Slooten«, erwiderte Kiki ebenso sparsam.

»Van der Slooten? Bist du Holländerin?«

»Nee, Belgierin«, antwortete Kiki. Sie drehte sich um. »Okay, dann geh ich jetzt mal wieder …«

Daniel sprang aus der Box. »Wieso denn? Was wolltest du eigentlich hier?«, erkundigte er sich.

Kiki zog die Schultern hoch. »Och, ich wollte nur Herrn Much was fragen«, sagte sie.

»Max hat seinen freien Nachmittag«, erwiderte Daniel rasch. »Aber vielleicht kann ich dir helfen?«

Kiki tat, als würde sie angestrengt nachdenken, dann lächelte sie Daniel strahlend an und sagte: »Ja, kann sein. Kennst du vielleicht dieses berühmte Vielseitigkeitspferd? Es soll hier stehen. Magic, Mirror oder so. Soll ein echter Champion sein. Ich hab viel von ihm gehört und wollte ihn mir mal aus der Nähe anschauen.« Kiki kam sich reichlich blöd vor, als sie das sagte, aber es schien zu wirken. Daniels Gesicht hellte sich auf.

»Meinst du vielleicht Mystery? Du stehst genau vor ihm!« Er machte einen Schritt zur Seite und gab den Blick auf seinen Rappschimmel frei.

»Mystery, genau!« Kiki trat auf den Hengst zu und hielt ihm die Hand hin. Sie spürte, wie der warme Atem des Pferdes und seine langen Tasthaare auf der Haut kitzelten. Dann guckte sie Daniel an. »Hey, sag mal, dann bist du doch nicht etwa dieser …«

»… dieser Vielseitigkeitsreiter?«, fragte Daniel. Zum ersten Mal lächelte er richtig sympathisch. Er sah klasse aus, fand Kiki. »Doch, der bin ich zufällig. Mystery gehört mir. Im Herbst starte ich mit ihm in Luhmühlen.«

»Wow!«, entfuhr es Kiki. »Luhmühlen? Echt?«

Daniel nickte. Er packte sein Putzzeug zusammen, verstaute alles in der geräumigen Kiste und gab Mystery einen Klaps auf die Kruppe. »Interessierst du dich für Vielseitigkeit?«, fragte er. Kiki nickte. »Na klasse, ich wollte gerade mit meinem Hengst in die Schwemme. Komm doch mit, wenn du willst.« Daniel griff um die Ecke und nahm ein Halfter vom Haken. »Ich kann dir über Vielseitigkeitsreiterei alles erzählen, was du wissen willst.« Er grinste Kiki frech an.

Mit Wackelpuddingknien folgte Kiki Daniel und Mystery den langen Stallgang entlang nach draußen. Daniel nahm die Kette ab und bat Kiki, sie wieder festzumachen.

»Du weißt schon«, sagte er verschwörerisch. »Betreten verboten …«

Kiki nickte. Sie warf einen verstohlenen Blick in Richtung des Mauervorsprungs und sah die Köpfe ihrer Freundinnen. Karlchen reckte einen schokoladeverzierten Daumen nach oben. Bente grinste wie ein Honigkuchenpferd. Und Rebecca formte die Lippen zu einem wortlosen »Toi, toi, toi«.

Daniel führte seinen Trakehner am langen Halfterstrick über eine Koppel zur Schwemme. Kiki ging an Mysterys anderer Seite. Der Hengst wirkte locker und entspannt und Kiki strich ihm vorsichtig über das glatte Fell. Sie konnte die Muskel- und Sehnenstränge unter der Haut spüren.

»Hast du ihn schon lange?«, fragte sie Daniel.

Der nickte. »Seit fast drei Jahren«, antwortete er. »Seit ich Vielseitigkeit reite. Da braucht man schon ein richtig gutes Pferd, sonst reitet man nur hinterher.«

Er führte Mystery in einen breiten, links und rechts befestigten Wassergraben, der stetig tiefer wurde. Bereitwillig trat der Rappschimmel in das kühle Nass und fing schon bald an zu schwimmen. Daniel ging am Rand neben ihm her und hielt die Führleine locker in der Hand.

»Wassergymnastik«, erklärte er an Kiki gewandt, »ist gut für die Muskulatur und schont die Gelenke.«

»Aha«, meinte Kiki.

Ihr Blick wechselte zwischen dem Jungen und dem Pferd, das mit gekräuselter Oberlippe schwamm und unermüdlich Wasser trat. Mystery war wirklich ein Bild von einem Pferd: stark, muskulös und supergut trainiert.

»Du bist wohl sehr ehrgeizig?«, fragte Kiki schließlich. Sie blieb stehen und setzte sich auf die niedrige Begrenzungsmauer der Schwemme.

Daniel nickte entschieden. »Logisch, sonst kannst du das gleich vergessen«, erwiderte er, ohne den Blick von seinem Pferd zu nehmen. »Mystery und ich kommen mal ganz groß raus. Das habe ich mir jedenfalls fest vorgenommen«, fügte er selbstbewusst hinzu. »Du wirst noch von uns hören.«

Na, davon bin ich fest überzeugt, dachte Kiki. Bei der großen Klappe.

Sie stand auf und wischte sich den Hosenboden ab.

»Ich muss jetzt mal wieder«, sagte sie.

»Alles klar.« Daniel hob eine Hand und winkte, ohne sie anzusehen. »Vielleicht sieht man sich ja mal. Ciao.«

»Ja, vielleicht. Ciao«, erwiderte Kiki und stapfte davon.

In ihrem Innern fühlte sie sich ein bisschen ernüchtert. Daniel sah zwar echt klasse aus, aber diese unverhohlene Arroganz und Selbstzufriedenheit, die er ausstrahlte, gefielen ihr überhaupt nicht.

»Da müssen wir wohl noch ein bisschen dran arbeiten«, murmelte sie, als sie auf das Versteck der wartenden Freundinnen zulief.

Natürlich musste Kiki den anderen haarklein von ihrem ersten Treffen mit Daniel berichten. Die Mädchen liefen ins Schloss und verkrümelten sich in Bentes und Karlchens Zimmer. Kiki ließ sich auf Karlchens ungemachtes Bett plumpsen und stöhnte wie nach einer großen Anstrengung. Tatsächlich fühlte sie sich auch ziemlich erschöpft. Der Nachmittag war zwar kurz, aber dafür sehr erkenntnisreich gewesen.

»Nun sag schon«, drängelte Karlchen. »Wie isser denn nun, dein Schwarm?« Sie starrte Kiki erwartungsvoll an.

Die zuckte mit den Schultern.

»Ganz nett«, erwiderte sie lahm. »Aber es stimmt leider: In seinem hübschen Köpfchen hat er nur diese bescheuerte Vielseitigkeit.«

»Was?«, entfuhr es Bente. »Du hast es nicht geschafft, ihm den Kopf zu verdrehen? Ich fass es nicht!«

»Nö.« Kiki drehte eine Strähne ihrer pechschwarzen Haare zwischen den Fingern und betrachtete versunken die Spitzen. »Ich glaub fast, er hat mich gar nicht richtig registriert.«

Als sie dann noch sagte, dass sie Daniel Barenthien ziemlich großspurig fand, zog Bente verwundert die Augenbrauen hoch.

»Soll das etwa heißen, du bist jetzt nicht mehr verknallt?«, fragte sie ungläubig. »Zuerst machst du so einen Aufstand wegen der ganzen Sache und dann war es doch nicht so gemeint? Das ist doch hoffentlich nicht dein Ernst, oder?«

»Doch, nee, irgendwie verliebt bin ich schon«, meinte Kiki zögernd, »aber irgendwie auch wieder nicht. Schwer zu beschreiben.«

»Nun mal sachte mit den jungen Pferden«, mischte sich Karlchen ein. »Ich sag nur: harte Schale, weicher Kern.«

Als sie die fragenden Blicke der Freundinnen bemerkte, fügte sie erklärend hinzu: »Ist doch logo, manche Jungs meinen immer noch, sie müssten einen auf cool machen, um uns Mädchen zu beeindrucken. Absoluter Schwachsinn, wie wir alle wissen.«

Bente nickte. »Stimmt. Aber manchmal wächst sich das noch zurecht«, sagte sie. »Sogar bei Jungs.«

»Ich finde, Daniel sollte sich lieber auf seine schulischen

Leistungen konzentrieren, als so eine coole Masche abzuziehen«, warf Rebecca unbeeindruckt ein. »Mit vier Einträgen in so kurzer Zeit steht er schon mit einem Fuß auf der Abschussliste der Pauli. Seine Karriere hier in Lindental könnte also ziemlich schnell zu Ende sein. Aber zum Buschreiten braucht man ja wohl keinen Schulabschluss.«

Als Kiki am Abend in ihr Bett kroch, fiel ihr auf, dass Rebecca ungewöhnlich schweigsam war. Sie saß an ihrem Schreibtisch und studierte die Meldeunterlagen des bevorstehenden Jugend-forscht-Wettbewerbs.

Wie jedes Jahr wollte Rebecca auch diesmal wieder mitmachen. Nur über das Thema war sie sich noch nicht so ganz klar. Sie schwankte zwischen »Biochemischen Untersuchungen von gut gelagertem Pferdemist zur alternativen Wärmegewinnung« und »Einsatz von Solarenergie im Pferdesport unter besonderer Berücksichtigung der Ausnutzung des natürlichen Vorwärtsdranges von Pferden«, wobei sie daran dachte, viele kleine Solarzellen an den Halftern der draußen stehenden Pferde zu befestigen, um daraus später im Stall Energie gewinnen zu können.

Kiki drehte sich zur Wand und schloss die Augen. Sie versuchte, sich Daniels Bild vor Augen zu führen. War sie nun tatsächlich in ihn verliebt? Mit allen Konsequenzen? Oder war sie einfach auf sein gutes Aussehen reingefallen? Sie beschloss, die Beantwortung dieser Fragen auf einen späteren Zeitpunkt zu verschieben, und schlief ein.

5

»Ich soll euch von Herrn von Hohensee ausrichten, dass alle Abteilungen heute Nachmittag einen Ausritt machen«, verkündete Herr Hartmann am nächsten Morgen vor der versammelten Klasse. »Treffpunkt im Stall, pünktlich um halb drei.«

In der Klasse brach unter den reitenden Schülerinnen und Schülern lauter Jubel aus.

»Jo!« Karlchen schlug begeistert mit der flachen Hand auf den Tisch. »Das isses!«

In freudiger Aussicht auf einen Ausritt verging der Vormittagsunterricht wie im Fluge.

Rebecca hielt ein Bio-Referat über den »Mikrokosmos Gartenteich«, während Karlchen ihre berühmten Pferde-Comics in eine Kladde zeichnete und Bente entspannt zu schlafen schien.

Erstaunlicherweise war Kiki fast wieder ganz die Alte. Sie beteiligte sich geradezu aufmerksam am Unterricht, und als Herr Hartmann sie am Ende der Stunde auf das bevorstehende Violinkonzert ansprach, strahlte sie voller Stolz. Der akute »Daniel-Virus«, wie Bente es nannte, schien ebenso schnell verflogen zu sein, wie er gekommen war.

Während der Mittagspause machte unter den Internatsschülern das Gerücht die Runde, dass Daniel am Morgen wegen seiner nicht vorhandenen Leistungsbereitschaft zu einem Gespräch unter vier Augen zu Frau Dr. Paulus zitiert worden war. Die Pauli soll ziemlich sauer gewesen sein und hinterher geschnaubt haben: »Wenn der Knabe sich nicht endlich am Riemen reißt, muss er die Konsequenzen tragen. Von meinen Schülerinnen und Schülern erwarte ich mehr Engagement!«

Ein entsprechendes Schreiben der Internatsleitung an Daniels Eltern mit ähnlichem Inhalt sollte, den Gerüchten zufolge, bereits auf dem Weg in die Schweiz sein.

Tatsächlich hing Daniel jetzt, reichlich blass um die sonst sportlich gebräunte Nasenspitze, vor seinem Erbseneintopf und rührte lustlos darin herum.

Kiki überlegte kurz, ob sie rübergehen und ihn aufheitern sollte, aber dann verwarf sie diesen Gedanken ganz schnell wieder.

Der kann mich mal, dachte sie.

Sollte Daniel doch zu ihr kommen, wenn er jemanden zum Quatschen brauchte. Schließlich hatte sie, Kiki, bereits den ersten Schritt getan. Jetzt war eindeutig er an der Reihe.

Als Daniel mit gesenktem Kopf aufstand und seinen nur halb leer gegessenen Suppenteller auf den Geschirrwagen stellte, fragte Bente: »Meint ihr, der reitet heute Nachmittag mit?«

Rebecca guckte Daniel hinterher und wiegte den Kopf.

»Das wird er wohl müssen«, vermutete sie. »Der Ausritt ist für die komplette Pferdesparte. Da wird er sich kaum drücken können.«

»Nee, wo die Pauli sowieso schon schlecht auf ihn zu sprechen ist«, stimmte Karlchen ihr zu, »wird sie ihm wohl kaum noch ein Extra-Würstchen spendieren. Apropos Würstchen«, sie linste hungrig auf Kikis Teller, »darf ich dein zweites Würstchen haben oder isst du das noch?«

Als die Mädchen um kurz vor halb drei zum Stall gingen, liefen sie Herrn von Hohensee direkt in die Arme.

»Ihr könnt es wohl kaum abwarten, was?«, lachte der nette Reitlehrer.

»Nee«, erwiderte Karlchen. Sie strahlte mit der Sonne um die Wette.

»Ein Ausritt mit Ihnen ist schließlich ein ganz besonderes Highlight, Herr von Hohensee«, schmeichelte Bente.

»Und so oft kommt das ja leider auch nicht vor«, ergänzte Kiki mit leisem Vorwurf in der Stimme.

»Wo geht's denn hin?«, wollte Rebecca schließlich wissen.

Herr von Hohensee stemmte beide Hände in die Hüften und musterte seine Reitschülerinnen der Reihe nach.

»Tja, wohin wollt ihr denn am liebsten?«, fragte er zurück.

Die Mädchen überlegten nicht lange.

»An den Strand natürlich!«, riefen sie im Chor, so laut, dass der Reitlehrer sich die Ohren zuhalten musste. Er schmunzelte.

»Das ist ja ein Zufall. Dann geht es euch genau wie mir.« Er ging voraus und öffnete die Stalltür. »Ich würde nämlich auch gerne einen kleinen Galopp an der Nordsee machen. Das weitet die Lungen und ist gut für den Teint.«

»Für unseren oder für den der Pferde?«, fragte Bente frech und schlüpfte schon an ihm vorbei in den Stall.

»Manno, ein Strandritt!«, rief Karlchen. Sie sprintete in die Geschirrkammer, um Schnutes Zaumzeug und Sattel zu holen, und nahm den kürzesten Weg zur Ponyweide. »Der erste in diesem Jahr. Das isses echt!« Um ihrer Begeisterung Ausdruck zu verleihen, machte sie einen hohen Luftsprung.

Eine halbe Stunde später waren alle fertig und versammelten sich auf dem Hofplatz. Ein Pferd wieherte, ein anderes trat unruhig von einem Huf auf den anderen. Sattelgurte wurden nachgezogen und Steigbügel heruntergelassen. Einer nach dem anderen saß auf und ordnete die Zügel. Dann ging es endlich los.

Die große Abteilung wurde von Herrn von Hohensee begleitet und von Merle Sander, einer jungen Pferdewirtschaftsmeisterin. In einer langen Reihe, immer zu zweit nebeneinandergehend, schritten die Pferde vom Schlosshof durch den alten Torbogen und über eine breite gemauerte Brücke. Es war ein wunderschönes Bild, wie die bunten Pferdeleiber in der Sonne glänzten. Frau Dr. Paulus saß auf ihrem Balkon und winkte der Gruppe hinterher.

Der Ritt an die Nordsee dauerte eine Viertelstunde. Die jungen Reiterinnen und Reiter ließen ihre Pferde und Ponys auf den weich gefederten Feldwegen traben und schließlich, als der Weg sich zu einem offenen Feld hin öffnete, angaloppieren.

Durch Zufall ritt Rebecca direkt neben Daniel. Rebeccas Stute Karfunkel prustete und das Mädchen strich ihr zärtlich über den gewölbten Hals. Daniel warf dem Paar einen Seitenblick zu.

»Ein schönes Pferd hast du«, sagte er, die schlanke Rappstute bewundernd. Er bemerkte das auffällige Brandzeichen auf der Hinterhand der Stute, eine doppelte Elchschaufel. »Ein echter Trakehner«, stellte er fachmännisch fest.

Rebecca nickte. »Ja. Ich glaub, sie kommt aus der gleichen Zuchtlinie wie dein Hengst.«

Karlchen, Kiki und Bente, die ein Stückchen weiter hinten ritten, sahen, wie Rebecca und Daniel, quasi von Pferd zu Pferd, die Köpfe zusammensteckten und sich unterhielten. Ab und zu lachten sie ausgelassen.

»Die scheinen sich ja prächtig zu verstehen«, bemerkte Kiki schnippisch. In ihrer Stimme lag ein kleiner Hauch von Eifersucht.

»Ich frag mich nur, worüber sich eine potenzielle Nobelpreisträgerin mit einem notorischen Schulversager unterhält«, meinte Bente nachdenklich.

»Wahrscheinlich über Pferde«, mutmaßte Karlchen. »Das ist doch das Einzige, was sie gemeinsam haben.«

Es stimmte. Rebecca und Daniel unterhielten sich tatsächlich über ihre Pferde. Sie verfolgten die Zuchtlinien über Generationen zurück, verglichen die Stammbäume und stellten verblüfft fest, dass die beiden Trakehner gemeinsame Vorfahren hatten.

»Na ja, so erstaunlich ist das eigentlich nicht«, sagte Rebecca. »Schließlich stammen alle Trakehner ursprünglich aus Ostpreußen und haben einen einzigen gemeinsamen ›Ur-Vater‹, den Hengst Tempelhüter.«

»Ich find's trotzdem cool«, grinste Daniel. »Unsere Pferde sind miteinander verwandt. So'n Zufall.«

»Tja, da hast du wohl recht«, erwiderte Rebecca. Sie warf Daniel einen Blick zu und verfing sich für einen Sekundenbruchteil in den blauen Augen des Jungen. »So ein Zufall«, murmelte sie.

Karlchen hob unterdessen schnuppernd die Stupsnase in den Wind.

»Hey, ich kann schon das Meer riechen!«, rief sie. »Hoppa, Snude!«

Der stämmige Norweger ging eifrig vorwärts und hatte keine Probleme, mit den Großpferden Schritt zu halten. Übermütig warf er den Kopf hoch und wieherte einen lauten Gruß in den sonnigen Nachmittag. Karlchen umarmte ihn kurz und raunte ihm »Ach, Snude, ich hab dich so lieb!« ins falbfarbene Fell.

Als die Abteilung die Küste erreichte, breitete sich vor den Mädchen und Jungen der flach abfallende Strand fast menschenleer aus. Nur ein paar einsame Strandspaziergänger waren unterwegs, die ohne Eile umherschlenderten, Muscheln suchten oder einfach die frische, würzige, nach Seetang und Meer riechende Seeluft genossen.

Die Nordsee hatte sich ganz weit zurückgezogen. Es war Ebbe und nur am Horizont war ein schmaler, grauer Streifen Wasser auszumachen. Der breite Sandstrand war feucht und hart. Wind und Wellen hatten den Boden geriffelt und ihm ein bizarres Muster aufgedrückt.

Die flache, endlos scheinende Ebene lud zu einem herrlichen Galopp ein. Und schon gab Herr von Hohensee das Zeichen dazu. Er wandte sich im Sattel seines Fuchses um und hob eine Hand. Bereitwillig folgten Pferde und Ponys dem Paar an der Tete.

»Yipiieh!«, juchzte Karlchen. Schnute machte unter ihr ein paar fröhliche Bocksprünge, aber Karlchen lachte nur und ließ ihn einfach rennen.

Alle in der Abteilung waren sichere Reiter. Hier, in dieser endlosen Weite, konnten sie ihre Vierbeiner so richtig toben lassen. Es gab nur eine einzige Regel, die alle zu befolgen hatten: Niemand durfte den Reitlehrer überholen. Aber der hatte seinem Jolly Jumper schon die Zügel hingegeben und jagte weit voraus.

Feuchter, körniger Sand und das Wasser aus flachen Prielen spritzte zur Seite, als beschlagene und unbeschlagene Hufe über den Strand hinwegdonnerten. Die Gesichter der Jungen und Mädchen glühten, ihre Augen leuchteten.

Rebecca und Daniel galoppierten Seite an Seite. Sie ritten so dicht nebeneinander, dass sich ihre Steigbügel mit einem leisen Klirren berührten. Der Rappstute und dem Schimmelhengst schien es zu gefallen, so nebeneinander über den Sand zu preschen. Mit spielenden Ohren und weit geöffneten Nüstern schien ein Pferd auf das andere zu lauschen und sich dem Rhythmus des anderen anzupassen.

»Karfunkel und Mystery scheinen sich zu mögen«, rief Daniel gegen den scharfen Wind Rebecca zu.

Rebecca lachte Daniel an. Sie saß leicht vorgebeugt im Sattel und strich ihrer Stute über den Mähnenkamm. Sie hatte Tränen in den Augen von dem schnellen Ritt, aber sie achtete nicht darauf. Ihre Rappstute flog nur so mit dem Wind; fast schien es, als würden Karfunkels Hufe den Boden nicht mehr berühren, und Rebecca flog mit ihr.

Wie ein Vogel, dachte sie und klopfte Karfunkel aufmunternd den Hals. »Hopp, meine Kleine, lass uns fliegen!«

Auch der schönste Ausritt hat einen Haken: Irgendwann ist er vorbei. Als Herr von Hohensee seinen Wallach durchparierte und wendete, folgten ihm die anderen. Im langsamen Schritt ging es zurück. Die Pferde schnaubten und prusteten, sie schüttelten die Mähnen, und als die Reiter ihnen die Zügel hingaben, streckten sie sich dankbar.

»Mensch, war das toll!« Daniels Augen funkelten und schienen noch blauer zu sein als zuvor. Ihre Farbe ähnelte der des wolkenlosen Himmels. »Allein das ist es wert, hierzubleiben«, meinte er nachdenklich, während er seinem Rappschimmel den Hals klopfte. Er sah Rebecca an. »Solche Ausritte kann man wirklich nur am Meer genießen.«

Rebecca nickte.

»Dann arbeite daran«, schlug sie vor. »Tu was dafür, dass du hierbleiben und weiterhin mit deinem Mystery über den Strand galoppieren kannst.«

»Ich weiß nicht, ob ich das schaffe«, erwiderte Daniel leise, ohne den Blick von Rebecca und Karfunkel zu nehmen. »Auf jeden Fall wird es sehr schwer werden, glaub ich.«

»Aber nicht, wenn ich dir helfe.« Rebecca nahm die Zügel auf, legte die Schenkel an und trabte, ohne sich noch einmal umzudrehen, davon.

Daniel hielt Mystery, der der Stute folgen wollte, zurück. Nachdenklich schaute er Rebecca hinterher.

6

In den nächsten Tagen ertappte sich Rebecca dabei, dass sie Daniel aus dem Weg ging. Sie ärgerte sich über das, was sie am Strand zu ihm gesagt hatte. Vor allem, weil sie nicht sicher war, ob er es richtig verstanden hatte. Jedenfalls war Daniel nach dem Ausritt auf ihr Angebot, ihm helfen zu wollen, nicht zurückgekommen. Im Gegenteil: Auch er schien ihr aus dem Weg zu gehen, was allerdings nicht sehr schwer war, da sie unterschiedliche Stundenpläne hatten und zu verschiedenen Zeiten ritten.

Daniel trainierte nach seinem eigenen Plan für die Vielseitigkeit, meistens am späten Nachmittag oder am frühen Abend, wenn in den Ställen, in der Halle und auf dem Viereck Ruhe herrschte. Und außerdem stand Mystery im Hengststall und Karfunkel im Stutenstall des Internats. Die Wahrscheinlichkeit, dass sich Rebeccas und Daniels Wege durch Zufall kreuzten, war also sehr gering.

Was Daniel machte, wenn kein Unterricht war und er nicht mit Mystery für die Vielseitigkeit trainierte, wusste Rebecca nicht. Sie nahm an, er würde in seinem Zimmer hocken und den theoretischen Teil des Trainings abhaken. Dass er fleißig Hausaufgaben machte und an seinem schulischen

Fortkommen arbeitete, konnte sie sich jedenfalls beim besten Willen nicht vorstellen.

Als Rebecca eines Mittags gedankenverloren in ihrem Kartoffelbrei herumrührte, stöhnte Bente vernehmlich auf. Sie hatte die Appetitlosigkeit der Freundin bemerkt und für sie konnte es dafür nur einen Grund geben: Daniel.

»Bloß das nicht«, murmelte sie und verzog das Gesicht, als hätte sie in eine Zitrone gebissen. »Nicht schon wieder dieser Daniel-Virus!«

Rebecca nahm den Blick von ihrem Teller und dem Physikbuch, das sie nebenbei auswendig zu lernen schien, und hob die Augenbrauen.

»Was willst du denn damit andeuten?«, fragte sie überrascht.

»Na, dass du dich seit dem Strandritt ein bisschen sehr merkwürdig benimmst«, erwiderte Bente ohne Umschweife. »Ich glaub, du hast Daniel einmal zu tief in die blauen Augen geguckt. Jedenfalls wirkst du reichlich abwesend. Und das«, sie grinste breit, »kommt meistens vor, wenn man verknallt ist.«

»Du musst es ja wissen.« Rebecca raffte ihre Bücher zusammen und schob den kaum angerührten Teller zur Seite. »Du bist ja schließlich Expertin in solchen Sachen, nicht?«, zischte sie. »Aber stell dir vor: Es gibt Wichtigeres im Leben als Jungs. Für mich jedenfalls!« Mit schnellen Schritten verließ sie den Speisesaal.

»Willst du deinen Nachtisch nicht mehr essen?«, rief Karlchen noch, aber die Tür war schon hinter Rebecca ins Schloss gefallen. »Dann nicht«, meinte Karlchen schulterzuckend und angelte sich die Puddingschüssel der Freundin. »Lecker, Karamell, mein Lieblingspudding.«

Kiki starrte Bente und Karlchen an.

»Glaubt ihr echt, Rebecca ist in Daniel verknallt?« Sie machte ein ungläubiges Gesicht. »Die passen doch überhaupt nicht zusammen!«

»Gegensätze ziehen sich an, das ist nun mal so«, mümmelte Karlchen und schleckte unbeirrt ihre beziehungsweise Rebeccas Puddingschüssel aus, was Hilde Wuttig mit einem missbilligenden Blick quittierte.

»Aber trotzdem!« Kiki verzog das Gesicht. »Ausgerechnet unsere Intelligenzbestie und dieser hochnäsige Chaot … Nee, das kann ich mir echt nicht vorstellen.« Sie machte eine Pause und sagte dann: »Rebecca war schließlich noch nie verknallt. Jedenfalls nicht, seit ich sie kenne.«

»Dann wird's aber mal höchste Zeit.« Bente stand auf und schob ihren Stuhl unter den Tisch. »Dass es nun aber unbedingt der süße Daniel Barenthien sein muss.« Sie guckte Kiki an. »An dem hast du schließlich die älteren Rechte.«

Kiki blieb nachdenklich am Tisch sitzen. Eigentlich hatte Bente recht: Sie war zuerst in Daniel verknallt gewesen. Wie kam Rebecca dazu, ihr jetzt dazwischenzufunken? Sie schüttelte den Kopf und beeilte sich, die Freundinnen einzuholen.

So'n Quatsch, dachte sie. Rebecca und Daniel …

Das waren Gegensätze wie Wasser und Feuer, wie Sonne und Schatten, wie … Nee, das war vollkommen ausgeschlossen. Wie kam Bente nur auf eine solch irre Idee?

Seit ein paar Tagen übte Kiki jetzt jeden Abend im Musiksaal für ihr Konzert. Der große Tag rückte näher, und weil das Internat nicht nur sportliche Talente förderte, sondern auch musikalische, galt Frau Dr. Paulus' Interesse im Moment besonders ihrer hochbegabten Musikschülerin.

Allerdings dachte Kiki nicht im Traum daran, wegen der Geigenstunden ihr Pferd zu vernachlässigen. Im Gegenteil: Sie spielte nun schon so lange Violine, dass sie die kompliziertesten Tonfolgen fast im Schlaf beherrschte. Es ging nur noch darum, das Konzertprogramm festzulegen und einzustudieren. Die Musik, behauptete Kiki immer, flutscht von alleine.

Sie ging also wie jeden Nachmittag in den Stall, um Torphy zu besuchen. Da heute kein Reitunterricht war, wollte sie ihren Wallach nur locker longieren und ihn anschließend mit endlosen Kardätschenstrichen verwöhnen. Torphy liebte es, stundenlang geputzt zu werden. Er stand dann immer besonders still und seine tiefen Augen bekamen einen verträumten Ausdruck.

»Na, Süßer«, raunte Kiki ihrem Pferd zu. »Hast du Langeweile?«

Torphy stand in seiner Box und stopfte Strohhalme in die Selbsttränke. Eine blöde Angewohnheit, der er immer dann verfiel, wenn er sich vernachlässigt fühlte und nichts mit sich anzufangen wusste. Als Torphy seine junge Besitzerin bemerkte, brummelte er leise und ließ den letzten Halm schuldbewusst ins Stroh fallen. Kiki beeilte sich, die langen, mit dem Maul schön festgestopften Strohhalme aus der Tränke zu ziehen.

»Torphy, das kann eine üble Verstopfung geben«, schimpfte sie mit ihrem Braunen. »Du blockierst die Tränke und dann haben wir den Salat.«

»Eher eine Überschwemmung«, bemerkte eine Stimme hinter ihrem Rücken.

Erschrocken fuhr Kiki herum. Vor Torphys Box stand ein Junge, dunkelblond und braun gebrannt, mit Reithosen und langen Stiefeln. Kiki hatte ihn noch nie zuvor im Stall gesehen.

»Hi, ich bin Patrick.« Er streckte ihr eine Hand entgegen. »Und wer bist du?«

Kiki erwiderte den festen Händedruck. »Kiki van der Slooten. Und dieser Tränkenverstopfer hier«, sie zauste Torphy durch die Mähne, »ist Torphy, ein belgischer Warmblüter. Er gehört mir.«

»Das hab ich mir schon fast gedacht«, grinste Patrick und lehnte sich lässig gegen den Türpfosten. »Macht er das öfter? Ich meine, das mit der Tränke?« Er klopfte Torphy den Hals. »Ich hab nämlich heute früh schon eine Ladung Stroh aus seiner Selbsttränke gefischt. Ich dachte schon, er wollte sich vielleicht ein Müsli zubereiten.«

Kiki lachte. Dieser Patrick gefiel ihr. Er war groß und wirkte durchtrainiert. Die Reithose und die Lederstiefel standen ihm unheimlich gut. Und er hatte tolle, tiefbraune Augen.

»Nee, er macht das eigentlich nur, wenn er Langeweile hat«, erwiderte sie fröhlich. »Aber wieso heute Morgen? Was hast du so früh schon im Stall zu suchen?« Sie zog die Augenbrauen zusammen. »Ich hab dich hier noch nie gesehen. Bist du ein neuer Schüler?«

Patrick schüttelte den Kopf. »Nee«, meinte er, »entschuldige, das hab ich ganz vergessen.« Er deutete eine halbe Verbeugung an und lächelte. »Ich bin der neue Azubi.«

»Der neue was?« Kiki machte ein ratloses Gesicht.

»Na, der neue Azubi. Der neue Aus-zu-bil-den-de«, erklärte Patrick, jede Silbe betonend. »Pferdewirt, Schwerpunkt Zucht und Haltung. Hier in Lindental.«

»Ach so«, Kiki lachte, »jetzt versteh ich! Herr von Hohensee hat gar nichts von einem neuen Lehrling gesagt.«

»Sorry, das hat er wohl vergessen«, sagte Patrick. »Ich bin aber auch erst seit heute hier.« Er strich durch Torphys Mähne und ganz kurz berührten seine Finger Kikis Hand, die diese auf Torphys Hals liegen hatte. Kiki zog ihre Hand blitzschnell zurück.

Patrick tat, als hätte er es nicht bemerkt, und meinte: »Wir sehen uns dann wohl öfter, nicht?«

»Anzunehmen«, erwiderte Kiki.

Eine kleine Pause entstand, in der keiner so richtig wusste, was er sagen sollte. Torphy löste das Problem auf seine Weise, indem er Kiki mit der Nase auffordernd anstupste.

»Ach ja«, sagte Kiki schnell, »ich wollte Torphy eigentlich longieren. Weißt du zufällig, ob der Longierzirkel frei ist?«

Patrick nickte und reichte ihr Torphys Halfter.

»Ist frei«, sagte er knapp. Er trat einen Schritt zur Seite, um für das Mädchen und den Wallach Platz zu machen. »Was dagegen, wenn ich euch ein bisschen zuschaue? Ich hab heute nämlich noch Schontag und soll mir alles in Ruhe angucken, hat Herr von Hohensee gesagt.« Er lächelte Kiki offen an.

»Wenn's dir nicht zu langweilig ist«, erwiderte Kiki achselzuckend und führte Torphy an ihm vorbei. »Magst du das Longierzeug holen? Es hängt in der Sattelkammer ganz links.«

Während sie wenig später Torphy aufzäumte, legte Patrick ihm den breiten Longiergurt an und befestigte die Longe.

»Ein starkes Pferd«, lobte er mit Kennerblick und strich Torphy prüfend über die Muskeln. »Mit dem Körperbau springt er bestimmt wie ein Känguru.«

»Ja, stimmt.« Lächelnd schloss Kiki den Kinnriemen und hob die Longierleine auf. »Springen ist unsere Paradedisziplin. Hast du auch ein Pferd?«

»Klar, Snorri, ein Isländer.« Patrick wies mit dem Kopf in Richtung Ponyweide. »Er steht auf der Koppel bei den anderen Robustpferden. Hast du schon mal einen Isländer geritten?«

Kiki schüttelte den Kopf, während sie die Ausbinder einklinkte. »Nee, noch nie«, gab sie zu. »Aber ich hab schon viel darüber gehört, wie toll das sein soll. Kann dein Snorri tölten?«

Patrick nickte. »Wenn du auf einem töltenden Isländer sitzt, ist das ein Gefühl, wie auf Wolke sieben zu schweben. Das kann man nicht beschreiben.« Er tätschelte Torphys Brust. »Wenn du Lust hast, kannst du Snorri gerne mal reiten.« Sein Blick war freundlich und offen. Kiki staunte abermals über die tiefdunklen, fast schwarzen Augen des Jungen. Solche Augen hatte sie wirklich noch nie zuvor gesehen.

»Aber ich wüsste gar nicht, wie man einen Isländer in den Tölt kriegt«, gab sie zu bedenken. »Wie gesagt: Ich hab noch nie einen geritten.«

Sie erinnerte sich daran, in einem Fachbuch mal etwas

übers Tölten gelesen zu haben. Alle Pferde verfügen über drei Grundgangarten – Schritt, Trab und Galopp. Die Islandpferde haben noch einen »vierten Gang«, den Tölt. In dieser Gangart haben die Pferde keine Sprungphase, sondern bewegen die Beine rasch nacheinander aufsetzend, wodurch eine ruhige und gleichmäßig fließende Bewegung entsteht, die den Reiter sehr komfortabel sitzen lässt. Die Köpfe der töltenden Isländer werden hoch und frei getragen, Mähnen und Schweife fallen dann in den charakteristischen Wellen. Manche Isländer können töltend Galoppgeschwindigkeit erreichen, was Kiki sehr beeindruckte. Dann gibt es auch noch den Rennpass, aber ... Sie schüttelte energisch den Kopf. Das führte nun doch zu weit.

»Okay«, erwiderte sie grinsend. »Ich würde deinen Isi sehr gerne mal kennenlernen und, wenn du erlaubst, auch reiten. Aber ob's mit dem Tölt klappt, kann ich dir nicht versprechen. Ist das schwer zu lernen?«

»Ach was, nicht die Spur. Das verklicker ich dir dann schon.« Patrick ging voraus und schob die Absperrstange des Longierzirkels zur Seite. »Du wirst sehen, es ist das tollste Gefühl der Welt!«

Während Kiki Torphy auf der rechten Hand antraben ließ, lehnte Patrick am Zaun und sah ihr zu. Er kaute auf einem Grashalm, hin und wieder lächelte er. Kiki achtete gar nicht auf ihn. Wie immer, wenn sie mit ihrem Pferd arbeitete, war sie konzentriert und hatte nur Augen und Ohren für Torphy. Es machte ihr nichts aus, dabei beobachtet zu werden. Schließlich war sie daran gewöhnt, dass sie bei Konzerten oder Prüfungen Zuschauer hatte. Und Patricks Anwesenheit war ihr überhaupt kein bisschen unangenehm. Im Gegenteil. Patricks ruhige, selbstbewusste Art gefiel ihr.

Als sie nach einer halben Stunde fand, es würde reichen, rief sie ihm zu: »Schiebst du bitte die Stange auf?«

Patrick schien sie nicht gehört zu haben oder er war mit den Gedanken woanders. Er reagierte überhaupt nicht. Erst als Kiki Torphy lobte und an die Absperrstange führte, erwachte er aus seinen Tagträumen.

»Hey, hab ich dich gestört?«, lachte Kiki. »Du hast ausgesehen, als wärst du ganz weit weg gewesen.«

»Ich kenne dich«, sagte Patrick, ohne auf ihre Frage zu antworten. Er musterte sie von oben bis unten. »Die ganze Zeit über hab ich schon überlegt, woher ich dich kenne, und eben ist es mir eingefallen.« Er grinste über das ganze Gesicht und schob endlich die Stange zurück, um Kiki und Torphy durchzulassen. »Du bist diese Geigenvirtuosin, stimmt's? Ich hab ein Poster von dir an einem Vorverkaufsschalter in der Stadt gesehen.«

»Ertappt«, lachte Kiki. »Ich bin es tatsächlich. Ende Mai gebe ich ein Konzert hier in Lindental. Neben Torphy«, sie streichelte die schmale Schnippe auf der Nase ihres Pferdes, »hab ich nämlich noch eine große Liebe: meine Geige.«

»Das find ich super«, erwiderte Patrick ehrlich. »Ich steh auf klassische Musik. Echt wahr«, fügte er hinzu, als er Kikis ungläubiges Gesicht bemerkte. »Ich finde, es gibt nichts Entspannenderes, als sich an einem warmen Sommerabend die Vier Jahreszeiten von Vivaldi anzuhören und dabei zu träumen.«

»Ein angehender Pferdewirt, der klassische Musik hört und

dabei träumt? Du willst mich wohl veräppeln!« Kiki grinste und führte Torphy vom Zirkel.

Patrick machte ein beleidigtes Gesicht.

»Wieso?«, fragte er. »Das eine schließt das andere doch nicht aus, oder? Du magst doch auch beides: die Pferde und die Musik.«

»Stimmt«, gab Kiki zu, »aber ich dachte bis jetzt immer, ich sei eine Ausnahme.«

Sie brachte Torphy zum Stall zurück und nahm ihm Zaumzeug und Longiergurt ab. Patrick rollte einen Wasserschlauch ab und kühlte Torphys Beine.

»Hast du schon mal eine eigene CD aufgenommen?«, fragte Patrick über Torphys Rücken hinweg. »Ich würde gerne mal was von dir hören.«

»Ich?« Kiki schüttelte energisch den Kopf. »Nee, so berühmt bin ich noch lange nicht. Aber du kannst zu meinem Konzert kommen. Ich kann dir bestimmt eine Freikarte besorgen.«

»Das würde mich freuen.« Der junge Pferdewirt holte Kikis Putzkiste aus der Sattelkammer und gemeinsam machten sie sich daran, Torphy auf Hochglanz zu striegeln. Dem Wallach gefiel die Extrabehandlung so gut, dass er still stand wie ein Denkmal.

»Sag mal«, meinte Patrick nach einer ganzen Weile, »das mit der CD ... Ein Freund von mir arbeitet als Praktikant in einem Tonstudio in Hamburg. Soviel ich weiß, werden da auch klassische Sachen aufgenommen.« Er warf Kiki einen warmen Blick aus seinen dunkelbraunen Augen zu. »Wenn du willst, frag ich ihn mal.«

Eine CD? Mit ihrer Musik drauf? Kiki spürte ein Kribbeln auf der Haut. »Meinst du echt?«, fragte sie. »Das wäre ja …«

»… nicht schlecht?«, half ihr Patrick auf die Sprünge.

»Der Wahnsinn wäre das!« Kiki strahlte den Jungen an. »Der absolute Wahnsinn!«

Als Karlchen am Abend Kiki in ihrem Zimmer besuchte, fand sie die Freundin auf dem Bett liegend und mit weit geöffneten Augen die Decke anstarrend vor.

»Was ist denn nun schon wieder los?«, fragte Karlchen und musterte Kiki mit einem beunruhigten Blick.

»Ach, Karlchen …«, seufzte Kiki mit einem Ausdruck in den Augen, der eindeutig nicht von dieser Welt war, »ich glaub, ich bin verliebt.«

»Ach so.« Karlchen ließ eine Kaugummiblase zerplatzen. »Und ich dachte schon, es wäre was Ernstes.«

7

Am nächsten Tag war Ruhetag im Stall. Die Sonne schien von einem strahlend blauen Himmel und von der Nordsee her kam ein milder Wind, der die Bäume leise hin und her wiegte. Die Mädchen hatten Decken und Kissen aus ihren Zimmern in den Schlosspark geschleppt und es sich im Gras unter den Bäumen so richtig gemütlich gemacht.

Überall lagen und saßen Grüppchen von Schülern auf dem Rasen, unterhielten sich, lasen oder hörten leise Musik.

Karlchen und Bente lagen auf dem Bauch und blätterten Seite an Seite in einem Pferdecomic. Kiki lag in der Sonne und ließ sich bräunen, während Rebecca mit dem Rücken an einem Baumstamm lehnte und träumte.

Zwischen den Freundinnen herrschte entspanntes Schweigen. Ab und zu griff eine in die mitgebrachte Chipstüte oder trank einen Schluck Limo. Karlchen seufzte zufrieden.

»Ist das schön«, stellte sie fest. »Fast wie Ferien, nicht?«

Bente nickte zustimmend.

»Ja, so ein Ruhetag hat echt was Gutes«, meinte sie. »Die Pferde stehen auf der Weide und können tun und lassen, was sie wollen. Und wir können das schöne Wetter genießen, statt in der staubigen Reithalle zu schwitzen.«

»Ich muss leider gleich noch ein Stündchen im Musikzimmer schwitzen«, seufzte Kiki. »Das heißt, eigentlich ist es da eher kühl. Ständig läuft die Klimaanlage, damit sich die Instrumente nicht verstimmen.«

»Steht denn das Programm für deinen großen Auftritt schon?«, erkundigte sich Rebecca.

»Ja, die Pauli hat alles abgesegnet.« Kiki blinzelte in die Sonne. »Ich glaub, wir haben ein echt schönes Programm zusammengestellt. Für jeden Geschmack wird etwas dabei sein.«

»Hauptsache, deinem neuen Schwarm gefällt's«, warf Karlchen grinsend ein. »Wie wär's mit der ›Leichten Kavallerie‹ von Franz von Suppé oder wie der heißt?«

»Du Kulturbanause! Das ist doch kein Geigenstück!« Kiki schüttelte vorwurfsvoll den Kopf. »Und außerdem weiß ich nicht mal, ob Patrick wirklich kommt.«

»Klar kommt der«, war Karlchen sich sicher. »Alleine schon, um dich in deinem sexy Abendkleid zu sehen.«

Kiki rupfte ein dickes Büschel Gras aus und warf es Karlchen an den Kopf, als plötzlich ein lautes Wiehern ertönte.

»Seht mal«, sagte Bente erstaunt. »Der hält sich nicht mal an den Ruhetag!« Sie deutete mit dem Finger auf den Torbogen, durch den ein allseits bekannter blonder Junge auf einem Schimmel ritt: Es war Daniel, der seinen Hengst am langen Zügel über die Schlossbrücke gehen ließ.

»Er hat gesagt, er muss jeden Tag trainieren«, meinte Kiki, »wenn er in Luhmühlen erfolgreich sein will.«

»So ein Ehrgeizling«, schnaubte Karlchen. »Das arme Pferd braucht doch auch mal Ruhe!«

»Gesunder Ehrgeiz hat noch niemandem geschadet, liebes Karlchen«, erwiderte Rebecca unbeeindruckt und fügte hinzu: »Einem konditionell starken Pferd jedenfalls nicht.«

Bente wiegte den Kopf, während sie Daniel und Mystery hinterherschaute.

»Stimmt schon, tägliche Bewegung ist besser, als die Pferde den ganzen Tag im Stall stehen zu lassen«, gab sie zu, »aber trotzdem: Ich finde, Karlchen hat recht. Daniel übertreibt ein bisschen. Bis zum Herbst ist es schließlich noch lange hin. Wenn er so weitermacht, ist Mystery bei der Prüfung total ausgepumpt. Womöglich verletzt er sich sogar, so wie der Blödkopf jeden Tag mit ihm durch die Botanik prescht! Armer Mystery, kann ich da nur sagen.«

Bente war Mitglied im Tierschutzverein. Sie leitete eine Gruppe der Tierschutzjugend, protestierte gegen Massentierhaltung, Schlachtviehtransporte und das brutale Robbenschlachten. Für den »Lindental-Boten« schrieb sie als Redakteurin häufig Artikel über aktuelle Tierschutzthemen, und wenn sie es für notwendig hielt, sammelte sie im Internat Unterschriften für Petitionen, die sie auch schon mal direkt an den Bundespräsidenten schickte, ohne allerdings jemals mehr als ein vorgedrucktes Antwortschreiben erhalten zu haben. Aber sie ließ sich nicht entmutigen. Jeden zweiten Sonntag im Monat arbeitete sie in einem Tierheim, führte Hunde aus, spielte mit den Katzen und machte Käfige sauber. Klar, dass sie der umstrittenen Vielseitigkeitsreiterei skeptisch gegenüberstand.

»So ein Blödsinn. Daniel wird schon wissen, was er seinem Pferd zumuten kann und was nicht. Er reitet ja nicht erst seit gestern.« Für Kiki war das Thema erledigt. Sie ließ sich ins warme Gras zurücksinken und schloss die Augen.

Rebecca zögerte. »Das glaub ich auch, aber trotzdem …« Sie machte eine Pause und sah gerade noch, wie der schöne Schimmelhengst mit seinem Reiter hinter einer Wegbiegung verschwand. »Er sollte wenigstens einen kleinen Bruchteil seines Ehrgeizes auf die Schule verwenden, sonst könnte das böse enden.«

»Hauptsache, es endet für Mystery nicht böse«, murrte Bente. »An das Pferd denkt ihr wohl gar nicht? Na, ich werde diesen Daniel und seine Trainingsmethoden jedenfalls im Auge behalten. Wenn ich sehe, dass er den Hengst überanstrengt, kriegt er eine Anzeige von mir an die Backe, darauf könnt ihr euch verlassen. Da kenne ich nichts!«

»Er wird sicher nichts tun, womit er seinem Pferd schadet«, entgegnete Rebecca fest. »Er liebt seinen Hengst schließlich genauso wie wir unsere Pferde.«

»Ist doch außerdem nicht unser Bier, oder?« Karlchen ließ die Chipstüte kreisen. »Ich meine, solange er anständig reitet und Mystery nichts tut.« Sie zog die Nase kraus. »Allerdings wundere ich mich darüber, dass die Pauli ihm den Ausritt genehmigt hat. Sonst ist die doch immer so streng mit schlechten Schülern.«

Als der Hufschlag des Pferdes leiser wurde und schließlich ganz verstummte, kehrte im Schlosspark wieder himmlische Ruhe ein.

Rebecca griff nach ihrer unvermeidlichen Formelsammlung, ihre drei Freundinnen dösten. Sie merkten zuerst nicht, dass sich am Horizont dicke Wolkenberge auftürmten. Erst als der

Wind heftiger wurde und in Böen durch den Park fuhr, Rebeccas Formelheft durchzauste und die Chipstüte davonwehen ließ, hoben sie die Köpfe und wandten ihre Blicke dem Himmel zu.

»Oha, da braut sich was zusammen!« Karlchen sprang auf und jagte der Chipstüte hinterher, während die Freundinnen Kissen, Decken und Bücher zusammenrafften und schon in Richtung Schloss liefen.

Der Wind fauchte zwischen den Bäumen hindurch und schien plötzlich aus allen Richtungen zu kommen. Die Sonne verschwand hinter dunklen, fast schwarzen Wolken. Es wurde schlagartig kühl. Überall im Park sprangen Mädchen und Jungen auf, packten ihre Siebensachen und liefen mit langen Schritten zum Schloss zurück.

Karlchen war es inzwischen gelungen, ihre Chipstüte einzufangen. Als sie sie in den Mülleimer warf, fiel ihr Blick auf die Ponys und Pferde, die unruhig auf den Koppeln umherliefen.

»Keine Bange, Snude«, murmelte Karlchen in Richtung ihres Norwegers, den sie in der Ponyherde ausmachen konnte, »das ist bloß ein harmloses Sommergewitter. Das ist genauso schnell vorbei, wie's gekommen ist.«

Doch als sie zum Himmel hochsah, erschrak sie. Die Wolkentürme schienen immer höher zu wachsen. Richtig schwarz waren sie nun und der Rest des Himmels wirkte schweflig gelb. Karlchen warf Schnute einen besorgten Blick zu. Der Wallach trabte inmitten der anderen Ponys am Zaun entlang und schien Schutz zu suchen. Die Großpferde auf der Nachbarkoppel wieherten und fielen in einen nervösen Galopp.

»Mannomann«, murmelte Karlchen, »das sieht aber gar nicht gut aus.«

So schnell sie konnte, lief sie zum Schloss und nahm die breiten Steinstufen am Eingang mit drei Sätzen. In der riesigen Eingangshalle mit der hohen Decke nahmen Kiki, Bente und Rebecca sie in Empfang.

»Die Pferde müssen rein«, keuchte Karlchen. Sie bemühte sich, wieder zu Atem zu kommen. »Die flippen total aus. Wo ist Herr von Hohensee?«

»Herr von Hohensee ist schon im Stall.« Frau Dr. Paulus hatte die Halle betreten und hob die Hände, um das aufgeregte Murmeln der versammelten Schülerschar zu dämpfen und sich Gehör zu verschaffen. »Er bittet alle Reitschülerinnen und Reitschüler, ebenfalls zu den Ställen zu kommen, um die Pferde in Sicherheit zu bringen.«

An die anderen Schülerinnen und Schüler gewandt, sagte sie: »Ihr geht bitte auf eure Zimmer oder in die Aufenthaltsräume.« Dann wandte sie sich um und ging mit großen Schritten in ihr Büro. Die Tür ließ sie offen. Kiki konnte sehen, dass die alte Dame mit besorgtem Blick aus dem Fenster sah.

»Los, worauf warten wir noch?« Karlchen war schon vorausgeeilt und hielt die schwere Eingangstür auf. Immer wieder versuchten heftige Böen, ihr die Tür aus der Hand zu reißen, aber sie hielt eisern fest und ließ die Freundinnen durch. Gemeinsam mit den anderen Pony- und Pferdebesitzern rannten die vier Mädchen über den Hof.

»Wir bringen zuerst die Stuten und Wallache rein!«, rief Herr von Hohensee ihnen gegen den Wind zu. »Merle hilft bei den Ponys. Bringt sie in den großen Laufstall«, wandte er sich an die Ponybesitzer. »Um die Hengste kümmert sich Patrick. Er ist schon bei ihnen auf der Koppel.« Ein dunkles Donnergrollen unterbrach den Reitlehrer. Ein greller Blitz erhellte die gespenstische Szenerie. Die Gesichter der Umstehenden wurden blass.

»Wir müssen uns beeilen«, fuhr Herr von Hohensee fort. »Die Pferde müssen im Stall sein, bevor's richtig losgeht, sonst gehen sie uns durch. Aber seid vorsichtig«, bat er. »Alles muss möglichst ruhig ablaufen, klar?«

Alle nickten angespannt. Kiki, Karlchen, Bente und Rebecca liefen mit den anderen in die Geschirrkammer, um Halfter und Führstricke zu holen, dann spurtete Karlchen davon, um sich um Schnute zu kümmern.

»Wir sehen uns später!«, rief sie den Freundinnen zu. »Viel Glück!«

»Gleichfalls!«, rief Kiki zurück. »Und pass auf dich auf!«

Flippi, Karfunkel und Torphy trabten mit den übrigen Pferden der Stuten- und Wallachherde nervös am Zaun hin und her. Die Pferde drängten sich dicht aneinander.

»Wie sollen wir die jemals auseinandersortiert bekommen?«, jammerte Bente.

Ein erneuter Donnerschlag ließ sie zusammenfahren. Zwei Blitze zuckten über den schwarzen Horizont.

»Irgendwie wird's schon gehen«, rief Rebecca der Freundin zu. »Wir müssen nur verhindern, dass sie durchgehen, wenn wir das Gatter öffnen.«

Sven machte das Tor auf und ließ die Freundinnen durch.

»Ich bleib hier stehen«, sagte er ruhig, »und pass auf, dass kein Pferd entwischt.«

»Gute Idee.« Kiki nickte und stapfte voran. »Dann mal los …«

Einem älteren Mädchen aus der Gruppe gelang es, einem Wallach das Halfter überzustreifen. Der Braune schien fast erleichtert zu sein, dass seine Besitzerin gekommen war, ihn am Führstrick festhielt und beruhigend auf ihn einredete.

»Ganz brav«, raunte das Mädchen ihm zu. »Los, solange Goran hier so ruhig steht, könnt ihr vielleicht eure Pferde anlocken und ebenfalls einfangen!«, rief sie den anderen zu. »Ich kann mit Goran die Führung zum Stall übernehmen. Der ist froh, wenn er ein Dach über dem Kopf hat.« Sie klopfte Gorans Hals. »Nicht, Dicker? Du haust nicht ab!«

Kiki hatte Torphy in der Pferdegruppe entdeckt und ging auf ihn zu. Sie hielt die Hand ausgestreckt, als ob sie ein Leckerli darin hätte, und tatsächlich hob Torphy den Kopf und prustete, als er seine Besitzerin sah. Er machte den Hals lang. Kiki nutzte die Gelegenheit und griff ihm beherzt in die lange Stirnmähne.

»Guter Junge«, murmelte sie, während sie ihrem Wallach das Halfter überzog und ein lauter Knall die Pferde erneut in Unruhe versetzte. »Ist doch nur ein blödes Gewitter. Gleich geht's in den warmen Stall.«

Auch Bente und Rebecca waren bei ihren Pferden angelangt.

Flippi hatte einen panischen Ausdruck im Gesicht. Die dunklen Augen entsetzt aufgerissen und mit weit geöffneten Nüstern heftig schnorchelnd, trat sie nervös hin und her. Bente hatte große Mühe, ihr das Halfter über den hocherhobenen Kopf zu ziehen. Als ihr die Stute schmerzhaft auf den

Fuß trat, biss sie sich auf die Lippen, aber sie schaffte es, Flippi festzuhalten und endlich die Schnallen des Halfters zu schließen.

»Alles klar bei dir?«, rief sie Rebecca zu.

Eine scharfe Böe riss das zierliche Mädchen fast von den Beinen, aber Rebecca schlang schnell einen Arm um den Hals ihrer Rappstute und hielt sich daran fest. Mit der anderen Hand schaffte sie es, gleichzeitig das Halfter über Karfunkels Kopf zu legen.

»Geschafft!« Rebecca gab den Freundinnen ein Zeichen, dass sie bereit war.

Die Anwesenheit der Mädchen und Jungen schien die Pferde zu beruhigen. Trotzdem brach ein Wallach aus und drängte vorwärts, als Sven das Gatter, so weit es ging, öffnete und mit einem starken Seil am Zaun befestigte, damit es nicht wieder zuschlagen konnte. Der Junge, der den Wallach führte, wurde ein Stück mitgeschleift, aber er hielt den Führstrick fest in der Faust und brachte sein Pferd durch eine enge Volte wieder unter Kontrolle.

Das Mädchen mit Goran übernahm die Führung und ging als Erste durchs Gatter. Nacheinander folgten die anderen Pferde, hastig zwar und im Trippelschritt, aber doch einigermaßen kontrolliert.

Aus den Augenwinkeln sah Bente, dass die Ponyreiter den großen Laufstall schon erreicht hatten. Sie konnte Karlchen sehen, die Schnute gerade das Halfter abnahm und den Norweger mit einem Klaps auf die Kruppe in den sicheren Stall schickte.

Die haben's gut, dachte Bente.

Sie wusste, dass die Ponys in ihrem Laufstall frei umherlaufen konnten. Bente und ihren Freunden stand die schwierige Aufgabe, ihre nervösen Großpferde auf die richtigen Boxen zu verteilen, noch bevor. Aber ihre Sorge erwies sich zum Glück als unbegründet. Im Stall stand Herr von Hohensee und achtete darauf, dass jedes Pferd in seiner eigenen Box landete.

Als die letzte Box verschlossen war und alle Pferde in Sicherheit waren, atmeten die Freundinnen und der Reitlehrer erleichtert auf.

»Puh«, sagte er, sich zufrieden im Stall umschauend. »Das wäre geschafft. Von mir aus kann jetzt die Welt untergehen.«

Wie auf Kommando krachte es in diesem Moment so laut, dass sich Bente und Kiki ängstlich aneinanderklammerten. Sie standen gemeinsam mit den anderen in der offenen Stalltür und sahen sich das gewaltige Naturschauspiel aus sicherer Entfernung an.

Blitze und Donner kamen fast gleichzeitig. Das schwere Gewitter war direkt über dem Schloss und entlud sich heftig. Der Wind hatte schlagartig nachgelassen, dafür pladderten jetzt die ersten dicken Regentropfen auf den staubigen Vorplatz.

»Wenn man weiß, dass nichts passieren kann«, meinte Kiki, »ist es eigentlich ganz gemütlich.« Sie wandte sich an Herrn von Hohensee, der direkt hinter ihr stand. »Wir haben doch genügend Blitzableiter, oder?«, fragte sie.

»Aber sicher.« Der Reitlehrer lachte. »Uns kann nichts passieren. Und den Pferden auch nicht.« Plötzlich runzelte er die Stirn. Ein dunkler Schatten lief geduckt durch den heftigen Regen direkt auf den Stall zu.

»Patrick!«, rief Herr von Hohensee. »Alles in Ordnung mit den Hengsten?«

Patrick sprang in den Stall und schüttelte sich den Regen aus den Haaren. Als er Kiki sah, zwinkerte er ihr kurz zu. Kiki spürte, dass sie rot wurde, aber sie hoffte, dass es niemand bemerkte.

»Die Hengste stehen in ihren Boxen«, meldete Patrick. Er zögerte.

»Aber?«, fragte Herr von Hohensee alarmiert.

»Aber einer fehlt«, stieß Patrick hervor. »Der große Schimmel, Mystery. Auf der Koppel war er nicht. Ich hab eben noch mal alles mit der Taschenlampe abgesucht. Die Hengstkoppel ist leer, alle Hengste sind im Stall – bis auf Mystery.«

»Herrje!« Der Reitlehrer griff nach seiner Regenjacke. »Hoffentlich ist er nicht über den Zaun gesprungen und abgehauen. Los, Patrick, wir müssen ihn sofort suchen!«

Rebecca drängte sich nach vorn und zupfte Patrick hektisch am Ärmel.

»Hast du gesagt, Mystery fehlt?«, fragte sie den Jungen. »Der Schimmel von Daniel?«

»Ja, genau der«, erwiderte Patrick und wandte sich schon zum Gehen. »Er ist der Einzige, der fehlt. Wahrscheinlich ist er in Panik über den Zaun gesprungen.«

»Mystery kann gar nicht bei den anderen sein.« Rebecca verstellte Patrick und Herrn von Hohensee den Weg. »Und er ist auch nicht mehr auf der Weide. Daniel ist vorhin mit ihm losgeritten.« Sie zögerte. »Ich glaub, er ist noch nicht zurück.«

»Was sagst du da?« Herr von Hohensee musterte sie eindringlich. »Daniel ist auf einem Ausritt? Alleine?«

»Ja, ich glaub schon«, antwortete Rebecca leise. »Wir haben vorhin gesehen, dass er vom Hof geritten ist. Er kann noch gar nicht zurück sein.«

»Verflucht!«, schimpfte der Reitlehrer. Er überlegte angestrengt und sagte dann mehr zu sich selbst: »Frau Dr. Paulus hat ihm diese Alleingänge ausdrücklich verboten. Ich muss sie sofort informieren. Na, die wird sich freuen.«

»Daniel durfte gar nicht ausreiten?«, fragte Bente atemlos. »Sie meinen, er ist einfach losgeritten, ohne vorher Bescheid zu sagen?« Das Mädchen riss die Augen auf. »Manno, das gibt Ärger!«

»Worauf du dich verlassen kannst«, knurrte Herr von Hohensee. »Aber zuerst müssen wir ihn mal finden.« Er ging zum Telefon am Ende der Stallgasse und rief die Internatsleiterin an. Als er zurückkam, machte er ein ernstes Gesicht.

»Patrick«, wandte er sich an den jungen Pferdewirt, der noch immer sprungbereit in der offenen Stalltür stand, »wir müssen einen Suchtrupp bilden. Frau Dr. Paulus tobt, aber sie hat versprochen, dass sie und die anderen Lehrkräfte helfen. Ihr anderen«, sagte er zu den Mädchen und Jungen, »sollt derweil auf eure Zimmer gehen.«

Die Reitschüler protestierten. Sven rief: »Kommt ja gar nicht in die Tüte! Wir helfen alle bei der Suche!«

»Ich glaub, wir müssen gar nicht mehr suchen. Seht mal da.« Patrick deutete nach draußen. Durch die dichte Regenwand kam ein Pferd auf den Stall zugaloppiert. Ohne zu zögern, sprang Patrick hinaus und griff dem panischen Tier beherzt in die herabhängenden Zügel.

»Es ist Mystery!«, schrie er. »Er ist verletzt!«

Herr von Hohensee lief sofort zu dem Pferd, das aufgeregt schnaubend auf der Stelle trat und dabei einen Hinterhuf immer wieder schonend hochhob.

»Daniel!«, rief der Reitlehrer in das Unwetter. »Daniel, wo bist du?«

Alle hielten gespannt den Atem an. Sie lauschten in das Rauschen des Regens und das sich langsam entfernende Donnergrollen. Es kam keine Antwort. Nur das laute Prasseln des Gewitterschauers auf dem Stalldach war zu hören.

Rebecca sprang in den Regen und schrie ebenfalls, so laut sie konnte: »Daniel! Daniel, komm her!«

Als alles still blieb, drehte sie sich mit verzweifeltem Blick zu den erstarrten Freundinnen um und rief mit sich überschlagender Stimme: »Da ist etwas passiert! Daniel ist etwas zugestoßen! Wir müssen ihn suchen!«

Herr von Hohensee gab Patrick Anweisungen, Mystery sofort in den Stall zu bringen und den Tierarzt anzurufen. Zu Rebecca sagte er: »Ihr habt doch gehört. Ihr sollt in eure Zimmer gehen. Wir werden Daniel schon finden.« Er legte ihr eine Hand auf die Schulter. »Mach dir keine Sorgen. Wahrscheinlich hat Mystery vor dem Gewitter gescheut und Daniel abgeworfen.« Er bemühte sich, seiner Stimme einen beruhigenden Klang zu geben. »Sicher ist er in ein paar Minuten hier. Nass und durchgefroren, aber unverletzt.«

Es sollte überzeugend klingen, aber Rebecca sah dem Reitlehrer an, dass er selbst nicht so recht an das glaubte, was er sagte.

»Aber Sie werden ihn suchen, nicht?«, fragte sie mit zitternder Stimme.

»Ja, wir werden ihn suchen«, erwiderte Herr von Hohensee fest. »Und wir werden ihn finden. Aber trotzdem geht ihr jetzt zurück ins Schloss und wärmt euch auf. Das ist eine Anweisung von Frau Dr. Paulus. Zum Abendessen ist Daniel wieder da«, fügte er lächelnd hinzu. »Wenn ihm nach seiner Unterredung mit Frau Dr. Paulus noch danach zumute ist, kann er euch dann alles ausführlich erzählen.« Energisch schob er die Mädchen und Jungen aus dem Stall und schloss die Tür.

8

Rebecca stand am Fenster und kaute auf dem Daumennagel. Die Fensterscheibe war von ihrem Atem beschlagen. Mit der flachen Hand wischte sie einen Kreis frei und starrte weiter hinaus.

Das Gewitter war weitergezogen. Grau und schwer hingen die Wolken am Himmel. Der Regen hatte nachgelassen, nur noch vereinzelt fielen Tropfen von den Bäumen auf den von tiefen Pfützen durchweichten Schlossplatz.

Rebecca sah den schmutzig grauen Himmel an und dachte, dass sie sich genauso fühlte: grau, kalt und leer gewaschen. Sie hatte gesehen, wie sich die gesamte Lehrerschaft des Internats neben Frau Dr. Paulus, Herrn von Hohensee, Merle, Patrick und Stallmeister Maximilian Much vor der Reithalle versammelt hatte und wie dann alle in verschiedene Richtungen ausgeschwärmt waren, um Daniel zu suchen. Rebecca wünschte, sie könnte bei der Suche dabei sein. Sie wünschte, sie könnte irgendetwas tun. Nur nicht mehr hier stehen müssen und hilflos in den Himmel starren.

»Hier, trink einen Schluck.« Bente war hinter die Freundin getreten und hielt ihr einen Becher mit dampfendem Tee hin.

Automatisch griff Rebecca nach dem Becher und hielt ihn mit beiden Händen umfasst, ohne daraus zu trinken.

»Du kannst doch nicht stundenlang hier stehen und vor dich hin starren«, sagte Bente. »Setz dich doch wenigstens hin.« Sie zog einen Sessel ans Fenster und drückte die Freundin mit sanfter Gewalt hinein. »Es stimmt, was ich neulich gesagt habe, nicht?«, fragte sie leise.

Rebecca schaute auf.

»Was meinst du?«, fragte sie.

»Na, dass du in Daniel verliebt bist.« Bente wischte sich eine Haarsträhne aus der Stirn. »Es ist so, oder?«

Rebecca senkte den Kopf und nickte.

»Ich glaub schon«, erwiderte sie zögernd. »Ich war mir selbst nicht sicher, aber jetzt … Ich mach mir solche Sorgen, Bente. Ich hab furchtbare Angst.«

Bente legte einen Arm um sie. Hinter ihr betraten Kiki und Karlchen das Zimmer. Beide Mädchen trugen dicke Bademäntel und hohe Turbane aus Handtüchern auf dem Kopf. Sie kamen aus der Dusche und wollten wissen, ob es Neuigkeiten gab. Bente legte schnell einen Finger an den Mund und bedeutete ihnen, still zu sein. Karlchen zog die Augenbrauen hoch, aber dann sah sie, dass Rebecca weinte. Mit einem Satz war sie bei ihr.

»Arme Rebecca«, sagte sie. »Es wird schon alles gut werden. Mach dich bloß nicht verrückt.«

Auch Kiki trat näher. Mitfühlend sah sie Rebecca an. Dann setzte sie sich still aufs Bett. Die Musikstunde fiel aus. Kiki hätte sich bei der ganzen Aufregung auf keine einzige Note konzentrieren können und die Pauli beteiligte sich an der Suche nach Daniel. Es blieb nichts zu tun, als zu warten.

Rebecca hob den Blick und sah die drei Freundinnen der Reihe nach an.

»Ihr wusstet die ganze Zeit über, dass ich in Daniel verliebt bin«, murmelte sie verlegen.

»Klar«, grinste Karlchen, »das konnte doch jeder sehen, so wie ihr euch angeschmachtet habt beim letzten Strandausritt. Mann, ich glaub, euch hat's schwer erwischt.«

»Aber bis eben hab ich's ja selbst nicht gewusst!« Rebecca sprang auf und tigerte im Zimmer umher. »Ich und Daniel, das ist doch …«

»… ziemlich unmöglich?«, fragte Kiki mit einem kleinen Lächeln.

Rebecca blieb stehen und starrte sie erschrocken an.

»Du bist sauer, stimmt's?«, fragte sie. »Du denkst, ich will dir Daniel ausspannen!«

»Nein, Blödsinn.« Kiki machte eine wegwerfende Handbewegung und lächelte Rebecca an. »Ich hab schon längst gemerkt, dass Daniel und ich nicht zusammenpassen würden. Und außerdem …«, sie machte eine Pause und grinste, »gibt es inzwischen Patrick. Ich glaub, mit dem könnte es echt was werden. Ihr haltet mich wahrscheinlich für etwas sprunghaft, was?«

»Du bist echt nicht sauer auf mich?«, fragte Rebecca ungläubig, ohne auf die Frage einzugehen.

Kiki stand auf und nahm sie in den Arm. »Nein, echt nicht. Mach dir deswegen keine Sorgen. Ich drück dir sogar die Daumen, dass es klappt mit Daniel und dir«, sagte sie ehrlich. »Ich finde nämlich, ihr passt supergut zusammen. Genauso wie Mystery und Karfunkel.«

Rebecca zuckte zusammen.

»Aber Mystery ist verletzt«, stöhnte sie. »Und Daniel auch.«

»Woher willst du das denn wissen? Bestimmt geht es ihm gut und Mystery wird auch bald wieder fit sein«, beeilte sich Bente zu versichern.

»Ich hab so ein komisches Gefühl.« Rebecca nahm die Wanderung durch das kleine Zimmer wieder auf. »Ich weiß auch nicht, warum …«

Fast zwei Stunden vergingen, ohne dass etwas geschah. Frau Wuttig hatte schon mehrere Male zum Abendessen geläutet, aber die Freundinnen hatten keinen Appetit.

Kiki und Karlchen hatten sich Jogginganzüge angezogen und waren aneinandergekuschelt auf dem Bett eingeschlafen.

Eine laute Sirene ließ die Mädchen hochfahren. Sie wussten sofort, was das Geräusch bedeutete.

»Ein Rettungswagen«, flüsterte Karlchen leise, »das ist ein Rettungswagen.«

Rebecca erstarrte. »Ich hab's gewusst«, stöhnte sie auf. »Ich hab gewusst, dass was Schlimmes passiert ist!«

Sie stellte sich wieder ans Fenster und versuchte, in der einsetzenden Abenddämmerung etwas zu erkennen. Auf der Bundesstraße, die ein ganzes Stück vom Schloss entfernt war, konnten die Freundinnen den schwachen Schimmer eines Blaulichts erkennen, das hinter einer Biegung im Wald verschwand.

»Vielleicht war irgendwo ein Unfall«, meinte Bente. »Vielleicht hat das gar nichts mit Daniel zu tun.« Aber sie glaubte selbst nicht an das, was sie sagte.

Schweigend warteten sie auf die Rückkehr der Helfer. Karlchen, die neben Rebecca am Fenster stand, rief plötzlich: »Da! Ich seh Patrick und Max! Ja, das sind sie. Und da kommen auch Herr von Hohensee und die anderen!«

Rebecca war nicht mehr zu halten. Sie drehte sich um und lief aus dem Zimmer. Ihre Freundinnen beeilten sich, mit langen Schritten die Schlosstreppe hinunterstolpernd, sie einzuholen.

Rebecca stand schon auf dem Hof bei Patrick und Herrn Much und redete hektisch auf die beiden ein. Als Patrick Kiki sah, warf er ihr einen Hilfe suchenden Blick zu und fasste sie am Arm. Stallmeister Much nahm Rebecca beiseite und redete beruhigend auf sie ein, als hätte er es mit einem nervösen Pferd zu tun.

»Du musst deine Freundin beruhigen, Kiki«, raunte Patrick Kiki zu. »Die dreht sonst noch durch.«

»Klar, mach ich«, nickte Kiki. »Habt ihr Daniel gefunden? Was ist mit ihm?«

Patrick nickte mit ernster Miene.

»Ja, wir haben ihn gefunden. Er ist verletzt und auf dem Weg ins Krankenhaus«, antwortete er gedämpft.

Kiki sog scharf die Luft ein.

»Ist es schlimm?«, wollte sie wissen. »Was hat er?«

»So wie's aussieht, eine Gehirnerschütterung und ein gebrochenes Bein.« Patrick zuckte mit den Schultern. »Ob er auch innere Verletzungen hat und eventuell operiert werden muss, kann natürlich erst in der Klinik festgestellt werden.«

»Oh nein!«, entfuhr es Bente, die aufmerksam zugehört hatte. »Armer Daniel!«

Unbemerkt war Herr von Hohensee hinter die kleine Gruppe getreten.

»Tja«, meinte er nachdenklich. »Daniel hat es wirklich schwer erwischt. Aber als wir ihn fanden, war er bei Bewusstsein und ansprechbar. Er ist ein zäher Bursche. Gut, dass er so durchtrainiert ist, das hat ihm heute vielleicht das Leben gerettet. So wie es scheint, hat er mächtig Glück gehabt. Mystery muss vor dem Gewitter gescheut haben.« Der Reitlehrer wischte sich mit einer Hand müde über das Gesicht. »An einem Abhang ist er dann ins Straucheln geraten und gestürzt. Dabei hat er Daniel unter sich begraben. Jetzt können wir nur noch abwarten und hoffen, dass er alles gut übersteht. Rebecca?« Er wandte sich an das zitternde Mädchen. »Ich soll dir etwas von Daniel ausrichten.«

»Mir?«, fragte Rebecca, die ganz blass geworden war.

»Ja, er hat gesagt, ich soll dich von ihm grüßen«, sagte Herr von Hohensee, »und dir ausrichten, dass ihr alles nachholt, sobald er wieder auf den Beinen ist. Und dann hat er noch etwas von der Seelenverwandtschaft eurer Pferde gesagt und dass du daran denken sollst, dass sie sich aus einem früheren Leben kennen oder so ähnlich.« Er zog die Augenbrauen zusammen. »Aber da hatte der Notarzt ihm schon eine Beruhigungsspritze gegeben. Möglich, dass er ein bisschen weggetreten war.«

Rebecca wischte sich eine Träne aus dem Augenwinkel. Ihr

Gesicht strahlte trotz des Kummers. »Ich versteh das schon, Herr von Hohensee«, erwiderte sie. »Vielen Dank, dass Sie's mir gesagt haben.«

Karlchen trat vor, nahm ihre Hand und drückte sie ganz fest.

»Und was ist mit Mystery?«, erkundigte sich Bente mit besorgter Miene. »Was hat der Tierarzt gesagt?«

»Mystery ist wohlauf.« Herr von Hohensee machte ein erleichtertes Gesicht. »Er hat eine Prellung an der Hinterhand, die gekühlt und ruhig gestellt werden muss, und ein paar oberflächliche Hautabschürfungen, mehr nicht. Es sieht so aus, als hätten Daniel und sein Pferd heute einen besonders aufmerksamen Schutzengel gehabt. So viel Glück im Unglück, das ist schon was Besonderes, findet ihr nicht?«

Die Mädchen nickten und Rebecca atmete auf. Klar, sie machte sich noch immer furchtbare Sorgen, aber so wie es aussah, hatte Daniel wirklich Glück gehabt. Wie es weitergehen würde, würde die Zukunft zeigen. Hauptsache, Daniel und Mystery waren bald wieder auf den Beinen.

»Und dann wird gelernt!«, sagte sie laut. Als ihre Freundinnen und der Reitlehrer sie fragend ansahen, beeilte Rebecca sich zu sagen: »Ach, das ist nur so eine Redensart. Ich wollte sagen, hoffentlich hat Daniel was daraus gelernt und unterlässt in Zukunft solche Alleingänge.« Sie wurde rot und fing sich prompt ein verschmitztes Grinsen von Karlchen ein.

Herr von Hohensee hatte nichts bemerkt und drehte sich um. »Nun geht mal langsam wieder rein und esst einen Happen zum Abendbrot«, schlug er vor. »Frau Dr. Paulus wird euch morgen früh sicher Bericht erstatten. Sie ist mit ins Krankenhaus gefahren.«

Beruhigt gingen die Mädchen in das hell erleuchtete Schloss zurück. Karlchens Magen knurrte vernehmlich.

»Hoffentlich hat die Wuttig noch ein paar Haferflocken für mich«, sagte sie, voller Hoffnung in den Speisesaal linsend. »Sonst muss ich heute Nacht noch in die Futterkammer einbrechen.«

9

Am nächsten Morgen erwachte Rebecca schon lange vor dem Weckerklingeln. Leise, um Kiki nicht zu stören, schälte sie sich aus dem Bett, nahm ihre Sachen unter den Arm und verschwand im Badezimmer. Sie duschte heiß und wusch sich die Haare. Dann schlüpfte sie in bequeme Jeans, zog ihr Lieblingssweatshirt über den Kopf und stieg in ihre Turnschuhe. Ganz leise schlich sie aus dem Zimmer und huschte die breite Marmortreppe hinunter in die zu dieser frühen Morgenstunde noch unbelebte Eingangshalle.

Rebecca wusste, dass Frau Dr. Petra Paulus eine Frühaufsteherin war. Die Direktorin des Internats nutzte die ruhigen Morgenstunden, um in ihrem Büro Tee zu trinken und ihre private Post zu erledigen – Dinge, für die sie später keine Zeit mehr fand.

Vor der Tür zu Frau Dr. Paulus' Büro blieb Rebecca stehen. Sie legte die Hand auf die Türklinke, atmete tief durch und zählte bis zehn, dann klopfte sie beherzt an.

»Herein!«, rief die Direktorin. Selbst durch die geschlossene Tür konnte Rebecca die Verwunderung in ihrer Stimme hören.

Rebecca betrat das gemütlich eingerichtete Büro und blieb

in der geöffneten Tür stehen. Sie räusperte sich und sagte: »Guten Morgen, Frau Dr. Paulus. Bitte entschuldigen Sie die Störung, aber ich würde mich gerne mit Ihnen über Daniel Barenthien unterhalten.«

Frau Dr. Paulus stand auf und reichte ihr die Hand. Sie lächelte und Rebecca hatte fast das Gefühl, als hätte die Direktorin ihren Besuch erwartet.

»Rebecca«, sagte sie freundlich, »komm herein und setz dich.«

Rebecca setzte sich in einen der bequemen Lehnstühle, die vor dem Schreibtisch standen. Frau Dr. Paulus schloss die Tür.

Die anderen saßen bereits beim Frühstück, als Rebecca später in den Speisesaal stürmte. Ihre Wangen glühten, ihre Augen strahlten.

»Sorry, bin ich etwa zu spät?« Sie ließ sich auf einen freien Stuhl fallen und guckte die Freundinnen der Reihe nach an.

»Seit wann bist du so eine Frühaufsteherin?«, fragte Bente argwöhnisch. »Du hättest wenigstens eine Nachricht hinterlassen können!«

»Wir wollten schon die Pauli alarmieren und einen Suchtrupp losschicken«, sagte Kiki vorwurfsvoll.

Rebecca kicherte. »Gut, dass ihr euch die Mühe erspart habt. Ich komm nämlich gerade von der Pauli. Wir hatten ein ziemlich aufschlussreiches Gespräch.«

»Wie? Sag nicht, du hast mit Frau Dr. Paulus Tee getrunken!« Bentes Gesicht war ein einziges Fragezeichen. »Das tut sie doch immer um diese Zeit.«

»Genau das hab ich getan«, grinste Rebecca. »Es war echt gemütlich.«

»Nun rück schon raus«, bat Karlchen. »Was wolltest du so früh bei der Pauli?«

Rebecca griff nach einem Mohnbrötchen und schnitt es betont langsam auf. Dann bestrich sie beide Hälften mit Butter und belegte sie mit Käse, den sie sehr gewissenhaft aussuchte.

»Rebecca, Liebelein«, flehte Bente, »heute noch …«

Rebecca biss krachend in ihr Käsebrötchen und trank einen Schluck Kakao. Dann sagte sie zuckersüß: »Die Pauli und ich haben uns ein bisschen über Daniel unterhalten.«

Karlchen ließ ihren Haferflockenlöffel sinken und starrte sie mit offenem Mund an. Kiki vergaß, von ihrem Knäckebrot abzubeißen. Nur Bente schien sich nicht im Geringsten zu wundern.

»Und?«, hakte sie nach. »Was meint unsere liebe Direktorin zu dem hoffnungslosen Fall?«

»Och, sie ist der Meinung, dass Daniel gar kein so hoffnungsloser Fall ist«, erwiderte Rebecca. »Genau wie ich übrigens. Die Pauli will sich höchstpersönlich um seine Nachhilfe kümmern. Sie meint, sie kriegt ihn schon auf Trab.«

»Davon bin ich überzeugt«, entgegnete Bente trocken. »Die Pauli hat noch jeden auf Vordermann gebracht.«

»Stimmt.« Rebecca strahlte die Freundinnen an. »Und damit nicht alles allein auf ihren schmalen Schultern lastet, hat Frau Dr. Paulus mich gebeten, ihr ein bisschen zur Seite zu stehen. Ich soll so etwas wie ihre Assistentin sein und Daniel ab und zu in den Allerwertesten treten.«

»Das hat die Pauli gesagt?« Bente riss die Augenbrauen hoch.

»Ja, wortwörtlich hat sie gesagt: Ein kräftiger Tritt in den Hintern hat noch keinem Jungen geschadet – noch dazu von einem ehrgeizigen jungen Mädchen!« Rebecca lachte fröhlich.

»Und du glaubst, dass Daniel sich darauf einlässt?« Kiki hatte da so ihre Zweifel, wenn sie an die lockere Lebenseinstellung des Jungen dachte.

»Das muss er wohl, solange er hilflos ans Bett gefesselt ist. Schließlich kann er schlecht weglaufen«, mümmelte Karlchen zwischen zwei Löffeln Haferflocken. Sie stieß Rebecca mit dem Ellenbogen in die Seite und kicherte. »›Kranke Männer sind hilfloser als Babys‹, behauptet meine Mutter immer. Die Chance solltest du dir wirklich nicht entgehen lassen. Wie sagt man so schön in Dänemark: Schnapp den Tag!«

Rebecca setzte zu einer umfangreichen Erklärung an, weshalb sie Daniel helfen wollte, aber dann sah sie die belustigten Gesichter der anderen und hob die Hände.

»Okay«, grinste sie. »Ich weiß Bescheid.«

»Ach, muss Liebe schön sein«, seufzte Bente und verdrehte die Augen. »Apropos Liebe.« Sie warf Kiki einen Blick zu. »Was macht eigentlich dein süßer Pferdepfleger?«

»Auszubildender Pferdewirt«, korrigierte Kiki. »Keine Ahnung, aber ich werde ihm nachher einen kleinen Besuch abstatten.« Sie zog ein paar Konzertkarten aus der hinteren Tasche ihrer engen Jeans und wedelte damit vor Bentes Nase herum. »Freikarten für mein Konzert. Erste Reihe, genau in der Mitte.« Sie machte ein zufriedenes Gesicht. »Jetzt muss er wohl kommen. Und außerdem«, ergänzte sie, »hat er mir versprochen, ich dürfte mal seinen Isländer reiten. Ich denke, heute wäre ein schöner Tag für einen kleinen Tölt auf Wolke sieben.«

»Wolke sieben? Heißt so etwa sein Isländer?« Bente riss entsetzt die Augen auf.

»Oh Bente ...«, stöhnte Kiki.

Karlchen und Rebecca prusteten los.

»Wieso?«, brummte Bente. »Hätte doch sein können, oder?«

»Sein Isländer heißt natürlich nicht Wolke sieben. Er hat einen isländischen Namen: Snorri«, erklärte Kiki. »Obwohl«, sie zog die Nase kraus, »womöglich heißt Snorri ja Wolke sieben auf Isländisch, wer weiß? Isländisch soll ja eine ziemlich merkwürdige Sprache sein. Ich werd Patrick nachher mal fragen.«

Karlchen tippte sich mit dem Löffel an die Stirn.

»Spar dir die Mühe. Isländisch und Dänisch sind zwar zwei verschiedene Sprachen«, sagte sie, »aber trotzdem sind sie sich ein bisschen ähnlich. Ich bin mir also ziemlich sicher, dass Snorri nicht Wolke sieben heißt.«

»Nicht? Schade eigentlich.« Kiki stand auf und nahm ihren Rucksack von der Stuhllehne. »Na denn, auch gut. Auf geht's, Mädels. Mathe bei der Pauli. Wie sagt man so schön in Dänemark?«

»Schnapp den Tag!«, antworteten die Freundinnen im Chor.

Auf dem Weg zum Klassenzimmer steckte Kiki Bente ein paar Freikarten zu. »Vielleicht haben Laura und ihre Eltern ja

Zeit und Lust, zu meinem Konzert zu kommen. Frag sie doch mal.«

»Vielen Dank«, strahlte Bente. »Ich ruf sie heute Abend gleich an und frag sie. Dein Konzert lassen sie sich bestimmt nicht entgehen!«

10

Seit Daniels Unfall gingen Kiki und Rebecca jeden Nachmittag gemeinsam in den Hengststall – Kiki, um Patrick zu besuchen, und Rebecca, um nach Mystery zu sehen. Die Prellungen und Hautabschürfungen des Hengstes waren fast abgeheilt. Dank Patricks Pflege und dem regelmäßigen Kühlen der Hinterhand stand der Schimmel schon wieder reichlich unternehmungslustig in seiner Box.

Seinen Besitzer schien er dabei nicht besonders schmerzlich zu vermissen, dafür hatte Patrick bei seiner Stallarbeit eine andere Entdeckung gemacht: Er erzählte den Mädchen, dass Mystery häufig in seinem Paddock stand und sehnsüchtig zur Stutenkoppel hinübergucken würde. Und auf der Stutenkoppel wiederum stand, ganz dicht am Zaun und ebenso unbeweglich, eine tiefschwarze Stute.

»Falls es das bei Pferden gibt, sind Mystery und Karfunkel eindeutig ineinander verknallt«, grinste Patrick. »So, wie die stundenlang dastehen und sich anschmachten, mit dem unüberwindbaren Zaun dazwischen, kommen die beiden mir vor wie Romeo und Julia.«

»Wie süß«, kicherte Kiki. »Eine Pferde-Lovestory!« Sie zog die Nase kraus, wie immer wenn sie nachdachte, und strahlte

Rebecca an. »Hey, das ist doch die Idee! Mystery ist ein Hengst und Karfunkel eine Stute!«

»Ach nee, das hab ich auch schon festgestellt«, entgegnete Rebecca trocken. Sie reichte Mystery einen kleinen grünen Apfel, den er krachend zerbiss. Schaum tropfte von seinem Maul. »Und? Was willst du mir damit sagen, liebe Kiki?«

»Ein Fohlen!«, rief Kiki übermütig. »Die beiden müssen unbedingt ein Fohlen zusammen haben. Stellt euch nur mal vor, wie süß das wäre! Ein Schimmel und eine Rappstute. Das Fohlen wäre bestimmt ein Schecke!« Sie bekam von ihrer glänzenden Idee ganz rote Ohren. »Oh Mann«, spann sie den Gedanken weiter, »das wär's doch, oder? Ein Fohlen im Internat!«

Rebecca tippte sich mit dem Finger an die Stirn und kraulte Mystery unter der Mähne, aber Patrick schien von Kikis Ausführungen ziemlich angetan zu sein.

»Beide sind Trakehner, Mystery ist gekört«, murmelte er nachdenklich. »Von der Linie her müsste ein ziemlicher Knaller dabei herauskommen. Beide haben gute Vererber in ihrem Stammbaum. Warum also nicht?«

Kiki und Patrick sahen Rebecca an, die scheinbar ungerührt dastand und kein Wort sagte. Nur um ihre Mundwinkel spielte ein kleines Lächeln.

Ein Fohlen für Karfunkel?, dachte sie verträumt. Warum eigentlich nicht?

Sie nahm sich vor, mit Daniel darüber zu reden, wenn es ihm besser ging. Zu Kiki und Patrick sagte sie: »Man soll nie nie sagen, aber im Moment haben wir Wichtigeres zu tun. Daniel kann wegen des Unfalls nicht an der Vielseitigkeits-

Meisterschaft teilnehmen und hat daher jede Menge Zeit zum Lernen. Und ihr wisst, dass ich versprochen hab, ihm dabei zu helfen.«

Kiki nickte. »Klar, aber was hat das mit dem Fohlen zu tun?«

»Eigentlich nichts«, gab Rebecca zu, »aber wenn Karfunkel jetzt ein Fohlen erwarten würde, könnte ich mich bestimmt auf nichts anderes mehr konzentrieren. Dann wäre das Fohlen das Wichtigste, und das geht im Moment nun mal nicht. Aber vielleicht später, mal sehen. Ich glaub, ich könnte mich an den Gedanken gewöhnen. Irgendwann sollte sie sowieso mal ein Fohlen bekommen. Warum soll nicht Mystery der Vater sein?«

Mystery wandte sich um, ging mit langen Schritten hinaus in seinen Paddock und wieherte. Rebecca sah, dass Karfunkel auf der Stutenweide den Kopf hob und an den Zaun trabte, um den Gruß zu erwidern.

»Ich glaub, Patrick hat recht«, lachte Rebecca. »Die beiden sind eindeutig verknallt.«

»Wie hat Daniel eigentlich die Nachricht aufgenommen, dass er nicht in Luhmühlen starten kann?«, erkundigte sich Patrick, als er mit den Mädchen wenig später den Stall verließ.

»Zuerst war er ziemlich deprimiert«, berichtete Rebecca, »aber inzwischen hat er eingesehen, dass es keinen Sinn macht, etwas erzwingen zu wollen. Sein Bein ist kompliziert gebrochen und muss vielleicht noch einmal operiert werden. An das Training oder die Teilnahme an der Vielseitigkeit ist überhaupt nicht zu denken.«

»Na und?«, meinte Kiki ungerührt. »Die Vielseitigkeit läuft ihm nicht weg. Dann reitet er eben im nächsten Jahr mit. Er sollte froh sein, dass er den Unfall so gut überstanden hat.« Sie machte eine Pause und fuhr fort: »Und auch, dass die Pauli ihm noch eine Chance gegeben hat. Das war nämlich nicht selbstverständlich.«

Rebecca und Patrick nickten. Klar, Frau Dr. Paulus hätte auch anders reagieren können. Immerhin hatte sich Daniel auf eigene Faust und ohne Erlaubnis der Direktorin vom Internatsgelände entfernt und sich und sein Pferd dadurch in große Gefahr gebracht. Normalerweise hätte das genügt, um ihn vom Internat zu verweisen. Dass die Pauli ihm noch eine Chance gab, musste man ihr hoch anrechnen. Aber genauso klar war auch, dass Daniel einiges tun musste, um das Vertrauen zu rechtfertigen, das man in ihn setzte. Es war wirklich seine allerletzte Chance, das hatte Frau Dr. Paulus deutlich zu verstehen gegeben.

»Macht er denn Fortschritte?«, fragte Patrick.

»Ja, und wie.« Rebecca nickte zufrieden. »Die Pauli und ich fahren jeden zweiten Nachmittag in die Klinik und überhäufen ihn mit Aufgaben. Zuerst hat er ganz schön gemeckert.« Sie kicherte. »Aber inzwischen hat er sich in sein Schicksal ergeben. Wie hat Karlchen so schön gesagt: Solange er ans Bett gefesselt ist, kann er schließlich nicht weglaufen!«

Patrick lachte. »Der Ärmste!«

Der blonde Junge hatte Kikis Hand genommen und streichelte sie zärtlich. Rebecca wandte sich um. »Ich lass euch dann mal alleine«, sagte sie beiläufig. »In einer halben Stunde holt die Pauli mich ab und ich muss mir vorher noch ein paar fiese Aufgaben für Daniel einfallen lassen.« Sie trabte los und zwinkerte Kiki zu.

Als sie sich noch einmal umdrehte, sah sie, dass Kiki und Patrick eng umschlungen in Richtung Schlosspark schlenderten.

Was für ein süßes Paar, dachte Rebecca zufrieden. Und offensichtlich schwer verliebt.

Fröhlich vor sich hinsummend hüpfte sie die breite Eingangstreppe hinauf. Wenig später hatte sie ihre Tasche gepackt und wartete vor dem Internatsbüro auf Frau Dr. Paulus.

»Pünktlich wie immer«, lobte die Direktorin. »Können wir?« Als Rebecca nickte, fragte Frau Dr. Paulus: »Macht es dir etwas aus, wenn ich dich heute an der Klinik absetze und du alleine zu Daniel gehst? Ich habe noch ein paar Dinge im Kultusministerium zu erledigen und würde dich dann auf dem Rückweg wieder einsammeln.«

Rebecca hatte Mühe, sich ihre Freude nicht anmerken zu lassen. Woher sollte die Pauli auch wissen, dass sie viel lieber mit Daniel alleine war?

»Das macht mir überhaupt nichts aus, Frau Dr. Paulus«, beeilte sie sich zu versichern. »Lassen Sie sich ruhig Zeit.«

»Prima. Dann gebe ich dir einfach die Arbeitsblätter für Daniel mit. Er soll sie bis übermorgen durcharbeiten und ein paar Anmerkungen dazu verfassen.« Frau Dr. Paulus ging voraus, öffnete die Beifahrertür ihres roten VW Beetle und ließ Rebecca einsteigen. »Ich habe alles genau aufgeschrieben.« Sie schenkte Rebecca ein warmes Lächeln. »Aber wie ich dich kenne, machst du das schon, nicht wahr?« Als sie den Wagen anrollen ließ, fügte sie hinzu: »Daniel kann wirklich von Glück reden, dass du ihm hilfst. Ich bin dir sehr dankbar für deine Unterstützung.«

»Ach, das mach ich doch gern.« Rebecca winkte ab und konnte sich ein kleines Grinsen nicht verkneifen. »Mir fällt alles leicht, was die Schule angeht. Warum soll ich anderen dann nicht ein bisschen helfen?«

»Wenn nur alle meine Schüler so intelligent wären wie du, Rebecca …«, sinnierte die Pauli, während sie ihren Beetle in den fließenden Verkehr einreihte.

Dann wär's wahrscheinlich ziemlich langweilig in der Schule, dachte Rebecca lächelnd. Und das Internat könnte seine Pforten schließen.

Als sie das Krankenzimmer betrat, saß Daniel in einem Rollstuhl am Fenster und strahlte sie an.

»Hey, du darfst schon aufstehen?«, staunte Rebecca. »Das ist ja cool!«

»Aufstehen noch nicht direkt.« Daniel klopfte auf den harten Gips, der sein linkes Bein vom Oberschenkel bis zum Fuß umschloss. »Aber ein bisschen spazieren fahren darf ich schon.«

Rebecca legte ihre Tasche und den Ordner, den Frau Dr. Paulus ihr mitgegeben hatte, auf das freie Bett und trat zu ihm.

»Du siehst schon viel besser aus«, stellte sie fest. »Du hast direkt ein bisschen Farbe im Gesicht.«

»Mir geht's auch schon viel besser.« Daniel gab dem Rollstuhl Schwung und fuhr Rebecca direkt vor die Füße. »Die Ärzte haben gesagt, dass ich nicht noch mal operiert werden muss. Nächste Woche bekomm ich einen Gehgips und dann darf ich raus.«

»Wow, das sind ja super Neuigkeiten! Ich freu mich für dich.« Rebecca legte eine Hand auf die Lehne des Rollstuhls. Daniel strich ganz kurz darüber. Dann sah er sich verwirrt im Zimmer um.

»Sag mal, hast du nicht was vergessen?«, fragte er. »Wo ist denn der alte Drachen?«

»Falls du zufällig Frau Dr. Paulus meinst«, erwiderte Rebecca mit ernster Miene, »die kommt heute nicht. Sie hat noch was im Ministerium zu tun. Heute musst du mal mit mir vorliebnehmen. Wir haben viel zu tun.«

»Oh nein, Gnade«, stöhnte Daniel, »doch nicht bei dem schönen Wetter! Hast du denn gar kein Erbarmen? Ich bin krank und draußen scheint die Sonne. Noch nie was davon gehört, dass Sonnenbestrahlung eine gute Wirkung auf den Heilungsverlauf hat?« Er machte ein komisch verzweifeltes Gesicht und sah aus wie ein zerknirschter Dackel, dem man das Lieblingsspielzeug weggenommen hatte.

Rebecca musste lachen.

»Also, ich weiß ja nicht, ob wir mit diesem Monstrum hier«, sie stieß mit der Fußspitze gegen den Rollstuhl, »rauskommen, aber falls ja, würde ich mich bereit erklären, den Unterricht ausnahmsweise nach draußen zu verlegen. Von wegen der positiven Wirkung der Sonnenstrahlen auf den Heilungsprozess und so.«

»Klar kommen wir damit raus!« Daniel vollführte eine gekonnte Drehung mit seinem Gefährt. »Ich hab extra den ganzen Vormittag geübt!«

Ein paar Minuten später waren sie im Park des Krankenhauses angelangt. Ein gewundener Plattenweg zog sich durch die gepflegte Anlage. Daniel zeigte mit dem Finger auf einen kleinen, von blühenden Rosen umrankten Pavillon.

»Lass uns da rübergehen«, schlug er vor, »das ist ein schönes Plätzchen und wir haben dort unsere Ruhe.«

Rebecca schob den Rollstuhl quer über den holprigen Rasen. Es war ungewohnt für sie und sie gab sich Mühe, jede Unebenheit zu umgehen, um Daniel nicht wehzutun. Aber der lachte nur und rief: »Los, gib Gas! Ich bin doch kein oller Mummelgreis!«

Als sie den Pavillon erreicht hatten, stöhnte Rebecca auf. »Verflixt, jetzt hab ich meine Tasche und die Mappe oben liegen lassen. Ich lauf schnell zurück.« Sie wollte sich schon umdrehen und loslaufen, als Daniel nach ihrem Arm griff und sie festhielt.

»Hey«, sagte er mit warmer Stimme, »kannst du nicht mal an was anderes denken als an diese blöden Hausaufgaben? Die Sonne scheint, die Vögel zwitschern. Lass uns eine kleine Pause machen, ja?« Er sah Rebecca mit seinen blitzblauen Augen an. »Du kannst mir zum Beispiel was erzählen. Was es so Neues im Internat gibt und wie es Mystery geht. Bitte, Rebecca«, bat er eindringlich.

Rebecca zögerte, aber dann sah sie den fast flehenden Ausdruck in seinen Augen. Sie fühlte ihr Herz klopfen und in den Knien hatte sie ein Gefühl wie Wackelpudding.

»Okay«, sagte sie gedehnt. »Aber wir holen die Aufgaben nach, verstanden?«

Sie setzte sich auf die niedrige Bank, die an der Innenseite des Gartenhäuschens entlanglief, und erzählte Daniel alles, was er wissen wollte. Als sie bei Mystery und Karfunkel angelangt war und erzählte, dass die beiden Pferde im Stall nur noch Romeo und Julia genannt wurden, rollte Daniel mit seinem Rollstuhl ganz dicht an sie heran.

»Ich hab's gewusst, dass die beiden sich mögen!« Er lächelte, dann hob er eine Hand und fuhr damit vorsichtig über Rebeccas kurz geschnittenes Haar. »Es gefällt mir, wie du dein Haar trägst. Man sieht nicht oft Mädchen mit so kurzen Haaren.«

»Ich bin nun mal nicht so ein Löwenmähnentyp«, winkte Rebecca ab. »Kurze Haare stehen mir am besten und praktisch sind sie auch.«

Daniel nickte. Er sah Rebecca in die Augen und schien zu zögern. »Du, ich mag dich«, sagte er schließlich leise.

Rebecca erwiderte seinen Blick.

»Ich mag dich auch, Daniel«, sagte sie, »sehr sogar.«

Sie beugte sich leicht vor und gab ihm einen Kuss.

11

»Alle mal herhören! Wir machen einen Ausritt!« Karlchen stürmte in den Aufenthaltsraum und stieß dabei gegen den Tisch, an dem Bente und Sven saßen und eine Partie Mühle spielten. Bente hatte eine Zwickmühle gebaut und nahm Sven Stein um Stein ab. Sie warf Karlchen einen vernichtenden Blick zu und schob das Spielbrett wieder zurecht.

»Macht's Spaß?«, erkundigte sich Karlchen fröhlich.

»Blöde Frage«, knurrte Sven. Er hatte einige Mühe, seine letzten Spielsteine zu retten. »Ich war gerade so schön am Gewinnen.«

»Ist ja gar nicht wahr«, protestierte Bente sofort. »Wenn Karlchen nicht …« Sie unterbrach sich selbst und fragte die Freundin: »Hast du was von einem Ausritt gesagt?«

»Allerdings!«, erwiderte Karlchen und ließ sich aufs Sofa fallen. »Ich bin Herrn von Hohensee über den Weg gelaufen, da hat er's mir gesagt. Um drei auf dem Vorplatz.«

»Ob wir wieder an den Strand reiten?« Rebecca setzte sich zu Karlchen auf das altersschwache, vormals rot karierte Sofa. Die Freundin schüttelte den rotbraunen Wuschelkopf.

»Nö, heute geht's in den Wald«, meinte sie. »Harti will im Wald angeblich eine Füchsin mit Jungen gesehen haben und hat Herrn von Hohensee gebeten, die Spur zu verfolgen. Wahrscheinlich soll das eine Bio-Stunde im Sattel werden oder so ...«

»Fähe heißt es, nicht Füchsin«, verbesserte Rebecca sie. »Aber mit Füchsen ist nicht zu spaßen, das sind schließlich potenzielle Tollwutüberträger. Ich weiß nicht, ob es so schlau ist, mit den Pferden einer Fuchsfährte zu folgen.«

»Wahrscheinlich war's sowieso nur eine Igelfamilie«, vermutete Bente. »Wir wissen schließlich, wie kurzsichtig unser Herr Hartmann ist.«

»Ist doch egal«, Kiki sprang auf, »Hauptsache, es geht raus!«

Nachdem sie in ihre Reithosen und -stiefel gestiegen waren, machten die Freundinnen sich wenig später auf den Weg zu den Ställen. Nach den heftigen Regenfällen der vergangenen Tage hatte sich das schöne Wetter wieder durchgesetzt. Die Sonne schien, aber es wehte ein frischer Wind, der am Himmel ein paar Wattewölkchen vor sich herschob.

Herr von Hohensee war schon im Stall und sattelte Jolly Jumper. Er schaute auf, als er die Mädchen bemerkte.

»Na?«, meinte er, Karlchen von oben bis unten musternd. »Denkst du nicht, du bist langsam zu groß für dein Fjordpferd? Wann willst du denn auf einen Großen wechseln?«

Karlchen, die in den letzten Monaten wirklich ziemlich in die Höhe geschossen war, schnaubte entrüstet.

»Nie im Leben! Snude und ich gehören zusammen!«

»Ich mein's doch nicht böse, Karolin«, lenkte der Reitlehrer ein, »aber mit deinen langen Beinen solltest du wirklich langsam daran denken, auf ein Großpferd umzusteigen. Das muss ja nicht heißen, dass du deinen Norweger gar nicht mehr reitest oder nicht mehr lieb hast.« Er klopfte Jolly Jumper die breite Brust. »Aber für deine reiterliche Entwicklung wäre es wichtig, den Absprung zu finden. Überleg's dir mal in Ruhe. Ich hab den ganzen Stall voll mit Pferden. Da finden wir bestimmt das passende für dich.«

»Tja, ja«, murmelte Karlchen, »wollen mal sehen.«

Sie drehte sich um und verschwand in der Sattelkammer, um Schnutes Trachtensattel und sein Zaumzeug zu holen. Bente konnte hören, dass sie dabei ununterbrochen vor sich hin brabbelte. Es hörte sich an wie: »Kommt ja gar nicht in die Tüte!« und »Der hat sie wohl nicht mehr alle!« Bente grinste und ging, um Flippi für den Ritt fertig zu machen.

Die Stute wieherte hell, als Bente die Boxentür öffnete.

»Hallo, Süße«, raunte Bente ihr zu. Sie schlang die Arme um den Hals ihres Pferdes und vergrub das Gesicht in der weichen Mähne. »Hm, riechst du wieder gut.« Sie kraulte den Wirbel auf Flippis Stirn und gab ihr eine Mohrrübe, die sie im Vorbeigehen in der Futterkammer stibitzt hatte. Als sie aus der Box trat und das Halfter vom Haken nahm, fiel ihr Blick auf das Namensschild an der Boxentür. »Filippa aus der Saragossa von Famoso, geboren 2004, Besitzer: Familie Brandstätter«, stand in großen Druckbuchstaben auf dem Schild. Bente schluckte. »Familie Brandstätter«, das waren sie und ihre Brüder. Ihre Eltern waren vor einigen Jahren bei einem Autounfall ums Leben gekommen. Ein paar Wochen vorher hatten sie Bente Flippi zum Geburtstag geschenkt. Es war der schönste Geburtstag in Bentes Leben gewesen. Und dann war alles vorbei. Ihre Eltern waren auf der Stelle tot gewesen, sie selbst lag schwer verletzt im Krankenhaus. Bente schüttelte sich. Obwohl sie sich an den Unfallhergang nicht richtig erinnern konnte, träumte sie nachts manchmal davon. Es war alles so schnell gegangen. Eben hatten sie noch im Garten des Auenhofs bei Tante Mira und Onkel Thomas gesessen, Bente hatte mit Laura herumgealbert, und dann, auf dem Nachhauseweg …

In der ersten Zeit hatten Bente und ihre jüngeren Zwillingsbrüder, Benjamin und Bastian, die zum Glück bei dem Unfall nicht dabei gewesen waren, auf dem Auenhof gelebt. Wenig später waren sie dann zu ihren Großeltern gezogen. Die Eltern von Bentes Vater besaßen eine gut gehende Pension an der Nordsee und hatten viel Platz. Bente hatte das Internat damals als auswärtige Schülerin besucht – genau wie ihr Vater, als er in ihrem Alter war.

Im Gegensatz zu den Kindern, die im Schloss lebten, war Bente nur zum Unterricht erschienen und nach Schulschluss mit dem Bus nach Hause gefahren. Aber nach einiger Zeit hatte sie gemerkt, dass sie auf diese Weise niemals dazugehören würde. Eine richtige Internatsschülerin musste im Internat zu Hause sein, war Bentes Meinung. Aus der kleinen Erbschaft, die die Eltern ihr und den kleinen Brüdern hinterlassen hatten, konnte sie mit Unterstützung ihrer Großeltern den Internatsaufenthalt finanzieren. Und sie war richtig froh darüber. Hier hatte sie Freunde gefunden, die sie gernhatten und die sich um sie kümmerten, wenn es ihr schlecht ging.

»Hey, Bente, alles klar mit dir?« Kiki stupste die Freundin vorsichtig an.

Bente wandte sich erschrocken um. Immer wenn sie an ihre Eltern dachte, vergaß sie alles um sich herum. »Ja, klar«, versicherte sie schnell und wischte sich verstohlen übers Gesicht. »Ich bin gleich fertig!«

Sie streifte Flippi das Halfter über und führte sie aus der Box. Mit langen Kardätschenstrichen fuhr sie über das fuchsfarbene Fell und klopfte schließlich den Eisenstriegel an der Stallwand aus.

Die anderen warteten schon auf dem Vorplatz auf sie.

Herr von Hohensee zog den Sattelgurt nach und schwang sich in den Sattel.

»Patrick?«, rief er in Richtung Hengststall. »Bist du so weit?«

Die Freundinnen sahen sich erstaunt an.

»Wusstest du, dass Patrick mitkommt?«, erkundigte sich Bente bei Kiki. Die schüttelte den Kopf.

»Nee, kein Stück.« Sie kletterte auf Torphys Rücken, legte das linke Bein über das Sattelblatt nach vorne und gurtete von oben nach. »Welches Pferd er wohl reitet?«

»Mystery«, mischte sich Rebecca von der anderen Seite her ein. »Patrick reitet ihn, solange Daniel im Krankenhaus liegt. Mystery braucht Bewegung und Patrick soll ein guter Reiter sein, hat mir Daniel erzählt.« Sie strich Karfunkel über den glatten Hals. »Er hat das silberne Reitabzeichen!«

»Wow!«, entfuhr es Kiki. »Davon hat er mir ja gar nichts gesagt!«

»Da kannst du mal sehen«, nuschelte Karlchen, die vor dem Stall zu den Freundinnen gestoßen war und in den Tiefen ihrer ausgebeulten Reithose einen Müsliriegel gefunden hatte, den sie freundschaftlich mit Schnute teilte. »Stille Wasser sind tief.«

»Alte dänische Bauernweisheit, was?«, unkte Bente.

»Möglicherweise«, erwiderte Karlchen grinsend. Sie steckte ihrem Norweger den letzten Bissen des klebrigen Riegels ins Maul und nahm die Zügel auf.

Rebecca verzog das Gesicht.

»Sag mal, Karlchen, meinst du eigentlich, dass das gut ist?«, fragte sie die Freundin.

»Was gut für mich ist …«, fing Karlchen fröhlich an.

»Jaja, ich weiß schon«, grinste Rebecca. »Das ist auch gut für Schnute!«

»Genau so ist das.« Karlchen wendete ihren Falben und zog die Nase kraus. »Und, Herr Rittmeister?«, wandte sie sich an Herrn von Hohensee. »Welche Richtung dürfen wir einschlagen?«

Der Reitlehrer lachte.

»Immer Richtung Westen, liebe Karolin«, rief er gut gelaunt zurück, »aber ich denke nicht, dass du auf deinem Pony die Tete übernehmen solltest. Das überlass doch bitte lieber mir und meinem Jolly, einverstanden?«

Als Patrick Mystery aus dem Stall führte, wieherte Karfunkel glockenhell auf.

»Romeo und Julia!«, rief Bente und kicherte. »Wie romantisch!«

Mystery drängte in Richtung der Stute. Patrick hatte Mühe, den Hengst zu bändigen, und saß rasch auf.

»Ich glaub, wir sollten nebeneinander reiten«, schlug er Rebecca vor. »Sonst geben sie doch keine Ruhe.«

Rebecca zögerte. Sie ahnte, dass Kiki sich bestimmt schon darauf gefreut hatte, neben Patrick durch den Wald zu reiten, und warf der Freundin einen Blick zu. Aber die nickte.

»Schon klar«, meinte Kiki gutmütig, »Verliebte soll man nicht trennen. Dann muss Patrick eben mit meiner und Torphys Kehrseite vorliebnehmen.« Sie nahm die Zügel auf und legte die Schenkel an. »Ich reite vor euch, okay?«

»Ein schöner Rücken kann auch entzücken«, stellte Patrick grinsend fest und zwinkerte ihr zu.

Bente stöhnte auf. »Ist heute Tag der dummen Sprüche? Komm, Flippi, wir reiten mit Karlchen und Schnute hinterher. So viele Verliebte auf einem Haufen. Das halt ich nicht aus!«

Im Wald roch es nach Laub und feuchter Erde. Der Boden federte weich. Die Reiterinnen und Reiter hatten ihre Pferde ein Stück traben lassen, jetzt parierten sie sie zum Schritt durch und ließen sich die Zügel aus der Hand kauen. Dankbar streckten sich die Pferde und Ponys und machten die Hälse lang.

Schnute nieste laut und schnappte links und rechts des Weges nach jungen Zweigen. Karlchen lachte und ließ ihr Pony gewähren.

Karfunkel und Mystery gingen Seite an Seite im Gleichtakt dicht nebeneinanderher. Ab und zu wandte Mystery den Kopf zur Seite.

»Hast du so was schon mal erlebt?«, fragte Rebecca Patrick. »Dass sich zwei Pferde so zueinander hingezogen fühlen?«

»Nein, erlebt nicht«, antworte Patrick, »aber gelesen hab

ich darüber. Es soll in Arabien mal einen Hengst und eine Stute gegeben haben, die ›Die Unzertrennlichen‹ genannt wurden. Durch nichts und niemanden waren die beiden auseinanderzubringen. Als die Stute eines Tages starb, hat sich der Hengst einfach neben sie gelegt. Er hat nicht mehr gefressen und ist nicht wieder aufgestanden. Nach ein paar Tagen ist er dann auch gestorben.«

»Das ist ja traurig.« Rebecca guckte Patrick von der Seite an. »Die Armen!«

»Na ja, ein bisschen traurig ist es schon«, gab Patrick zu, »aber auch schön, oder? Immerhin sind die beiden Pferde ihr Leben lang zusammen gewesen. Und als die Stute gestorben ist, wollte der Hengst ihr folgen.« Er klopfte Mysterys Hals. »Ich finde die Geschichte irgendwie toll.«

»Ich auch!«, rief Kiki von vorne, die der Erzählung zugehört hatte. »Ewige Liebe bis in den Tod – etwas Romantischeres gibt's doch gar nicht!«

»Und jetzt galoppieren sie Seite an Seite im Himmel über die Wolken«, krähte Bente von hinten.

»Und wenn sie nicht gestorben sind, dann galoppieren sie noch heute«, zitierte Karlchen ein wenig verfremdet aus einem Märchen.

An der Spitze der Abteilung gab Herr von Hohensee das Zeichen zum Galopp. Die jungen Reiterinnen und Reiter nahmen die Zügel auf und schon bald preschte die bunte Herde durch den Wald.

»Und wo ist nun diese Fuchsfamilie?«, fragte Karlchen. »Also, der einzige rote Schwanz, den ich heute gesehen habe, war der Schweif von Jolly Jumper!«

»Stimmt, du hast recht«, grinste Bente. An die Fähe mit ihren Jungen, die sie bei diesem Ausritt eigentlich beobachten sollten, hatte außer Karlchen anscheinend keiner mehr gedacht. »Aber ich hab's schließlich gleich gesagt. Unser lieber Bio-Pauker ist blind wie ein Maulwurf!«

12

»Wahnsinn, Kiki«, sagte Bente, während sie ein paar Tage später ihren Wandkalender musterte. »Nächsten Sonntag ist schon dein großer Auftritt!«

Kiki nickte. »Ja, Sonntagabend ist es so weit. Ich hab euch Plätze reservieren lassen, natürlich in der ersten Reihe. Ist schon irre, wie schnell die Zeit vergeht, nicht? Weißt du inzwischen, ob Laura und ihre Eltern wirklich kommen? Es würde ziemlich blöd aussehen, wenn so weit vorne drei Plätze unbesetzt blieben.«

»Die kommen garantiert. Verlass dich drauf«, versicherte Bente. »Laura hat mir gestern Abend noch eine E-Mail geschickt und mich gefragt, was sie anziehen soll. Was Schickes, hab ich ihr geantwortet. Wenn wir uns schon in Schale schmeißen, dann richtig, oder?«

Rebecca hörte schmunzelnd zu. Am Sonntag würde nicht nur Kikis Violinkonzert stattfinden, am Sonntag sollte auch Daniel aus dem Krankenhaus entlassen werden. Sie hatte den Freundinnen noch nichts davon erzählt. Es sollte eine Überraschung sein. Sie und Frau Dr. Paulus waren die Einzigen, die davon wussten.

Die werden Augen machen, dachte Rebecca.

Belustigt musterte sie ihre Freundinnen, die sich begeistert ausmalten, wie Kikis Stern am Musikhimmel erstrahlen würde, wenn sie mit Patricks Hilfe endlich ihre erste CD auf den Markt bringen würde.

Nur Karlchen hockte derweil über den Matheaufgaben und stöhnte vernehmlich.

»Ich kapier's nicht«, brummte sie und schob ihr Geo-Dreieck auf dem Papier hin und her. »Ich kapier's einfach nicht. Wieso ist diese blöde Seite nur halb so lang wie die andere? Eigentlich sollte es genau andersherum sein.«

Rebecca stand auf und setzte sich neben die Freundin.

»Wahrscheinlich ist dein Ansatz falsch«, vermutete sie. »Komm, zeig mal her. Vielleicht kann ich dir helfen.«

Dankbar schob ihr Karlchen das Matheheft rüber.

»Wenn einer das knacken kann, dann sowieso nur du«, meinte sie. In ihrer Stimme schwang Bewunderung mit. »Echt faszinierend, wie du das immer machst. Für mich sind Mathe, Physik und Chemie die reinsten Rätsel.«

»Dabei sind die Naturwissenschaften die logischsten Wissenschaften überhaupt«, entgegnete Rebecca lächelnd. »Man muss sich nur darauf einlassen.«

»Na, danke.« Karlchen verzog das Gesicht. »Das überlass ich lieber solchen Genies wie dir.«

Die Tage bis zum Konzert vergingen im Nu. Kaum hatten die Freundinnen sich versehen, war der Sonntag da. Sie ertappten sich dabei, wie sie schon beim Frühstück unruhig auf den Stühlen herumrutschten.

»Ich krieg keinen einzigen Bissen runter.« Karlchen rührte

lustlos in ihren Haferflocken, ein sehr ungewöhnlicher Anblick.

»Wieso bist du denn eigentlich nervös?«, wollte Bente wissen. »Du hast doch schließlich keinen Auftritt.«

»Nee, das nicht«, gab Karlchen zu. »Aber heute Abend muss ich mich schließlich fein machen und …«, sie zögerte und schob den Haferflockennapf beiseite, »ich glaub, das Kleid, das mir meine Mutter für festliche Angelegenheiten geschickt hat, passt mir nicht mehr. Ich muss wohl irgendwie zugenommen haben, keine Ahnung, wie das passieren konnte.«

Bente prustete laut los.

»Ach du liebe Güte, ja, dann hast du echt ein Problem«, lachte sie. »Aber keine Panik, ich hab noch ein paar Sicherheitsnadeln. Das kriegen wir schon hin.«

Kiki war blass und schweigsam, aber das lag nicht daran, dass sie Lampenfieber hatte, wie sie den Freundinnen versicherte, sondern daran, dass sie sich im Geiste schon auf das Konzertprogramm konzentrierte.

»Ich spiele ohne Noten«, erklärte sie den anderen, »und deshalb gehe ich im Kopf vorher noch mal jedes einzelne Notenblatt durch.«

»Unglaublich!« Bente verdrehte die Augen. »Ich wusste, dass ich an der Seite eines Genies lebe!«

Rebecca sprach nicht viel. Sie trank ihren Kakao und dachte dabei an Daniel. Frau Dr. Paulus hatte versprochen, ihn rechtzeitig aus der Klinik abzuholen, sodass er pünktlich zu Kikis Konzert auf Schloss Lindental eintreffen würde.

Als sich die Mädchen am Nachmittag umzogen, sagte Rebecca beiläufig zu den Freundinnen: »Ach, übrigens ... es kann sein, dass ich etwas später komme. Haltet mir meinen Platz frei, ja? Ich muss vor dem Konzert noch mal kurz zur Pauli.«

»Muss das sein?«, fragte Kiki. »Aber platz mir nicht in die erste Partitur! Da stolpere ich sowieso jedes Mal drüber.«

»Nein, nein, bestimmt nicht«, versicherte Rebecca hastig. »Die Pauli und ich sind brav auf unseren Plätzen, bevor du den ersten Ton spielst, versprochen.« Sie hoffte inständig, dass sie recht behalten würde.

Ein paar Stunden später stand Kiki hinter der Bühne und stimmte ein letztes Mal ihre Violine. Neugierig lugte sie durch einen schmalen Spalt im Vorhang. Der Konzertsaal war schon gut gefüllt. Schüler, Lehrer, Ehemalige, ein paar extra angereiste Eltern und Musikliebhaber aus der Umgebung des Reitinternats saßen bereits auf ihren Plätzen und blätterten interessiert in den Programmheften.

Kiki war ein bisschen traurig, dass weder ihr Vater noch ihre Großmutter zum Konzert kommen konnten. Ihr Vater nahm an einem Reitturnier teil und die Großmutter konnte wegen ihres Alters keine so weiten Reisen mehr machen. Aber dafür saß Patrick in der ersten Reihe! Er hatte einen dunklen Anzug an, der ihm unheimlich gut stand, und machte ein Gesicht wie an Weihnachten.

Links und rechts wurde er von Bente und Karlchen flankiert. Karlchens Gesicht war auffallend rot. Kiki ahnte, dass die Ärmste wahrscheinlich die Luft anhalten musste, damit sie ihr viel zu enges Kleid nicht versehentlich sprengte.

Neben Bente saß mit erwartungsvollem Lächeln ihre Cousine Laura mit ihren Eltern, Tante Mira und Onkel Thomas. Auch sie hatten sich in Schale geworfen und machten feierliche Gesichter. Bente und Laura steckten die Köpfe zusammen und tuschelten leise miteinander.

Auf der anderen Seite waren neben Karlchen noch zwei Plätze frei: der von Rebecca und der von der Pauli.

Was haben die jetzt noch so Wichtiges zu besprechen?, überlegte Kiki stirnrunzelnd.

Sie nahm sich vor, nicht eher anzufangen, bis auch die beiden letzten Plätze besetzt waren. Schließlich gab es nichts Schlimmeres für eine Musikerin, als durch Zuschauer, die sich in letzter Sekunde durch die vollen Reihen quetschten, aus dem Takt gebracht zu werden!

Plötzlich ging eine leichte Unruhe durch die Zuschauerreihen. Programmhefte raschelten, Köpfe wandten sich um, als im hinteren Bereich des Saals eine Tür geöffnet wurde.

Auch Bente, Laura und Karlchen drehten sich um. Sie flüsterten sich etwas zu und stießen dem armen Patrick aufgeregt zwischen die Rippen.

Kiki machte den Spalt im Vorhang ein bisschen größer, um besser sehen zu können.

»Auweia!«, entfuhr es ihr laut. »Das sind doch …«

Vom hinteren Eingang des Konzertsaals näherten sich zwei Nachzügler den vorderen Reihen: ein Junge und ein Mädchen.

Kiki erkannte die beiden sofort.

»Aber das ist ja unglaublich!«, staunte sie. »Rebecca und Daniel! Und sie sehen aus wie Romeo und Julia!«

Daniel bewegte sich etwas mühsam auf zwei Krücken vorwärts, aber sein Gesicht strahlte. An seiner Seite, in einem langen, dunkelblauen Samtkleid, ging Rebecca. Sie stützte mit einer Hand Daniels Unterarm, während sie ihn zu den freien Plätzen in der ersten Reihe lotste.

Hinter den beiden schlüpfte unauffällig Frau Dr. Paulus in den Saal. Sie blieb in der Nähe der Tür stehen. Auf ihrem Gesicht lag ein kleines, sehr zufriedenes Lächeln.

Bente konnte nicht länger an sich halten. Sie erhob sich halb von ihrem Platz und wedelte hektisch mit dem Programmheft, um Rebecca auf sich aufmerksam zu machen. Laura zog sie energisch zurück auf den Sitz.

»Musst du unbedingt so einen Wirbel machen?«, raunte sie ihrer Cousine zu. »Ist ja peinlich!«

Schnell setzte sich Bente wieder hin.

Daniel grinste verlegen und flüsterte Rebecca etwas zu. Kiki konnte von ihrem Bühnenversteck aus sehen, dass er erleichtert aufatmete, als er und Rebecca endlich Platz nehmen konnten.

Vielleicht sollte ich das Programm ändern und den Hochzeitsmarsch spielen?, dachte Kiki belustigt, während sie den Vorhang zur Seite schob und die Bühne betrat, aber das wäre wahrscheinlich doch noch verfrüht.

Mehrere Scheinwerfer schwenkten herum und erfassten sie in ihrem langen Kleid. Sie verbeugte sich lächelnd und nahm die Violine hoch. Die Aufmerksamkeit und der Applaus, der jetzt aufbrandete, galten einzig und allein ihr und ihrer geliebten Musik.

Das Konzert wurde ein voller Erfolg. Erst nach drei Zugaben wurde Kiki von der Bühne entlassen. Patrick hatte es irgendwie geschafft, einen riesigen Strauß roter Rosen zu organisieren, den er ihr schwungvoll zuwarf. Kiki fing den Strauß mit einer Hand und strahlte über das ganze Gesicht, dann warf sie Patrick eine Kusshand zu, verbeugte sich noch einmal und verschwand hinter dem Vorhang.

Bente beschrieb Lauras Eltern unterdessen den Weg zum Büfett, das im Speisesaal des Schlosses aufgebaut war.

»Wollt ihr denn nichts essen?«, erkundigte sich Onkel Thomas verwundert.

»Später«, antwortete Bente hastig. »Zuerst müssen wir hinter die Bühne und uns ein Autogramm holen!« Sie nahm Laura und Karlchen ins Schlepptau und zog sie hinter sich her. »Mensch, davon können wir später unseren Enkeln erzählen!«

»Ja, in hundert Jahren vielleicht«, lachte Laura.

»Ach, hallo, Daniel«, sagte Karlchen im Vorbeigehen. »Echt schön, dass du wieder da bist!«

»Ja, cool, Alter.« Patrick war den Freundinnen gefolgt und klopfte Daniel beiläufig auf die Schulter. »Mystery wird sich freuen. Sorry, aber wir sprechen später weiter, ja? Ich muss unbedingt zu der Künstlerin!«

»Na klar«, nickte Daniel. Er stand, auf seine Gehhilfen gestützt, etwas hilflos im Gang vor der Bühne.

»Komm, lass uns verschwinden«, flüsterte Rebecca ihm ins Ohr. »Du brauchst dringend Ruhe.«

»Hey, mir geht's gut«, protestierte Daniel. »Mir gefällt es, dass ich endlich wieder mitten im Leben stehe.«

»Ja, dir vielleicht«, entgegnete Rebecca, »aber deinem Bein ganz sicher nicht. Du musst es hochlegen, haben die Ärzte gesagt. Schon vergessen?«

»Zu Befehl, Schwester Rebecca.« Daniel beugte sich vor und gab ihr einen Kuss auf die Nase, wobei er eine Krücke fallen ließ und fast das Gleichgewicht verlor.

Rebecca schüttelte den Kopf und führte ihn energisch aus dem Saal.

In seinem Zimmer atmete sie erleichtert auf und schob Daniel einen Sessel hin. Schnell stellte sie noch einen Stuhl davor, auf den er sein Gipsbein legen konnte.

»War das nicht ein wunderschönes Konzert?«, seufzte sie. »Diese Musik ... ich hatte direkt eine Gänsehaut.«

»Ja, ich auch.« Daniel legte seine Gehhilfen beiseite und setzte sich vorsichtig auf den Sessel, das eingegipste Bein weit von sich streckend. »Kiki wird bestimmt mal richtig berühmt.«

»Wenn sie es will, ganz bestimmt«, meinte Rebecca. »Aber ich glaub, sie hat sich da noch nicht so festgelegt. Bestimmt hat sie noch ein paar Überraschungen für uns auf Lager.«

Daniel lächelte versonnen.

»Es ist schön, wieder hier zu sein«, stellte er fest, »hier, in deiner Nähe.« Er pochte auf seinen Gehgips. »In ein paar Wochen kommt der blöde Gips ab und dann darf ich bald auch wieder reiten. Ich freu mich schon auf unseren ersten Ausritt.«

Rebecca versuchte, den überbordenden Optimismus des Jungen ein wenig zu dämpfen.

»Ich fürchte, es wird noch ein Weilchen dauern, bis du

wieder richtig im Sattel sitzen kannst«, sagte sie behutsam. »Vergiss nicht, du hattest einen ziemlich schweren Unfall. Dein Körper braucht Zeit, um das zu verkraften und sich wieder ganz zu regenerieren. Von der Psyche ganz zu schweigen. Gut möglich, dass du ein Trauma erlitten hast. Psychologen sind der Meinung, dass …«

Daniel stöhnte auf. »Du redest genau wie die Ärzte im Krankenhaus! ›Herr Barenthien, Sie müssen vorsichtig sein. Keine großen Sprünge in der nächsten Zeit, verstanden?‹« Er schüttelte sich. »Ich hab's ziemlich satt, ständig bedauert und betüdelt zu werden. Ich bin gesund, ich will wieder reiten! Mit dir, Rebecca!«

Rebecca verdrängte ihre ängstlichen Bedenken.

»Das will ich doch auch, und wie!«, erwiderte sie ehrlich. »Ich freu mich so, dass es dir besser geht. Und wenn du erst wieder ganz gesund bist, ich meine wirklich gesund, und wieder reiten darfst, vielleicht erlaubt uns Herr von Hohensee dann einen Ausritt? Einen ganz besonderen, nur wir beide und …«

»… und Mystery und Karfunkel«, ergänzte Daniel. »Ja, eine Belohnung nach dem ganzen Stress haben wir uns verdient.«

»Mit Sicherheit.« Rebecca nickte energisch. »Ich werde mal mit der Pauli reden. Vielleicht können wir sogar die Nachhilfestunden ein bisschen reduzieren. Du hast im Krankenhaus eine ganze Menge nachgeholt und riesige Fortschritte gemacht. Ich glaub kaum, dass Frau Dr. Paulus noch etwas an deinen schulischen Leistungen auszusetzen hat. Du musst allerdings am Ball bleiben.«

»Ich weiß«, antwortete Daniel zerknirscht. »Aber wenn du mir hilfst, pack ich das. Ich versprech's. Und wenn ich erst mal wieder im Sattel sitzen und trainieren kann«, überlegte er weiter, »dann kann ich vielleicht nächstes Jahr in der Vielseitigkeit starten.«

»Das ist wohl immer noch dein größter Traum?«, fragte Rebecca. Plötzlich musste sie lachen. »Aber ich fürchte, unsere Tierschutzbeauftragte Bente will vorher noch ein ernstes Wörtchen mit dir reden.«

»Hilfe, wieso das denn?« Daniel machte ein erschrockenes Gesicht. »Hab ich was verbrochen?«

»Bente ist total gegen die Vielseitigkeit«, erklärte Rebecca. »Sie ist der Überzeugung, dass Geländeprüfungen Tierquälerei sind. Wenn sie feststellt, dass du Mystery überforderst, wird sie dir, ohne zu zögern, eine Anzeige aufbrummen.« Sie zog eine Augenbraue hoch. »Ich sag dir, mit Bente ist echt nicht zu spaßen, wenn es um Tiere geht. Die würde sogar ihre Oma anzeigen, wenn die eine Fliege totschlägt, ohne sie vorher betäubt zu haben!«

»Ach, das alte Thema«, winkte Daniel ab. »Es stimmt, dass es in der Vergangenheit eine Menge Mist gegeben hat. Es sind Pferde zuschanden geritten worden, manche wurden bei den schweren Geländeprüfungen sogar getötet.« Er sah Rebecca offen an. »Ich weiß das, und es tut mir wirklich leid. Aber inzwischen steht die Vielseitigkeitsreiterei unter scharfen Kontrollen. Tierärzte und Vertreter des Tierschutzbunds passen auf, dass den Pferden nichts geschieht, und wenn ein Pferd trotzdem überfordert sein sollte, wird es sofort aus dem Wettbewerb genommen und der Reiter bestraft.« Er nahm Rebeccas Hand. »Ich verspreche dir und deiner Freundin hoch und heilig, dass ich niemals etwas tun werde, womit ich Mystery schaden würde. Bente kann sich jederzeit mit eigenen Augen davon überzeugen. Ich hab nichts zu verbergen. Im Gegenteil, ich hab meinen Schimmel nämlich unheimlich lieb. Und außerdem«, er grinste breit, »ist Mystery sowieso viel stärker als ich. Der wird mir schon zu verstehen geben, wenn ihm was nicht passt!«

»Das glaub ich allerdings auch!« Rebecca stellte sich den muskelbepackten Schimmelhengst vor und kicherte. »Aber um noch mal auf deine Träume zurückzukommen ...«

»Ja, die Vielseitigkeit zu reiten ist und bleibt mein Traum«, erwiderte Daniel. »Jeder Mensch hat Träume, oder? Du etwa nicht?«

»Doch, klar. Ich träume zum Beispiel davon, eines Tages den Nobelpreis für Physik zu bekommen«, antwortete Rebecca, ohne zu zögern. »Wenn mir nur endlich ein anständiges Thema für den diesjährigen Jugend-forscht-Wettbewerb einfallen würde. Ich hab neulich irgendwo gelesen, dass man aus den Abwässern von Konditoreien und Bäckereien Bakterien züchten kann, die in der Lage sind, Altöl und ähnliche Schadstoffe zu vernichten. Hm, klingt doch interessant, oder?«

»Hey, wir waren bei unseren Träumen«, erinnerte Daniel.

»Ach ja, klar. Entschuldige, war auch nur so eine Idee.« Rebecca runzelte die Stirn. »Also, meine Träume, na ja, neben dem anzustrebenden Nobelpreis träume ich zum Beispiel davon, dass Karfunkel irgendwann mal ein Fohlen bekommt.«

»Wo ist das Problem?«, fragte Daniel und küsste sie auf die Nasenspitze. »Zuerst die Vielseitigkeit, dann das Fohlen!«

»Und dann der Nobelpreis«, ergänzte Rebecca den Satz. Sie fiel Daniel um den Hals und gab ihm einen langen Kuss.

Draußen auf der Weide vor dem festlich erleuchteten Schloss hob ein Pferd den Kopf und wieherte zustimmend.

Es war spät, als Rebecca endlich in ihr Zimmer zurückkehrte. Sie öffnete die Tür im Zeitlupentempo und wollte sich gerade auf Zehenspitzen hineinschleichen, als ihr die Türklinke von innen aus der Hand gerissen wurde. Jemand packte sie am Ärmel und zog sie unsanft hinein.

»Himmel, was soll das?«, fauchte Rebecca. »Lass mich los!«

»Pscht! Sei ruhig und komm rein! Oder willst du das ganze Schloss aufwecken?« Vor ihr stand Bente und grinste von einem Ohr zum anderen. Rebecca schaute sich verwirrt um.

»Hab ich mich im Zimmer geirrt?«, fragte sie.

Sie wollte sich gerade wieder umdrehen, als sie Karlchen, Laura und Kiki bemerkte, die, von einem riesigen Kissenhügel halb verborgen, auf einem der Betten thronten und ebenfalls grinsten.

»Du bist im richtigen Zimmer«, kicherte Kiki ausgelassen, »und du kommst gerade noch rechtzeitig.«

»Rechtzeitig? Wofür?« Rebecca verstand nur Bahnhof. Sie war müde und wollte endlich ins Bett, aber das war anscheinend besetzt.

»Pyjama-Party!«, riefen die Freundinnen im Chor. Wie auf Kommando sprangen Kiki, Laura und Karlchen auf.

Erst jetzt fiel es Rebecca auf, dass ihre Freundinnen ihre bunten Schlafanzüge anhatten. Karlchen warf eine Handvoll Gummibärchen in die Luft.

»Los, du olle Liese!«, lachte sie. »Rein in den Schlafanzug! Wir feiern Kikis Konzert!«

»Und Daniels Rückkehr!«, rief Bente.

»Und dass du endlich da bist!«, fügte Bente grinsend hinzu.

»Aber was machst du hier?«, wandte sich Rebecca staunend an Laura. »Haben deine Eltern dich vergessen, oder gehst jetzt auch aufs Reitinternat?«

»Weder noch«, grinste Laura und schob sich ein paar Gummibärchen zwischen die Zähne. »Ich hab einfach so lange gebettelt, bis meine Eltern mir erlaubt haben, bei euch zu übernachten. Sie bleiben über Nacht bei Bentes Großeltern und holen mich morgen früh wieder ab. Cool, was?«

Rebecca prustete laut los. »Also, ihr seid echt …«

»… deine besten Freundinnen!«, vollendeten die anderen den angefangenen Satz. »Was sonst?«

Dagmar Hoßfeld
Internat Lindental

Allein ins Abenteuer

1

»Setz dich tiefer in den Sattel!«, rief Patrick quer über den Reitplatz. »Und nimm die Hände höher. Isländer reitet man anders als andere Pferde. So bekommst du Snorri nie in den Tölt!«

Kikis Gesicht unter dem Reithelm war knallrot, auf ihrer Oberlippe glänzten Schweißperlen. Sie warf ihrem Freund, der an der Umzäunung des Vierecks lehnte und lässig auf einem Strohhalm kaute, einen verzweifelten Blick zu und versuchte, seinen Anweisungen zu folgen. Sie saß zum ersten Mal auf Snorri und überhaupt hatte sie vorher noch nie einen Isländer geritten. Aber Patrick hatte ihr so lange davon vorgeschwärmt, dass Kiki es unbedingt selbst probieren wollte. Und jetzt? Es war eine einzige Blamage! Man musste spezielle Hilfen geben, um das Pferd in den für Isländer typischen »vierten Gang« zu bekommen – und diese Hilfen beherrschte Kiki leider überhaupt nicht. Der Braunschecke trabte zwar brav vorwärts und spielte zufrieden mit den Ohren, aber er schien überhaupt nicht daran zu denken, Kiki irgendwie behilflich zu sein. Im Gegenteil: Fast hatte sie den Eindruck, Snorri würde angestrengt überlegen, was sie eigentlich von ihm wollte.

Patrick runzelte die Stirn und spuckte den Strohhalm aus. Mit einem Satz sprang er über die Umzäunung und ging auf Snorri zu, der leise wieherte und stehen blieb. Kikis Gesicht wurde noch eine Spur röter.

»Ich stell mich wohl ziemlich dusslig an, was?«, fragte sie Patrick. In ihrer Stimme schwang Verzweiflung mit. Patrick grinste und klopfte Snorris kräftigen Hals.

»Ganz so drastisch wollte ich es zwar nicht ausdrücken«, erwiderte er belustigt, »aber, ja, doch, wo du recht hast, hast du recht.« Mit einem Sprung zur Seite wich er Kikis Reitgerte aus, mit der sie ihm drohte, und rief: »Hey, Reitlehrer werden nicht geschlagen! Das ist oberstes Gesetz!«

Snorri schnaubte und trat von einem Huf auf den anderen. Kiki strich ihm über den Hals. »Entschuldige, Snorri«, raunte sie ihm zu. »Du kannst ja nichts dafür.« Sie wandte sich an Patrick: »Dann zeig's mir doch noch mal, du Superlehrer. Irgendwann werd ich's schon kapieren.« Sie nahm die Füße aus den Steigbügeln, ließ sich von Snorris Rücken gleiten und reichte Patrick die Zügel. »Bitte schön. Ich bin sehr gespannt.«

Mit betont ernstem Gesicht setzte Patrick den linken Fuß in den Steigbügel, schwang das rechte Bein über Snorris runde Kruppe und ließ sich sanft in den Sattel gleiten. Dann stellte er die Steigbügelriemen ein paar Löcher länger und schnalzte leise mit der Zunge. Sofort setzte sich Snorri in Bewegung. Patrick ließ ihn ein paar Runden traben und versammelte ihn schließlich. Wie von allein fiel der Isländer in einen herrlichen Viertakt. Er hob den Kopf und schleuderte die Hufe. Seine lange Doppelmähne und der dicke Schweif wallten in sanften Bewegungen hin und her. Kiki blieb vor Staunen der Mund offen stehen.

»Mensch«, sagte sie, ehrlich beeindruckt. »Das schaff ich nie!« Sie nahm den Reithelm ab und fuhr sich mit einer Hand über die langen schwarzen Haare, ohne dabei den Blick von Patrick und Snorri zu nehmen. Patrick und sein Isländerwallach bildeten wirklich eine perfekte Einheit.

»Ist ja cool.« Eine tiefe Stimme ließ Kiki herumfahren. Hinter ihr standen Rebecca und Daniel. Daniel grinste breit.

»Und?«, erkundigte er sich. »Wie ist es gelaufen?«

»Frag lieber nicht«, seufzte Kiki. »Mir reicht's für heute.« Sie winkte Patrick zu und rief: »Ich geh duschen! Bis morgen, okay?«

Patrick parierte Snorri durch und hielt in der Mitte der Bahn an. Er war seit Kurzem als auszubildender Pferdewirt in Lindental angestellt und Kiki wusste, dass sein Stalldienst noch lange nicht zu Ende war. Erst wenn alle Pferde gefüttert und rundherum versorgt im Stall oder auf der Koppel standen, hatte er Feierabend – und das konnte noch ewig dauern.

Er warf Kiki ein Küsschen zu und winkte zurück. »Bis dann!«, rief er. »Du wirst sehen, morgen klappt's bestimmt. Ich werde ein ernstes Wörtchen mit Snorri wechseln!« Er legte die Schenkel an und ließ Snorri am langen Zügel im Schritt auf dem Hufschlag gehen. Kiki wandte sich ihren Freunden zu. Daniel mühte sich mit seinen Gehhilfen ab und verzog das Gesicht.

»Du Ärmster«, sagte Kiki mitfühlend. »Wie lange musst du denn noch mit diesen blöden Dingern rumlaufen?«

»Das wird wohl noch ein Weilchen dauern«, erwiderte Daniel, der es endlich geschafft hatte, sich zu sortieren. »Der Bruch heilt langsamer, als die Ärzte dachten.«

Rebecca strich ihrem Freund über die Wange und lächelte.

»Ach komm, Daniel«, meinte sie, »so lange ist der Unfall schließlich auch noch nicht her. Du bist einfach viel zu ungeduldig.« Sie machte ein nachdenkliches Gesicht. Sie erinnerte sich noch gut an den Unfall, bei dem sich Daniel das Bein gebrochen hatte. Er war während eines Gewitters mit seinem Hengst Mystery im Gelände unterwegs gewesen und schwer gestürzt. Rebecca hatte wahnsinnige Angst um ihn gehabt und konnte Daniels Ungeduld, die sich jeden Tag mehr bemerkbar machte, nicht nachvollziehen. »Dir geht's doch nur darum, möglichst bald das Training wieder aufzunehmen«, sagte sie, eine Spur giftig, »damit du an der nächsten Vielseitigkeit teilnehmen kannst. Vielleicht solltest du die Ärzte einfach bitten, dir eine Art Reit-Gips anzulegen, falls es so was gibt. Dann kannst du dir beim nächsten Mal gleich noch das Genick brechen.« Sie schnaubte und lief davon, ohne Kiki und Daniel noch eines Blickes zu würdigen. Die beiden starrten ihr sprachlos hinterher.

»Wow, ist die geladen«, wunderte sich Kiki. »Hattet ihr Zoff?« Sie fasste Daniel unter den Ellenbogen und half ihm, mit seinen Gehhilfen über den unebenen Kiesweg zu gelangen.

»Och, nur das Übliche.« Daniel schüttelte den Kopf. »Rebecca ist wie immer der Meinung, ich würde nicht genug für die Schule tun. Du kennst das ja. Außerdem brütet sie immer noch über den Meldeformularen für den Jugend-forscht-Wettbewerb. Ich glaub, sie weiß nicht, für welches Thema sie sich entscheiden soll, und die Anmeldefrist läuft nächste Woche ab.«

Kiki grinste. »Ja ja, unsere kleine Nobelpreisträgerin. So ein Genie hat's ganz schön schwer.«

Auf halbem Weg kamen ihnen zwei Mädchen entgegen, die ihre Hände abwechselnd in eine riesige Chipstüte steckten und sich dabei angeregt unterhielten.

»Karlchen, Bente, wohin des Weges?«, fragte Daniel belustigt, kurz bevor es zu einem Zusammenprall zwischen ihm und den beiden Freundinnen kommen konnte.

Bente zuckte zusammen: »Mann, habt ihr mich jetzt erschreckt!« Mit großen Augen musterte sie Daniel und Kiki, als wären sie soeben vom Himmel gefallen.

Karlchen lachte und nahm sich noch eine Handvoll Chips.

»Wir haben Snude besucht und machen noch einen kleinen Spaziergang, bevor's Essen gibt«, erklärte sie in ihrem lustigen dänischen Akzent. »Gerade eben ist übrigens Rebecca an uns vorbeigerauscht. Sie sah ziemlich stinkig aus. Hattet ihr Stress?« Sie kräuselte die sommersprossige Nase.

Kiki und Daniel schüttelten gleichzeitig die Köpfe. »Nur das Übliche«, sagten sie wie aus einem Munde.

»Ach so.« Karlchen schien beruhigt. »Dann ist ja gut.«

Wenig später saßen alle gemeinsam an einem langen Tisch im Speisesaal des Schlosses und ließen sich das Abendessen schmecken. Rebecca hatte zu ihrer Normalform zurückgefunden und steckte ihre Nase wie gewöhnlich in ihr Lieblingsbuch, eine mathematische Formelsammlung, die sie – wie ihre Freundinnen insgeheim vermuteten – seit geraumer Zeit auswendig zu lernen versuchte.

Karlchen verdrückte gerade die zweite Portion Haferflocken, als ihr ein Junge aus der Oberstufe von hinten auf die Schulter klopfte.

»Hey, du Sportskanone«, sagte er, »du bist doch so ein Fan von endlosen Ritten durch die Landschaft, oder? Dann wirf mal einen Blick auf das Schwarze Brett. Könnte sein, dass da etwas Interessantes für dich steht.« Er klopfte Karlchen noch einmal auf den Rücken und verschwand im Gewusel der hungrigen Schüler.

Karlchen überlegte kurz, ob sie aufspringen und direkt zum Schwarzen Brett laufen sollte, aber dann widmete sie sich doch lieber wieder ihren geliebten Haferflocken.

»Das war doch Steven, oder?«, fragte Bente aufgeregt. »Woher kennst du den denn?«

»Och«, murmelte Karlchen. »Wir reiten zusammen. Er hat auch ein Fjordpferd.«

»Und was wollte er von dir?« Bente dachte nicht daran nachzugeben. Steven war Amerikaner und schon fast sechzehn. Wenn so einer was von Karlchen wollte, dann musste Bente natürlich umfassend informiert sein. Besonders seit Laura, ihre Cousine, bei ihrem letzten Besuch im Reitinternat festgestellt hatte, wie gut Steven in Reitstiefeln aussah.

»Keine Ahnung, ich soll mir irgendwas am Schwarzen Brett angucken.« Karlchen zuckte mit den Achseln, senkte ihre Nase in die Haferflockenschale und leckte sie gründlich sauber. Ehe sie sich versah, stand Hilde Wuttig, die Küchenchefin, neben ihr und entriss ihr die Schale.

»Nicht schon wieder, Karolin!«, schimpfte die korpulente Frau in der wild geblümten Schürze. »Mag sein, dass es in Dänemark üblich ist, das Geschirr abzulecken, hier auf Schloss Lindental jedenfalls nicht! Nicht, solange ich hier Küchenchefin bin!«, fügte sie hinzu. Mit spitzen Fingern nahm sie die Schale und rauschte kopfschüttelnd davon. Bente hörte noch, wie sie sagte: »Wozu haben wir schließlich Spülmaschinen?«

Karlchen starrte verdattert ihren entschwindenden Haferflockenresten hinterher.

»Snude leckt seinen Futtertrog aber doch auch immer sauber«, murmelte sie. Eigentlich hieß ihr Pferd Schnute, aber wegen ihres dänischen Akzents klang es eher wie »Snude«.

»Vielleicht solltest du dann ab morgen im Pferdestall essen«, schlug Kiki vor. »Du frisst, äh, isst ja sowieso ausschließlich Haferflocken. Ein Pony mehr oder weniger fällt da überhaupt nicht auf.«

Karlchen tippte sich an die Stirn und stand auf. »Wenn mir hier schon das Essen geklaut wird«, murrte sie und erhob sich, »kann ich genauso gut zum Schwarzen Brett gehen und gucken, was Steven gemeint hat. Kommt jemand mit?«

Bente schlang ihr Wurstbrot mit einem Bissen runter und schnappte sich noch eine Banane vom Obstteller.

»Klar, Karlchen, warte!«, rief sie und sprang auf. »Ich komme mit!«

Ziemlich ratlos stand sie wenig später vor der Anschlagtafel in der Eingangshalle und blickte auf die wild wuchernde Zettelsammlung, die die Schüler dort angepinnt hatten.

»›Badmintonschläger zu verkaufen‹«, las Bente halblaut vor.

»›Eins a Zustand, kaum gebraucht.‹ Nee, das kann's wohl nicht sein.« Sie hob ein paar Zettelchen hoch und las weiter: »›Suche den neusten Warrior Cats.‹« Bente schüttelte die blonde Mähne. »Da kannst du lange suchen, den hab ich ja selbst noch nicht«, brummte sie den Zettel an, als Karlchen neben ihr plötzlich laut aufschrie.

»Hier!«, quiekte die Dänin und deutete aufgeregt auf eine Notiz. »Hier steht's! Ist ja der Wahnsinn!«

Bente quetschte sich vor die Freundin, um besser sehen zu können, und las vor: »›Wanderritt! Der diesjährige Wanderritt der Lindentaler Ponyabteilung findet vom 20. bis 23. Juni statt. Der Ritt führt uns in das Naturschutzgebiet Geltinger Birk, wo im letzten Jahr Konik-Pferde ausgewildert wurden, und wir besuchen das Trakehnergestüt Ravensholm an der Ostsee, wo wir auch übernachten werden. Interessenten melden sich bitte bis zum kommenden Donnerstag bei Merle Sander!‹« Bente starrte Karlchen an, die von einem Fuß auf den anderen sprang und vor Aufregung knallrote Wangen hatte. »Und da willst du mitreiten?«, fragte sie. Karlchen nickte nur. »Mein lieber Schwan, wenn das mal gut geht«, murmelte Bente. »Du weißt ja, dass wir bis dahin noch ein paar schwere Arbeiten schreiben, und du weißt auch, dass du in Mathe und Englisch auf der Kippe stehst.« Wieder nickte Karlchen, wobei ihre blauen Augen fast Funken sprühten. Bente fuhr fort: »Ich glaub, dann solltest du dich lieber noch ein bisschen auf den Hosenboden setzen und lernen, liebes Karlchen.« Sie legte eine Pause ein und runzelte die Stirn. »Ich fürchte, sonst macht dir Frau Dr. Paulus einen Strich durch die Rechnung.«

Karlchen hatte ihre Stimme wiedergefunden und meinte gut gelaunt: »Och, nun mal doch nicht gleich den Teufel an die Wand, du olle Nörgeltante. Die Pauli wird's mir schon erlauben. Außerdem, so schlecht, wie immer alle behaupten, bin ich nun auch wieder nicht«, grinste sie. »Und diesen Wanderritt –«, sie pochte mit dem Finger auf den Aushang, »den lass ich mir nicht nehmen, im Leben nicht! Snude und ich machen mit, das garantier ich dir. Wer mir da in die Quere kommt, kann was erleben!« Sie drehte sich um, schrie noch einmal laut »Jipiieh!« und verschwand im Aufenthaltsraum der Unter- und Mittelstufe.

Bente starrte der Freundin hinterher. Sie kannte Karlchen und wusste, dass sie es ernst meinte. Wenn Karolin »Karlchen« Karlsson sich etwas in den Kopf gesetzt hatte, zog sie das durch, egal wie. Was das anging, stand sie ihrem Norwegerwallach Schnute und dessen legendärem Dickschädel in nichts nach.

»Na, das kann ja heiter werden«, stöhnte Bente und beeilte sich, der Freundin zu folgen, um diese auf den Pfad der Tugend und vor allem des Fleißes zurückzuführen. Denn sonst, das ahnte sie, würde es nichts werden mit diesem tollen Ritt.

2

Das imposante Herrenhaus von Schloss Lindental lag im milden Sonnenlicht des frühen Vormittags. Die weiß gestrichene Fassade des Hauptgebäudes strahlte im Morgenlicht. In den hohen Fenstern des romantischen, von blühenden Rosen umrankten Gemäuers spiegelte sich der blitzblaue Himmel wider.

In den langen Korridoren des Internats herrschte Ruhe. Die Oberstufenjahrgänge – die »Kompostis«, wie sie liebevoll bezeichnet wurden – brüteten über ihren Abschlussarbeiten. Damit sie ungestört arbeiten konnten, fand der Unterricht für die unteren und mittleren Jahrgänge des Internats – das sogenannte »Grünzeug« – ausnahmsweise im Freien statt.

Überall im Schlosspark saßen Schülergrüppchen beieinander und lauschten mehr oder weniger aufmerksam den Ausführungen ihrer Lehrkräfte.

Die 8b hatte ein besonders schönes Plätzchen ergattert: Unter einem dichten Rosenspalier hockten die Schülerinnen und Schüler auf niedrigen Steinbänkchen, die Bücher auf den Knien, und hörten ihrem neuen Englischlehrer zu.

Mr Saunders war erst vor Kurzem aus England an die Schule gekommen. Frau Dr. Paulus, die Internatsleiterin, war nämlich der festen Überzeugung, dass man eine Fremdsprache am besten von einem Muttersprachler lernte.

Es gab bereits einige fremdsprachige Lehrerinnen und Lehrer im Internat – allerdings hatte noch keiner von ihnen es geschafft, sich in kurzer Zeit so unbeliebt zu machen wie der arme Mr Saunders.

Rebecca war die Einzige, die seine Aussprache aufrichtig bewunderte. »Reines Oxford-Englisch, das hört man sofort!«, schwärmte sie. Alle anderen fanden die Aussprache »affig«, »ätzend« und den ganzen Typen »irgendwie total daneben«. Neville Saunders litt nämlich nicht nur unter ständigem Schnupfen, er war überdies auch noch gegen Pferde allergisch. »Und das auf einem Reitinternat!«, hatte Karlchen geschimpft. »Das ist doch eine echte Fehlinvestition!«

Auch jetzt konnte man dem geplagten Mann ansehen, dass er den Unterricht in der freien Natur als echte Zumutung empfand. Immer wieder zog er ein Stofftaschentuch aus der Tasche und tupfte sich hektisch die Stirn, dann wieder rümpfte er die blasse Nase und prüfte, ob er niesen musste. Und wenn eine Biene oder ein anderes Insekt seinen Kopf umschwirrte, riss er voller Entsetzen die Augenbrauen in die Höhe und wedelte panisch mit seinem Lehrbuch.

»Was für ein Trottel«, bemerkte Karlchen missmutig. Sie saß im Schatten einer kleinen Mauer und kritzelte Comic-Pferdchen in ihr Heft. Immer wieder hob sie den Blick und schaute voller Sehnsucht hinüber zu den Ponyweiden, die an den Park grenzten. Ihr Norweger Schnute stand am Gatter und döste mit hängendem Kopf in der Sonne. Ab und zu wedelte er träge mit dem Schweif, um ein paar lästige Fliegen abzuwehren, oder er schüttelte den Kopf mit der dicken Stirnmähne, um gleich darauf herzhaft zu gähnen. Karlchen wäre am liebsten aufgesprungen und zu ihm gelaufen. Wie gerne würde sie jetzt ihre Arme um ihn schlingen, die Nase in seinem warmen Fell vergraben und …

»Miss Karolin Karlsson«, schnitt eine scharfe Stimme mitten durch ihre Tagträume, »would you be so kind?«

»What?«, entfuhr es Karlchen.

Ein langer Schatten fiel auf ihre Zeichnungen, in denen man eindeutig Schnute erkennen konnte, aber das schien Mr Saunders nicht sonderlich zu interessieren. Karlchen sah hoch und blickte genau in sein gerötetes Gesicht. Er schien etwas von ihr zu erwarten, aber was denn nur? Sie versuchte es mit einem Grinsen. »Sorry«, sagte sie freundlich. »Ich war gerade woanders.«

»Das, liebe Miss Karlsson, habe ich wohl bemerkt«, erwiderte Neville Saunders gestelzt. »Also? Ich warte.«

Karlchen warf ihren Freundinnen einen Hilfe suchenden Blick zu. Bente formte die Lippen zu einem lautlosen Satz und deutete auf eine Stelle im aufgeschlagenen Englischbuch. Kiki verdrehte die Augen und Rebecca versuchte, Karlchen von Weitem etwas zuzuflüstern. Es war sinnlos, Karlchen verstand nur Bahnhof. Sie hatte absolut keine Ahnung, was Mr Saunders von ihr wollte.

»Können Sie Ihre Frage noch einmal wiederholen, Mr Saunders?«, fasste sie sich ein Herz. Sie lächelte und versuchte, ihre Zeichnungen unauffällig unter dem Englischbuch verschwinden zu lassen.

»Sorry, Karolin, aber nein, das kann ich nicht«, erwiderte

der Englischlehrer gedehnt. »Wenn du zugehört hättest, wäre die Beantwortung meiner Frage ein Leichtes für dich. Aber du, Karolin«, Mr Saunders streckte eine Hand aus und deutete auf die halb verborgenen Pferde-Comics, »hast ja anscheinend wichtigere Interessen.« Er verzog das Gesicht, als hätte er Zahnschmerzen. »Reicht es denn noch nicht, dass du deine Freizeit mit diesen … diesen Tieren verbringst?«, fragte er. »Musst du dein abnormales Hobby denn auch noch in meinen Unterricht tragen? Ist ja widerlich.«

Mr Saunders schüttelte den Kopf und wandte sich um.

Karlchen sprang auf. »Meinen Sie etwa Snude?«, fragte sie entrüstet. »Snude ist nicht widerlich! Kein Pferd ist widerlich! Das ist ja wohl das Letzte! Das lasse ich mir nicht bieten! Wer Snude beleidigt, oder irgendein anderes Pferd, bekommt es mit mir zu tun, Mister! Nehmen Sie das sofort zurück, oder …«

Karlchens Mitschüler waren sprachlos. Bente zischte ihr etwas zu und versuchte, sie am Ärmel ihres T-Shirts zurückzuhalten, aber Karlchen schüttelte die Freundin ab wie eine lästige Mücke. Sie stand Mr Saunders direkt gegenüber und starrte ihn wutentbrannt an.

»Oder was, Karolin?«, fragte Mr Saunders mit leiser Stimme. »Willst du mir etwa drohen?«

Karlchen schluckte.

»Nein, natürlich nicht«, murmelte sie. Sie nahm ihr Englischbuch und ihr Mäppchen. »Ich gehe, wenn Sie nichts dagegen haben. Mir ist schlecht.«

Ohne zu zögern, drehte Karlchen sich um und lief davon. Bente wollte aufspringen und ihr hinterherlaufen, doch ein schneidender Blick von Mr Saunders ließ sie auf ihrem Platz regelrecht erstarren.

Neville Saunders betrachtete scheinbar gelangweilt den leer gewordenen Platz, als sein Blick auf Karlchens Heft fiel, das diese in ihrem Zorn liegen gelassen hatte. Mit spitzen Fingern nahm der Lehrer die zerfledderte Kladde in die Hand und schob sie in seinen edlen Designerrucksack.

»Ich denke, das wird Frau Dr. Paulus interessieren«, grinste er zufrieden. »Es ist schon interessant, womit sich die Schüler dieses Internats während des Unterrichts beschäftigen. Karolin kann sich ihre, ähm, künstlerischen Aufzeichnungen bei Frau Dr. Paulus persönlich abholen.« Er wandte sich an die stumme Klasse, die ihn mit unverhohlener Abneigung anstarrte. »Richtet eurer Mitschülerin das bitte aus!«

Wütend und mit Tränen in den Augen stapfte Karlchen über den gewundenen Kiesweg, der direkt auf das Schloss zuführte. Natürlich wäre sie viel lieber auf schnellstem Wege zur Ponyweide gerannt, um sich bei Schnute zu verkriechen und sich von ihm trösten zu lassen, aber das war leider nicht möglich. Sie wusste, dass Mr Saunders die Koppel im Blick hatte, und zog es daher vor, sich dem Radius des Englischlehrers so weit wie nur möglich zu entziehen.

Mit drei Sätzen sprang sie die breite Eingangstreppe des Schlosses empor, schlich durch die menschenleere Halle und stieg die Steintreppe hinauf, die zu den Schülerzimmern führte. In einem der hinteren Zimmer verschwand sie, wobei sie das Bedürfnis, die Tür heftig hinter sich zuzuschlagen, nur mühsam unterdrücken konnte.

Karlchen teilte das Zimmer mit ihrer besten Freundin Bente. Der Raum war gemütlich und freundlich eingerichtet. Überall an den Wänden hingen Fotos von Schnute. Über Bentes Bett hingen ein gerahmtes Porträt von Flippi, ihrer jungen Holsteiner-Fuchsstute, und daneben verschiedene Schnappschüsse von den vier Freundinnen mit ihren Pferden. Im Moment hatte Karlchen allerdings keinen Blick für die schönen Bilder übrig. Stöhnend ließ sie sich auf ihr ungemachtes Bett fallen und vergrub das Gesicht in den Kissen.

»Mist«, fluchte sie, »verdammter Mist!«

»So eine Gemeinheit!«, schimpfte Bente während der großen Pause. »Was bildet sich dieser Lackaffe eigentlich ein? Armes Karlchen!«

Rebecca und Kiki nickten grimmig. Sie alle hatten genug von Mr Saunders. Den Rest der Englischstunde hatten sie nach Karlchens Verschwinden, so gut es ging, boykottiert. So durfte Neville Saunders mit keinem von ihnen umspringen! Und Pferde zu beleidigen war sowieso das Allerletzte!

»Wir sollten sie suchen«, schlug Kiki vor. »Wenn sie jetzt auch noch Bio schwänzt, bekommt sie noch mehr Ärger, als ihr ohnehin schon droht.«

»Bei Schnute hab ich eben geguckt«, sagte Rebecca mit besorgter Stimme. »Da ist sie nicht.«

»Ich guck mal in unserem Zimmer nach.« Bente wandte sich um. »Irgendwo muss sie schließlich stecken.«

Als sie durch die Eingangshalle lief, wurde sie von Sven aufgehalten, dem Vertrauensschüler der Mittelstufe. Natürlich hatte er von dem Vorfall in der 8b sofort Wind bekommen.

»Hey, Bente!«, rief er. »Wenn du Karlchen siehst, richte ihr bitte aus, dass sie sich bei Frau Dr. Paulus melden soll. Mr Saunders ist stinksauer. Er hat behauptet, Karlchen hätte ihn bedroht.« Er machte eine Pause und zog die Augenbrauen hoch. »Stimmt das etwa?«

Bente blieb fast die Spucke weg.

»Bedroht?«, schnappte sie. »Das darf ja wohl nicht wahr sein! Dieser miese Typ!« In Kurzfassung schilderte sie Sven, was vorgefallen war. »Und jetzt behauptet dieser blöde Heini im Ernst, sie hätte ihn bedroht? Das darf ja wohl echt nicht wahr sein! Na warte, der kann was erleben!«

Sie wollte schon losstürmen, aber Sven hielt sie am Arm fest. »Sag Karlchen trotzdem, dass sie sich bei der Pauli melden soll, ja?«, bat er. »Und wenn's Probleme gibt, soll sie sich an mich wenden. Vielleicht kann ich vermitteln. Dafür bin ich als Vertrauensschüler schließlich da.« Sven war erst vor Kurzem für diesen Posten gewählt worden und nahm seine Aufgabe sehr ernst.

Bente nickte ihm dankbar zu. »Danke, das ist nett von dir.« Sie sprang die Stufen hoch. »Wir sagen dir Bescheid, wenn wir Beistand brauchen, okay?«, rief sie über die Schulter zurück.

Als Bente das Zimmer betrat, zog sich Karlchen ein Kissen über den Kopf.

»Falls du gekommen bist, um mich zurückzuholen«, murmelte sie unter dem Kopfkissen hervor, »vergiss es. Ich geh nicht zurück zu diesem Fatzke. Richte ihm das bitte aus.«

»Spinnst du?« Bente setzte sich aufs Bett und versuchte, das Kissen wegzuziehen. »Du kannst dich hier doch nicht ewig verkriechen. Wir haben in genau drei Minuten Bio, Mr Saunders ist total sauer auf dich und du sollst zur Pauli kommen. Bisschen viel auf einmal, was?« Bente brach ab. Das Kopfkissen bewegte sich. Karlchen schielte darunter hervor und fragte: »Ich soll zur Pauli kommen? Wieso das denn?«

Bente sah, dass die Freundin geweint hatte. Karlchens sonst so blitzblaue Augen waren rot und verquollen. »Unser geliebter Mr Saunders hat Stress gemacht und alles Frau Dr. Paulus gepetzt. Das hat Sven mir eben erzählt«, erklärte Bente. »Ich glaub, es ist besser, du bringst das gleich hinter dich.«

»Ja, was denn nun?« Karlchen hatte sich aufgesetzt und verzog das Gesicht. »Ich darf nicht zu spät zu Bio kommen und soll mich gleichzeitig bei der Pauli melden. Soll ich mich zerreißen oder was? Warum nerven mich eigentlich immer alle? Ich will doch nur meine Ruhe, mehr nicht!« Sie ließ sich aufs Bett zurückfallen und zog sich diesmal die Decke über den Kopf. »Ich muss in Ruhe überlegen«, brummte sie. »So viel Stress kann ich überhaupt nicht gut ab.«

Bente stand auf und schüttelte den Kopf. »Wie du meinst, Karlchen. Ich lauf jetzt los. Wenn ich wegen dir zu spät komme, krieg ich auch noch Ärger.« Sie zögerte kurz, dann drehte sie sich um und ließ die schmollende Freundin allein.

»Jaja«, grummelte Karlchen unter ihrer Decke. »Jetzt hab ich die ganze Schuld! Immer auf die Kleinen!« Sie schloss die Augen und dachte an Schnute und den Wanderritt. Sie sah sich auf ihrem Norweger durch eine blühende Landschaft reiten, die Sonne schien, die Blätter rauschten im Wind. Fünf Minuten später war sie tief und fest eingeschlafen.

3

»Nun, Karolin, was sagst du zu diesen Vorwürfen?« Frau Dr. Paulus sah das vor ihr sitzende Mädchen aufmerksam an. Auf dem Schreibtisch der Internatsleiterin lag das aufgeschlagene Heft mit den Pferde-Comics. Bevor Karlchen etwas erwidern konnte, fuhr Frau Dr. Paulus fort: »Du hast unerlaubt den Englischunterricht verlassen, anschließend unentschuldigt Biologie geschwänzt und hältst es nun nicht einmal für nötig, mir zu erklären, warum du dich so verhalten hast?«

Karlchen schrumpfte auf ihrem Stuhl zusammen. Unruhig rutschte sie hin und her und suchte mühsam nach den richtigen Worten, aber die Pauli redete schon weiter.

»Wie mir Mr Saunders sagte, sind deine Leistungen in Englisch miserabel, Karolin.« Frau Dr. Paulus hatte sich abgewandt und schaute aus dem Fenster hinaus auf den Schlosspark. »Du verbringst den Unterricht damit, lustige Pferdebildchen zu zeichnen.« Sie drehte sich um und sah Karlchen direkt in die Augen. »Ich brauche dir nicht zu sagen, dass deine Noten in Mathematik und Physik ebenfalls mehr als dürftig sind.«

»Ich weiß«, stöhnte Karlchen auf. »Es tut mir auch leid, es wird nicht wieder vorkommen. Soll ich mich bei Mr Saunders entschuldigen und wir vergessen die ganze Sache?« Erwartungsvoll lächelte sie Frau Dr. Paulus an.

»Damit ist es nicht getan.« Die Direktorin erwiderte das Lächeln nicht. »Natürlich erwarte ich, dass du dich bei Mr Saunders entschuldigst, das ist selbstverständlich.« Sie machte eine Pause, betrachtete kurz die Pferde-Comics und fuhr dann fort: »Ich habe gehört, dass du an dem Wanderritt der Ponyabteilung teilnehmen möchtest. Nun, ich muss dir leider mitteilen, dass ich das nicht erlauben kann. Es ist ausgeschlossen, dass ich Schülern mit derart desolaten Leistungen auch noch Ausflüge gestatte. Du wirst das sicher verstehen.«

»Was?«, entfuhr es Karlchen. »Sie wollen mir den Ritt verbieten?« In ihren Augen schimmerten Tränen der Entrüstung. »Das können Sie doch nicht machen! Bitte, Frau Dr. Paulus, ich mach alles, was Sie wollen, aber bitte, lassen Sie mich mitreiten! Bitte!« Sie war aufgesprungen und ballte die Hände zu Fäusten.

»Deine Eltern haben mir die Verantwortung für dich übertragen, Karolin«, erwiderte Frau Dr. Paulus ruhig. »Ich habe dafür Sorge zu tragen, dass du die in dich gesetzten Erwartungen erfüllst. Deine Eltern bezahlen sehr viel Geld dafür, dass ich aus dir einen verantwortungsbewussten Menschen mache. Nein, tut mir leid, unter diesen Umständen gibt es keine Vergünstigungen für dich.« Die Internatsleiterin setzte sich an ihren Schreibtisch und machte sich ein paar Notizen. »Ich werde Förderunterricht für dich organisieren, damit du das Klassenziel noch erreichst. Bitte mach dich darauf gefasst, in den nächsten Wochen hart arbeiten zu müssen, Karolin. Haben wir uns verstanden?«

»Nein, ähm, ja«, stammelte Karlchen. Mittlerweile rannen ihr die Tränen die Wangen hinunter. »Ich mein, ich tu ja alles, was Sie verlangen, echt, Frau Dr. Paulus. Von mir aus können Sie mir jeden Tag drei Nachhilfestunden aufbrummen, meinetwegen auch vier oder fünf, ist mir egal – aber lassen Sie mich mitreiten, bitte. Es ist doch der einzige Wanderritt in diesem Jahr. Und ich hab mich so darauf gefreut«, setzte sie leise hinzu.

Frau Dr. Paulus schloss ihr Notizbuch und stand auf. »Ich denke, wir haben uns verstanden«, sagte sie unnachgiebig. »Es wird in diesem Jahr keinen Wanderritt für dich geben, ist das klar?« Karlchen senkte den Kopf und nickte kaum merklich. »Fein«, sagte die Direktorin, »dann gehst du jetzt bitte zu Mr Saunders und entschuldigst dich. Ich gebe dir in den nächsten Tagen den Plan für den Förderunterricht.«

Karlchen stand auf und ging mit zögernden Schritten zur Tür. Als sie sich noch einmal umdrehte, sagte Frau Dr. Paulus: »Es tut mir leid, Karolin, aber unter diesen Umständen habe ich keine andere Wahl. Ich hoffe, du hast dafür Verständnis.«

»Schon gut«, murmelte Karlchen. »Alles klar. Ich hab's kapiert.« Ohne ein weiteres Abschiedswort verließ sie das Zimmer und zog die Tür hinter sich zu.

Natürlich ging Karlchen nicht zu Mr Saunders, um sich zu entschuldigen. Sie war viel zu aufgewühlt, um auch nur einen einzigen Gedanken an ihren Englischlehrer zu verschwenden. Nein, Karlchen lief, so schnell sie konnte, zur Ponykoppel.

Weinend stolperte sie durch das hohe Gras, kletterte über den Koppelzaun und war nach wenigen Schritten bei ihrem

Pony. Mit einem heftigen Schluchzen schlang sie die Arme um Schnutes Hals und vergrub ihr Gesicht in seinem weichen Fell. Schnute wieherte dunkel und stupste sein Frauchen freundlich an. Mit samtweichen Lippen suchte er Karlchen nach den gewohnten Leckerbissen ab. Als er nichts fand, zwickte er sie leicht in den Arm.

»Ach, Snude«, seufzte Karlchen. Sie wischte sich die Tränen vom Gesicht und schniefte. »Wenn du wüsstest …« Wider Willen musste sie lächeln. Wenn sie bei Schnute war, war irgendwie alles in Ordnung. Ihr Fjordwallach ließ sie den größten Kummer fast auf der Stelle vergessen. Aber nur fast. Als Karlchen an das Gespräch mit der Direktorin dachte, kullerten ihr gleich wieder ein paar Tränen über die Wange. Sie zog die Nase hoch und kraulte Schnute unter der wolligen Stirnmähne.

»Sie wollen uns den Wanderritt verbieten«, stieß sie hervor. »Stell dir vor, Snude, den Wanderritt, auf den wir uns so gefreut haben! Einfach verbieten!«

Der Norweger zog die Nase kraus und nieste. Aus dunklen Augen musterte er Karlchen.

»Ja, du hast gut niesen«, meinte die. Traurig streichelte sie Schnutes falbfarbenes Fell und verscheuchte eine Bremse von seiner Flanke. Doch plötzlich ging ein Ruck durch Karlchen. Sie straffte die Schultern und drückte dem verdutzten Schnute einen Kuss mitten auf die Stirn.

»Aber nicht mit uns«, sagte sie wild entschlossen. »Nee, mein Snude, nicht mit uns! Wir werden das schon packen. Und wenn wir abhauen müssen! Wir machen unseren Ritt, das versprech ich dir!«

»Der Drops ist gelutscht«, seufzte Bente am späten Abend. Sie saß in einem Korbstuhl und tippte eine SMS an Laura in ihr Handy. Ihre Cousine musste unbedingt über die Neuigkeiten informiert werden. Bestimmt war sie genauso empört wie alle anderen.

»Was die Pauli anordnet, ist Gesetz«, bestätigte Kiki. »Wenn die sagt, die Erde ist eine Scheibe, dann ist die Erde eine Scheibe. Verlasst euch drauf.«

»Na, ganz so krass ist es wohl nicht«, entgegnete Rebecca spitz. Sie angelte ein Gummibärchen aus einer Tüte und kaute nachdenklich darauf herum.

Die Mädchen hatten sich in Kikis und Rebeccas Zimmer getroffen, das direkt an das von Bente und Karlchen grenzte, und beratschlagten über Karlchens Misere.

»Ich find's total fies«, beharrte Bente. »Wir wissen schließlich alle, wie viel Karlchen dieser Ritt bedeutet. Dass die Pauli ihr den verboten hat, ist so ziemlich das Schlimmste, was ihr einfallen konnte.«

Die Freundinnen nickten zustimmend. Nur Karlchen reagierte nicht. Die sonst so fröhliche und unbeschwerte Dänin war schweigsam und bedrückt und nahm nicht mal ein Gummibärchen, obwohl Bente ihr die Tüte mehr als einmal vor die Nase hielt. Sie beteiligte sich auch nicht an der heftigen Diskussion. Es schien fast, als ginge sie die ganze Sache nichts an.

»Hey«, stupste Kiki sie an, »kannst du vielleicht auch mal was sagen? Wir zerbrechen uns hier schließlich deinen Kopf und nicht unseren. Was hältst du zum Beispiel davon, dich bei Mr Saunders zu entschuldigen?«

»Jaja, mach ich morgen«, winkte Karlchen genervt ab.

»Lasst mich einfach in Ruhe, okay? Ich hab euch nicht darum gebeten, euch meinen Kopf zu zerbrechen. Ich pack das schon, macht euch keine Sorgen.«

»Wir machen uns aber Sorgen«, gab Kiki zurück. »Guck dich doch mal an! Wie eine trübe Tasse hockst du hier, anstatt was zu unternehmen und die ganze Sache vielleicht noch rumzureißen! Mensch, Karlchen!«

Bente zögerte. Sie hatte furchtbares Mitleid mit Karlchen, aber insgeheim musste sie Kiki recht geben. »Guck mal, Karlchen«, begann sie vorsichtig, »wenn du dich bei Mr Saunders entschuldigst und dich in den nächsten Tagen auf deinen Hintern setzt und lernst, überlegt die Pauli es sich vielleicht noch mal. Du musst aber was dafür tun, das ist klar.«

»Stimmt«, schloss sich Rebecca an. »Von alleine wird das nichts werden.« Sie zwinkerte Karlchen zu. »Aber wozu hat man Freundinnen? Wir helfen dir, ist doch klar. Gemeinsam kriegen wir das schon hin, was meint ihr?« Sie guckte Kiki und Bente an, die sofort nickten. »Gut, das wäre geregelt«, meinte Rebecca zufrieden. »Gleich morgen setzt es Nachhilfe, dass dir der Kopf brummen wird. Wir werden so lange mit dir pauken, bis es dir zu den Ohren wieder rauskommt …«

»… und dann stopfen wir es einfach wieder rein«, fügte Bente grinsend hinzu.

»Die Pauli hat mir schon Förderunterricht angedroht«, murmelte Karlchen kleinlaut. »Sie will alles für mich organisieren. Aber natürlich wär's mir lieber, wenn ihr das übernehmen könntet.« Sie lächelte verlegen. »Ihr kennt mich am besten und wisst, wie ihr mich behandeln müsst.«

»Stimmt«, nickte Bente. »Wir sollten gleich morgen früh

zu Frau Dr. Paulus gehen und ihr sagen, dass wir gerne bereit sind, Karlchen zu helfen.«

»Ja, das machen wir!« Rebecca und Kiki waren sich einig.

»Okay«, nuschelte Karlchen, »wenn ihr meint, dass es was bringt.« Sie erhob sich und ging zur Tür. »Ich geh jetzt ins Bett. Ich bin hundemüde. Nacht.«

»Gute Nacht, Karlchen«, rief Bente der Freundin hinterher. »Ich komm auch gleich rüber.«

Karlchen grunzte etwas Unverständliches und schlug die Tür hinter sich zu. Kurz darauf hörten die zurückgebliebenen Freundinnen, wie auch die zweite Zimmertür laut ins Schloss fiel.

»Wenn das mal gut geht«, meinte Bente. »Ich mach mir echt Sorgen um Karlchen. So kenn ich sie überhaupt nicht.«

»Nein, ich auch nicht«, gab Rebecca zu. »Aber vielleicht schaffen wir es tatsächlich, ihr zu helfen. Versuchen müssen wir es zumindest.«

»Dann lasst uns gleich mal einen Plan aufstellen, wie wir die Nachhilfe organisieren wollen.« Kiki schnappte sich einen Notizblock vom Schreibtisch und zückte einen Kugelschreiber. »Soviel ich weiß, ist Karlchen in mindestens zwei bis vier Fächern mehr als mies. Das ist eine echte Herausforderung für uns und bedeutet sehr viel Arbeit. Also – wer will welches Fach übernehmen? Freiwillige vor! Ich höre.«

4

In den nächsten Tagen schlich Karlchen wie ein Schatten durchs Internat. Halbherzig hatte sie sich vor versammelter Klasse bei Mr Saunders entschuldigt. Er hatte die Entschuldigung mit einem – wie Karlchen und ihre Freundinnen fanden – sehr miesen Grinsen angenommen.

»Eigentlich müsste er sich bei ihr entschuldigen und nicht umgekehrt«, hatte Bente geflüstert. »So ein Blödmann!«

Im Unterricht versuchte Karlchen aufmerksam zu sein, aber sie beteiligte sich kaum. Und bei den Mahlzeiten fiel es auch dem Letzten auf, wie sehr sie litt. Appetit- und lustlos stocherte sie in ihrem Essen herum, nahm kaum einen Happen zu sich und verließ den Speisesaal, bevor das von ihr so heiß geliebte Puddingbüfett aufgetragen wurde.

Nur beim nachmittäglichen Reitunterricht versuchte sie sich zusammenzureißen. Schnute konnte schließlich nichts dafür, dass es ihr so mies ging. Außerdem war der Unterricht der Ponyabteilung die einzige Möglichkeit, dem Schulstress und den Nachhilfestunden wenigstens ein Mal am Tag zu entkommen. Schnute sollte nicht spüren, wie es um sie stand, aber irgendwie färbte Karlchens Depression sogar auf ihr Pferd ab: Mit hängenden Ohren und lustlos wedelndem Schweif schlurfte Schnute unter seiner Reiterin über den Hufschlag. Es war ein Bild des Jammers.

Alle machten sich Sorgen um Karlchen, fanden die Bestrafung ungerecht und überlegten, wie sie den Spieß umdrehen und ihr doch noch zu ihrem Wanderritt verhelfen konnten. Keiner ahnte, dass es in ihrem Gehirn die ganze Zeit über fieberhaft arbeitete.

Karlchen hatte einen Plan, und zwar einen sehr riskanten. Sie wollte Schnute von der Koppel entführen und einfach losreiten. Die Konsequenzen waren ihr egal. Vermutlich würde sie vom Internat fliegen. Na und? Schlimmer als jetzt konnte es sowieso nicht werden. Nein, für Karlchen stand fest, dass sie handeln musste. Sie hielt es einfach nicht aus, eingesperrt zu sein und den ganzen Tag Vorschriften unter die Nase gehalten zu bekommen. Karlchen war kurz vorm Ausrasten. Sie konnte nicht länger warten.

»Heute Nacht, Dicker«, raunte sie Schnute ins gespitzte Ohr, »hol ich dich. Drück mir die Hufe, dass alles klappt.«

Sie sah keine große Gefahr darin, ihren Norweger nachts von der Weide zu holen. Wenn er im Stall stehen würde, müsste sie einbrechen. Die Ställe des Internats wurden nachts abgeschlossen. Nur Stallmeister Maximilian Much, Patrick und Frau Dr. Paulus hatten Zugang. Allein im Dunkeln auf die Ponyweide zu schleichen, stellte kein Problem dar. Nur was sollte sie mit Schnutes Sattel und dem Zaumzeug machen? Das wurde in der Geschirrkammer verwahrt, und die befand sich im Stall – und der wiederum war nach Stallmeister Muchs letztem Rundgang gesichert wie die Deutsche Bank. Aber es musste doch möglich sein, Schnutes Sattelzeug unauffällig woanders unterzubringen, damit sie jederzeit herankam!

Karlchen dachte angestrengt nach. Plötzlich fiel ihr Blick auf die spröden Zügel und das brüchige Leder. Sie hatte schon lange vorgehabt, Schnutes Zaumzeug einzufetten und den alten Trachtensattel gründlich abzuseifen. Das war die Idee!

Lächelnd schlenderte sie über die Koppel und ging zu Merle, der jungen Pferdewirtin, die in Lindental die Ponyabteilung betreute. Schnutes Zaumzeug und den Sattel nahm sie als Beweisstücke gleich mit.

»Du, Merle«, sagte sie beiläufig, »hast du was dagegen, wenn ich Snudes Lederzeug heute ausnahmsweise im Unterstand lasse? Ich vergess andauernd, es einzufetten. Wenn ich es gleich morgen direkt vor der Nase habe, denk ich bestimmt dran.«

Merle warf einen Blick auf das trockene Leder und grinste. »Das wird aber wirklich Zeit«, erwiderte sie gutmütig. »Klar, wenn du meinst, dass es deinem Gedächtnis auf die Sprünge hilft, lass es ruhig hier.«

Karlchen erwiderte das Grinsen und bedankte sich. Als sie Zaumzeug und Sattel unter dem Schrägdach des Ponyunterstands verstaute, hatte sie fast ein schlechtes Gewissen, Merle angelogen zu haben. Aber sie schob den Gedanken schnell beiseite. Sie konnte sich keine Sentimentalitäten leisten. Sie hatte erreicht, was sie wollte: Schnutes Ausrüstung lag griffbereit und unbewacht parat.

Das nächste Problem war der Proviant. Karlchen musste etwas zum Essen und Trinken mitnehmen. Schließlich wollte sie mindestens zwei Tage unterwegs sein, bevor sie entspannt und ausgeruht zurückkehren und das Donnerwetter über sich ergehen lassen würde, das dann aber wahrscheinlich wie ein lauer Sommerregen auf sie herunterplätschern würde. Sie hatte sich nämlich vorgenommen, sich auf ihrem ganz persönlichen Wanderritt herrlich zu erholen. Aber viel mitnehmen konnte sie nicht, ein paar Müsliriegel vielleicht und ein paar Tüten Orangensaft. Egal. Was fehlte, konnte sie unterwegs kaufen. Ihr Sparschwein war gut gefüttert. Dann war da nur noch die Sache mit den Klamotten und dem Schlafsack. Karlchen beschloss, auf frische Kleidung zu verzichten. Zwei Tage konnte sie ihr Reitzeug anbehalten, ohne dass sie Schmeißfliegen anlocken würde, und dann hätte wenigstens der leichte Schlafsack Platz in ihrem Rucksack. Futter für Schnute brauchte sie zum Glück nicht mitzunehmen. Es war Sommer, die Wiesen und Felder waren saftig und grün. Der Norweger konnte sich überall satt fressen.

»Okay«, murmelte Karlchen. »Fehlt nur noch der Brief.«

Sie verabschiedete sich von Schnute und ging in ihr Zimmer.

Bente war noch nicht zurück. Sie hatte sich in den Computerraum verzogen, um in Ruhe mit Laura zu chatten. Kiki war mit Patrick verabredet. Vor einer Stunde würden die beiden sicher nicht auftauchen. Und Rebecca hatte eine AG. Zeit genug für Karlchen, um in Ruhe die letzten Vorbereitungen zu treffen.

Sie setzte sich an ihren Schreibtisch und verfasste einen Brief, von dem sie meinte, dass er alle von der Notwendigkeit ihres Alleingangs überzeugen würde.

»Liebe Leute«, schrieb sie, »ich bin mit Schnute unterwegs. Macht euch keine Sorgen um uns, wir passen auf uns auf. In zwei Tagen sind wir zurück. Die verpassten Stunden hol ich nach. (Falls ich dann noch Schülerin im Internat bin, was ich bezweifle.) Bitte schickt keinen Suchtrupp und schon gar keine Polizei hinter uns her. Ihr findet uns sowieso nicht. (Außerdem wollen wir uns nur ein bisschen erholen und brauchen daher dringend Ruhe!) Bis bald, Karlchen und Schnute. PS: Schöne Grüße an Mr Saunders. Er kann sich seine englische Grammatik in die Haare schmieren!«

Grinsend las sich Karlchen ihr Werk noch einmal durch. Mr Saunders hatte zwar keine schmierigen Haare – im Gegenteil: Es machte den Eindruck, als würde er sie jeden Tag mit besonderer Hingabe frisieren und föhnen. Aber trotzdem, das saß!

Sie faltete den Brief zusammen und schob ihn unter ihre Nachttischlampe. Später würde sie ihn so auf ihrem Bett drapieren, dass Bente ihn am nächsten Morgen sofort sehen konnte. Das würde eine schöne Aufregung geben! Ihr Verschwinden würde sich in Windeseile herumsprechen.

Gut, dachte Karlchen, dass Snude und ich dann schon über alle Berge sind.

Zufrieden mit sich und ihrem genialen Plan, machte sie sich daran, das Allernotwendigste in den Rucksack zu packen. Eine Zahnbürste und Zahnpasta nahm sie mit, natürlich ihren Brustbeutel mit dem gesparten Geld, dann noch ein paar Müsli- und Schokoriegel – es hieß schließlich, dass die Energie liefern sollten – und zwei Tüten Orangensaft. Obendrauf knautschte Karlchen ihre Schlafsackrolle, dann zog sie schnaufend die Schnallen zu. Mehr passte beim besten Willen nicht hinein.

»Aber mehr brauch ich auch nicht«, sagte Karlchen zu sich selbst. »Hauptsache, Snude ist bei mir!«

Sie stopfte den Rucksack unter ihr Bett und stellte schließlich noch ihren kleinen Wecker auf Mitternacht. Sie machte sich keine Sorgen, dass sie Bente wecken könnte. Erstens piepte der Wecker nur ganz leise, zweitens würde sie ihn unters Kopfkissen legen und drittens schlief Bente normalerweise so tief und fest, dass neben ihr eine Bombe hochgehen könnte, ohne dass sie davon aufwachen würde.

»Mein Handy!« Karlchen riss die Nachttischschublade auf und holte ihr Handy hervor. Der Akku war leer. Schnell stöpselte sie das Gerät ans Netzteil. Bis Mitternacht würde es aufgeladen sein.

»Vielleicht schick ich Mr Saunders von unterwegs eine nette kleine SMS.« Karlchen kicherte. »Der platzt vor Wut!«

Aufmerksam sah sie sich noch einmal im Zimmer um, stellte fest, dass sie an alles gedacht hatte, und ging dann hinunter in den Speisesaal. Es war Zeit fürs Abendessen. Zum ersten Mal seit Tagen spürte Karlchen wieder so etwas wie Appetit.

5

Es war eine sternenklare Vollmondnacht. Karlchen fand sich im Halbdunkel des Zimmers gut zurecht. Sie stellte den Wecker nach dem ersten Pieps ab und lauschte kurz auf das gleichmäßige Atmen der Freundin im Nachbarbett. Bente grunzte im Tiefschlaf und murmelte etwas Unverständliches. Vorsichtig schlüpfte Karlchen in ihre bequeme Reithose und in die flachen Jodhpur-Stiefeletten, dann zog sie sich ein T-Shirt über den Kopf und darüber ein langärmeliges Kapuzensweatshirt. Sie zog das Handy vom Netzteil ab, angelte ihren Rucksack unter dem Bett hervor und atmete tief durch. Das Handy passte gerade noch in die Seitentasche des Rucksacks. Der Brief! Sie nahm den zusammengefalteten Brief von ihrem Nachttisch und legte ihn gut sichtbar auf ihr Kopfkissen. Wenn Bente morgen früh aufwachte, müsste sie ihn direkt im Blickfeld haben.

»Gut«, flüsterte Karlchen, »dann mal los!«

Leise öffnete sie die Zimmertür und schlüpfte hinaus. Auf dem Flur blieb sie stehen und horchte. Es herrschte absolute Ruhe im Schloss, nur die alten Holzdielen knarrten und ächzten leise vor sich hin. Auf Zehenspitzen schlich sie die breite Treppe hinunter. In der Eingangshalle brannte nur ein schwaches Nachtlicht. Es tauchte die riesige Halle in ein unwirkliches Licht. Die düsteren Porträts der ehemaligen Schlossbewohner schienen sie vorwurfsvoll anzustarren.

Karlchen hörte ihr eigenes Herz pochen. Wie ein Einbrecher huschte sie durch die Halle zur Eingangstür, griff nach der Klinke und drückte sie herunter.

»Mist, verfluchter!«, zischte sie. Die Tür war abgeschlossen! Dass sie daran nicht gedacht hatte! Natürlich war die Eingangstür über Nacht verschlossen, das wusste doch jeder. Karlchen hatte diese Tatsache in ihren Plänen schlicht und einfach vergessen. Hilfe suchend sah sie sich um. Die Fenster in der Halle waren bleiverglast und ließen sich nicht öffnen. Karlchen versuchte es gar nicht erst.

»Die Küche!« Karlchens Miene erhellte sich. Der vorgeschriebene Fluchtweg bei Feuer und anderen Katastrophen führte durch die Schlossküche. Mindestens zweimal im Jahr mussten die Internatsschüler eine Katastrophenschutzübung über sich ergehen lassen. Den Fluchtweg kannten alle im Halbschlaf. Und Karlchen war jetzt hellwach. Sie durchquerte die Halle, schlich durch den gespenstisch dunklen Speisesaal und öffnete die Schiebetür zur Küche. Töpfe, Pfannen und andere Kochutensilien hingen säuberlich aufgereiht über dem Herd. Karlchen konnte nicht widerstehen: Sie öffnete den großen Kühlschrank. Vom Abendessen waren ein paar leckere Sandwichs übrig geblieben. Sie schnappte sich zwei davon und verstaute sie kurzerhand rücklings in der Kapuze ihres Sweatshirts, damit sie die Hände weiterhin frei hatte. Dann schlich sie weiter zur Hintertür, über der gut sichtbar das grüne Leuchtschild prangte, welches den Notausgang markierte. Als sie die Klinke herunterdrückte, grinste sie. Die Tür ließ sich nach außen öffnen.

Mit einem leisen Kichern glitt Karlchen hindurch und stand im Freien.

»Puh«, machte sie. Ihr Herzschlag normalisierte sich. Plötz--lich war sie ganz ruhig. Sie fand das Ganze total spannend.

»Vielleicht sollte ich zum Geheimdienst gehen, wenn ich von der Schule fliege«, überlegte sie sich. »Das wär doch was!«

Mit den Sandwichs in der Kapuze und dem Rucksack auf dem Rücken stapfte sie durch den Schlosspark. Irgendwo bellte ein Hund. Sie hörte ein Käuzchen rufen und über ihrem Kopf schwirrten lautlos ein paar Fledermäuse durch die Nacht, die auf dem alten Dachboden des Schlosses ihr Zuhause hatten.

Nach wenigen Schritten erreichte Karlchen die Stallgebäude. Auch hier war alles ruhig. Von Patrick wusste sie, dass Max Much, der Oberstallmeister, jeden Abend pünktlich um elf Uhr seinen letzten Rundgang machte und die Stalltüren abschloss, um anschließend in seiner kleinen Wohnung im Torhaus fast augenblicklich in den wohlverdienten Tiefschlaf zu fallen. Die anderen Angestellten des Lindentalstalls – Patrick, Merle, der Reitlehrer von Hohensee und zwei Pferdepfleger – hatten ihre Wohnungen im Westflügel des Schlosses, in dem auch die Appartements der Lehrer untergebracht waren – weit genug entfernt von den Ställen und Koppeln.

Im fahlen Schein des Mondes konnte Karlchen die Schemen der Ponys auf der Koppel erkennen. Eins von ihnen hob den Kopf und wieherte warnend.

»Pscht«, machte Karlchen, »ganz ruhig. Ich bin's nur.«

Sie kletterte über den Holzzaun und blieb einen Moment im Gras hocken, damit sie die ruhenden Ponys nicht erschreckte. Eine Panik in der Herde durfte sie auf keinen Fall riskieren.

»Snude!«, lockte sie leise. Wie immer, wenn sie angespannt war, verfiel sie in ihre dänische Muttersprache.

Schon kam ein Schatten auf sie zu und prustete unverkennbar. Es war Schnute, der sich neugierig näherte und sich den Stirnschopf kraulen ließ.

»Ach, Snude«, murmelte Karlchen, überwältigt von ihren Gefühlen für das kleine Pferd. »Wir machen einen schönen Spazierritt, Dicker«, erklärte sie dem Wallach. »Was hältst du davon? Nur wir beide im Mondschein.«

Mittlerweile waren auch die anderen Ponys auf sie aufmerksam geworden und wollten wissen, was da mitten in der Nacht so Aufregendes geschah. Freudig drängten sie sich um Karlchen, um sie zu beschnuppern und zu beknabbern.

»Nee, ihr müsst leider hierbleiben«, flüsterte Karlchen bedauernd. »Wenn ihr alle mitkommen würdet, hätten sie uns im Handumdrehen!«

Sie erhob sich und ging zum Unterstand, um das Sattelzeug zu holen. Mit langen Schritten folgte ihr die kleine Ponyherde, allen voran der falbfarbene Schnute, der seine Besitzerin nicht eine Sekunde aus den Augen ließ. Bereitwillig ließ er sich aufzäumen und satteln. Karlchen hatte das schon so oft gemacht, dass sie jeden einzelnen Handgriff blind beherrschte. Sie vergaß auch nicht, zum Abschluss gewissenhaft die Hufe auszukratzen. Den Hufkratzer, der normalerweise an einem Haken unter dem Unterstand hing, steckte sie in die Hosentasche. Dann führte sie ihr Pony zum Gatter. Mit einer Hand öffnete sie es, mit der anderen versuchte sie, die nachdrängenden Ponys zurückzuhalten, die ihrem Weidegenossen folgen wollten.

Als Schnute schließlich auf der anderen Seite des Zauns stand, wischte sich Karlchen den Schweiß von der Stirn. Sorgsam verriegelte sie das Tor und winkte den zurückbleibenden Ponys zu.

»Bis dann, ihr Süßen«, grinste sie und fasste Schnutes Zügel dicht unter dessen Kinn. »Ich bring euch euren Kumpel in ein paar Tagen zurück!«

Solange sie in Sicht- und Hörweite des Schlosses waren, führte Karlchen Schnute zur Sicherheit am Zügel. Erst auf der Landstraße wollte sie es wagen, aufzusitzen und loszureiten.

Schnutes Hufe waren beschlagen und klapperten dumpf auf dem alten Kopfsteinpflaster des Schlosses. Karlchen erschrak und führte ihr Pony schnell auf einen schmalen Grasstreifen, der den Hufschlag etwas dämpfte. Immer wieder blickte sie sich um und lauschte. Aber im Schloss war alles ruhig. Die hohen Fenster blieben dunkel. Schnute und sie schienen die einzigen wachen Lebewesen auf der Welt zu sein – abgesehen von den Nachttieren, die es gewohnt waren, sich so spät noch herumzutreiben.

Nach einem – wie es Karlchen vorkam – endlos langen Fußmarsch blieb sie schließlich stehen. Das Schloss lag jetzt hinter einem dichten Laubwald verborgen. Vor ihr war nur noch die Landstraße, die zu dieser Nachtzeit kaum befahren war. Sie gurtete noch einmal nach, ließ die Steigbügel herunter und schwang sich in den Sattel. Schnute stand still und wartete auf die weiteren Kommandos. Als Karlchen leise »Heja, Snude, hopp« sagte, setzte er sich sofort in Bewegung. Mit gespitzten Ohren wandte er den Kopf hin und her und lauschte in die Dunkelheit. Karlchen ließ ihn noch ein Weilchen am langen Zügel gehen, dann nahm sie die Zügel kürzer und legte die Schenkel an. Sofort trabte Schnute an und fiel schließlich in einen leichten Galopp.

Es war unwirklich, so durch die Nacht zu reiten. Es war unheimlich, unbeschreiblich und außergewöhnlich. Es war das Tollste, was Karlchen je erlebt hatte. Fast hätte sie laut gejubelt.

Plötzlich merkte sie, dass sie weinte. Sie ließ die Tränen einfach laufen, strich ihrem Pony über den Mähnenkamm und hob den Blick. Über ihr breitete sich der Sternenhimmel aus wie schwerer, schwarzer Samt. Der Mond verschwand hinter einem zerrissenen Wolkenschleier.

»Echt gespenstisch, was?« Karlchen vergrub ihre Fäuste in Schnutes kurzer Mähne. »Gut, dass du bei mir bist, Dickie«, flüsterte sie ihrem Pony zu, »sonst hätte ich doch ein bisschen Angst.«

Nach einer Weile fiel Schnute von sich aus in einen gleichmäßigen Trab. Er schnaubte und prustete. Karlchen ließ ihn das Tempo bestimmen. Sie sah keine Notwendigkeit, sich zu beeilen. Ihr Verschwinden konnte noch nicht bemerkt worden sein. Als Schnute das Tempo noch mehr verlangsamte und schließlich im Schritt ging, war ihr das recht. Sie gab ihm die Zügel hin und angelte sich umständlich eins der Sandwichs aus der Kapuze. Während sie herzhaft hineinbiss und »Lecker,

Schinken und Ei!« murmelte, lenkte sie Schnute mit den Schenkeln von der Straße weg auf einen schmalen Feldweg.

Karlchen kannte den Weg von vielen Ausritten. Sie wusste, dass er zum Meer führte. Denn genau dort wollte sie hin: an die Nordseeküste. Am Strand würden sich ihre Spuren verlieren. Wind und Wellen würden Schnutes Hufabdrücke in kürzester Zeit fortwischen. Und niemand würde auch nur ahnen, dass dort kurz zuvor eine Ausreißerin mit ihrem Pony entlanggeritten war.

»Perfekt«, meinte Karlchen und wischte sich die Remoulade vom Kinn. »Snude, wir sind ein tolles Team, hab ich dir das schon mal gesagt?« Sie strubbelte Schnute durch die Stehmähne und gähnte. Am Horizont bemerkte sie einen schwachen Lichtschein. Ob das schon die Sonne war? Wahnsinn! Sie würde den Sonnenaufgang am Meer erleben! Karlchen warf einen Blick auf ihre Uhr und entschied, dass der Sonnenaufgang noch ein paar Stunden auf sich warten lassen würde. Hastig verschlang sie auch noch das zweite Sandwich und nahm die Zügel wieder auf. »Hoppa, mein Süßer!«, rief sie. »Wir reiten ans Meer!«

6

Die Nordseewellen schwappten träge an den flachen Strand. Das Meer wirkte schmutzig und grau. Ein frischer Wind war aufgekommen und wehte Karlchen scharf um die Ohren. Sie zog die Schultern hoch. Die Luft war kalt und feucht. Karlchen fror.

Am Horizont, dort, wo das Meer zu enden schien, war der blasse Lichtschein einer Bohrinsel zu sehen. Karlchen hatte Schnute durchpariert und stand mit ihm am Strand. Kleine Wellen umspülten seine Hufe. Es schien ihm zu gefallen. Mit weit geöffneten Nüstern nahm er die frische Luft auf und prustete.

»Ist das jetzt die beginnende Flut«, überlegte Karlchen laut, »oder läuft das Wasser ab?«

Im Internat, das nahe an der Nordsee lag, waren Ebbe und Flut fast täglich ein Thema. Jeder Schüler besaß einen Gezeitenkalender. Es war einfach zu gefährlich, bei auflaufendem Wasser im Watt zu sein. Überall gab es gefährliche Priele, harmlos aussehende Wasserarme im Watt, die bei Flut und steigendem Wasserpegel schnell zu reißenden Flüssen anschwollen und alles mit sich rissen. Immer wieder gerieten Urlauber in Gefahr, weil sie die Nordsee unterschätzten.

Karlchen stöhnte auf. Ihr Gezeitenkalender lag im Schloss, fein säuberlich auf ihrem Schreibtisch.

»Schöne Schiete«, schimpfte sie, ärgerlich auf sich selbst, und warf abwechselnd einen Blick auf ihre Uhr und auf das Meer. Aber es war unmöglich auszumachen, ob das Wasser kam oder ging.

»Egal«, beschloss sie schließlich. »Das Wasser ist noch flach. Ob es nun kommt oder geht, wir müssen da durch! Wir dürfen keine Spuren hinterlassen!« Energisch legte sie die Schenkel an und ließ Schnute tiefer ins Wasser waten.

Eine ganze Zeit lang ritt Karlchen parallel zur Küste und döste dabei fast ein. Das gleichmäßige Schwappen der Wellen und die Müdigkeit, die sie jetzt spürte, lullten sie regelrecht ein. Plötzlich zuckte sie zusammen. Ein kalter Windhauch blies ihr ins Gesicht.

»Nebel!« Karlchen erschrak. »Verdammt, Seenebel! Wo kommt der denn her?«

Sie und ihr Pony waren von dichten, eiskalten Nebelschwaden umhüllt, die jedes Geräusch verschluckten und jede Orientierung unmöglich machten.

»Hilfe!«, rief Karlchen verzweifelt. »Snude, wo ist der Strand?« In ihrer Panik zog sie hart am Zügel und Schnute bäumte sich erschrocken auf. Als er wieder herunterkam, stellte Karlchen entsetzt fest, dass ihrem Pferd das Wasser schon fast bis zum Bauch reichte. »Hilfe!«, sagte sie noch einmal. »Snude, was sollen wir nur machen?«

Schnute schnaubte aufgeregt und hob die Hufe. Das Wasser erreichte jetzt Karlchens Schuhe. »Das ist die Flut!«, schrie sie. »Snude, nein, wir müssen zurück!«

Sie versuchte, die Füße so hoch wie möglich zu nehmen und irgendwo in der grauen Suppe, die sie umgab, etwas zu erkennen. Es war zwecklos. Alles sah gleich aus. Der Strand war verschwunden, vom tückischen Nebel verschluckt. Um sie herum war nur noch das Meer.

Karlchen spürte, dass Schnute schon fast den Boden unter den Hufen verlor. Bald würde er schwimmen müssen. Sie zählte laut bis zehn und zwang sich zur Ruhe.

»Nur keine Panik«, betete sie vor sich hin, »ganz ruhig, nur keine Panik.«

Dann verdrehte sie den Arm und nestelte an der Seitentasche ihres Rucksacks herum. Mühsam zog sie das Handy heraus. Wen sollte sie anrufen? Die Küstenwache? Welche Nummer hatte die? Und überhaupt: Bis die sie gefunden hätten, wären Schnute und sie schon längst ertrunken! Das eiskalte Wasser schwappte über ihre Oberschenkel. Schnute schwamm! Karlchen schob sich das Handy zwischen die Zähne und biss fest drauf. Dann ließ sie sich von Schnutes Rücken gleiten. Sofort zog das Gewicht des Rucksacks sie herunter. Der aufgerollte Schlafsack saugte sich in Sekundenschnelle voll wie ein Schwamm. Verzweifelt befreite sich Karlchen von den Schlaufen und ließ den nassen Sack von ihren Schultern gleiten. Mit einem leisen Schmatzen versank er auf Nimmerwiedersehen im Meer.

Schnute hielt den Kopf hoch erhoben und kräuselte die Oberlippe. Wie ein kleiner Raddampfer pflügte er durch das trübe Wasser. Karlchen blieb nichts anderes übrig, als sich an der Stoppelmähne ihres Ponys festzukrallen und sich mitziehen zu lassen. Vielleicht fand Schnute den Weg zurück ans

Ufer? Pferde verfügten schließlich über einen sagenhaften Instinkt.

Karlchen hoffte inständig, dass Schnute das Ufer fand. Sie vertraute ihrem Pony. Etwas anderes blieb ihr im Augenblick auch nicht übrig.

Plötzlich durchbrach ein Lichtstrahl den Nebel. Er leuchtete auf und verschwand wieder, leuchtete auf, verschwand.

»Ein Leuchtfeuer!«, zischte Karlchen mit zusammengebissenen Zähnen, zwischen denen sie noch immer das Handy festhielt. »Das ist der Leuchtturm von Borgelum! Da ist das Ufer!«

Sie löste eine verkrampfte Hand aus Schnutes Mähne und drückte gegen die Schulter des schwimmenden Ponys, um es in die richtige Richtung zu drängen. Aber Schnute schien jetzt auch zu spüren, wohin er musste. Er wandte den Kopf und schwamm unbeirrt auf das blinkende Licht zu. Schon bald hatte der Norweger Boden unter den Hufen. Er stampfte vorwärts und zog Karlchen, die sich an sein Zaumzeug geklammert hatte, einfach mit sich. Als sie flaches Wasser erreichten, blieb Karlchen liegen. Sie ließ Schnutes Zügel los und krabbelte schließlich auf allen vieren an den Strand. Dann spuckte sie das Handy aus und fing an zu weinen. Heftige Schluchzer schüttelten sie. Schnute blieb unschlüssig stehen. Er betrachtete Karlchen, dann senkte er den Kopf und begann, mit dem Vorderhuf im Sand zu scharren. Karlchen wusste sofort, was er vorhatte.

»Nein!«, schrie sie. »Nicht hinlegen! Der Sattel!«

Bevor Schnute in die Knie gehen und sich wälzen konnte, sprang sie auf. Mit einem Satz war sie bei dem Pony und zog es wieder hoch. Sie vergrub ihr Gesicht in seinem tropfnassen Fell und heulte weiter.

»Ich hab alles vermasselt, Snude«, schluchzte sie. »Es tut mir so leid. Fast wären wir ertrunken, verdammt!«

Schnute schnaubte und fing erneut an zu scharren. Er wollte sich endlich hinlegen und wälzen und sich anschließend das juckende Salzwasser aus dem Fell schütteln. Mit klammen Fingern öffnete Karlchen hastig den Sattelgurt und befreite ihren Fjordi von der Last. Fast augenblicklich ging er in die Knie und wälzte sich von einer Seite auf die andere, wobei seine beschlagenen Hufe gefährlich in die Luft schlugen. Karlchen warf den nutzlos gewordenen Sattel achtlos in den Sand und sprang zur Seite. Wäre sie nicht so verzweifelt gewesen, fast hätte sie gelacht.

Nachdem er sich ausgiebig gewälzt hatte, stand Schnute schwerfällig auf und schüttelte sich. Kaltes Wasser und feinkörniger Sand spritzten von seinem Fell in alle Richtungen. Auch Karlchen bekam eine Ladung ab.

»Es reicht«, schimpfte sie missmutig. »Mir reicht's bis obenhin.« Stöhnend quälte sie sich aus ihren kurzen Reitstiefeletten und ließ das angesammelte Wasser ablaufen. Dann zog sie sich die patschnassen Socken von den Füßen und wrang sie so heftig aus, als wollte sie sie erwürgen.

Schnute bummelte unterdessen gelangweilt am Strand umher. Mit gesenktem Kopf schnoberte er nach interessanten Gerüchen, scharrte ab und zu mit den Hufen im Sand, um schließlich zu seiner Besitzerin zurückzukehren, die noch immer am Ufer hockte und ratlos auf das graue Meer starrte.

»Tja, Dicker, das war's dann wohl.« Karlchen strich ihrem

Pony traurig über das fast getrocknete Fell. »Wir müssen umkehren, sonst holen wir uns den Tod. Mir ist so kalt!«

Ihr liefen regelrechte Kälteschauer über den Rücken, sie bibberte und schlotterte zum Herzerweichen, so durchgefroren war sie. Schnute stupste sie freundlich an.

»Ja, du hast recht, Dickie. Vom Rumsitzen und Schlottern wird's auch nicht besser.« Karlchen rappelte sich hoch und verschränkte die Arme vor der Brust. »Vielleicht sollte ich mich ein bisschen bewegen?« Sie hüpfte und sprang auf der Stelle, klatschte in die Hände und kam sich dabei reichlich blöd vor. Aber es half. Nicht viel, aber doch wenigstens ein kleines bisschen. Als Karlchen einen Blick auf ihre Armbanduhr warf, stellte sie fest, dass sie stehen geblieben war. Wasser war unter das Uhrenglas gelaufen, die Zeiger standen auf ein Uhr dreiundzwanzig und bewegten sich keinen Millimeter vor.

»Von wegen wasserdicht!«, schnaubte sie. »So ein Beschiss!« Ihr Blick fiel auf das Handy, das sie in den Sand hatte fallen lassen. Ob das noch funktionierte? Sie hob es auf und schüttelte es vorsichtig. Dann tippte sie ein paar Zahlen ein. Das Display leuchtete auf.

»Abgefahren!« Karlchen grinste. »Meine angeblich wasserdichte Turbo-Sportuhr gibt ihren Geist auf, aber das Billig-Handy aus Taiwan macht eine Tauchfahrt durch die Nordsee mit. Ist ja cool!« Sie sah auf dem Display, dass es kurz vor drei war. Mitten in der Nacht also. »Es gibt zwei Möglichkeiten, Snude«, erklärte Karlchen ihrem Pony. »Erstens, wir machen uns gleich auf die Socken und sind in einer knappen Stunde wieder in Lindental, ohne dass jemals irgendjemand etwas von unserem Abenteuer erfahren wird. Oder zweitens«, sie machte eine Pause und schaute auf den Horizont, »wir suchen uns ein nettes Plätzchen, wärmen uns ein bisschen auf und sehen dann, wo wir ein anständiges Frühstück herkriegen. Was meinst du? Hierbleiben können wir jedenfalls nicht, so viel steht fest.«

Schnute schnaubte, dann gähnte er. »Vielen Dank für die klare Antwort, Süßer«, sagte Karlchen zufrieden. »Das soll also heißen, dass wir uns ein bisschen ausruhen sollten, nicht? Okay, dann lass uns mal gucken …«

7

Karlchens Blick wanderte zum Leuchtturm, der stetig sein Licht in die Dunkelheit schickte, weiter über das Hinterland. Viel war nicht zu sehen, aber sie meinte, in dem regelmäßig aufleuchtenden Strahl des starken Scheinwerfers ein paar Gebäude ausmachen zu können. Es sah aus wie ein Bauernhof, zumindest wie mehrere zusammenliegende Gebäude.

»Das gucken wir uns mal genauer an, Snude.« Sie stopfte das Handy in den feuchten Hosenbund, schulterte den triefenden Sattel und griff nach den Zügeln. »Wenn wir Glück haben, finden wir trockenes Heu und Stroh und ein Dach über dem Kopf. Los, komm.«

Im Gegensatz zu Karlchen stapfte Schnute nahezu fröhlich voran. Das nächtliche Abenteuer und das unfreiwillige Bad in den Wellen schienen das stämmige Robustpferd nicht beeindruckt zu haben. Karlchen hatte einige Mühe, ihrem Pony durch den tiefen Sand zu folgen.

Nach kurzem Marsch verließen sie den Strand und erreichten, nachdem sie über einen Deich geklettert waren, einen befestigten Fahrweg. Wenn Karlchen sich nicht täuschte, musste dieser Weg direkt zu dem vermeintlichen Bauernhof führen.

Plötzlich blieb Schnute stehen, hob den Kopf und blähte die Nüstern. Aus seiner Kehle kam ein tiefes Brummeln.

»Komm, Snude, voran«, befahl Karlchen energisch. »Da ist doch nichts.«

Doch Schnutes Hufe schienen festgewachsen zu sein. Er ließ sich keinen Zentimeter vorwärtsbewegen, sosehr seine Besitzerin auch bettelte und bat.

Karlchen stöhnte unwillig auf, als sie hinter einem Drahtzaun plötzlich dunkle Schatten bemerkte, die ebenso unbeweglich dastanden wie Schnute. Zuerst dachte sie an Schafe, aber dann nahm sie den so typischen Geruch wahr: Pferde! Auf der anderen Seite des Weges standen Pferde.

Als Schnute sich endlich dazu bewegen ließ weiterzugehen, folgten die Schatten auf der Weide in gemächlichem Tempo. Karlchen lächelte. Wo Pferde waren, war ein Stall, und wo ein Stall war, war es trocken und warm. Die Chancen auf ein kuscheliges Plätzchen standen äußerst günstig.

Mit einem Mal endete der Weg und ging in einen holprigen Grasstreifen über. Karlchen und Schnute folgten dem Pfad, der den Eindruck machte, als sei er lange nicht mehr betreten worden, so zugewachsen war er. Ein paar Schritte weiter standen sie plötzlich auf einem Hof. Der Mond beleuchtete drei düstere, halb verfallene Gebäude mit eingesunkenen Strohdächern.

»Na, die haben auch schon mal bessere Zeiten gesehen«, stellte Karlchen fest. Sie blieb stehen und schaute sich um. »Das sieht ja aus wie das Gruselschloss von Frankenstein junior. Brr, Snude, wo sind wir denn hier gelandet?«

Der Wallach senkte den Kopf und rupfte ein paar Grashalme ab. Es war offensichtlich, dass er Hunger hatte. Auch Karlchen spürte, wie ihr Magen energisch und fordernd knurrte.

»Stress macht hungrig«, murmelte sie, »aber wie ein Drei-Sterne-Restaurant sieht das hier nicht gerade aus, sorry.«

Sie zog Schnute langsam weiter. Den Sattel, der ihr schwer auf die Schulter drückte, legte sie an einer Bretterwand ab. Vorsichtig umrundeten das Mädchen und sein Pony das merkwürdige Gehöft. Zu Karlchens Verwunderung stand auf der Rückseite ein großer Viehtransporter, der zwar etwas mitgenommen aussah, aber durchaus noch fahrtüchtig wirkte. Es gab jedoch nicht den geringsten Hinweis auf irgendwelche Bewohner. Nirgendwo brannte Licht, alles wirkte still und verlassen. Die Fensterscheiben des Haupthauses waren entweder zerschlagen oder mit Brettern grob vernagelt.

Noch immer fror Karlchen erbärmlich. Die nasse Kleidung klebte an ihrem Körper wie eine zweite Haut, in den Stiefeletten schmatzte das Wasser unter den durchweichten Socken.

»Das gibt einen dicken Schnupfen, todsicher«, sagte Karlchen zu sich selbst.

Sie bedauerte gerade, dass sie nicht ihrem ersten Impuls gefolgt war, den Ausflug abzubrechen, zum Reitinternat zurückzukehren und sich in ihrem warmen Bett zu verkriechen, da hörte sie plötzlich das Schlagen einer Tür und schwere Schritte.

Schnute erschrak und machte einen Satz zur Seite. Karlchen duckte sich unwillkürlich hinter einen Mauervorsprung, der in tiefer Dunkelheit verborgen lag. Die Tür des Bauernhauses öffnete sich mit einem lauten Knarren, dann vernahm Karlchen eine Männerstimme. Sie konnte nicht verstehen, was der Mann sagte, und wollte schon aus ihrem Versteck kriechen und »Hallo!« rufen, da erklang eine zweite, lautere Stimme, die sagte: »Verstau die Papiere im Handschuhfach, Pawel, und schließ es ab. Die Fälschungen sind perfekt, damit kommen wir mit den Gäulen locker über jede Grenze.«

»Stimmt, die Kaufverträge sind wirklich gut geworden. Du hast ganze Arbeit geleistet, Ralf«, erwiderte die andere Stimme.

Karlchen hörte das leise Klicken eines Feuerzeugs und einen tiefen Atemzug ganz in ihrer Nähe, als der Typ weitersprach: »Aber was ist mit den Brandzeichen? Ein paar der Pferde haben sogar Nummern. Eines der Ponys hat eine Tätowierung im Ohr. Soll ich es abschneiden?«

Karlchen zuckte zusammen. Abschneiden? Ein Ohr? Gefälschte Papiere? Grenze? Was ging hier vor? Entsetzt presste sie eine Hand vor den Mund und zog Schnutes Kopf zu sich herunter.

»Bist du bescheuert? Willst du, dass der Zosse uns auf dem Transport verblutet?«, grunzte die erste Stimme. »Die Bullen gucken sich nur die Papiere an und werfen vielleicht mal einen kurzen Blick in den Wagen, ob die Viecher auch Futter und Wasser an Bord haben. Wenn die Blut sehen, haben wir verloren.« Die Stimme entfernte sich. »Die Brandzeichen interessieren die einen feuchten Kehricht.« Karlchen schloss die Augen und spitzte angestrengt die Ohren. »In Serbien ist das sowieso egal. Da zählt nur der Schlachtpreis, nicht die Herkunft der Gäule.«

Schlachtpreis! Karlchen riss die Augen wieder auf. Die Typen wollten Schlachtpferde nach Serbien bringen. Die Pferde und Ponys von der Koppel hinter dem Deich! Und sie hatten gefälschte Papiere.

Die Pferde sind geklaut!, fuhr es Karlchen durch den Kopf. Das sind Pferdediebe!

Sie tauchte noch tiefer in den Schatten hinein und hielt den Atem an. Mit einer Hand strich sie Schnute beruhigend über den Hals.

Eine Wagentür wurde geöffnet und wenig später wieder zugeschlagen.

»Alles klar, Ralf!«, rief die eine Stimme. »Die Papiere sind gesichert!«

Der andere Mann hustete und antwortete: »Gut, Pawel. Mann, wenn alles so läuft, wie wir's geplant haben, haben wir übermorgen einen dicken Batzen Geld im Sack. In Skrawenice kaufen die alles, was vier Beine hat. Für die Ponys werden wir wohl nicht so viel bekommen, aber die drei Großen bringen ganz schön was auf die Waage, Alter!«

Skrawenice – der berüchtigte Schlachtpferdemarkt in Serbien! Karlchen hatte in einer Reiterzeitschrift darüber gelesen. Es war grauenvoll! Aus ganz Europa, vor allem aus Osteuropa wurden Pferde, Ponys und Esel dorthin gekarrt und unter abscheulichsten Bedingungen verschachert. Von dort aus gingen die armen Kreaturen auf oft tagelang dauernde Transporte nach Italien, Frankreich, Belgien – meist ohne Wasser, ohne Futter, geprügelt und in dreckige, dunkle Viehwagen zusammengepfercht. Viele der Tiere waren dann schon mehr tot als lebendig, krank oder verletzt.

Karlchen konnte kaum glauben, was sie da hörte. Um sie herum drehte sich alles. Ihr war schrecklich übel und in ihrem Kopf überschlugen sich die Gedanken.

»Mensch, gut, dass die Leute so blöd sind und ihre Viecher hier auf die entlegensten Weiden stellen«, sagte der eine Mann lachend, »und dann tagelang nicht nach dem Rechten sehen.«

»Ja.« Der andere lachte auch, es klang heiser und unheimlich gemein. »Wir brauchen uns nur noch zu bedienen. Haha, und bis die Besitzer festgestellt haben, dass ihre süßen Lieblinge verschwunden sind, sind wir schon längst über alle Berge. Und ihre Zossen hängen als Räucherwürstchen in der Vitrine. Hahaha.«

Karlchen knirschte vor Wut mit den Zähnen. Junge, wie gerne wäre sie einfach losgerannt und diesen miesen Kerlen mit ausgefahrenen Krallen direkt ins Gesicht gesprungen!

Schnute schnaubte dunkel und scharrte mit dem Huf. Schnell kraulte sie ihm die Stirn. Ihre Hand zitterte, sie hatte Angst. Sie brauchte eine Idee, einen Geistesblitz. Und zwar schnell!

Die Stimmen entfernten sich ein Stück. Im fahlen Mondlicht sah Karlchen zwei große, breitschultrige Männer.

»Okay, dann hauen wir uns noch ein, zwei Stündchen aufs Ohr«, sagte der Heisere, »bevor wir die elenden Zossen in den Transporter schaffen. Durch Deutschland fahren wir am Tag, da sind die wenigsten Kontrollen.«

»Alles klar, Boss.« Das Knarren der Haustür durchdrang die nächtliche Stille. Mit einem Ächzen fiel sie ins Schloss. Auf dem Hof herrschte wieder absolute Ruhe.

»Mensch, Snude«, flüsterte Karlchen verzweifelt, »was sollen wir bloß tun?« Sie blieb im Gras hocken und überlegte fieberhaft. Zwei Stunden, hatte der eine gesagt. Die Ponys und Pferde hatten noch zwei Stunden Gnadenfrist, bevor sie in den stinkenden Viehtransporter getrieben und auf ihre letzte Reise geschickt werden sollten.

»Der Transporter! Der Transporter ist die Lösung!« Karlchen rieb sich hektisch die Nase. »Wenn der Wagen nicht anspringt, können die Typen die Pferde nicht wegschaffen! Dann sitzen sie in der Klemme! Und wir können in Ruhe Hilfe holen.«

Karolin Karlsson verstand von Autos und Motoren in etwa so viel wie ihr Pony von den binomischen Formeln. Und doch kam es ihr mit einem Mal ganz einfach vor. Man musste nur ein oder zwei Kabel durchtrennen oder den Benzinschlauch lösen und schon lief gar nichts mehr. Sie sah sich um. »Du bleibst hier, Snude«, sagte sie leise. »Wir dürfen kein Risiko eingehen.« Sie legte Schnutes Zügel auf den Boden. Für den Norweger war dies das Zeichen, dass er stehen bleiben musste, wo er war. Karlchen hatte das oft mit ihm geübt. Jetzt hoffte sie inständig, dass Schnute seine Lektion gelernt hatte.

Immer an der Wand entlang tastete sie sich auf Zehenspitzen am Bauernhaus vorbei in Richtung des abgestellten Viehtransporters. Wie ein Nachttier blieb sie immer wieder abwartend stehen, lauschte in die Dunkelheit und schaute sich aufmerksam um. Alles blieb ruhig.

Ihr Herz zersprang fast vor Aufregung, aber ihr Kopf war klar. Sie wusste, was sie zu tun hatte. Und ihr war bewusst, dass sie nur diese eine Chance hatte. Wenn sie patzte, wäre alles vorbei.

Sie erreichte den Wagen und zog an den Türgriffen. »Mist«, flüsterte sie. Die Pferdediebe hatten Fahrer- und Beifahrertür abgeschlossen. Aber der Tankdeckel ließ sich mühelos öffnen. Karlchen klappte den Deckel zur Seite, drehte die Verschlusskappe ab und bückte sich. Mit beiden Händen griff sie in die Erde und stopfte alles, was sie zwischen die Finger bekam, in die Tanköffnung: Sand, Steinchen, Gras, kleine Äste. Dann drehte sie die Kappe wieder drauf und klappte den Deckel zu. Jetzt wollte sie sich dem Motor widmen. Aber als sie versuchte, die Haube zu öffnen, bewegte sich diese keinen Millimeter, sosehr Karlchen auch zog und zerrte. Mit ihren Fingern fuhr Karlchen zwischen den Kühlerrippen entlang und spürte dort schließlich einen kleinen Haken, der sich zur Seite schieben ließ. Mit einem leisen »Klack« sprang die Motorhaube auf.

»Bingo!«, flüsterte Karlchen mit einem zufriedenen Grinsen und wischte sich den Schweiß von der Stirn. Das unübersichtliche Gewusel im Innern des Motorraums verursachte ihr leichte Übelkeit. Ganz kurz verlor sie die Fassung, aber dann sagte sie sich trotzig, dass sie schließlich keine Gesellenprüfung ablegen sollte. Es konnte in diesem Fall bestimmt nichts schaden, wenn sie einfach alle Strippen abriss, ganz im Gegenteil.

Mit beiden Händen griff sie in den Motor und riss und zurrte verbissen an Kabeln und Schläuchen. Ein paar gaben nach und ließen sich leicht lösen, andere verhielten sich störrisch und wehrten sich gegen die unsanfte Behandlung. Doch Karlchen dachte nicht daran aufzugeben: Sie rupfte die Gummistecker von sämtlichen Zündkerzen und zog heftig an einem dicken Schlauch, von dem sie nicht einmal ansatzweise wusste, wozu der überhaupt da war. Dann, nach ein paar Minuten, betrachtete sie zufrieden ihr Werk.

»Wenn dieser Motor jemals auch nur noch einen Mucks von sich gibt«, murmelte sie halblaut, »fress ich einen Besen samt Kehrblech.« So leise es ging, drückte sie die Motorhaube wieder zu.

»Das war's.« Karlchen zitterte am ganzen Körper. Bald würde die Sonne aufgehen. Es wurde Zeit für sie und Schnute, sich aus dem Staub zu machen.

Mit weichen Knien schlich sie zurück zum Versteck ihres Ponys. Schnute hatte gedöst und wieherte erschrocken, als er sie kommen hörte.

»Pscht«, machte Karlchen schnell. Sie nahm die Zügel vom Boden auf. »Komm, mein Dicker, lass uns von hier verschwinden.« Sie zog Schnute hinter sich her und klaubte im Vorbeigehen den Sattel auf. Als sie mit ihrem Pony den Grasweg entlanglief, kam ihr noch eine Idee. Sie führte Schnute an den Koppelzaun, hinter dem die gestohlenen Ponys und Pferde standen und sie aufmerksam beäugten, und öffnete das Gatter, so weit es ging.

»Haut ab, wenn euch euer Leben lieb ist«, rief sie den Tieren zu. »Los, ab nach Hause!«

Zögernd löste sich ein Großpferd von der Gruppe und ging durch das geöffnete Tor. Die anderen Pferde folgten ihm. Karlchen holte aus und gab einem dicken Shetlandpony einen kräftigen Klaps auf die Kruppe. »Sorry, Kleiner«, murmelte sie. Der Shettie quiekte empört auf, schlug heftig nach ihr aus und jagte dann wutschnaubend und buckelnd davon. Die anderen Pferde folgten ihm in wilder Jagd und verschwanden wenig später hinter dem Deich.

»Ja!«, rief Karlchen erleichtert. »Lauft! Lauft um euer Leben!« Sie schlang Schnute die Arme um den Hals. »Lieber ein paar ausgebüxte Pferde am Strand als ein ekliges Ponysteak auf dem Teller, was, mein Dicker? So, und jetzt rufen wir die Polizei an.«

Diesen Gedanken hatte sie die ganze Zeit über im Hinterkopf gehabt. Sie hatte zwar – wie sie hoffte – das Schlimmste, nämlich den Abtransport der Pferde, verhindert, doch den Verbrechern endgültig das Handwerk legen, das konnte sie nicht. Die Pferdediebe mussten festgenommen und bestraft werden. Und das war Sache der Polizei.

Sie führte Schnute über den Deich. Am Strand standen dicht aneinandergedrängt die freigelassenen Pferde. Karlchen zählte fünf Ponys und drei Großpferde, die argwöhnisch und mit erhobenen Köpfen auf die Nordseewellen starrten. Es war offensichtlich, dass die Tiere nicht wussten, wohin sie sich wenden sollten. Karlchen empfand tiefes Mitleid mit ihnen, aber im Moment konnte sie sich nicht um sie kümmern. Mit ruhiger Hand zog sie ihr Handy hervor und wählte die Notrufnummer der Polizei.

»Hier ist Karolin Karlsson«, sagte sie mit fester Stimme. »Ich bin Schülerin vom Internat Lindental. Bitte kommen Sie zum Borgelumer Leuchtturm. Auf dem alten Bauernhof halten sich zwei Pferdediebe versteckt. Bitte beeilen Sie sich.«

8

Der Beamte am anderen Ende der Leitung schien zuerst an einen dummen Streich zu glauben. Er drohte Karlchen mit Bestrafung, falls es sich bei ihrem Anruf um einen Scherz handeln sollte. Doch Karlchen ließ sich nicht abwimmeln. Mit knappen Sätzen schilderte sie die ganze Geschichte und versprach, hinter dem Leuchtturm auf die Polizei zu warten.

»Rühr dich nicht vom Fleck«, sagte der Polizist schließlich. »Ich schicke einen Streifenwagen.«

»Ja, fein, aber machen Sie bloß kein Blaulicht an und sparen Sie sich dieses ganze Tatütata«, erwiderte Karlchen trocken. »Sie machen sonst die Pferde scheu.«

Sie setzte sich in das feuchte Dünengras und wählte Bentes Handynummer.

»Was ist?«, fragte die verschlafene Freundin nach endlos langem Klingeln. »Wo brennt's?«

»Bente, ich bin's, Karlchen«, sagte Karlchen hastig. »Hör zu, ich hab hier am Borgelumer Leuchtturm was Dringendes zu erledigen. Sag der Pauli bitte, ich erkläre ihr später alles, ja? Und richte Merle aus, sie soll keinen Schreck kriegen, weil Snude weg ist. Der ist bei mir. Du, ich muss Schluss machen. Die Polizei kommt.«

»Was sagst du? Karlchen!« Bentes Stimme klang schlagartig hellwach. »Himmel, wo steckst du? Warum bist du nicht in deinem Bett?«

Karlchen stöhnte auf. »Ich kann dir das jetzt nicht erklären, Bente«, zischte sie ins Handy. »Halt mir in Lindental den Rücken frei, okay? In ein oder zwei Stunden bin ich da und entspanne die Lage.«

Bente wollte noch etwas sagen, aber Karlchen hatte sie schon abgewürgt und das Handy zurück in den Hosenbund gestopft.

Vom Deichweg näherte sich langsam ein Streifenwagen. Karlchen stand auf und winkte mit beiden Händen. Dann ging sie, Schnute am langen Zügel hinter sich herführend, auf das Polizeiauto zu.

In dem Wagen saßen zwei Polizisten. Der Fahrer, ein sympathisch aussehender junger Mann mit blonden Locken, hielt an und ließ das Seitenfenster herunter. »Na, junge Dame«, sagte er freundlich, »darf man fragen, was dich um diese ungewöhnlich frühe Morgenstunde veranlasst, einen Spaziergang am Deich zu machen? Noch dazu mutterseelenallein?«

»Erstens bin ich nicht allein«, konterte Karlchen selbstbewusst, »sondern hab mein Pferd bei mir. Und zweitens hab ich schon auf Sie gewartet. Ich heiße Karolin Karlsson. Ich hab Sie vorhin angerufen.«

Der Polizist runzelte die Stirn. »Dann gehört das Pony dir?«, erkundigte er sich. Karlchen nickte bestätigend. Der Beamte wechselte einen raschen Blick mit seinem Kollegen, einem grauhaarigen Mann mit runden, rosigen Wangen. Der zuckte mit den Schultern und bemühte sich umständlich, aus dem engen Auto zu klettern. Auch der junge Beamte stieg aus.

»Soso, Karolin«, sagte er lächelnd. »Ich bin Hauptmeister Jörn Bode und das ist«, er wies auf seinen Begleiter, »Polizeiobermeister Werner Hansen. Was hältst du davon, wenn du uns die ganze Geschichte einmal der Reihe nach erzählst?« Karlchen nickte noch einmal. »Gut, dann los: Was hast du hier zu suchen und, vor allem, warum hast du die Polizei verständigt?«

Karlchen holte tief Luft, dann erzählte sie die ganze Geschichte. Angefangen von ihrem unerlaubten Verschwinden aus dem Internat über das unfreiwillige Bad in der Nordsee bis hin zu ihren unglaublichen Beobachtungen auf dem verlassenen Bauernhof.

Die beiden Polizisten hörten aufmerksam zu und unterbrachen sie nicht. Der Ältere machte sich ein paar Notizen in einem kleinen Büchlein. Hin und wieder schaute er auf und musterte Karlchen ungläubig, bevor er weiterschrieb.

»Und jetzt müssen Sie sich tierisch beeilen«, flehte Karlchen zum Schluss. »Ich hab den Transporter zwar, so gut ich konnte, auseinandergenommen, aber wenn die Typen das spitzkriegen, machen die sich bestimmt zu Fuß aus dem Staub.« Sie sah Herrn Bode eindringlich an. »Sie dürfen keine Zeit mehr verlieren. Bitte, Sie müssen diese miesen Kerle unbedingt kriegen!«

»Das ist ja unfassbar.« Polizeiobermeister Hansen kratzte sich mit dem Kugelschreiber unter der Dienstmütze. »Du hast tatsächlich dieses Fahrzeug manipuliert? Lernt ihr so etwas auf dem Internat?«

»Manipu-was? Ja, klar, hab ich. Aber das hab ich nicht in der Schule gelernt.« Karlchen trat nervös von einem Fuß auf den anderen. Sie fragte sich, wie die beiden Polizisten so ruhig bleiben konnten. »Los, Sie müssen die Heinis einkassieren! Worauf warten Sie denn noch?«

»Moment, junge Dame.« Hauptmeister Bode griff durch das geöffnete Seitenfenster zum Funksprechgerät. »Du sagst, es sind zwei?«

»Ja, hab ich doch schon hundertmal gesagt.« Karlchen stöhnte auf. »Ich hab zwei Typen gesehen und gehört. Sie sahen ziemlich groß und stark aus im Dunkeln.« Zweifelnd musterte sie die beiden Beamten. »Ob sich da noch mehr von diesen miesen Pferdedieben im Haus verstecken, kann ich echt nicht sagen. Aber, nee«, sie zupfte sich an der Nase, »da waren nur zwei, ganz sicher.«

»Ich rufe trotzdem Verstärkung«, erwiderte Herr Bode. »Die Kollegen sollen mit einem zweiten Wagen von der anderen Seite kommen. Und dann schauen wir uns die Vögel mal etwas genauer an.«

Es gab einen kurzen Wortwechsel über das Funkgerät, dann wandte er sich wieder an Karlchen: »So, und jetzt muss ich deine Eltern benachrichtigen, damit sie dich hier abholen können.«

»Meine Eltern? Die sind in Dänemark! Das heißt, nee, Moment mal, ich glaub, meine Mutter ist seit gestern in Rom und mein Vater fliegt diese Woche die Atlantikroute.« Karlchens Mutter arbeitete bei einer internationalen Modefirma und ihr Vater war Pilot bei einer dänischen Airline. Karlchen hatte hin und wieder Schwierigkeiten zu sortieren, wo ihre

Eltern sich gerade auf dem Globus befanden. »Aber ich wohne im Internat Lindental, hab ich doch gesagt!«

»Ach ja, richtig. Dann muss ich dort anrufen, damit dich jemand abholen kann.« Der Hauptmeister warf einen zweifelnden Blick auf Schnute. »Weißt du, Karolin, die Polizei muss sparen. Wir können uns nicht für jeden Streifenwagen einen Pferdetransporter leisten und in den Kofferraum können wir dein Pony wohl auch nicht stecken.« Er griff wieder nach dem Funkgerät.

Karlchen zog die Schultern hoch. »Muss das sein?«, fragte sie kleinlaut. »Kann ich nicht hierbleiben? Oder zu Fuß nach Hause gehen?«

»Ausgeschlossen«, mischte sich Obermeister Hansen ein. »Du gehörst in Sicherheit gebracht. Keine Widerworte!«

Streng sah er Karlchen an, doch sie bemerkte, dass es in den Augen des Polizisten freundlich aufblitzte.

»In zehn Minuten ist ein Transporter vom Schloss hier«, mischte sich Herr Bode ein. »Ein Herr von Hohensee wird dich und dein Pony abholen.«

»Verflixt«, fluchte Karlchen. »Das gibt 'ne Ansprache.«

Herr Bode legte ihr eine Hand auf den Arm. »So schlimm wird's schon nicht werden«, meinte er mitfühlend. »Wenn du tatsächlich eine Bande von Pferdedieben dingfest gemacht hast, hast du eigentlich sogar ein Lob verdient. Wir werden sehen.«

»Und was wird aus den Pferden, die ich freigelassen habe? Die sind immer noch am Strand!« Siedend heiß waren Karlchen die entflohenen Tiere eingefallen. Sie irrten nach wie vor ziellos am Strand umher.

»Wir kümmern uns um sie, keine Sorge«, erwiderte Polizeihauptmeister Bode bestimmt. »Wir informieren gleich den Tierschutzverein, der ist für so etwas zuständig. Die Pferde werden zuerst mal auf einen Hof in der Nähe gebracht, bis wir die rechtmäßigen Besitzer ausfindig gemacht haben. Oh«, er unterbrach sich und rückte die Mütze zurecht, »da kommen die Kollegen. Es geht los!«

Die Polizisten stiegen in ihren Wagen. Der junge Beamte ließ den Motor an. »Du rührst dich nicht von der Stelle, Karolin, verstanden? Herr von Hohensee muss jeden Moment hier sein. Heute Nachmittag kommen wir zum Schloss und nehmen das Protokoll auf. Wir werden deine Aussage brauchen.« Der Streifenwagen rollte an. »Und dann erfährst du auch, wie die Geschichte ausgegangen ist.«

Karlchen drückte beide Daumen. »Viel Glück!«, rief sie. Dann starrte sie dem Wagen hinterher, der sich im Schritttempo dem mysteriösen Bauernhof hinter dem Leuchtturm näherte.

Als sie sich wieder umdrehte, um Schnute für das geduldige Warten mit ein paar Streicheleinheiten zu belohnen, sah sie auf der entfernten Landstraße den Pferdetransporter des Internats herankommen.

»Oha, Snude …«, seufzte Karlchen, »jetzt gibt's Ärger.«

9

»Kein Gepäck, Karolin?«, erkundigte sich Herr von Hohensee nach einer knappen Begrüßung.

»Abgesoffen«, erwiderte Karlchen betreten, aber wahrheitsgemäß.

»Soso«, war der sparsame Kommentar des Reitlehrers.

Herr von Hohensee vergewisserte sich, dass sie und Schnute unversehrt waren, dann nahm er ihr die Zügel aus den Händen und führte Schnute in den Hänger. Bevor Karlchen zu einer Erklärung der Umstände ansetzen konnte, wurde sie von ihm angewiesen, sich ins Auto zu setzen. Brav und ohne ein weiteres Wort zu sagen, schnallte sie sich an und starrte auf ihre Knie.

»Frau Dr. Paulus erwartet dich bereits«, verkündete Herr von Hohensee mit undurchdringlicher Miene und warf einen Seitenblick auf Karlchen, die angestrengt versuchte, die Seitennähte ihrer schmutzigen Reithose zu glätten. »Aber vorher solltest du ein heißes Bad nehmen und die Kleidung wechseln. Tztz …«, machte der sonst so freundliche Reitlehrer und schüttelte vielsagend den Kopf. »Du siehst zum Fürchten aus. Wie aus dem Müllsack gezogen.«

Der Rest der – wie Karlchen fand – viel zu kurzen Fahrt

verlief in eisigem Schweigen. Krampfhaft starrte sie geradeaus und wünschte sich nichts sehnlicher, als hinten im Hänger bei Schnute stehen zu dürfen.

Als das Gespann auf den Schlosshof rollte, befürchtete Karlchen schon ein Empfangskomitee bestehend aus aufgebrachten Lehrern – allen voran die wutschnaubende Frau Dr. Paulus – und neugierigen Mitschülern. Aber die Gebäude lagen ruhig und friedlich in der Morgensonne, gerade so als wäre nichts geschehen.

»Puh«, entfuhr es Karlchen erleichtert.

»Wie bitte?«, fragte Herr von Hohensee.

»Och nichts.«

Hartwig von Hohensee und Karlchen luden Schnute ab und brachten ihn auf die Ponykoppel, anschließend schlich Karlchen mit hängenden Schultern auf einem Nebenweg in Richtung Schloss.

Obwohl sich ihre Extratour wie ein Lauffeuer herumgesprochen hatte und während des Frühstücks im Speisesaal das Gesprächsthema Nummer eins gewesen war, achtete Frau Dr. Paulus streng darauf, dass die Stundenpläne eingehalten wurden und der Unterricht störungsfrei ablief. So gesehen hatte Karlchen Glück, als sie die Klinke der Eingangstür herunterdrückte und sich in einer menschenleeren Halle wiederfand.

Wie in der Nacht drückte sie sich an der Wand entlang, sprang jedes Geräusch vermeidend die Stufen in den ersten Stock hinauf und verschwand unbemerkt in ihrem Zimmer. Auf dem Bett fand Karlchen einen Brief von ihren Freundinnen.

»Mensch, Karlchen«, stand in Bentes Handschrift dort geschrieben, »geht's dir gut? Achtung, die Pauli ist außer sich! Zieh dich warm an und halt die Ohren steif! Wir hoffen, wir sehen dich noch, bevor du von der Schule fliegst. Küsschen von deinen, egal was passiert, immer zu dir haltenden Freundinnen!«

Bente, Kiki und Rebecca hatten den Brief unterschrieben und mit Smileys und kleinen Herzchen verziert.

»Hahaha«, brummte Karlchen, »ist ja witzig ... von der Schule fliegen.«

Trotzdem fühlte sie sich ein wenig getröstet. Sie fand es lieb, dass ihre Freundinnen an sie dachten und zu ihr hielten. Wenn die drei Mädels sie nicht im Stich ließen, würde sie das dicke Ende bestimmt überstehen, da war sich Karlchen sicher. Sie schälte sich umständlich aus den vollkommen verschmutzten Klamotten und hüpfte ins Bad. Dort warf sie einen flüchtigen Blick in den Spiegel und wandte sich entsetzt wieder ab. Himmel, Herr von Hohensee hatte recht gehabt: Sie sah wirklich zum Fürchten aus! Blass, zerzaust und über und über mit einer schmierig-schwarzen Kruste überzogen. Karlchen rümpfte die Nase.

»Puh«, sagte sie zu sich selbst und schüttelte sich, »wie soll ich das jemals abkriegen?« Entschlossen drehte sie die Dusche voll auf und ließ sich das warme Wasser auf den Kopf prasseln. Während sie sich mit geschlossenen Augen von den Haaren bis zu den Zehenspitzen mit schäumendem, nach Blumen duftendem Duschgel einshampoonierte, versuchte sie vergeblich, nicht daran zu denken, was ihr bevorstand.

Ob die Pauli sie wirklich rausschmeißen würde? Verdient hätte sie es wohl, dachte Karlchen. Andererseits: Wo sollten

Schnute und sie dann hin? Sie wären heimatlos. Obdachlos. Vertriebene. Ausgestoßene.

Krampfhaft verscheuchte sie die düsteren Gedanken und kniff die Augen fester zu, während sie mit eiskaltem Wasser den letzten Spülgang einleitete.

Ein paar Minuten später stand sie frisch und sauber, nach Sommerblüten duftend und fertig angezogen vor dem großen Wandspiegel im Zimmer und probierte verschiedene Gesichtsausdrücke aus. Von absolut niedergeschlagen über schwer schuldbewusst bis hin zu aufmüpfig – Karlchen hatte die ganze Palette drauf. Nur hatte sie leider keine Ahnung, welche Version bei Frau Dr. Paulus am besten ankommen würde. Karlchen ärgerte sich ein bisschen über sich selbst. Warum hatte sie nicht früher darüber nachgedacht? Dass ihr nächtlicher Ausflug Konsequenzen haben musste, war klar. Daran konnte auch das unschuldigste Lächeln nichts ändern.

»Wir werden sehen«, murmelte sie ihrem Spiegelbild zu. »Mehr als den Kopf abreißen kann der olle Drache mir schließlich nicht.«

Mit einem grummeligen Gefühl im Bauch und Knien wie Wackelpudding ging sie langsam hinunter. Vor der Tür zum Direktorat blieb sie stehen und zählte bis zwanzig, bevor sie sich ein Herz fasste und mutig anklopfte.

Fast augenblicklich erklang auf der anderen Seite der Tür das scharfe »Herein!« der Direktorin.

»Auf in den Kampf«, flüsterte sich Karlchen Mut zu, dann öffnete sie schwungvoll die Tür und betrat die Höhle des auf sie wartenden »ollen Drachen« mit einem, wie sie fand, angemessen reuigen Ausdruck im Gesicht.

Es hatte gerade zur großen Pause geläutet, als Karlchen aus dem Direktorat stürmte. Ihr Gesicht war blass, über ihre Wangen kullerten Tränen. Die Schülerinnen und Schüler, die in Grüppchen in der Eingangshalle standen und sich unterhielten, verstummten und starrten sie an.

Kiki, Bente und Rebecca, die mit besorgten Mienen in der Halle auf und ab gegangen waren und keinen Schimmer hatten, was überhaupt los war, liefen sofort auf sie zu und wollten sie in die Arme nehmen. Doch Karlchen wehrte die wohlmeinende Geste schroff ab. »Lasst mich in Ruhe!«, schnauzte sie die Freundinnen an. »Lasst mich bloß in Ruhe!«

»Karlchen!« Bente zog die Augenbrauen zusammen und fuchtelte mit einer Hand vor Karlchens Gesicht herum. »Erkennst du uns wieder? Wir sind's, deine Freundinnen! Krieg dich wieder ein, okay? Und dann erzählst du uns, was Sache ist.« Sie hielt die aufgebrachte Freundin am Ärmel fest. Karlchen schüttelte Bentes Hand ab und funkelte die Zimmergenossin an. »Lass los, du tust mir weh! Ich erzähl's euch später. Mir reicht's für heute. Kapiert?«

Kiki und Rebecca, die dem Wortwechsel schweigend zugehört hatten, mischten sich ein.

»Hey, Karlchen«, sagte Kiki vorsichtig, »findest du das gut, uns hier so abzuservieren? Wir haben dir schließlich nichts getan.«

Rebecca nickte und rückte ihre Brille zurecht. »Im Gegenteil«, meinte sie, »wir sind sehr besorgt um dich und ich denke, es wäre an der Zeit, uns eine Erklärung für das ganze Theater zu geben. Ich kann gut nachvollziehen, dass du etwas mitgenommen bist, aber …«

»Ach, hör doch auf mit deinem blöden Geschwafel!«, fauchte Karlchen. »Ich kann das im Moment echt nicht ab.« Sie wandte sich um und wollte gehen, aber Bente schnappte sofort wieder nach einem Zipfel des Pullis.

»Sag uns wenigstens, ob du von der Schule fliegst oder nicht«, bat sie. »Das ist ja wohl das Mindeste.«

»Nein, ich fliege nicht. Zufrieden? Und jetzt lasst mich gehen. Ich bin für heute vom Unterricht befreit.« Karlchen riss sich endgültig los und stapfte wütend davon.

Sprachlos starrten Kiki, Bente und Rebecca der Freundin hinterher. Bente fand als Erste die Sprache wieder. »Mannomann«, sagte sie, »die ist ja auf hundertachtzig!« Ihr Blick fiel auf Sven, der mit ein paar Jungs aus der Computer-AG in einer Ecke stand und fachsimpelte. Ohne zu zögern, ging Bente auf den Vertrauensschüler zu und zog ihn von den anderen weg. »Hey, Sven«, flüsterte sie ihm zu, »du bist doch Vertrauensschüler unseres Jahrgangs.«

Sven nickte. Er war einen Kopf kleiner als Bente und schaute zu ihr auf. »Warum fragst du?«, erkundigte er sich. »Das weißt du doch.«

»Ja, schon klar.« Bente legte einen Arm um den Jungen. Sven bekam vor Verlegenheit rote Ohren. »Ich hab da nur mal eine Frage. Als Vertrauensschüler musst du doch über alles, was im Internat passiert, informiert sein, oder?« Wieder nickte Sven. »Fein«, fuhr Bente fort. »Dann ist es doch sicher kein großes Problem für dich herauszufinden, was mit Karlchen los ist, oder?«

»Klar, ich weiß Bescheid«, erwiderte Sven. »Kann gut sein, dass sie dafür einen Schulverweis kriegt.«

»Kriegt sie nicht«, gab Bente zurück. »Das weiß ich zufällig. Mann, du bist ja ein toller Schülervertreter! Kannst du dich vielleicht mal auf den neusten Stand der Dinge bringen? Karlchen war eben bei der Pauli«, sie machte eine Pause und zwinkerte Sven zu, »und ich wüsste zu gerne, was bei diesem Gespräch herausgekommen ist.«

»Hm«, machte Sven, »das könnte schwirig werden. Wenn es wegen deiner Freundin eine Schulkonferenz gibt, bin ich als Schülervertreter dabei. Aber dann wäre ich zu Stillschweigen verpflichtet, das musst du verstehen.«

»Klar, Sven, das versteh ich vollkommen«, erwiderte Bente leicht genervt. »Ich dachte nur, du könntest dich vielleicht mal ein bisschen umhören und mir dann berichten, was Karlchen als Strafe blüht.«

Es läutete. Die große Pause war vorbei. Sven wandte sich zum Gehen. »Mal sehen, was ich für dich tun kann«, sagte er über die Schulter. »Ich sag dir Bescheid.«

Bente warf ihm eine Kusshand zu und grinste. »Danke, Sven! Du bist echt klasse!« Bevor der Junge im Schülergewusel untertauchte, bemerkte sie, dass seine Ohren noch eine Spur röter geworden waren. Grinsend ging sie zurück zu den wartenden Freundinnen. »In einer Stunde wissen wir mehr. Sven will sich mal umhören.«

»Und außerdem ist er in dich verknallt.« Kiki lachte. »Wie der dich anhimmelt!«

»Niedlich«, fand Rebecca, »nur leider eine halbe Nummer zu klein.«

Gemeinsam mit den anderen verschwanden die Mädchen im Kunstsaal.

10

»Eure Freundin bekommt einen Tadel«, berichtete Sven in der nächsten Pause. »Außerdem hat Frau Dr. Paulus ihr eine Frist bis zu den Herbstferien gesetzt, um das Klassenziel noch zu erreichen. Schafft sie das nicht, wird sie eine Klasse runtergestuft.«

Rebecca runzelte die Stirn. »Das ist hart!«, sagte sie ernst.

Bente und Kiki nickten. »Armes Karlchen«, meinte Bente. »Kein Wunder, dass sie so aufgebracht war.«

»Das ist noch nicht alles.« Sven stellte sich fast auf die Zehenspitzen, um mehr Aufmerksamkeit zu bekommen.

»Was?« Bente riss die Augen auf. »Reicht das nicht als Strafe für unerlaubtes Entfernen?«

»Ihr habt ja keine Ahnung, was eurer Freundin letzte Nacht passiert ist«, sagte Sven geheimnisvoll. »Auf jeden Fall hat sie vier Wochen Stalldienst und …«

»Stalldienst? Das ist für Karlchen doch eine Belohnung und keine Strafe!« Kiki lachte. »Das hat sie so umgehauen?«

»… und heute Nachmittag kommt die Polizei«, vollendete Sven seinen angefangenen Satz, »um sie zu vernehmen. Da ist nämlich einiges passiert in der vergangenen Nacht.«

Triumphierend guckte er in die Runde. Seine Worte hatten ihre Wirkung nicht verfehlt: Die Mädchen waren sprachlos.

Sven machte eine wirkungsvolle Kunstpause und erzählte dann seine eigene Version von Karlchens nächtlichem Abenteuer. Auf wilden Gerüchten basierend, die er aufgeschnappt hatte, und ausgeschmückt mit seiner blühenden Fantasie, hörte sich das Ganze so an: Karlchen hatte das Internat fluchtartig verlassen, nicht ohne vorher noch die Schlossküche zu plündern. Dann war sie in eine mörderische Flutwelle geraten, wäre mit ihrem Pony um ein Haar ertrunken und hatte anschließend eine mehrköpfige Bande von steckbrieflich gesuchten russischen Mafiosi eigenhändig zur Strecke gebracht. Die Mafiosi hätten wertvolle Zuchtpferde von umliegenden Gestüten gestohlen und wollten diese, mit geänderten Brandzeichen und perfekt gefälschten Papieren, teuer ins Ausland verkaufen. Karlchen hatte die Gangster – es handelte sich nach Svens Darstellungen um mindestens acht schwer bewaffnete Männer – überwältigt, gefesselt und sie anschließend gut verschnürt der Polizei übergeben. Mit Hilfe der Kripo hatte sie dann selbstverständlich auch noch die wertvollen Zuchtstuten und -hengste auf die Gestüte zurückgebracht.

»Tja«, meinte Sven, »und jetzt braucht die Kripo natürlich ihre Aussage.« Er machte eine Pause und stieß Bente in die Rippen. »Kann gut sein, dass eure Freundin als Kronzeugin in einem Mafia-Prozess aussagen wird. Dann muss sie erst mal untertauchen und sich eine neue Identität zulegen. Man kennt so was doch aus dem Kino.«

Bente schluckte trocken und wollte etwas erwidern, aber irgendwie fehlte ihr die nötige Spucke.

Kiki kam ihr zu Hilfe. »Du hast doch einen Knall, Sven«, stellte sie fest. »Unser Karlchen und die Mafia – das glaub ich nicht!«

Sven zog beleidigt die Schultern hoch. »Glaub doch, was du willst«, brummte er und wandte sich zum Gehen. »Ich hab jedenfalls meine zuverlässigen Quellen. Ihr werdet sehen: Alles, was ich gesagt habe, stimmt bis ins Detail – so wahr ich Schülervertreter bin.« Mit diesen Worten ging er hocherhobenen Hauptes davon und ließ die Mädchen in der Ecke des Pausenhofs zurück.

»Was sagt ihr dazu?«, fragte Kiki die Freundinnen.

»Der Typ sieht eindeutig zu viele Krimis«, schnaubte Rebecca. Sie klemmte sich die Formelsammlung unter den Arm und biss in einen Apfel. »Wir kennen doch alle Svens verworrene Gehirnwindungen. Wenn der sich einbildet, er hätte am helllichten Tag ein Ufo über dem Schlosspark gesehen, kann ihn nichts auf der Welt davon abbringen. Also, ich für meinen Teil möchte zuerst mal Karlchens Version hören, ihr nicht?« Sie warf das Kerngehäuse des abgenagten Apfels in ein Blumenbeet, was zwar verboten war, aber nach Rebeccas Meinung dem »Mikrokosmos unterhalb des für das menschliche Auge sichtbaren Bereichs« zugutekam.

»Doch, klar«, erwiderte Bente. »Dafür opfere ich sogar die Mittagspause.«

Als es nach der letzten Stunde klingelte, hatten die drei beschlossen, ihr Mittagessen sausen zu lassen und stattdessen ein ausführliches Gespräch mit Karlchen zu führen. Die Arme hockte, wie Bente vermutete, allein und verlassen in ihrem

Zimmer. Es wurde höchste Zeit, dass sich die Freundinnen um sie kümmerten!

Sie stopften ihre Rucksäcke in einen Spind im Flur und stürmten die Treppe hinauf in Karlchens Zimmer. Sie hofften, dass ihr Fehlen im Speisesaal nicht auffallen würde. Und wenn schon – ihre Freundin war wichtiger!

Sie fanden Karlchen auf dem Bett liegend, mit einem dicken Wollschal um den Hals.

»Ich hab Halsschmerzen«, krächzte sie zur Begrüßung. »Wahrscheinlich krieg ich einen Mörder-Schnupfen. Und außerdem hab ich Hunger.«

»Kein Problem.« Bente ging ums Bett herum und zog die untere Schublade ihres Nachtschränkchens auf. »Hier«, sagte sie und reichte Karlchen eine angebrochene Packung Schokokekse, »die sind von Laura. Meine eiserne Reserve für Notfälle.«

»Na, wenn das kein Notfall ist.« Kiki setzte sich zu Karlchen aufs Bett. »Aber jetzt erzähl erst mal! Was ist eigentlich passiert?«

Karlchen griff in die Schachtel und mümmelte ein paar Kekse.

»Also, das war so ...«, fing sie an, »aber haltet euch fest, ihr werdet es kaum glauben ...«

Gespannt hörten die drei Freundinnen zu.

Bente riss die Augen auf, als Karlchen berichtete, wie sie mit Schnute in die Flut geraten und im Seenebel die Orientierung verloren hatte. Aber als sie dann auch noch den verlassenen Bauernhof beschrieb und das von ihr belauschte Gespräch der Pferdediebe, stöhnte sie entsetzt auf.

»Mann, wenn ich das Laura und den anderen vom Reitclub erzähle! Das glauben die nie!« Bente nahm sich einen Keks und biss krachend hinein. »Hattest du überhaupt keinen Schiss?«

»Doch, klar«, gab Karlchen zu. »Ich hätte mir fast in die Hose gemacht. Aber was sollte ich denn machen? Da waren die Pferde und da war der Transporter, der sie zum Schlachtpferdemarkt bringen sollte. Ich musste irgendwas tun, versteht ihr? Ich hatte gar keine andere Wahl und hab gar nicht lange nachgedacht.«

Eine kleine Pause trat ein. Die Mädchen schwiegen. Sie mussten erst einmal verdauen, was sie eben gehört hatten. Schließlich ergriff Rebecca das Wort.

»In derartigen Stress-Situationen, wie du sie erlebt hast«, dozierte sie mit ernstem Gesicht, »schüttet der Körper vermehrt Adrenalin aus. Das ist ein Hormon, das bewirkt …«

»Mensch, Rebecca!« Kiki fasste sich an den Kopf. »Das ist ja sehr interessant, was du uns da erzählen willst, aber irgendwie bringt es uns nicht weiter. Lasst uns lieber überlegen, wie wir Karlchen aus diesem Schlamassel heraushelfen können.«

»Stimmt«, schloss sich Bente an. »Immerhin hat sie ein paar Pferden und Ponys das Leben gerettet und dazu beigetragen, dass zwei Verbrecher gefasst werden konnten. Ich finde, sie hat eine Belohnung verdient und keine Strafe!«

Karlchen zog den Schal ein bisschen fester um den Hals und ließ sich aufs Bett zurücksinken. »Da ist die Pauli aber anderer Meinung«, jammerte sie. »Die hat mich so was von runtergeputzt, das könnt ihr euch überhaupt nicht vorstellen. Richtig gekeift hat die.« Sie zog die Schultern hoch und blinzelte die Freundinnen an. »Ich kann euch sagen, vor der Pauli hab ich mehr Bammel, als ich vor den Pferdedieben hatte. Und das will schon was heißen! Deshalb war ich vorhin auch so fies zu euch. Ich war einfach platt und durcheinander und wollte nur allein sein. Könnt ihr mir noch mal verzeihen?«

»Schon vergessen«, brummte Bente gutmütig.

Kiki lächelte. »Wir verstehen das schon.«

»Natürlich trägt Frau Dr. Paulus als Internatsleiterin die Verantwortung für uns alle. Da muss sie selbstverständlich gewisse Grenzen setzen und gegebenenfalls auch disziplinarisch tätig werden. Immerhin hast du durch dein unerlaubtes Entfernen die Internatsregeln verletzt«, setzte Rebecca an. Aber als sie Kikis und Bentes genervte Gesichter bemerkte, schwenkte sie schnell um und sagte hastig: »Trotzdem bin ich natürlich auch der Meinung, dass wir Karlchen unterstützen sollten. Ich schlage vor, wir setzen eine Petition auf.«

»Eine Peti-was?« Bente guckte verwirrt.

»Eine Petition«, wiederholte Rebecca. »Das ist eine Art Bittschrift. Wir werden Frau Dr. Paulus bitten, Karlchens Strafe abzumildern, noch besser, auf eine Bestrafung ganz zu verzichten, weil sie durch ihr mutiges Handeln geholfen hat, eine Straftat aufzudecken beziehungsweise zu verhindern.« Sie rückte ihre Brille zurecht und blickte in die Runde. »Seid ihr einverstanden?«

»Rebecca«, entfuhr es Kiki. »Hast du eigentlich schon mal daran gedacht, Anwältin zu werden?«

»Sicher«, erwiderte Rebecca gelassen, »aber mein Hauptinteresse liegt, wie ihr wisst, im naturwissenschaftlichen Bereich. Obwohl«, sie runzelte die Stirn, »im Hinblick auf die zunehmende Globalisierung ist Internationales Wirtschaftsrecht bestimmt auch eine durchaus interessante Sache.«

»Ist doch ganz egal«, mischte sich Bente ein. »Ob du Anwältin wirst oder den Nobelpreis in Physik bekommst – jetzt schreiben wir erst mal diese Petidingsda für Karlchen, okay?«

»Einverstanden«, Rebecca zückte schon Kuli und Papier, »aber vorher möchte ich noch eines wissen.« Durch ihre randlose Brille guckte sie Karlchen an. »Warst du wirklich so naiv zu glauben, dass du ungestraft davonkommst? Ich meine, wie konntest du so blöd sein und einfach abhauen? Hast du überhaupt nicht an die Konsequenzen gedacht?«

»Nein, doch, ja«, druckste Karlchen. »Wisst ihr, ich hab mich so eingesperrt gefühlt«, versuchte sie zu erklären. »Zuerst der Stress mit Mr Saunders und dann die Pauli, die mir den Wanderritt verboten hat. Ich musste was tun, musste raus hier. Versteht ihr das denn nicht?«

»Nein«, sagte Rebecca ungerührt, während sie sich bereits ein paar Notizen machte. »Einen Internatskoller hat jede von uns mal. Aber das ist noch lange kein Grund, einfach wegzulaufen.«

»Nö, dann wäre Lindental nämlich ziemlich leer«, fügte Bente trocken hinzu. »Vielleicht würden sogar unsere Lehrer flüchten, wer weiß?«

11

Am frühen Nachmittag lag die fertige Bittschrift auf dem Schreibtisch in Karlchens und Bentes Zimmer. Bente hatte Rebeccas Notizen auf dem PC in Form gebracht und ausgedruckt:

»Sehr geehrte Frau Dr. Paulus,

in der Angelegenheit Karolin Karlsson, Klasse 8b, bitten wir, die Unterzeichnenden, Sie, liebe Frau Dr. Paulus, um Strafnachlass für die Beschuldigte. Mit ihrem unerlaubten Entfernen vom Internatsgelände und ihrer nächtlichen Aktion hat sich Karolin sicher falsch verhalten und gegen gültige Schulregeln verstoßen, doch wir bitten Sie zu berücksichtigen, dass durch ihr anschließendes mutiges Handeln eine schwere Straftat aufgedeckt und Schlimmeres verhindert werden konnte.

Karolin Karlsson hat mit ihrem entschlossenen Eingreifen mehrere Pferde und Ponys vor dem sicheren Tod als Schlachtvieh bewahrt und der Polizei zwei Verbrecher ausgeliefert. Das sollte als strafmildernder Umstand hinzugezogen werden.

Bitte, Frau Dr. Paulus, lassen Sie Milde walten. Karolin sieht ihren Fehler ein und möchte sich dafür entschuldigen.

Wir würden uns freuen, wenn Sie ihre Bestrafung daraufhin noch einmal überdenken würden.

Mit freundlichen Grüßen,
Ihre Rebecca Mangold, Bente Brandstätter,
Kiki van der Slooten (Schülerinnen der Klasse 8b)«

»Und wo soll ich unterschreiben?«, fragte Karlchen aufgeregt, nachdem sie das Schriftstück zum ungefähr vierten Mal gelesen und für gut befunden hatte.

»Petitionen werden nicht vom Delinquenten unterzeichnet«, wurde sie von Rebecca belehrt. »Du musst das so sehen: Wir sind jetzt deine Anwältinnen, okay? Du musst dich um gar nichts weiter kümmern.«

»Cool«, fand Karlchen. »Wer kann sich sonst schon drei attraktive, junge Anwältinnen leisten?«

»Wann wollen wir der Pauli den Brief geben?«, erkundigte sich Kiki.

Bente runzelte die Stirn. »Ich finde, wir sollten die Petition einfach in ihr Postfach legen«, schlug sie vor. »Ich hab keine große Lust, ihr damit unter die Augen zu treten und mir dabei gleich eine Predigt anzuhören.«

»Nee, ich auch nicht«, gab Rebecca zu, »aber trotzdem: Wir sollten die Bittschrift auf jeden Fall persönlich überreichen.« Sie warf Karlchen einen kurzen Blick zu. »Ohne die Angeklagte natürlich. Ich schlage vor, wir lassen uns für heute Abend einen Termin bei der Pauli geben. Vielleicht hat sie sich bis dahin ein bisschen beruhigt«, fügte sie hoffnungsvoll hinzu.

»Einverstanden.« Bente stand auf. »Und jetzt?«

»Jetzt gehen wir reiten«, erwiderte Kiki entschlossen. »Schon vergessen? Um drei ist Dressurtraining für alle Abteilungen.«

»Das findet wohl ohne mich statt«, seufzte Karlchen. Sie nestelte bedrückt an ihrem Schal. Ihre Augen wirkten glasig, ihre sommersprossige Stupsnase leuchtete rot. Es war offensichtlich, dass wegen des unfreiwilligen Bads in der Nordsee eine dicke Erkältung im Anzug war. »Wer weiß, ob ich Snude jemals wiedersehe.«

»Spinnst du?« Bente stupste die Freundin an. »Ich hab nichts davon gehört, dass dir die Pauli das Reiten verboten hat. Und den Umgang mit Schnute auch nicht, oder?«

»Direkt gesagt hat sie es nicht«, meinte Karlchen. Ein kleines Funkeln trat in ihre Augen. »Sie hat nur gesagt, dass ich heute vom Schulunterricht suspendiert bin, vom Reitunterricht war nicht die Rede.«

»Na, siehste«, grinste Kiki. »Dann ist doch alles okay. Du kommst natürlich mit! Reiten steht immerhin auf unserem Stundenplan ganz weit oben, schon vergessen? Also, in zehn Minuten vor der Tür, okay?«

Kiki und Rebecca verzogen sich in ihr benachbartes Zimmer, um sich umzuziehen. Während Karlchen in ihre Ersatzreithose schlüpfte – die andere war nach dem Abenteuerritt kaum mehr zu gebrauchen –, nieste sie zweimal heftig. Bente warf ihr einen mitfühlenden Blick zu.

»Na, prosit, wenn du jetzt auch noch Fieber kriegst, hast du deine Strafe schon weg«, meinte sie und stieg in ihre Reitstiefel.

Ein paar Minuten später hüpften sie die Treppe hinunter und verließen das Schloss. Mit langen Schritten überquerten sie den Vorplatz, gingen durch das alte Torhaus und standen kurz darauf vor den Stallungen.

Aus dem Stall drangen gedämpfte Geräusche. Hufe schlugen ungeduldig gegen Boxenwände, ein Pferd wieherte, ein anderes antwortete. Als Herr von Hohensee aus dem Stall trat, zog er bei Karlchens Anblick die Augenbrauen hoch, sagte aber nichts.

Karlchen versuchte es mit einem kleinen Grinsen und sagte: »Hi!«, dann drehte sie sich um und lief schnell in Richtung Ponystall. »Ich hol schon mal Snude!«, rief sie über die Schulter zurück.

Hartwig von Hohensee kratzte sich nachdenklich die Stirn. »Na, die hat's aber eilig«, brummte er. »Hauptsache, sie geht nicht wieder baden.« Er wandte sich an Kiki, Bente und Rebecca: »Macht eure Pferde fertig. Wir treffen uns in einer halben Stunde auf dem Dressurviereck.«

»Geht klar, Herr Rittmeister«, entgegnete Kiki etwas respektlos, aber der alte Reitlehrer schien sie gar nicht gehört zu haben. Er grummelte noch etwas Unverständliches und verschwand schließlich in der Sattelkammer.

Patrick trat von hinten an Kiki heran und hielt ihr mit beiden Händen die Augen zu. »Sollst du so mit meinem geschätzten Lehrmeister reden?«, fragte er mit verstellter Stimme. »Ein bisschen mehr Achtung, wenn ich bitten darf!«

Kiki zog die Hände von ihren Augen.

»Meine Güte, hast du mich erschreckt!« Sie gab ihm einen Kuss auf die Wange. »Reitest du mit?«

»Klar.« Patrick lächelte. »Allerdings in der Ponyabteilung. Mein dicker Snorri kann mit euren langbeinigen Rössern dressurmäßig leider nicht mithalten.«

»Außer im Tölt«, lachte Kiki. »Wir sehen uns dann später, okay?«

»Moment«, sagte Patrick. »Wo du gerade vom Tölt sprichst: Willst du's heute nicht noch mal versuchen? Ich reite Snorri im Gelände schön locker und danach bekommst du eine Privatlektion vom Töltmeister persönlich.« Er tippte sich mit dem Finger auf die Brust. »Na, was hältst du davon?«

»Nee, du«, meinte Kiki bedauernd. »Heute geht's echt nicht. Du weißt doch, dass Karlchen in Schwierigkeiten steckt. Wir haben uns vorgenommen, sie da rauszuholen.« Sie erzählte ihm von der Petition. Patrick machte große Augen.

»Cool, dass ihr so zu eurer Freundin haltet«, sagte er anerkennend. »Kann ich die Petition auch unterschreiben? Je mehr Unterschriften ihr habt, umso wirkungsvoller ist es.«

Kiki war sofort Feuer und Flamme. »Hey, das ist eine Spitzenidee! Wir sammeln Unterschriften im ganzen Internat!« Sie gab Patrick einen dicken Kuss mitten auf den Mund. »Manchmal bist du einfach genial! Wenn die ganze Schule unterschreibt, muss die Pauli ihre Meinung einfach noch einmal überdenken. Das ist Karlchens Chance!«

»Ich kann mich auch im Stall umhören«, schlug Patrick vor. »Die Stallhelfer und Pferdewirte unterschreiben bestimmt. Karlchen hat immerhin einigen Pferden und Ponys das Leben gerettet. Ich finde, sie ist eine Heldin. Und mit dieser Meinung stehe ich bestimmt nicht alleine da.« Er sah auf seine Uhr und umarmte Kiki kurz. »Bis später, vergiss mich nicht.«

»Hach, muss Liebe schön sein«, seufzte Bente und schaute ihm belustigt hinterher. »Aber die Idee mit dem Unterschriftensammeln ist spitze! Ich schicke Laura nachher eine E-Mail und erzähl ihr alles. Bestimmt unterschreiben sie und die anderen vom Reiterclub auch. Und Tante Mira, Onkel Thomas und Opa sowieso. Wäre doch gelacht, wenn wir nicht genug Unterschriften für die Petition zusammenbekämen.«

»Von mir bekommt ihr auch eine!« Daniel war hinter Rebecca getreten und begrüßte seine Freundin mit einem langen Kuss. Seine Gehhilfen hatte er beiseitegelegt, um die Arme für eine Umarmung frei zu haben.

Bente rollte mit den Augen. »Hilfe! Noch mehr Verliebte! Da geh ich doch lieber zu Flippi!« Sie drehte sich um und stapfte, gefolgt von einer kichernden Kiki, in den Stall.

Rebecca schmiegte sich an Daniel und schloss die Augen. Daniel strich ihr über das kurze schwarze Haar.

»Hey, aufwachen!« Kiki hatte den Kopf durch ein Stallfenster gesteckt. »Reißt euch voneinander los! Der Hohensee hat schon zweimal gerufen!«

Rebecca winkte ihr kurz zu und sagte zu Daniel: »Hoffentlich darfst du bald wieder in den Sattel. Immer nur zugucken ist doch langweilig.«

»Das kannst du laut sagen«, seufzte Daniel. »Aber ich geb die Hoffnung nicht auf. In ein oder zwei Wochen geben die Ärzte grünes Licht. Und dann«, er legte einen Arm um Rebeccas Taille, »machen wir einen Ausritt. Nur du und ich und …«

»… und Karfunkel und Mystery.« Rebecca lachte. »Ich freu mich jetzt schon darauf. Was ist?« Auffordernd blickte sie ihrem Freund in die blauen Augen. »Hilfst du mir beim Satteln?«

Statt eine Antwort zu geben, schnappte sich Daniel seine ungeliebten Gehhilfen, klemmte sie sich unter den Arm und hinkte an Rebecca vorbei, um das Sattelzeug für ihre Rappstute zu holen. »Ihr Wunsch ist mir Befehl, Mylady«, grinste er.

Während Rebecca wenig später den Schweif ihrer Stute verlas und einzelne Strohhalme herauszog, fiel ihr Blick durch das geöffnete Stallfenster. In einem Paddock schräg gegenüber lief ein dunkelgrauer Hengst unruhig auf und ab.

»Sieh mal, der arme Mystery«, sagte sie zu Daniel. »Eines Tages wird er einfach über den Zaun springen, um zu Karfunkel zu kommen.«

Daniel nickte. »Den ganzen Tag steht er in seinem Auslauf und schmachtet.« Er strich Karfunkel über das kohlschwarze Fell. »Hast du eigentlich noch einmal darüber nachgedacht, ob Karfunkel ein Fohlen haben soll?«, fragte er vorsichtig.

Als Daniels Hengst Mystery, ein erfolgreiches Vielseitigkeitspferd, in den Hengststall eingezogen war, hatte sich zwischen dem Rappschimmel und der schwarzen Stute eine Lovestory entwickelt, über die der ganze Stall lachte. Wann immer sie konnten, suchten die beiden Pferde Kontakt zueinander. Bei Ausritten waren sie kaum voneinander zu trennen und alle waren der Meinung, man sollte diese ungewöhnliche Zuneigung mit einem Fohlen krönen.

Rebecca zögerte. »Manchmal denk ich schon, wie toll das wäre«, gab sie zu, »aber ganz sicher bin ich mir nicht. Karfunkel ist ja erst fünf Jahre alt und ich hab vor, im nächsten Jahr ein paar Turniere mit ihr zu reiten.« Sie gab der Stute einen kleinen Klaps auf die Kruppe. »Vielleicht will ich auch endlich das Reitabzeichen mit ihr machen. Und wenn sie ein Fohlen bekommt, fällt das alles erst mal flach.«

»Hm, da hast du recht«, meinte Daniel, aber er klang nicht sehr überzeugt. »Aber wie sagt man so schön: Aufgeschoben ist nicht aufgehoben. Ich bin jedenfalls felsenfest davon überzeugt, dass unsere beiden Pferde füreinander bestimmt sind. Früher oder später gründen sie eine Familie, du wirst schon sehen.«

Rebecca legte Karfunkel die Kandare an und lachte.

Fünf Minuten später nahm die Abteilung auf dem großen Dressurviereck Aufstellung. Kiki zog noch einmal den Sattelgurt ihres dunkelbraunen Wallachs nach. Bente, die im Sattel ihrer Holsteiner Fuchsstute Flippi saß, winkte fröhlich zu Karlchen rüber, die mit den anderen Ponyreitern auf dem kleineren Viereck Bodenarbeit machte.

Merle, die die Ponyabteilung trainierte, hatte bunte Hindernisstangen kreuz und quer auf den Boden gelegt. Die Reiterinnen und Reiter ließen nacheinander ihre Ponys und Kleinpferde am langen Zügel darübergehen. Bente sah, dass Karlchens Gesicht unnatürlich gerötet war. Die Freundin tat ihr leid. Bestimmt hatte sie inzwischen Fieber bekommen. Trotzdem winkte Karlchen einigermaßen ausgelassen zurück und grinste über beide Ohren. Man konnte ihr ansehen, wie glücklich sie war, mit Schnute zusammen zu sein. Das Mädchen mit dem unbändigen braunen Wuschelkopf und der stämmige Norweger mit der Strubbelmähne gehörten einfach zusammen.

Als Herr von Hohensee den Reitplatz betrat, setzten sich die Jungs und Mädchen einen Tick gerader in ihren Sätteln zurecht und nahmen die Zügel auf.

»Abteilung rechts um, marsch«, gab der Reitlehrer das erste Kommando. »Im versammelten Schritt anreiten.«

Kiki und Torphy übernahmen wie üblich die Tete. Eigentlich war das Springen ihre Lieblingsdisziplin, aber das Dressurtraining gehörte auch zur Ausbildung. Torphy bog sich schön und kaute auf seinem Trensengebiss. Hin und wieder warf Kiki unter ihrem Reithelm einen Blick hinüber zur Ponyabteilung, in der auch Patrick mitritt, aber schon bald hatte sie keine Zeit mehr dafür. Herr von Hohensee gab das Kommando zum versammelten Trab und forderte die ganze Aufmerksamkeit seiner Abteilung mit rasch wechselnden Aufgaben. Er ließ durch die halbe Bahn wechseln, Schlangenlinien und Volten reiten und einzeln rückwärts richten. Die Pferde gingen gelöst und konzentriert. Der Reitlehrer war sehr zufrieden.

»Abteilung, Haalt!«, rief er gedehnt, und dann: »Im starken Galopp, marsch, durch die ganze Bahn wechseln. Ich bitte um perfekte Galoppwechsel, verstanden?«

»Puh.« Rebecca stöhnte. Fliegende Wechsel in der Abteilung waren ein schweres Stück Arbeit. Alleine, nur mit Karfunkel in der Bahn, okay. Aber mit zwölf anderen? Sie warf Daniel einen kurzen Blick zu. Der blonde Junge saß auf einer schmalen Bank und ließ die Freundin nicht eine Sekunde aus den Augen. Er fing Rebeccas leicht hilflosen Blick auf und

211

nickte ihr aufmunternd zu. »Du packst das schon«, sagte er, als sie an ihm vorbeiritt. »Los, zähl einfach mit!«

Rebecca zählte jeden einzelnen versammelten Galoppsprung, den ihre Stute machte. Als die Abteilung die Hand wechselte und die Bahn querte, gab sie genau im richtigen Moment die entscheidenden Hilfen. Bereitwillig sprang Karfunkel um. Perfekt, dachte Rebecca und klopfte ihrem Pferd den Hals.

»Sehr sauber«, lobte auch der Reitlehrer. »Bente«, wandte er sich an die blonde Reiterin, »du musst dein Pferd mehr versammeln. Versuch es noch mal allein, bitte.«

Bente schwitzte unter ihrer Reitkappe. Flippi war eine liebe kleine Stute, aber für die hohe Schule der Dressur eindeutig nicht geboren. Sie mochte gemütliche Ausritte und lange Galoppstrecken am Strand. Aber fliegende Galoppwechsel?

»Los, Kleine, das schaffen wir schon«, flüsterte sie Flippi in die aufmerksam spielenden Ohren. Die Holsteinerin sprang bereitwillig an – und es klappte. Genau am Scheitelpunkt wechselte sie die Hand und galoppierte auf dem richtigen Fuß weiter, als wäre dies die leichteste Übung der Welt.

»Klasse!«, freute sich Herr von Hohensee. »Hoffentlich habt ihr anderen genau aufgepasst. So sieht ein perfekter Galoppwechsel aus!«

Bente wurde knallrot. Mit der Hand lobte sie ihr Pferd überschwänglich und ließ die Zügel länger.

Herr von Hohensee ließ die Abteilung noch eine Weile durcheinanderreiten und gab dann das Kommando zum Aufmarschieren und Anhalten.

»Absitzen und Pferde loben«, rief er über den Platz. »Morgen sehen wir uns zum Springtraining wieder!«

Die Freundinnen beeilten sich, ihre Pferde in den Stall zu führen und abzusatteln. Mit zusammengedrehten Strohwischen rieben sie sie sorgfältig trocken und kratzten zum Abschluss noch einmal gründlich die Hufe aus. Normalerweise nahmen sie sich extra viel Zeit für die Arbeit nach dem Reitunterricht, aber heute hatten sie es eilig. Es galt, noch möglichst viele Unterschriften für die Petition zu sammeln, damit diese spätestens morgen überreicht werden konnte. Persönlich, in der Höhle des Drachen.

Als sie sich von ihren Pferden verabschiedet hatten und vor dem Stall auf Karlchen warteten, rollte im Schritttempo ein Streifenwagen der Polizei auf den Schlosshof. Die Reifen knirschten, als er auf dem Kies vor dem Schlossportal zum Halten kam. Zwei Polizisten stiegen aus. Ein junger, von Weitem sehr nett aussehender, und ein älterer, rundlich wirkender Beamter, der mit wichtiger Miene seine Dienstmütze gerade rückte. Die beiden Polizisten wechselten ein paar kurze Worte, der jüngere lachte, dann verschwanden sie im Schloss.

»Au Backe«, entfuhr es Bente. »Die Polizei, dein Freund und Helfer.«

Erschrocken sahen sich die Mädchen an. Ihnen war sofort klar, dass das Erscheinen der Polizei mit Karlchen zu tun haben musste. Mit wem sonst?

12

Karlchen zuckte erschrocken zusammen, als ihr die aufgeregten Freundinnen von der Ankunft der Polizisten berichteten. Doch dann breitete sich ein Grinsen auf ihrem Gesicht aus.

»Das müssen Herr Bode und Herr Hansen sein«, sagte sie, »die beiden Beamten, die heute früh zum Leuchtturm gekommen sind, um die Pferdediebe zu verhaften. Die sind echt supernett«, klärte sie Kiki, Bente und Rebecca auf, die immer wieder abwechselnd besorgte Blicke zum Schloss und dann wieder auf die Freundin warfen. Aber Karlchen schien wenig beeindruckt zu sein. Im Gegenteil: Fast wirkte sie erleichtert.

»Spitze«, meinte sie, »endlich erfahre ich, wie die Sache ausgegangen ist. Und vor allem, was aus den Pferden und Ponys geworden ist. Was meint ihr? Soll ich gleich mal hingehen?«

»Bist du bescheuert?«, fragte Bente entsetzt. »Du kannst da doch nicht einfach hinmarschieren und die Polizisten begrüßen, als ob nichts gewesen wäre. Die sind doch jetzt sicher erst mal bei der Pauli.«

»Na und?« Karlchen schien ihr unerschütterliches Selbstvertrauen wiedergefunden zu haben. »Umso besser!«

Kiki und Rebecca wechselten einen vielsagenden Blick. Bente blieb der Mund offen stehen.

»Was guckt ihr so blöd?«, fragte Karlchen amüsiert. »Die Polizisten waren echt supernett.«

»Na, du hast Nerven«, erwiderte Rebecca. »Im Schloss wird gerade über dein Schicksal entschieden und du machst einen auf cool. Was denkst du, wie toll Frau Dr. Paulus es findet, dass die Polizei auf dem Schlossgelände ist? Die schäumt über vor Wut. Das setzt dem Ganzen die Krone auf, Karlchen. Und ich fürchte, das wirst du ausbaden müssen. Unsere schöne Petition können wir uns unter diesen Umständen wohl in die Haare schmieren.« Resigniert kickte sie mit der Spitze ihres Reitstiefels einen Kieselstein weg und seufzte.

»Hey, hallo, kapiert ihr denn nicht?« Karlchen hüpfte von einem Fuß auf den anderen. »Die Polizisten sind auf meiner Seite! Hundertprozentig! Der eine hat heute Morgen schon gesagt, ich hätte mir eine Belohnung verdient.« Sie kaute auf der Unterlippe. »Ich wüsste zu gern, was die da drüben jetzt bequatschen.«

»Das, liebes Karlchen«, sagte Bente trocken, »wirst du schon früh genug erfahren.«

»Auf jeden Fall sollten wir ins Schloss gehen, uns umziehen und mental auf die Lage einstellen«, schlug Kiki vor. »Wenn wir hier noch länger rumstehen und doofe Reden halten, werden wir noch verhaftet, wegen Erregung öffentlichen Ärgernisses oder so.«

»Haha.« Bente runzelte die Stirn. »Ich finde das irgendwie überhaupt nicht witzig.«

Im Laufschritt machten sich die vier auf den Weg ins Schloss. Als Karlchen vor der Tür zum Direktorat anhielt und Anstalten machte, an der dicken Eichentür zu lauschen, zog Bente sie energisch weiter.

»Deine Nerven möchte ich haben«, stöhnte sie, »also ehrlich …«

Schnell verschwanden sie in ihren Zimmern und schlüpften aus den Reitklamotten. Dann sprangen sie nacheinander unter die Dusche und wuschen sich die Haare. Eine Viertelstunde später saßen sie auf Karlchens und Bentes Balkon in der milden Nachmittagssonne und guckten sich ratlos an.

»Und nun?«, fragte Kiki.

»Abwarten«, entgegnete Rebecca.

»Was anderes bleibt uns wohl nicht übrig«, brummte Bente schlecht gelaunt.

Die vier Freundinnen verfielen in dumpfes Brüten. Bente schrieb eine SMS an Laura, Kiki spielte mit einer Strähne ihrer langen schwarzen Haare und Rebecca zupfte nervös an ihrer Nase. Nur Karlchen schien die Ruhe selbst zu sein. Sie schaukelte mit ihrem Stuhl vor und zurück, nieste ab und zu und machte ansonsten ein recht zufriedenes Gesicht.

Es dauerte nicht lange, da klopfte es an der Tür. Bente wäre vor Schreck fast vom Stuhl gekippt, aber Karlchen rief locker über die Schulter: »Herein, bitte!«

Es war Sven, der Schülervertreter. Er steckte den Kopf durch die Tür und machte ein wichtiges Gesicht. Als er Bente sah, wurde er rot.

»Ähm, hallo …«, stammelte er, »äh, ich soll ausrichten, dass Karlchen zu Frau Dr. Paulus kommen soll.« Er wollte den

Kopf schon wieder zurückziehen, als ihm noch etwas einfiel. »Sofort, hat Frau Dr. Paulus gesagt.« Er zog seinen Kopf zurück und zog die Tür leise wieder zu.

Trotz der angespannten Situation mussten die Mädchen lachen.

»Armer Svenni«, kicherte Kiki. »Vier Mädels auf einem Haufen sind eindeutig zu viel für den Armen. Habt ihr gesehen, wie rot er geworden ist?«

»Ach, lasst mal«, winkte Bente ab, »der ist ganz in Ordnung.«

Karlchen stand auf. »Tja, dann will ich mal«, murmelte sie. »Drückt mir die Daumen.«

Mit gemischten Gefühlen ging sie die breiten Steinstufen hinunter und durchquerte die Halle. Obwohl sie sich einredete, ein gutes Gefühl zu haben, war sie schrecklich nervös. Vor der Tür zum Zimmer der Internatsleiterin blieb sie stehen und hob die Hand, um anzuklopfen. Mitten in der Bewegung hielt sie inne. Sie konnte dem Drang zu lauschen einfach nicht widerstehen und presste ihr Ohr an die Tür.

Aus dem Direktorat drangen gedämpfte Stimmen. Karlchen konnte nicht ein Wort von dem verstehen, was drinnen gesprochen wurde, aber als sie leises Gelächter hörte, entspannte sie sich.

»Nun denn«, sagte sie und klopfte energisch an. »Auf geht's.«

Als sie das helle Zimmer betrat, stand Frau Dr. Paulus auf und kam ihr entgegen. Ihre Miene war undurchdringlich. Sie lächelte nicht, sah aber auch nicht gerade böse aus. Karlchen holte tief Luft und sagte: »Guten Tag, Frau Dr. Paulus. Ich sollte mich bei Ihnen melden?«

»Ja, Karolin.« Die Direktorin gab ihr die Hand. »Setz dich bitte.«

Karlchen hockte sich auf die Kante eines der stoffbespannten Besucherstühle direkt vor dem großen Schreibtisch. Ihr Herz klopfte wie verrückt. Als sie den Blick zur Seite wandte, sah sie die beiden Polizisten.

Herr Bode und Herr Hansen standen am geöffneten Fenster und nickten ihr zu. Hauptmeister Bode lächelte.

»Hallo, Karolin«, sagte er freundlich. »Schön, dich gesund und munter wiederzusehen. Hast du dein Abenteuer gut überstanden?«

»Bis jetzt ja, aber das dicke Ende kommt ja noch«, entfuhr es Karlchen. Sie biss sich auf die Zunge. Oh Schreck, hatte sie das wirklich gesagt? Sie warf Frau Dr. Paulus einen raschen Blick zu, aber die verzog keine Miene, sondern nahm auf der anderen Seite des Schreibtischs in ihrem bequemen Arbeitsstuhl Platz.

»Du weißt, warum du hier bist, nehme ich an?«, fragte Frau Dr. Paulus und zog eine Augenbraue hoch. Karlchen nickte. »Gut«, fuhr die Direktorin fort. »Die beiden Beamten, Herr Bode und Herr Hansen, die du ja bereits kennst, waren so freundlich, mir einige Einzelheiten zu den Vorkommnissen der vergangenen Nacht mitzuteilen.« Sie machte eine Pause und sah Karlchen aufmerksam an.

Karlchen rutschte unruhig auf ihrem Stuhl hin und her. Ihr Blick wanderte von der Schulleiterin zu den Polizisten und zurück. Schließlich hielt sie es nicht mehr aus. »Was ist mit den Pferden?«, fragte sie. »Geht es ihnen gut? Sind sie in Sicherheit?«

Zum ersten Mal lächelte Frau Dr. Paulus. »Den Tieren geht es gut«, erwiderte sie. »Herr Bode und Herr Hansen konnten sehr schnell die Besitzer der Ponys und Pferde ausfindig machen. Sie waren ausnahmslos als gestohlen gemeldet und sind inzwischen wieder wohlbehalten in ihren Heimatställen.«

»Stimmt«, nickte Herr Hansen. »Dank deines besonnenen Handelns war es ein Leichtes für uns, die Eigentümer zu ermitteln. Die Tiere sind in Sicherheit.«

»Puh«, machte Karlchen, »das ist wirklich gut. Aber was ist mit den Verbrechern? Haben Sie die Diebe verhaftet?«

Hauptmeister Bode grinste. »Haben wir. Die beiden Herren hatten wohl ein wenig zu tief ins Glas geschaut. Als wir sie auf dem verlassenen Hof antrafen, haben sie tief und fest geschlafen und sich ohne große Gegenwehr festnehmen lassen.«

»Und inzwischen haben sie ein umfangreiches Geständnis abgelegt«, ergänzte Herr Hansen die frohe Botschaft. »Sie haben die Pferde und Ponys tatsächlich von den Koppeln entwendet, um sie später nach Serbien zu schaffen und dort als Schlachttiere zu verkaufen.« Der rundliche Polizist schüttelte sich. »Ich hatte ja keine Ahnung von diesen Dingen. Unsere Kollegen in Süddeutschland haben da schon mehr Erfahrungen als wir hier oben. Wie sie uns mitgeteilt haben, werden die feinen Herren in mindestens drei Bundesländern per Haftbefehl gesucht.«

»Mensch! Auch wegen Pferdeklau?« Karlchen riss die Augen auf.

»Nicht nur«, erklärte Herr Bode, »aber unter anderem ja.«

Er zwinkerte ihr zu. »Tut mir leid, aber mehr dürfen wir dir wirklich nicht verraten.«

»Schon klar«, erwiderte Karlchen und zwinkerte zurück. »Für mich ist sowieso das Allerwichtigste, dass es den Ponys und Pferden gut geht. Was die Typen sonst noch auf dem Kerbholz haben, interessiert mich nicht die Bohne. Hauptsache, die armen Tiere sind gerettet und werden nicht zu Wurst verarbeitet.« Zufrieden lehnte sie sich in ihrem Stuhl zurück. Was jetzt noch auf sie niederprasseln würde, konnte sie nicht mehr erschüttern.

Soll die Pauli mich doch rauswerfen, fuhr es ihr durch den Kopf, oder meinetwegen sitzen bleiben lassen. Ist mir piepegal.

»Den Viehtransporter hast du übrigens äußerst fachgerecht zerlegt.« Jörn Bode legte eine Hand auf ihre Schulter. »Unser Sachverständiger kam aus dem Staunen gar nicht mehr heraus. Mit dem Wagen wären die Burschen keinen Meter weit gekommen – es sei denn, sie hätten ihn geschoben. Und das«, ergänzte er lächelnd, »wäre wohl ziemlich schwierig gewesen, mit den Pferden und Ponys an Bord.«

Karlchen grinste zufrieden. Klasse, klasse, dachte sie. Karlchen Karlsson – du bist einsame Spitze!

»Die Papiere, die wir im Handschuhfach gefunden haben, waren sehr schlecht gefälscht«, erklärte Herr Hansen an Frau Dr. Paulus gewandt. »Sehr plump gemacht. Aber wahrscheinlich wären sie in Osteuropa trotzdem damit durch den Zoll gekommen. Man kennt das ja.«

Die Schulleiterin nickte, ohne etwas zu erwidern, und legte beide Hände flach auf die Schreibtischplatte. »Du kannst dir vielleicht vorstellen, Karolin«, sagte sie schließlich nach kurzem Zögern, »dass es mir unter diesen Umständen schwerfällt, dich noch zu bestrafen.« Karlchen hielt die Luft an. »Trotzdem habe ich keine andere Wahl«, fuhr die Direktorin unerschütterlich fort. »Die Schulregeln lassen mir nur wenig Spielraum.« Mit einem leisen Zischen entwich die angehaltene Atemluft aus Karlchens Backen. Frau Dr. Paulus achtete nicht darauf. Sie sagte – und fast klang es, als hätte sie Mitleid mit Karlchen: »Zuerst diese unerfreuliche Sache mit Mr Saunders, dann dein unerlaubtes Entfernen mitten in der Nacht ... Ich muss, so leid es mir tut, an dem festhalten, was ich dir bereits in unserem ersten Gespräch mitgeteilt habe. Die Frist zum Erreichen des Klassenziels bis zu den Herbstferien bleibt bestehen, ebenso der vierwöchige Stalldienst. Du weißt, was das bedeutet. Jeden Morgen eine Stunde vor den anderen aufstehen und im Stall beim Füttern und Misten helfen. Vier Wochen lang, auch an den Wochenenden.«

»Hmhm«, machte Karlchen zerknirscht. Innerlich jubelte sie. Nur schwer konnte sie die Begeisterung über diese ungemein »harte« Strafe verbergen. Was das anging, hätte die Pauli ihr ruhig vier Monate oder – noch besser – vier Jahre Stallarbeit aufbrummen können!

Als die Schulleiterin fortfuhr, schloss Karlchen allerdings die Augen. In ihren Ohren rauschte es. Jetzt würde es kommen, das dicke Ende.

»Von einem Tadel will ich allerdings noch einmal absehen«, hörte sie gedämpft. »Immerhin hast du großen Mut bewiesen und der Polizei bei der Aufklärung eines Verbrechens geholfen. Das kann ich nicht außer Acht lassen.«

Karlchen schaute auf und blickte Frau Dr. Paulus direkt in die grauen Augen. Sie bemerkte ein kleines, belustigtes Funkeln darin.

»Danke, Frau Dr. Paulus«, sagte sie leise. »Das ist sehr großzügig von Ihnen. Ich verspreche auch, dass so etwas nie wieder vorkommen wird.«

»Was? Dass du keine Pferdediebe mehr fängst?«, mischte sich Herr Bode schmunzelnd ein.

»Nee«, erwiderte Karlchen ernst. »Das kann ich natürlich nicht versprechen. Im Gegenteil: Ich würde jederzeit wieder so handeln, aber«, sie wandte sich wieder an ihre Direktorin, »ich werde mich bemühen, in der Schule besser mitzuarbeiten. Ich schaff das bis zum Herbst, Frau Dr. Paulus. Ganz bestimmt.«

»Darauf verlasse ich mich, Karolin.« Frau Dr. Paulus nickte fast feierlich. »Ich habe übrigens mit deinen Eltern gesprochen. Selbstverständlich musste ich sie über die Ereignisse in Kenntnis setzen. Das verstehst du doch?«

»Klar«, murmelte Karlchen betreten.

»Ich glaube, sie werden dir am kommenden Wochenende einen Besuch abstatten«, sagte Frau Dr. Paulus. »Aufgrund der besonderen Umstände habe ich ihrem Wunsch, dich zu sehen, natürlich gerne entsprochen.«

»Meine Eltern kommen? Alle beide?« Karlchen sprang auf. »Das ist ja der Wahnsinn!«

Karlchen hatte ihre Eltern seit den Osterferien nicht mehr gesehen. Und da auch nur für ein paar Tage. Es war absolut ungewöhnlich, dass Eltern ihre Kinder zwischendurch im Internat besuchten. Karlchen freute sich auf das Wiedersehen –

auch wenn sie befürchtete, dass ihre Erziehungsberechtigten am Wochenende ein paar ziemlich ernste Worte mit ihr wechseln würden.

»Sie müssen entschuldigen, Frau Direktor«, mischte sich Herr Hansen ein, »aber wir müssen zurück aufs Revier. Der Schreibkram wartet.« Er gab zuerst der Pauli und dann Karlchen die Hand. »Wir haben mit deiner Schulleiterin vereinbart, dass du morgen nach dem Unterricht zu uns kommst, um deine Aussage zu machen und das Protokoll zu unterschreiben.«

»Bis morgen.« Auch Herr Bode reichte Karlchen die Hand und drückte sie fest. »Und lass dir bis dahin keine grauen Haare wachsen. Wenn du meine Tochter wärst, wäre ich sehr stolz auf dich.«

Die Polizeibeamten nickten noch einmal und verabschiedeten sich endgültig. Als sie das Zimmer verlassen hatten, blieb Karlchen unschlüssig stehen.

»Kann ich dann auch gehen?«, fragte sie.

»Ja, sieh zu, dass du rechtzeitig zum Abendessen kommst, Karolin«, erwiderte die Direktorin freundlich. »Und dann solltest du dich hinlegen. Du siehst etwas fiebrig aus. Ach, da ist noch etwas«, sagte sie, als Karlchen schon die Hand auf der Türklinke hatte. »Mr Saunders hat gestern überraschend gekündigt. Ich dachte, das würde dich vielleicht interessieren?« Frau Dr. Paulus' Gesicht war undurchdringlich wie zuvor. »Er zieht es nach eigenem Entschluss vor, an einer Schule zu unterrichten, an der Tennis und Hockey gespielt werden. Ich habe den Eindruck, der Umgang mit Pferden passt nicht recht zu seinem Naturell.«

Karlchen biss sich auf die Unterlippe, um nicht laut loszujubeln. Wahnsinn, dachte sie. Oberwahnsinn!

»D-danke, Frau Dr. Paulus«, stammelte sie, nur mühsam beherrscht. »Es ist sehr nett von Ihnen, dass Sie mir das gesagt haben.« Sie öffnete die Tür einen Spalt und drehte sich noch einmal um. »Und wer wird uns dann in Englisch unterrichten, wenn Mr Saunders nicht mehr da ist?«, erkundigte sie sich. Im Stillen hegte sie die Hoffnung, dass der verhasste Englischunterricht für den Rest des Schuljahrs ausfallen würde.

»Ich natürlich. Wer sonst?«, war die ebenso kurze wie verblüffende Antwort der Direktorin.

13

»Krass, Karlchen«, sagte Bente am nächsten Nachmittag zufrieden. »Das Halbjahr ist gelaufen. Nie wieder Neville Saunders' Leidensmiene, wenn er ein Pferd sieht, nie wieder seine blöden Niesattacken.«

Wie auf Kommando nieste Karlchen gleich zweimal hintereinander. Sie grinste die Freundin entschuldigend an. »Sorry«, meinte sie, »ich kann echt nichts dafür.«

Bente und Karlchen lagen faul auf dem gepflegten Rasen des Schlossparks, genossen die warme Sonne und den Luxus eines freien Nachmittags. Karlchen war mittags bei der Polizei gewesen und hatte ihre Aussage zu Protokoll gegeben.

»Weißt du was?«, fragte sie Bente, während sie auf einem Grashalm kaute. »Herr Hansen hat gesagt, ich bekomm vielleicht eine Belohnung!«

»Was? Echt?« Bente richtete sich auf.

»Ja«, erwiderte Karlchen. »Die Besitzer der geklauten Pferde und Ponys sind so happy, dass sie ihre Tiere gesund und munter wiederbekommen haben. Sie wollen zusammenlegen und mir was spendieren. Ich soll mir etwas überlegen.«

»Ist ja cool.« Bente war beeindruckt. »Und? Ist dir schon was eingefallen?«

»Nö«, antwortete Karlchen wahrheitsgemäß. »Eigentlich will ich auch gar nichts haben. Es war schließlich selbstverständlich für mich, den Tieren zu helfen. An eine Belohnung habe ich dabei nicht gedacht.«

»Klar, aber trotzdem ... Nach dem ganzen Stress hast du dir echt eine Belohnung verdient«, meinte Bente. »Laura findet das auch, das hat sie mir geschrieben. Ich soll dich von ihr, Tante Mira, Onkel Thomas und den anderen vom Auenhof herzlich grüßen. Für sie bist du eine echte Heldin. Immerhin hast du eine Menge riskiert. Und den Pferdebesitzern macht es bestimmt eine Riesenfreude, dir was zu schenken, so erleichtert, wie die sind. Also, ich würde da nicht Nein sagen.«

»Haben Herr Hansen und Herr Bode auch gesagt.« Karlchen pflückte ein paar Gänseblümchen und steckte sie sich hinters Ohr. »Na ja, wenn vielleicht ein neues Zaumzeug für Snude drin wäre – oder sogar ein Sattel. Kann ja ruhig gebraucht sein. Weißt du, Snudes Kram hat im Salzwasser ganz schön gelitten. Ich glaub, das kann ich wegschmeißen.«

Bente knuffte die Freundin in die Seite. »Das ist eine Superidee!«, bestätigte sie. »Wünsch dir ruhig neues Lederzeug für Schnute – oder meinetwegen gebrauchtes. Das ist sinnvoll und wird den Pferdebesitzern bestimmt gut gefallen. Besser als Geld jedenfalls oder irgendein Schnickschnack, mit dem du nachher nichts anfangen kannst.«

»Okay, dann sag ich das der Polizei so.« Karlchen nickte entschlossen und wechselte das Thema. »Hey, weißt du eigentlich, wo die anderen sind? Ich hab Kiki und Rebecca den ganzen Nachmittag noch nicht gesehen.«

»Rebecca hat Daniel zur Krankengymnastik begleitet«, wusste Bente. »Er soll eine Bandage angepasst bekommen, mit der er reiten kann.«

»Cool!«, entfuhr es Karlchen. »Dann wird er ja bald wieder mit seinem Schimmel durchs Gelände preschen und die nächste Vielseitigkeit ins Visier nehmen.«

Bente zog die Augenbrauen hoch. »Ich glaub, da hat Rebecca ein Wörtchen mitzureden. Ich kann mir nicht vorstellen, dass ihr süßer Dani schon so bald eine schwere Geländeprüfung mitreiten wird. Dafür war der Unfall zu heftig.«

»Hm, stimmt«, gab Karlchen zu. »Trotzdem: Es sollte seine Entscheidung sein, oder? Rebecca sollte sich zurückhalten. In ihre Angelegenheiten mischt sich auch keiner ein.«

Bente nickte und stand auf. Sie wischte sich das Gras von der Jeans, hielt Karlchen die Hand hin und zog sie hoch. »Los, wir gehen mal zu den Ponys. Oder hast du keine Sehnsucht nach Schnute?«

Mit einem Satz war die kleine Dänin auf den Füßen. »Doch, und wie!«, rief sie und rannte schon voraus.

Auf dem Weg zu den Ponykoppeln erzählte Bente, dass Kiki sich mit Patrick im Musiksaal verschanzt hatte.

»Patrick hat doch diesen Freund in Hamburg«, berichtete sie, »der in dem großen Tonstudio arbeitet. Patrick will heute ein Demo-Band mit Kiki aufnehmen und nach Hamburg schicken. Wenn es dem Chef vom Tonstudio gefällt, will er eine CD mit Kiki machen! Ist das nicht der Hammer?«

Karlchen blieb stehen. »Eine CD?«, fragte sie. »Die man dann so richtig im Laden kaufen kann?«

»Na klar«, erwiderte Bente. »Immerhin ist Kiki ein echtes Musik-Genie. Da wird's doch langsam Zeit, dass sie berühmt wird, findest du nicht?«

Karlchen stimmte ihr zu. Kiki war wirklich eine echte Geigenvirtuosin. Mit ihrem Talent hatte sie schon viele Preise bei den Wettbewerben von »Jugend musiziert« gewonnen und sie gehörte zum Jugendorchester des »Schleswig-Holstein-Musik-Festivals«, das jedes Jahr im Sommer stattfand. Aber eine CD? Mit ihrer eigenen Musik und ihrem Bild auf dem Cover? Karlchen schüttelte sich. »Das wär nichts für mich«, sagte sie überzeugt. »Stell dir mal vor, sie wird echt berühmt. Überall hysterische Fans und hinter jeder Ecke lauern Paparazzi. Nee, danke.«

Bente lachte. »Ganz so weit ist es ja zum Glück noch nicht«, meinte sie. »Aber so eine erste CD ist schon riesig, finde ich. Ich drück ihr jedenfalls die Daumen. Toll, dass Patrick sie so unterstützt, oder? Ein Pferdepfleger, der sich für klassische Musik interessiert!«

»Hey, lass ihn das bloß nicht hören! Immerhin ist er auszubildender Pferdewirt. Wenn er mit seiner Ausbildung fertig ist, will er seinen Pferdewirtschaftsmeister machen und die Nachfolge unseres Stallmeisters antreten. Dann ist er Gestütsleiter!« Karlchen stellte sich auf die Zehenspitzen und suchte die bunte Ponyherde nach ihrem Fjordpferd ab. »Snude!«, rief sie. »Komm, Dickie!«

In der Herde hoben sich ein paar Köpfe, ein Pony wieherte. Dann löste sich ein Falbe von den anderen und kam an den Zaun getrabt.

»Eine weltberühmte Geigensolistin und ein Gestütsmeister.«

Bente kicherte. »Ich seh's direkt vor mir: Kiki steht im Abendkleid auf dem Balkon des Schlosses und fiedelt verträumt vor sich hin, während Patrick die berühmte Lindentaler Holsteinerzucht zu Ruhm und Ehre führt. Und wir können später unseren Enkeln erzählen, dass wir die beiden persönlich gekannt haben!«

Sie schlüpften durch den Zaun. Karlchen kraulte Schnute. Die anderen Ponys kamen nun ebenfalls neugierig heran und drängten sich um die Mädchen. Jedes von ihnen bekam ein paar liebevolle Worte und gerecht verteilte Streicheleinheiten.

»Schade, dass ich so groß und schwer bin«, meinte Bente, während sie Patricks Isländer Snorri durch den Stirnschopf fuhr. »So ein Pony könnte mir auch gefallen. Irgendwie sind die so knuffig.«

»Ja, ich weiß, was du meinst«, lächelte Karlchen. »Die sind schon was ganz Besonderes, die Kleinen. Und so ein Isländer wie Snorri würde dich sogar mühelos tragen. Das ist nun echt kein Kinderpony, im Gegenteil.«

»War nicht ernst gemeint«, wehrte Bente ab. »Ich liebe meine Flippi über alles. Um nichts in der Welt würde ich sie gegen ein anderes Pferd – oder Pony – eintauschen! Nicht mal gegen Lauras Arkansas, obwohl der echt ein Traumpferd ist.«

»Weiß ich doch«, gab Karlchen grinsend zurück. »Und weil das so ist, gehen wir jetzt zu deiner Flippi. Am Ende denkt sie noch, du hast sie nicht mehr lieb.«

»Ausritt!«, rief Kiki schon von Weitem. »Wir machen einen Ausritt!« Arm in Arm kam sie mit Patrick auf den Stutenstall zugeschlendert.

Bente und Karlchen drehten sich um. Sie hatten Bentes Stute mit Leckerbissen verwöhnt und wollten sich gerade auf den Rückweg zum Schloss machen. »Jetzt? Einfach so, außer der Reihe?« Bente konnte ihr Glück kaum fassen.

»Und was ist mit der Ponyabteilung?«, erkundigte sich Karlchen aufgeregt. »Reitet die auch mit?«

»Alle reiten mit«, antwortete Patrick. »Das haben Frau Dr. Paulus und Herr von Hohensee soeben beschlossen. In einer halben Stunde soll's losgehen. Also, macht euch auf die Socken.«

»Oh nein«, jammerte Bente, »Rebecca und Daniel sind noch nicht zurück. So ein Pech.«

In diesem Moment fuhr der Kombi eines Lehrers vor und hielt an. Rebecca und Daniel kletterten heraus und bedankten sich bei dem Fahrer fürs Mitnehmen.

»Was für ein Glück«, sagte Rebecca statt einer Begrüßung und streckte sich aufatmend, »dass Herr Hartmann einen Termin in der Stadt hatte. Mit dem Bus wären wir erst heute Abend zurück gewesen.«

»Was für ein Glück«, erwiderte Kiki belustigt, »dass ihr genau rechtzeitig kommt. Ausreiten steht auf dem Stundenplan!« Sie warf Daniel einen bedauernden Blick zu. »Ach, du Armer, ich hatte ja ganz vergessen …«

»… dass ich nicht mitreiten darf?« Daniel zog die Augenbrauen hoch. »Die Zeiten sind vorbei, liebe Kiki. Ich hab eine Sportbandage bekommen. Ab heute darf ich wieder reiten!« Er riss die Arme hoch und rief: »Yeah!«

Unbeschreiblicher Jubel brach los. Die Freundinnen und Patrick umringten den blonden Jungen und gratulierten ihm.

»Mensch, super, Dani«, freute sich Patrick. »Genau im richtigen Moment!«

»Tja, perfektes Timing. Das liegt uns Vielseitigkeitsreitern im Blut.« Daniel grinste über beide Ohren. »Die bescheuerten Krücken hab ich gleich bei der Krankengymnastin gelassen. Die brauch ich jetzt nicht mehr.«

»Ich war zwar dafür, dass er sie zur Sicherheit noch behält«, murrte Rebecca, »aber gegen diesen Dickschädel habe ich nicht die geringste Chance.« Sie gab ihm einen Kuss und seufzte theatralisch. Die anderen lachten.

»Eigentlich wollte ich heute noch mal mein Glück im Tölt versuchen«, bedauerte Kiki, »aber das verschieben wir dann wohl besser auf morgen.«

Patrick drückte sie an sich. »Ach, nun tu doch nicht so, als würde dir das leidtun«, grinste er frech. »Du bist doch über jede Ausrede froh, die dich davor bewahrt, unter meinen strengen Augen auf Snorri sitzen zu müssen.«

Bevor Kiki ihm einen herzhaften Tritt gegen das Schienbein geben konnte, machte er einen Satz zur Seite. »Hilfe! Eine durchgeknallte Geigerin! Rettet mich!«

Karlchen kam ihm zu Hilfe und packte ihn am Ärmel seines Sweatshirts. »Lass uns schnell die Ponys satteln, bevor es Verletzte gibt. Mit so einer heißblütigen Diva ist nicht zu spaßen.« Sie zog Patricks Ärmel in die Länge und mit großen Schritten, immer noch lachend, liefen sie zu ihren Ponys, die mit gespitzten Ohren am Gatter standen.

Rebecca, Kiki und Bente verschwanden im Stall, während Daniel zu seinem Hengst ging, der in einem anderen Stall stand.

Nachdem sie ihre Ponys und Pferde geputzt und gestriegelt hatten, liefen die Mädchen schnell zurück ins Schloss, um sich umzuziehen. Im Flur trafen sie auf Frau Dr. Paulus. Karlchen blieb stehen. Sie lächelte und sagte: »Hallo, Frau Dr. Paulus.«

»Es geht auf einen Ausritt?«, erkundigte sich Frau Dr. Paulus freundlich. Karlchen nickte. »Dann wünsche ich dir viel Vergnügen.« Die Schulleiterin drehte sich um und ging in ihr Büro.

»Mann, was hast du denn mit der gemacht?«, staunte Bente. »Seit wann ist die so nett zu dir?«

»Ach, lass mal gut sein.« Karlchen winkte ab und stieg die Stufen empor. »Die ist schon in Ordnung!«

Pünktlich zur vereinbarten Zeit versammelten sich die jungen Reiterinnen und Reiter auf dem von Laubbäumen umstandenen Vorplatz des Schlosses. Es war eine große Abteilung, die sich eingefunden hatte und mit erwartungsvollen Gesichtern in den Sätteln ihrer Pferde und Ponys saß.

Herr von Hohensee, Merle und Patrick wollten die Gruppe anführen und aufpassen, dass niemand »aus der Reihe tanzt«, wie der Reitlehrer schmunzelnd erklärte.

»Teilt euch auf!«, rief er seinen Schülerinnen und Schülern mit kräftiger Stimme zu. »Immer zu zweit nebeneinander. Kein Gedränge, kein Geschubse, wenn ich bitten darf!«

»Müssen die Ponyreiter für sich reiten?«, krähte eine Fünftklässlerin, die schon etwas zu groß für ihr geschecktes Shetlandpony war. »Oder dürfen wir bei den Großen mitreiten?«

»Wenn dein Floh mit uns mithalten kann«, rief Daniel zurück, »kannst du's ja mal versuchen!«

Alle lachten. Die kleine Ponyreiterin zog eine Schnute und streichelte ihrem Schecken liebevoll den kräftigen Hals.

»Hey, war nicht so gemeint«, lenkte Daniel ein. Er saß auf seinem Rappschimmel und man konnte ihm ansehen, wie stolz und glücklich er war, wieder im Sattel sitzen zu dürfen. Unter ihm trat Mystery unruhig von einem Huf auf den anderen. Der prächtige Trakehnerhengst hob den Kopf und wieherte.

»Ihr könnt euch aufteilen, wie ihr möchtet.« Hartwig von Hohensee parierte seinen Jolly Jumper durch, der ebenfalls nervös vorwärtsdrängte. »Aber passt auf, dass es keinen Ärger gibt. Achtet darauf, welche Pferde und Ponys sich vertragen und nebeneinanderlaufen können.«

Es entstand eine leichte Unruhe, bis sich die Abteilung formiert hatte. Ein Pony quiekte, ein Großpferd keilte aus, aber schließlich hatte jeder seinen Platz gefunden und der Reitlehrer gab das Zeichen zum Aufbruch.

Karlchen und Bente ritten Seite an Seite. Schnute und Flippi mochten sich trotz des Größenunterschiedes sehr. Hinter ihnen folgten Rebecca auf Karfunkel und Daniel auf Mystery und dahinter schließlich Kiki mit Torphy und Patrick auf seinem Isländer Snorri.

Es war ein schönes buntes Bild, als die Reiterinnen und Reiter im Sonnenschein des Sommernachmittags den Schlossplatz verließen. Im versammelten Schritt ging es durch das alte Torhaus und über eine steinerne Brücke, bis die Abteilung in einen breiten Feldweg einbog, weitab von der Landstraße, auf der zu dieser Tageszeit der Verkehr rollte.

Der Himmel war strahlend blau und es war angenehm

warm. Das perfekte Wetter für einen herrlichen und unvergesslichen Ausritt!

Rebecca strahlte Daniel von der Seite an. »Ich muss zugeben, dass du mir im Sattel besser gefällst als mit Krücken«, sagte sie lächelnd.

Daniel erwiderte ihr Lächeln und klopfte Mystery den Hals. Der Hengst ging seitwärts und warf die Hufe auf wie ein Pferd der Spanischen Hofreitschule. Daniel hatte Mühe, ihn an die Hilfen zu bekommen. »Na, und ich mir erst«, sagte er. Er nahm Mysterys Zügel in eine Hand und griff mit der anderen nach Rebeccas. »Ich bin unheimlich glücklich. Jetzt können wir wieder nach vorne blicken.«

Rebecca zögerte. »Ja«, sagte sie leise, »ich bin auch glücklich. Aber ein bisschen Angst hab ich schon.«

»Angst?« Daniel zog die Stirn kraus. »Wovor denn?«

Rebecca sah ihm in die blauen Augen und erwiderte: »Davor, dass alles von vorne anfängt. Dass du wieder trainierst wie ein Besessener und Kopf und Kragen riskierst, nur um bei einer Vielseitigkeit zu starten.«

»Ich verspreche dir, dass ich nicht Kopf und Kragen riskieren werde.« Daniel drückte ihre Hand. »Natürlich werde ich das Training wieder aufnehmen«, schränkte er ein. »Du weißt, dass es mein Ziel ist, eine Geländeprüfung zu reiten – und zu gewinnen. Aber ich werde auf mich aufpassen, versprochen. Mir ist in den vergangenen Wochen nämlich etwas klar geworden ...«

»Was denn?«, fragte Rebecca neugierig.

»Dass es etwas Wichtigeres gibt als die Vielseitigkeit«, antwortete Daniel fest. »Nämlich dich!«

An der Tete gab Herr von Hohensee das Zeichen zum Galopp. Fast gleichzeitig sprangen Karfunkel und Mystery an. Schulter an Schulter galoppierten die schwarze Stute und der dunkelgraue Hengst den weich gefederten Feldweg entlang und Daniel hielt noch immer Rebeccas Hand fest in seiner, gerade so, als wollte er sie niemals wieder loslassen.

Nachdem die Abteilung durch ein lichtes Kiefernwäldchen geritten war, erreichte sie endlich den breiten Nordseestrand, das Ziel des Ritts. Nun gab es kein Halten mehr. Die Zweierformationen lösten sich auf. Alle Reiterinnen und Reiter gaben ihren Pferden die Zügel hin und ließen sie laufen, galoppieren und über den weißen Sand fliegen. Wasser spritzte auf, als unzählige Hufe den flachen Ufersaum durchpflügten. Der nasse Sand flog in alle Richtungen.

Schnute und ein paar andere Ponys buckelten übermütig. Ihre Reiterinnen und Reiter ließen sie gewähren und lachten über die Lebensfreude ihrer Vierbeiner. Nichts war schöner, als so über den menschenleeren Strand zu jagen, mit dem Wind und den Wellen um die Wette.

Schon bald waren die ersten gehörig aus der Puste und parierten zum gemäßigten Trab durch. Karlchen und Bente strahlten sich an. Ihre Wangen waren gerötet, ihre Augen leuchteten.

»Mensch, ist das schön!«, rief Bente. Sie lobte Flippi und strich ihr über den Hals. Karlchen nickte nur. Sie war so glücklich, dass sie einfach nichts sagen konnte. Unter ihr Schnute, über ihr der weite Himmel und um sie herum ihre Freundinnen und Freunde – sie hätte heulen können vor Glück. Und vor Erleichterung. Ihr Blick fiel aufs Meer. Nachdenklich betrachtete sie die grauen Nordseewellen, die träge an den flachen Strand schwappten. Sie konnte kaum begreifen, was in den letzten Tagen geschehen war. Vor Kurzem hatten sie und Schnute Angst um ihr Leben gehabt, hier, genau an dieser Stelle. Und jetzt schien die Sonne und sie fühlte sich frei wie ein Vogel.

»Wahnsinn«, sagte sie laut. Als sie Bentes fragenden Blick bemerkte, versuchte sie zu erklären: »Stell dir nur vor, Snude und ich hätten es nicht geschafft! Um ein Haar wären wir ertrunken! Auf Nimmerwiedersehen von der Nordsee gefrühstückt!« Sie schluckte. »Und dann die Sache mit diesen Verbrechern. Was hätte da nicht alles passieren können! Mensch, Bente, ich glaub, ich hatte echt mehr Glück als Verstand!«

»Das glaub ich allerdings auch«, erwiderte Bente ernst. »Aber weißt du was?« Ihr Gesicht erhellte sich. »Wir sollten versuchen, die Geschichte zu vergessen. Für den Moment jedenfalls. Es ist heute viel zu schön, um sich den Kopf schwer zu machen, findest du nicht? Und außerdem«, fügte sie hinzu, »ist ja alles gut gegangen. Mensch, Karlchen, den letzten Rest kriegen wir auch noch hin. Mach dir keine Sorgen: Rebecca hat einen Plan aufgestellt, mit dem nichts schiefgehen kann. Und die Pauli hat ihr Okay gegeben, dass wir deine Nachhilfe übernehmen dürfen. Du schaffst das Schuljahr, so wahr ich Bente Brandstätter heiße. Wäre ja wohl noch schöner.« Sie legte die Schenkel an und ließ Flippi galoppieren. Schnute folgte der Holsteinerin mit fröhlichen Bucklern.

Nach einer halben Stunde machte Herr von Hohensee kehrt. Jolly Jumpers goldbraunes Fell glänzte dunkel vom

Schweiß, von der breiten Brust des Pferdes tropften weiße Schaumflocken.

»Was haltet ihr davon, wenn wir bei Angelo einkehren?«, fragte der Reitlehrer in die Runde. »Ich spendiere allen ein Eis! Vorausgesetzt«, er schmunzelte breit, »der liebe Angelo hat genügend auf Vorrat …«

Die Mädchen und Jungen jubelten und schrien begeistert durcheinander. Der Italiener Angelo war der Besitzer eines gemütlichen kleinen Eissalons im Ort. Natürlich gehörten die Internatsschüler zu seinen besten Kunden.

»Haben Sie auch genug Geld dabei, Herr von Hohensee?«, fragte das Mädchen mit dem Shetlandpony. »Ich glaub, das wird ganz schön teuer!«

Der Reitlehrer lachte. »Mach dir mal keine Sorgen, Melanie. Es wird schon reichen.« Er saß ab und streifte Jolly Jumper die Zügel über den Kopf. »Abteilung abgesessen!«, ordnete er an. »Wenn wir hoch zu Ross durchs Dorf reiten und vor der Eisdiele aufmarschieren, bekommt der arme Angelo einen Herzinfarkt vor Schreck! Also, geordnet und sittsam, wenn ich bitten darf. Und keine Pferdeäpfel auf der Straße, verstanden?«

»Na, wie soll das denn gehen?«, fragte ein rothaariger Junge. Er stand neben einem Ostfriesen. »Wenn Blacky äppeln muss, dann muss er äppeln. Ich kann den Mist doch schlecht mit der Reitkappe auffangen, oder?«

»Tja, da hast du wohl recht. Na, wir werden sehen.« Herr von Hohensee führte Jolly Jumper vom Strand auf einen breiten, rot gepflasterten Gehweg.

Das laute Getrappel der vielen beschlagenen Hufe erregte natürlich sofort Aufmerksamkeit. Gardinen wurden zur Seite geschoben, Haustüren geöffnet. Als die Prozession endlich »Angelos Eissalon« erreichte, waren Pferde und Reiter von zahlreichen Schaulustigen und Kindern umringt.

»Ich glaub, die Idee war doch nicht so gut«, raunte Herr von Hohensee Patrick zu. »Hier«, er gab Patrick seine Brieftasche, »geh schnell rein, hol das Eis – und dann lass uns so schnell wie möglich wieder von hier verschwinden!«

»Geht klar, Boss.« Patrick überreichte seinem Chef grinsend Snorris Zügel und wollte gerade die Ladentür öffnen, als auch schon der Besitzer heraustrat, in gespielter Verzweiflung die Hände rang und augenrollend gen Himmel schaute. »Mamma mia!«, rief der kleine Italiener. »So viele Bambini und so viele Pferdchen! Und sie alle wollen haben Eis von Angelo!« Er wischte sich die Hände an seiner karierten Schürze ab und blickte in die Runde. »Allora, Damen und Herren! Wie viele Portionen, bitte sehr?«

»Ich glaub, unser Angelo kann für heute seine Bude dichtmachen«, mümmelte Kiki, als sie nach einigem Hin und Her endlich ihre Eistüte in der Hand hielt und genüsslich daran schleckte. Torphys Zügel hatte sie locker um den Unterarm gelegt. »Das war bestimmt das Geschäft seines Lebens.«

»Hmhm.« Karlchen nickte beflissen. Sie war damit beschäftigt, ihre Eisportion kameradschaftlich mit ihrem Norweger zu teilen. »Das Eis für mich«, sagte sie und leckte sich die klebrigen Finger ab, »die Waffel für Snude.«

Der Fjordi stupste sein Frauchen freundlich an und bat um Nachschub. Sachte kratzte er mit einem Vorderhuf auf dem Pflaster und nickte mit dem Kopf.

»Meine Güte, Karolin Karlsson, hat dir eigentlich schon

mal einer gesagt, dass du echt unmöglich bist?« Rebecca schüttelte missbilligend den Kopf. »Ein Pferd mit einer Eiswaffel zu füttern!«

»Och, dass ich unmöglich bin, hör ich fast jeden Tag. Das kratzt mich schon lange nicht mehr.« Karlchen umarmte Schnute, gab ihm einen Kuss auf die Nase und schwang sich gekonnt in den Sattel, ohne die Steigbügel zu Hilfe zu nehmen. »So, jetzt aber heim in den Stall, Mädels! Bald gibt's Abendbrot. Ich glaub, ich könnte heute glatt eine doppelte Portion Haferflocken vertragen.«

Es wurde ein ausgesprochen fröhlicher Ritt durch den Lindentaler Forst zurück zum Schloss. Im Wald, der zum Internat gehörte, gab es herrliche Reitwege. Alle, Pferde und Reiter, waren müde und restlos zufrieden.

»Hey, mir fällt da gerade was ein.« Karlchen ließ die Zügel sinken und tippte sich an die Stirn. »Was machen wir mit unserer schönen Petition? Ihr habt euch solche Mühe damit gegeben.«

»Die kannst du dir schick einrahmen«, erwiderte Bente grinsend, »und dann getrost übers Bett hängen oder du wirfst sie einfach in den Papierkorb.«

»Kommt ja gar nicht in die Tüte«, protestierte Kiki von hinten. »Ich werde sie an einem sicheren Ort verwahren. Vielleicht können wir das Ding eines Tages noch brauchen.«

»Stimmt«, schloss sich Rebecca an. »Bei Karlchen weiß man schließlich nie, was sie als Nächstes anstellt!«

Karlchen warf den Freundinnen einen empörten Blick zu. Doch dann lachte sie. »Heja, Snude!«, rief sie. »Galopp!«

Auf ihrem kleinen Pferd jagte sie ungestüm davon, glücklich und unendlich frei.

Beim Abendessen im Speisesaal des Schlosses erschien die Küchenchefin, Hilde Wuttig, am Tisch und stellte eine große Schüssel mit gezuckerten Haferflocken direkt vor Karlchens Nase. Oben auf dem Haferflockenberg prangte eine prächtige Erdbeere. Sie sah aus, als hätte die Küchenchefin sie eigenhändig poliert.

»Ich finde das ja so schön von dir, Karolin«, Frau Wuttig wischte sich mit einem Zipfel ihrer unvermeidlichen, wild geblümten Schürze eine imaginäre Träne aus dem Augenwinkel, »dass du diese armen Tiere gerettet hast! Meine Güte, wenn ich mir vorstelle …«

»… dass wir die Ponys zum Abendbrot gegessen hätten?« Bente biss herzhaft in ein Wurstbrot. »Tja, Frau Wuttig, das hätte durchaus passieren können.«

»Stimmt«, sagte Rebecca. »Heutzutage kann man nicht mit letzter Bestimmtheit wissen, welche Zutaten in der Lebensmittelzubereitung verwendet werden. Es ist nicht auszuschließen, dass sich in deinem Brotbelag ebenfalls Spuren hippologischer Fleischfasern befinden, Bente-Liebes.« Sie deutete mit ausgestrecktem Zeigefinger auf das dick belegte Brot der Freundin.

Bente starrte entsetzt auf ihren Teller. »Was?«, krächzte sie. »Willst du damit etwa andeuten, dass ich … Pferdewurst esse?!«

Kiki unterdrückte ein Kichern und schob Bente den Käseteller hin.

»Ich werde Vegetarierin«, stöhnte Bente. »Ich werde nie wieder Wurst essen.«

»Na, bei mir gibt's keine Pferdewurst!«, protestierte Frau Wuttig. »Ich weiß genau, wo das Fleisch für meine Küche herkommt.«

»Wie beruhigend«, stöhnte Bente. »Trotzdem ist mir irgendwie der Appetit vergangen.«

»Vielen Dank für die leckeren Flocken, Frau Wuttig«, mischte sich Karlchen ein. Sie pickte die Erdbeere mit einer Gabel auf und ließ sie sich auf der Zunge zergehen. »Aber womit hab ich das verdient?«

»Hab ich doch schon gesagt.« Frau Wuttig wandte sich zum Gehen. »Wer so gut auf arme Tiere aufpasst wie du, verdient eine Belohnung.« Sie drehte sich um und ging in Richtung Küche. »Wenn du noch mehr möchtest«, rief sie noch, »sag ruhig Bescheid! Ich bring dir gerne noch eine Portion! Wenn du möchtest, auch eine doppelte!«

»Aber bitte mit Sahne!« Karlchen grinste wie ein Honigkuchenpferd und rieb sich den Bauch. »Scheint, als hätte ich eine neue Freundin gefunden.«

»Es kann nicht schaden, wenn man die Herrin der Küche auf seiner Seite hat«, meinte Bente, die sorgfältig die Wurst von ihrem Brot kratzte und stattdessen Käse drauflegte. »Aber wo sie recht hat, hat sie recht. Du hast dir echt jede Menge Anerkennung verdient. Ich schreib gleich morgen einen Artikel über deinen Alleingang für den Lindental-Boten. Darf ich dich interviewen? Vielleicht kann ich auch noch was für die Tierschutzzeitung schreiben.« Bente war nicht nur Redakteurin des Lindental-Boten, der Schülerzeitung des Internats, sondern auch Mitglied der Tierschutzjugend. »Du kriegst einen Riesenartikel!«

»Cool!«, rief Kiki. »Und ich mach ein paar Fotos von Karlchen und Schnute! Fotos müssen unbedingt sein!«

»Hey, Momentchen.« Karlchen leckte die letzten Haferflocken aus der Schüssel. »Werde ich eigentlich auch mal gefragt? Interview, Presse, Fotos ... ihr habt sie doch nicht mehr alle!«

»Mensch, Karlchen, du bist eine Heldin! Hast du das immer noch nicht kapiert?«, fragte Rebecca. »Damit musst du jetzt leben. Wer Gutes tut ...«

»Hast du nicht so eine supertolle Digitalkamera zum Geburtstag bekommen, Rebecca?«, fragte Kiki dazwischen. »Damit kann man bestimmt richtig professionelle Fotos machen. Leihst du sie mir?«

»Sicher«, erwiderte Rebecca. »Wollte Patrick nicht auch noch Aufnahmen von dir machen? Für die CD? Mit Geige und Abendkleid?«

Kiki nickte. »Ja, wir wollen die Bilder zusammen mit dem Demo-Band nach Hamburg ins Tonstudio schicken.«

»Wahnsinn, zwei Promis an meinem Tisch«, kicherte Bente. »Und ich bin live dabei!«

Karlchen hatte dem Wortwechsel aufmerksam zugehört. Jetzt stellte sie betont langsam ihre leere Haferflockenschüssel auf das Tablett und musterte die Freundinnen der Reihe nach.

»Ich bin keine Heldin«, lächelte sie. »Ich hab's schon mal gesagt und ich wiederhole es gern: Ich würde jederzeit wieder so handeln.« Sie stand auf und gähnte. »Von mir aus macht eure Fotos und Interviews und den ganzen Schnickschnack. Aber wisst ihr, was ich jetzt mache?«

Erwartungsvoll starrten die anderen sie an.

»Ich geh ins Bett.« Karlchen hielt sich die Hand vor den Mund und gähnte noch einmal. »Sonst schlaf ich nämlich im Stehen ein, hundemüde, wie ich bin.« Sie schob ihren Stuhl unter den Tisch und winkte. »Ach, übrigens …« Sie drehte sich um und grinste. »Morgen ist ein neuer Tag. Wollen doch mal sehen, was der alles so bringt! Ihr wisst doch: Wo Pferde sind, ist Karlchen. Und wo Karlchen ist …«

»… ist immer was los!«, vollendeten die Freundinnen den Satz und lachten.

Dagmar Hoßfeld
Internat Lindental

Halloween im Schloss

1

»Du hast Sattelseife am Kinn!« Kiki ließ Lederzeug und Putzlappen sinken und kicherte.

»Was? Wie bitte?«, fragte Karlchen verwirrt.

»Da, am Kinn! Ein dicker Batzen Sattelseife! Steht dir gut, solltest du öfter tragen.« Kiki wies mit dem Finger vage auf die betroffene Stelle im Gesicht der Freundin.

Karlchen nahm einen Lappen aus der Putzkiste, die vor ihr stand, und fuhr sich damit übers Kinn. »Besser?«, fragte sie mit einem schiefen Grinsen.

»Viel besser«, antwortete Kiki wahrheitsgemäß. »Jetzt hast du's so richtig schön verteilt.«

»Ach, egal, ist bestimmt gut für die Haut«, meinte Karlchen und fuhr damit fort, einen Sattel auf Hochglanz zu polieren. »Außerdem riecht's gut.«

Kiki nickte zustimmend. Die beiden Mädchen saßen in der Geschirrkammer. Eine kleine Lampe unter der Decke tauchte den mit Sätteln, Zaumzeugen, Halftern und anderen Utensilien vollgehängten Raum in ein warmes Licht. Dicke Regentropfen trommelten auf das schräge Dach über ihnen. Im Nachbarstall schnaubte ein Pferd, Stroh raschelte. Es war urgemütlich.

»Ich weiß gar nicht, warum viele immer meckern«, sagte Kiki, während sie ein fertig gefettetes Halfter an den Haken zurückhängte und sich das nächste vornahm. »Ich finde Stalldienst richtig toll!«

»Ich auch«, stimmte Karlchen zu. »Man kann dabei so herrlich entspannen, ist in der Nähe der Pferde – und außerdem gehört es einfach dazu, wenn man reitet.«

Sie fuhren mit ihrer ruhigen Arbeit fort. Kiki summte leise vor sich hin. Plötzlich wurde die Tür aufgerissen und zwei Mädchen stürmten in die Sattelkammer. Das heißt, eigentlich waren die Gestalten nicht eindeutig als Mädchen zu erkennen. Sie trugen hohe Gummistiefel, lange Regenmäntel und hatten die Kapuzen tief ins Gesicht gezogen.

»Puh, was für ein Mistwetter!« Eine der Gestalten riss sich die Kapuze vom Kopf und schüttelte sich. »Ich bin nass bis auf die Knochen!«

Auch die andere Figur befreite sich stöhnend von ihrer Kapuze und schälte sich aus dem klammen Regenzeug.

»Bente, Rebecca«, begrüßte Kiki die Neuankömmlinge. »Meine Güte, wo kommt ihr denn her?«

»Von den Kürbissen«, erwiderte Bente und schüttelte sich wie ein nasser Hund. »Schöner Schiet, bei diesem Wetter …«

»Das kannst du laut sagen.« Rebecca fuhr sich mit allen zehn Fingern durch die streichholzkurzen Haare, dass diese wie die Stacheln eines Igels hochstanden. Unter ihren Stiefeln bildeten sich kleine Pfützen. »Wir haben drei Schubkarren Pferdemist in den Garten geschoben. Ihr wisst ja«, erklärte sie mit wichtiger Miene, »es geht nichts über naturbelassenen, organischen Dünger. Und dann fing es an, wie aus Eimern zu schütten.« Sie verzog das Gesicht und nieste. »Aber wir haben nicht aufgegeben und alles schön verteilt und festgestampft.«

»Und? Wie sehen sie aus, unsere Kürbisse?«, wollte Karlchen wissen.

Bente deutete mit beiden Händen ungefähr ihren doppelten Bauchumfang an. »So dick sind sie mindestens«, schätzte sie. »Echt riesig.«

»Je größer, umso besser«, meinte Kiki. »Wenn wir sie aushöhlen und Gesichter reinschnitzen wollen, müssen sie richtig groß sein.«

»Unbedingt!« Bente hockte sich auf eine umgedrehte Holzkiste und blätterte in einer Pferdezeitschrift, die sie auf einem Stapel in der Ecke der Sattelkammer entdeckt hatte. Schon bald hatte sie sich in einen Artikel vertieft und schwieg. Die drei anderen unterhielten sich leise. Rebecca schnappte sich einen Lappen und eine Dose Lederfett und widmete sich dem spröden Halfter ihrer Stute Karfunkel.

»Ich freu mich schon wahnsinnig auf Halloween«, sagte Kiki. »Immerhin ist es das erste Mal, dass unsere Klasse die Gruselnacht ausrichten darf.«

»Hmhm«, machte Karlchen. »Ich find's gut, dass jedes Jahr eine andere Klasse dran ist, so wird's nie langweilig.«

Das aus Amerika stammende Halloween hatte im Reitinternat eine lange Tradition. Jedes Jahr, am Vorabend von Allerheiligen, wurde es nach allen Regeln der Kunst gefeiert. Das Schloss verwandelte sich für einen Tag und eine Nacht in eine Geisterbahn. Schülerinnen und Schüler verkleideten sich und den Lehrern wurde bei dieser Gelegenheit mal so richtig das Gruseln gelehrt. Klar, dass die 8b, die in diesem Jahr die Verantwortung für das Fest hatte, sich etwas richtig Tolles einfallen ließ. Schon im Frühjahr hatten sie im Küchengarten Kürbissamen ausgesät. Die reifen Früchte wollten sie aushöhlen und Fratzen hineinschnitzen. In diese Gruselköpfe sollten dann Teelichter und Kerzen gestellt werden, um alles schön schaurig zu beleuchten. Frau Wuttig, die Chefin der Internatsküche, freute sich schon auf die Ernte. »Dann gibt es jeden Tag Kürbismus und Kürbisgelee«, hatte sie gestrahlt, »und den Rest lege ich für den Winter ein!«

Im Kunstunterricht malte die Klasse Masken, Skelette und düstere Wandbehänge und schneiderte Kostüme. Und zum traditionellen Abendbüfett im großen Speisesaal des Schlosses sollte es alles geben, was irgendwie »glibberte« und »total eklig« aussah: weich gekochte Nudeln in Form von Gehirnen, dazu dunkelblau gefärbten Wackelpudding mit Plastik-Fledermäusen und zum Nachtisch warmen Milchreis mit Lakritz-Katzenpfötchen, Weingummi-Glubschaugen und giftgrüner Waldmeistersoße. Die 8b war extrem einfallsreich und die Liste mit den »Leckerbissen« wurde von Tag zu Tag länger.

»Hat mal jemand einen Stift?«, mischte sich Bente ein. »Hier ist ein Kreuzworträtsel drin. Das hab ich in null Komma nix gelöst.«

»Aber sicher, liebe Bente. Bei deinem IQ. Wie könnten wir daran zweifeln?«, grinste Rebecca. Sie griff hinter sich und wühlte in einer kleinen Kiste im Regal, die Gummibänder, Büroklammern, jede Menge Krimskrams und – tatsächlich – einen Kugelschreiber enthielt. »Bitte sehr«, sagte sie und reichte Bente den Stift. »Und lass es uns wissen, wenn du Hilfe brauchst, ja?«

Bente machte sich mit Feuereifer daran, das Kreuzworträtsel zu lösen. Immerhin gab es als Hauptpreis einen Jahresvorrat Knabbermüsli für Pferde zu gewinnen, gestiftet von einem bekannten Futtermittelfabrikanten. »Dann wollen wir mal sehen«, murmelte sie und nahm die erste Frage ins Visier. »Ha, das ist doch ein Klacks!«

Bei den Futterkosten, die das Internat jeden Monat für die Privatpferde berechnete, würde ihr eine kleine Naturalienspende sehr gelegen kommen! Flippi, ihre Holsteinerstute, war nämlich eine ausgezeichnete Fresserin. Da war jedes Geschenk willkommen. Und man musste schließlich nur ein paar einfache Fragen beantworten und dann aus den markierten Kästchen das Lösungswort bilden.

»Teil des Zaumzeugs mit zehn Buchstaben«, murmelte Bente. »Wäre doch gelacht, wenn ich das nicht hinkriege.« Sie dachte kurz nach, dann erhellte sich ihre Miene. Mit großen Buchstaben trug sie das Wort »Kinnriemen« in das dafür vorgesehene Feld ein. »Passt genau!«, verkündete sie.

»Wie schön«, lobte Rebecca. »Nur weiter so, nicht aufgeben. Obwohl, ›Kehlriemen‹ würde auch passen, oder? Hat auch zehn Buchstaben.«

Karlchen und Kiki prusteten laut los.

»Haha, ihr seid echt blöd«, murrte Bente. »Aber wartet's nur ab. Ich hab da ein sehr gutes Gefühl. Ihr werdet Augen machen, wenn Firma Goldschweif mir die Lastwagenladung Pferdemüsli auf den Hof kippt.«

»Klar, Bente. Hauptsache, du wirst darunter nicht begraben.« Rebecca zwinkerte den anderen zu und grinste. »Aber mach dir keine Sorgen, wir werden dich schon retten.«

»Genau«, nickte Karlchen. »Ich hol einfach meinen Snude und der kann dich dann da rausknabbern. Das macht der mal eben so, kein Problem.«

»Danke sehr, ihr seid echt lieb.« Bente kaute auf dem Kuli und grinste ebenfalls. »Aber jetzt haltet bitte die Klappe. Ich will weitermachen. Übermorgen ist schon Einsendeschluss.«

»Na dann: Toi, toi, toi!«, riefen die Freundinnen im Chor.

Der Rest des Nachmittags verlief harmonisch und entspannt. Nachdem Bente das Rätsel geknackt und den Teilnahmeschein in der hinteren Tasche ihrer Jeans verstaut hatte, half sie bei der Sattelpflege. Als alles geschafft war und Zaumzeuge, Halfter und Sättel wieder ordentlich in Reih und Glied an den Wänden der Geschirrkammer hingen, atmeten die Freundinnen auf.

»Was haltet ihr von einem kleinen Abendrundgang durch den Stall?«, fragte Bente. Sie stand auf und streckte sich.

»Klar, wir müssen doch unseren Pferden Gute Nacht sagen!« Karlchen lief schon voraus und spähte nach links und rechts. Die breite Stallgasse war menschenleer. »Die Luft ist rein«, flüsterte sie den anderen zu. »Wir können ein paar Rüben stibitzen.«

Rebecca schüttelte den Kopf. »Karlchen, Karlchen, deine kriminelle Energie gibt mir zu denken«, seufzte sie mit gespielter Verzweiflung. »Du weißt genau, dass Stallmeister Much den Rübenpegel in der Futterkammer haarscharf im Auge behält. Es würde mich nicht wundern, wenn er die Dinger einzeln gezählt und nummeriert hätte.«

»Ach, komm schon«, meinte Bente, »die paar Rüben …«

»Genau. Wenn welche fehlen, waren es eben die Mäuse.« Karlchen öffnete die Tür zur Futterkammer und griff in die Rübenkiste. Blitzschnell reichte sie den Freundinnen je eine Wurzel nach draußen.

»Wenn Bente das Pferdemüsli gewinnt«, sagte Kiki und steckte sich die Rübe in den Hosenbund, »können wir unseren Süßen jeden Abend eine Handvoll mitbringen. Mein Torphy ist ganz verrückt nach dem Zeug.«

»Ja, merkwürdig. Karfunkel fährt da auch voll drauf ab«, stimmte Rebecca zu. »Ich hab fast den Verdacht, dass die Firma Goldschweif da irgendwelche Suchtstoffe druntermischt. Alle Pferde stehen auf das Zeug.«

»Wenn es nur nicht so teuer wäre.« Karlchen rieb ihre Rübe an ihrem Sweatshirt ab und biss herzhaft hinein.

»Igitt, Karlchen! Das ist eine Futterrübe!«, rief Bente.

»Ich muss doch probieren, ob sie gut ist«, protestierte die kleine Dänin mit dem lustigen Wuschelkopf. »Nachher ist das Ding bitter und Snude ist beleidigt!«

»Na, das können wir auf keinen Fall riskieren. So, nun beeilt euch mal, sonst kommen wir zu spät zum Abendbrot.« Bente ging voraus. Ihre Fuchsstute Flippi stand am Ende der Stallgasse, gleich neben Kikis dunkelbraunem Torphy.

Rebecca trat an eine Box in der Mitte des Stalls. Eine schmale Rappstute schob ihren Kopf erwartungsvoll über die halbhohe Tür und wieherte leise. Rebecca rieb ihre Stirn an der weichen Nase des Pferdes und atmete den guten Geruch ein.

»Gute Nacht, Kleine«, raunte sie der Stute zu. Sie reichte ihr die Rübe. Karfunkel biss krachend hinein und mahlte genüsslich mit den Kiefern. »Schlaf schön, bis morgen.«

Kiki und Bente hatten ihren Pferden ebenfalls die Rüben gegeben und unterhielten sich jetzt leise mit ihren Vierbeinern. Karlchen stand daneben und trat von einem Fuß auf den anderen. »Nun kommt endlich«, flehte sie. »Wir wollen doch auch noch zu Snude, oder?« Sie wedelte mit der angebissenen Rübe. »Ihr habt's gut. Ihr habt eure Pferde immer in der Nähe im Stall. Und mein armer kleiner Snude? Schutzlos Wind und Wetter ausgeliefert steht er im kalten Regen und wartet auf sein Frauchen.«

»Hey, du hast doch selbst Schuld.« Kiki lachte. »Warum hast du dir ein Robustpferd angeschafft? Besorg dir ein anständiges Großpferd und du hast keine Probleme mit dem Wetter. Dann steht es warm und trocken im gemütlichen Stall und …«

»Jaja«, murrte Karlchen, »ihr mit euren Stallpferden. Wisst ihr eigentlich, wie ungesund das für ein Pferd ist, den ganzen Tag in der Box zu stehen? Da ist mir mein Robuster schon lieber! Zehn Jahre ist er schon alt und nicht einen Tag krank gewesen!«

Bente und Kiki schlossen die Boxentüren. Rebecca gab ihrer schwarzen Stute einen Kuss auf die Nase. »Wir sollten wirklich gehen«, sie zeigte auf die Rübe in Karlchens Hand, »sonst hast du die Rübe nämlich bald selbst verputzt und dein Fjordi kann in die Röhre gucken. Viel ist an dem schrumpeligen Ding nicht mehr dran.«

Als sie aus dem Stall traten, fiel ihnen auf, dass es aufgehört hatte zu regnen. Bente streckte eine Hand aus. Nur noch vereinzelte Tropfen fielen von dem flachen Stalldach. Dafür war der Vorplatz von unzähligen Pfützen übersät. Die Freundinnen mussten Slalom laufen, um ihnen auszuweichen und einigermaßen trocknen Fußes zur Ponyweide zu gelangen.

»Snude!«, rief Karlchen schon von Weitem. »Komm, Dickie!« Sie hob zwei Finger an den Mund und stieß einen Pfiff aus.

Kiki, Rebecca und Bente warfen sich einen Blick zu und grinsten. Bente tippte sich mit dem Zeigefinger an die Stirn und verdrehte die Augen. Als aber kurz darauf ein lautes Wiehern zu hören war und sich ein falbfarbenes Kleinpferd aus der Ponyherde löste, waren die Freundinnen sprachlos. Der Falbe hob den Kopf, wieherte noch einmal und trabte, ohne zu zögern, an das Gatter, wo Karlchen stand und ihn herzlich begrüßte. Sie vergrub ihr Gesicht im nassen Fell des Ponys und gab ihm schließlich die Futterrübe oder vielmehr das, was davon noch übrig war.

»Seit wann kann er das denn?« Bente fand als Erste die Sprache wieder.

»Dass er auf Kommando kommt?« Karlchen strubbelte Schnute durch den dicken Stirnschopf. Ihr Gesicht glühte vor Stolz. »Och, das hab ich ihm neulich mal beigebracht. Wisst ihr, Snude lernt sehr schnell. Überhaupt sind norwegische Fjordpferde unheimlich intelligent. Man muss nur …« Eine Glocke unterbrach ihre Ausführungen über gelehrige Ponys. Sie hob die Nase. »Oha, Abendbrot.«

»Und wir sind noch nicht mal umgezogen!« Rebecca stöhnte auf. »Los, Leute. Jetzt aber im Laufschritt!«

Kichernd sprangen die Mädchen über die Pfützen und rannten auf das hell erleuchtete Schloss zu.

2

Es war Herbst geworden. Von der Rosenpracht im Internatsgarten war nicht mehr viel zu sehen. Der Gärtner hatte die wertvollen Zuchtrosen in den Gärten und Parks rund um das denkmalgeschützte Landschloss zurückgeschnitten. Die Laubbäume waren dabei, ihre gelb, rot und braun gefärbte Blätterpracht abzuwerfen. Über allem lag ein milder Herbstnebel. Die tief stehende Sonne tauchte die Landschaft rund um das Reitinternat in goldenes Licht.

Kiki, Bente, Rebecca und Karlchen standen in einer Ecke des Pausenhofs und verputzten ihr Frühstück. Bente hatte ihr Handy gezückt und las eine SMS von ihrer Cousine Laura.

»Cool«, meinte sie. »Laura und ihr Reitclub machen nächstes Wochenende einen Ausritt, um ein neues Beistellpferd für den Auenhof abzuholen. Einen Knabstrupper, wie Tiger.«

»Noch ein Pferd für den Auenhof?«, staunte Kiki. »Schaffen deine Tante und dein Onkel das alles noch ganz allein?«

Bente schüttelte den Kopf. »Nein, das wäre echt zu viel. Mein Onkel hat schließlich noch seinen Werkzeughandel in der Stadt. Aber neben Laura, Tante Mira und Onkel Thomas sind ja auch noch Opa und die beiden Pferdepfleger auf dem Hof«, erwiderte sie. »Und der Reitlehrer. Außerdem trifft sich

Lauras Reitclub jeden Tag im Stall. Die versorgen ihre Pferde selber. Und an den Wochenenden kommt Fynn, Lauras Freund, aus Soltau und fasst mit an. Mit so vielen Helfern klappt das schon.«

Ein paar Rabenkrähen schwebten über das Schloss und ließen sich krächzend in einer alten Ulme nieder.

»Eine zahme Krähe müsste man haben«, sinnierte Karlchen, während sie von ihrem Brot abbiss. »Ich hab mal gelesen, dass man die total zahm kriegt. Manchen kann man sogar das Sprechen beibringen. Das wäre doch was für Halloween: eine sprechende Krähe, die unsere Lehrer persönlich begrüßt.«

Rebecca schüttelte den Kopf. »So leicht ist das nicht«, erwiderte sie. »Die Chance, einen Wildvogel zahm zu bekommen, ist ziemlich gering. Wenn man allerdings ein Ei findet und das Küken dich als Erstes sieht, wenn es ausschlüpft, dann ist es auf dich fixiert. Dann kriegst du es auch zahm.«

»Du meinst, man braucht nur ein Ei aus einem Krähennest, wartet einfach ab, bis das Küken ausschlüpft, und dann klappt das?« Karlchen war Feuer und Flamme. Rebecca nickte.

Während Bente und Karlchen fieberhaft überlegten, wie sie noch vor Halloween an ein Kräheneis herankommen könnten, sagte Rebecca in die Runde: »Daniel und ich gehen heute Nachmittag in die Vorführung der Kino-AG. Kommt ihr mit?«

»Geht nicht. Geigenstunde«, antwortete Kiki. Auch Karlchen schüttelte bedauernd den Kopf.

»Nee, wir spielen heute Ponyball«, sagte sie und fügte, als sie die etwas ratlosen Gesichter der Freundinnen bemerkte, erklärend hinzu: »Merle, unsere Reitlehrerin, hat so einen großen Gummiball gekauft, den man aufpusten kann. Ihr glaubt gar nicht, wie viel Spaß die Ponys haben, den Ball wegzutreten oder mit den Nasen wegzuschubsen.«

»Wie bitte?«, fragte Kiki. »Du machst Witze!«

»Nö, echt nicht. Ihr könnt ja mal zugucken, wenn ihr wollt«, erwiderte Karlchen ernsthaft.

»Ponyball ...« Rebecca schüttelte den Kopf. »Was es nicht alles gibt.« Sie wandte sich an Bente: »Was ist mit dir? Kommst du wenigstens mit? Oder haben die Pferde der Springsparte heute vielleicht ein Schachturnier?«

Bente grinste. Sie zögerte mit der Antwort. »Nee, Rebecca«, sagte sie schließlich. »Echt nett, dass du fragst, aber geh du mal lieber mit Daniel alleine ins Kino. So als Dritte im Bunde, ich weiß nicht ...«

»Du störst uns nicht«, sagte Rebecca. »Und der Film soll echt gut sein.«

»Wenn du mit Daniel in der letzten Reihe Händchen hältst und womöglich auch noch rumknutschst, bekommst du doch sowieso nichts von dem Film mit«, krähte Karlchen frech dazwischen. Mit einem schnellen Schritt zur Seite wich sie Rebecca aus. Im Nu war die schönste Verfolgungsjagd quer über den Schulhof im Gange. Zu Karlchens Erleichterung klingelte es just in diesem Moment. Die große Pause war vorüber und in der Klasse war sie vor Rebeccas Rache sicher.

Auf dem Stundenplan stand Englischunterricht bei Frau Dr. Paulus, der Leiterin des Internats. Sie teilte die Klasse in Arbeitsgruppen ein und ließ sie kurze englische Texte erarbeiten und interpretieren. Schon bald rauchten den Mädchen und Jungen der 8b die Köpfe – mit Ausnahme von Rebecca, deren

Lieblingsfach unter anderem Englisch war. Als es läutete, atmete die Klasse auf. Bente wollte sich gerade an der Seite ihrer Freundinnen aus dem Klassenzimmer schieben, als sie von Frau Dr. Paulus zur Seite genommen wurde.

»Hast du einen Moment Zeit?«, fragte die Direktorin freundlich.

Bente nickte. »Ja, sicher, Frau Dr. Paulus.« Sie überlegte fieberhaft, was sie angestellt haben könnte, da fuhr die Direktorin schon fort: »Ich wollte dir nur sagen, wie sehr es mich freut, dass deine Brüder auch bald Schüler in Lindental sein werden. Es ist schön, wenn die Kinder einer Familie gemeinsam aufwachsen und zur Schule gehen.«

Bente war einen Moment sprachlos. »Sie ... Sie meinen, Benjamin und Bastian? Meine Brüder?«, stieß sie schließlich hervor. Frau Dr. Paulus nickte.

»Ja, ich habe heute die Anmeldungen bekommen«, lächelte sie. »Deine Großeltern sind bestimmt stolz auf euch. Es ist schließlich nicht selbstverständlich, dass drei Geschwisterkinder so gute Leistungen in der Schule zeigen. Die Schulleitung hat beiden ein Stipendium bewilligt. Benjamin und Bastian scheinen wirklich außerordentlich begabt zu sein, sportlich wie musisch.«

Das Internat vergab Stipendien für Mädchen und Jungen, die über eine besondere Begabung verfügten: in Sport oder Musik, in einer Fremdsprache oder einer Naturwissenschaft. Aber Benjamin und Bastian? Bente zerbrach sich den Kopf darüber, welche Supertalente ihre kleinen Zwillingsbrüder wohl hatten. Ihr fiel nichts ein – außer, dass die beiden in der Lage waren, innerhalb kürzester Zeit überall auf der Welt

Chaos anzurichten. Ob das reichte, ein Stipendium in Lindental zu bekommen?

»Du freust dich sicher?« Frau Dr. Paulus musterte Bente aufmerksam.

Bente nickte und spürte, dass ihre Wangen rot wurden. »Und wie«, versicherte sie hastig. »Es ist nur ... na ja, es kommt ein bisschen überraschend für mich.«

Die Schulleiterin zog die Augenbrauen hoch. »Du wusstest nichts davon?«, fragte sie irritiert. »Habt ihr denn zu Hause nicht darüber gesprochen?«

»Doch, klar, natürlich«, stammelte Bente. »Aber jetzt geht es irgendwie so schnell ...« Sie erinnerte sich dumpf, dass ihre Großeltern irgendwann mal die Aufnahmeanträge für das Internat angefordert hatten. Und sie erinnerte sich daran, dass Benjamin und Bastian vor Kurzem ihren zehnten Geburtstag gefeiert hatten. Zweifellos war die Grundschulzeit der beiden bald zu Ende. Seit Bente in Lindental lebte, war sie nur an den freien Wochenenden und in den Ferien zu Hause. Nach dem Tod der Eltern, die bei einem Verkehrsunfall ums Leben gekommen waren, hatten sich die Großeltern um Bente und ihre Brüder gekümmert. Bente war schon bald auf eigenen Wunsch ins Internat gekommen.

»Da ist mir wohl etwas entgangen«, dachte sie laut und zuckte zusammen, als sie den fragenden Blick von Frau Paulus bemerkte. »Ähm, ich meine, natürlich freu ich mich. Es ist wahnsinnig aufregend, nicht?«

»Ja, das finde ich auch.« Frau Dr. Paulus schob ihr Lehrbuch in die Aktentasche und verschloss sie sorgfältig. »Aber nun lauf, sonst bekommst du kein Mittagessen mehr.«

»Ihr glaubt es nicht!« Bente ließ sich schwer atmend auf einen Stuhl fallen. Sie strich sich eine verschwitzte dunkelblonde Haarsträhne aus der Stirn und begutachtete den Inhalt der Suppenschüssel, die dampfend vor ihr auf dem Tisch stand.

»Was denn?«, wollte Kiki wissen.

»Meine Brüder kommen«, erwiderte Bente düster. »Meine Brüder kommen ins Internat.«

»Benjamin und Bastian? Die süßen, kleinen Zwillinge?«, fragte Rebecca. Sie hob den Blick von der mathematischen Formelsammlung, die aufgeschlagen neben ihrem Teller lag, und lächelte.

»Die süßen, kleinen Zwillinge?«, wiederholte Bente mit schriller Stimme. »Du wolltest wohl sagen: die grässlichen, kleinen Monster!«

Karlchen prustete in ihren Eintopf. »Klar, wenn sie mit dir verwandt sind«, meinte sie, »müssen sie wirklich ziemlich grässlich und monströs sein.«

Bente warf der Freundin einen vernichtenden Blick zu. »Du hast gut lachen, du Einzelkind«, warf sie der Dänin entgegen. »Du hast ja keine Ahnung, was es bedeutet, kleine Brüder zu haben.«

»Und dazu noch im Doppelpack!«, mischte sich Kiki voller Begeisterung ein. »Also, ich hab mir immer jüngere Geschwister gewünscht. Ich hab zwar zwei Halbschwestern in Argentinien, weil meine Mutter dort noch mal geheiratet hat, aber ihr wisst ja, dass ich die beiden noch nie gesehen hab.«

»Sei froh«, brummte Bente grantig.

Kiki überhörte den Einwurf und plapperte weiter: »Ich sollte meiner Mutter mal eine Mail schreiben und ihr vorschlagen, Jolanda und Maria später auch nach Lindental zu schicken. Die beiden sind jetzt sieben und acht Jahre alt und reiten bereits. Ihr Daddy züchtet seit ein paar Jahren erfolgreich argentinische Poloponys. Das sind doch tolle Voraussetzungen für unser Internat, findet ihr nicht?«

»Sie bringen bestimmt Bommel mit«, murmelte Bente. »Es wird schrecklich, ich weiß es.« Nachdenklich rührte sie in ihrem Linsentopf.

»Bommel? Hast du etwa noch einen Bruder?«, erkundigte sich Karlchen neugierig. »Davon wussten wir ja gar nichts.«

»Bommel ist ihr Pony«, erwiderte Bente mit einem Gesicht, als hätte sie Zahnschmerzen. »Ein Haflinger, fünf Jahre alt. Benjamin und Bastian haben ihn letztes Jahr zum Geburtstag bekommen. Ich sag dir eins, Karlchen«, sie wedelte drohend mit der Suppenkelle, »gegen Bommel ist dein Schnute ein Waisenknabe. Was Bommel schon alles angestellt hat, geht auf keine Kuhhaut.«

Kiki versuchte, die Freundin zu beschwichtigen. »So schlimm wird's schon nicht werden«, meinte sie. »Ich find's jedenfalls schön, dass Benjamin und Bastian aufs Internat kommen. Dann seid ihr doch wieder eine richtige kleine Familie.«

»Ja, stimmt schon«, gab Bente zu. »Ich hab die beiden ja auch lieb, aber ...«, sie machte eine Pause und füllte ihren Teller bis zum Rand, »diese zwei kleinen Rüpel sind so was von anstrengend! Vermutlich werde ich andauernd zu der Pauli zitiert, weil ich als große Schwester die Verantwortung übernehmen muss. Na, danke.« Sie pustete so heftig in ihren Eintopf, dass Rebecca hastig ihr Formelheft zuschlug. »Ihr werdet es schon sehen: Es wird superätzend mit den beiden.«

»Und sie teilen sich das Pony?«, fragte Karlchen. »Ist doch niedlich!«

»Ja, total niedlich. Benjamin gehört Bommels linke Hälfte und Bastian die rechte«, sagte Bente. »Sie konnten sich nicht einigen, wer das Hinterteil übernehmen sollte, weil da ja nun mal der arbeitsintensive Mist rauskommt. Also haben sie den armen Bommel der Länge nach geteilt. Stellt euch vor: Sie wollten schon mal eine Trennungslinie auf das bedauernswerte Tier malen. Von der Nase bis zum Schweif, einfach der Länge nach. Mit roter Ölfarbe, damit's bei Regen nicht abgeht! Damals stand Bommel noch auf dem Auenhof bei Laura. Opa konnte die Malaktion zum Glück in letzter Sekunde verhindern!«

»Das kann ja lustig werden«, kicherte Kiki. »Wie es sich anhört, werden deine Zwillingsbrüder aber ordentlich Leben in dieses verstaubte Gemäuer bringen!«

»Darauf kannst du Gift nehmen«, seufzte Bente. »Aber sagt nicht, ich hätte euch nicht gewarnt!«

3

Je näher der Tag der Aufnahmefeierlichkeiten für die neuen Schüler:innen und Schüler des Internats rückte, umso nervöser wurde Bente. Sie malte sich die ungeheuerlichsten Dinge aus und träumte von peinlichen Situationen, in die ihre Brüder sie ihrer Meinung nach unzweifelhaft bringen würden. »Ich bin nur froh, dass die fünften Klassen nicht gemeinsam mit uns zu Mittag essen«, sagte sie einmal. »Ihr habt ja keine Ahnung, in welcher Art und Weise zehnjährige Halbwilde ihre Nahrung zu sich nehmen. Und dann diese Dummheiten, die Benjamin und Bastian permanent aushecken … Im Kindergarten haben sie ihre Erzieherinnen mal im Waschraum eingeschlossen und den Schlüssel in den Müllschlucker geworfen. Die Feuerwehr musste die armen Ladys befreien! Es gab ein Mordstheater.«

»Aber das waren doch Dumme-Jungen-Streiche«, fand Rebecca. »Benjamin und Bastian sind inzwischen älter und vernünftiger geworden.«

»Vernünftiger?« Bente schnaubte. »Davon träumst du wohl. Die werden nie vernünftig. Keine Ahnung, wo die immer ihre verrückten Ideen herhaben. Wahrscheinlich liegt es am übermäßigen Fernsehkonsum. Dauernd hängen sie vor der blöden Glotze und ziehen sich den größten Schwachsinn rein.«

»Hier dürfen sie aber nicht so viel fernsehen«, warf Karlchen ein. »Das Problem hat sich schon mal erledigt. Und dann gibt sich das mit den Streichen vielleicht von selbst«, fügte sie hoffnungsvoll hinzu.

Bente saß auf der Fensterbank und betrachtete trübsinnig die Fotos, die über ihrem Schreibtisch hingen. Zwischen einem gerahmten Porträt ihrer Fuchsstute Flippi und einem Foto von Laura und dem Reitclub vom Auenhof hing dort auch ein Bild von ihren Brüdern und ihrem runden Haflinger. Bente seufzte.

»Wollen wir nicht Herrn von Hohensee fragen, ob er uns einen kleinen Ausritt über die Felder genehmigt?«, schlug Kiki vor. Sie saß auf dem bunten Teppich in dem gemütlichen, kleinen Zimmer, das Bente und Karlchen sich teilten, und guckte in die Runde. »Ich glaub, ein bisschen Bewegung und frische Luft würden Bente guttun.« Sie warf einen besorgten Seitenblick auf das blonde Mädchen, das noch immer auf der Fensterbank hockte und gedankenverloren auf das Foto der Zwillinge starrte. »Sonst kollabiert sie uns noch.«

»Ja, das ist eine super Idee!« Karlchen hüpfte vor Freude auf und ab und wollte bereits aus dem Zimmer stürzen. »Nur wir vier und …«

»Daniel und Patrick vielleicht?«, fragte Rebecca vorsichtig.

»Klar, meinetwegen dürfen die Jungs mit«, erwiderte Karlchen großzügig. »Männer brauchen schließlich auch mal Auslauf.«

Die Freundinnen nahmen Bente ins Schlepptau. Wenig

später hüpften sie in Reitstiefeln die breite Treppe hinunter, durchquerten die Eingangshalle des Schlosses und rannten im Laufschritt über den Schlossplatz. Vor dem Stall trafen sie auf Patrick und Daniel.

Als Patrick die Mädchen kommen sah, grinste er und rief schon von Weitem: »Die Sonne geht auf! So viel geballte Schönheit auf einmal!«

»Spar dir dein Gesülze.« Karlchen zeigte ihm einen Vogel. »Verrate uns lieber, wo der Hohensee steckt. Den geballten Schönheiten steht nämlich der Sinn nach einem Galopp übers Stoppelfeld.«

Patricks Grinsen wurde noch breiter. »Tut mir leid«, sagte er mit einer halben Verbeugung. »Herr von Hohensee ist mit dem Stallmeister in der Stadt, um Futter zu bestellen. Ihr müsst schon mit meiner Wenigkeit vorliebnehmen.« Patrick machte im internatseigenen Gestüt eine Ausbildung zum Pferdewirt. Während der Abwesenheit des Reitlehrers trug er die Verantwortung für die Pferde.

Karlchen schlug ihm liebevoll auf die Schulter. »Okay, dann gibst du uns eben die Erlaubnis für einen Ausritt, ja?«, flötete sie mit zuckersüßer Stimme.

»Wie heißt das Zauberwort, liebe Karolin?«, fragte Patrick ebenso süß zurück.

»Blödmann.« Karlchen stampfte mit dem Fuß auf.

»Falsches Wort, Karlchen.« Daniel drängte sich vor. »Versuch's doch mal mit ›bitte‹.« Der blonde Junge legte einen Arm um Rebecca und gab ihr einen Kuss auf die Wange. »Hallo, schön dich zu sehen«, raunte er ihr zu.

Rebecca strahlte ihn an.

»Ich geh jetzt zu Flippi. Also, was ist?«, sagte Bente an Patrick gewandt. »Dürfen wir ein Stündchen ins Gelände?«

»Na klar«, willigte Patrick ein. »War doch nur Spaß.« Er zwinkerte Kiki zu. »Nehmt ihr uns wenigstens mit?«

»Gebongt«, sagte Karlchen. »Wir treffen uns dann gleich an der Brücke, ja?« Sie lief davon, um ihren Schnute von der Koppel zu holen. Die anderen verschwanden in den Ställen.

Zehn Minuten später saßen die vier Mädchen, Patrick und Daniel in den Sätteln. Daniels Trakehner Mystery tänzelte nervös auf der Stelle, aber sein Reiter war geübt und sicher. Er nahm die Zügel kürzer und legte die Schenkel an. »Ho, Mystery«, raunte er dem Rappschimmel zu, »ganz ruhig, gleich darfst du laufen.«

Rebeccas tintenschwarze Stute blähte die Nüstern und drängte an Mysterys Seite. Die feinen Ohren der Stute spielten unruhig. Rebecca strich ihr besänftigend über die Schulter und lachte. »Reg dich ab. Du darfst ja neben deinem Romeo gehen.«

Karfunkel und Mystery hatten seit ihrer ersten Begegnung einen Narren aneinander gefressen und wurden seitdem liebevoll Romeo und Julia genannt. Wann immer sie konnten, gingen die beiden Pferde nebeneinander.

Daniel ritt mit Mystery näher an Karfunkel heran und nahm die Zügel in eine Hand. Sofort beruhigten sich die Pferde.

»Kann's losgehen?«, fragte er in die Runde. Als alle nickten, ließ er Mystery antraben. Locker ging Karfunkel neben ihm her über die alte steinerne Brücke des Schlosshofs, gefolgt von den anderen. Das zweite Pärchen, Kiki und Patrick, ritt ebenso selbstverständlich Seite an Seite vom Hof, obwohl Patricks Snorri, ein kleiner, braun gescheckter Isländer, optisch nicht so ganz zu Kikis großrahmigem Dunkelbraunen Torphy passte. Aber die beiden Wallache mochten sich, und ihre Reiter störten sich nicht an dem Größenunterschied ihrer Pferde.

Auch das Schlusslicht der Abteilung harmonierte nicht ganz. Bente saß schulmäßig und sehr aufrecht im Sattel ihrer Holsteinerin Flippi, während Karlchen auf Schnutes breitem Rücken herumlümmelte wie auf einem alten Sofa. »Hach, ich liebe den Herbst«, seufzte sie, während sie einen zerquetschten Schokoriegel aus den Tiefen ihrer ausgebeulten Reithose zog. Sie legte Schnute die Zügel auf den Hals, packte beide Beine bequem nach vorne auf die Sattelpauschen und wickelte seelenruhig die Schokolade aus. »Willst du mal beißen?«, fragte sie freundlich. Bente wusste nicht, ob sie gemeint war oder Schnute, und schüttelte vorsichtshalber den Kopf. »Diese Farben«, fuhr Karlchen fort. Mit einer Hand machte sie eine weit ausholende Geste. »Gold, Rot, Braun in allen Schattierungen. Wie gemalt, findest du nicht?« Bente nickte.

»Ich wusste gar nicht, dass du eine künstlerische Ader hast«, stichelte sie.

»Hab ich auch nicht«, erwiderte Karlchen gutmütig. »Mir gefällt's einfach.«

»Wahrscheinlich bist du ein Herbsttyp«, mutmaßte Bente. Sie klopfte Flippi den Hals. Die Stute ging eifrig vorwärts und prustete zufrieden. Wie immer, wenn Bente mit Flippi zusammen war, fühlte sie sich herrlich ruhig und entspannt.

»Möglicherweise.« Karlchen zerknüllte das Schokopapier,

stopfte es zurück in die Hosentasche und nahm die Zügel wieder in die Hände. »Hast du eigentlich inzwischen herausgefunden, welche Talente deine Brüder besitzen, dass sie Stipendien für Lindental bekommen haben?«

»Ja, hab ich«, gab Bente zähneknirschend zu. »Ich hab gestern Abend mit meiner Oma telefoniert und sie hat es mir brühwarm erzählt, für den Fall, dass ich es nicht wüsste.« Sie hob den Kopf und blinzelte in die wärmenden Sonnenstrahlen. »So wie's aussieht, ist Benjamin das totale Sport-Ass. In den letzten Jahren hat er bei den Bundesjugendspielen immer überdurchschnittlich gut abgeschnitten. Auf die Ehrenurkunden vom Bundespräsidenten ist er total stolz, das hat meine Oma ausdrücklich betont. Und Bastian spielt so gut Trompete, dass er die Aufnahmeprüfung für das Schulorchester mit links bestanden hat.«

»Wow! Ein Musiker und ein Leichtathlet.« Karlchen war beeindruckt. »Komisch, dass du in dieser Hinsicht überhaupt kein bisschen begabt bist. Meistens liegt so was doch in der Familie.«

Bente warf ihr einen belustigten Blick zu. »Danke, Karlchen, du bist echt nett. Aber im Ernst«, sagte sie, »dass Benjamin ein guter Sportler ist, wusste ich natürlich. Aber so gut? Nee. Und Bastian mit seinem Trompetengepuste … Soweit ich mich erinnere, kam bis vor Kurzem nur Gequietsche aus dem malträtierten Instrument. Die beiden müssen wirklich enorme Fortschritte gemacht haben.«

»Siehste«, meinte Karlchen. »Bestimmt sind deine Befürchtungen absolut unbegründet. Benjamin und Bastian scheinen ganz normale Menschen zu sein.«

»Wir werden sehen«, seufzte Bente. »Wir werden sehen …«

Die Abteilung hatte das weitläufige Schlossgelände verlassen und war in einen breiten Feldweg abgebogen. Links und rechts des Weges breiteten sich abgeerntete Stoppelfelder bis zum Horizont aus. Es roch nach frischer Erde. Daniel drehte sich im Sattel um und gab das Zeichen zum Galopp. Der Boden war schwer und feucht. Die beschlagenen Pferdehufe schleuderten dicke Lehmbrocken zur Seite.

»Jipiieh!«, jubelte Karlchen, als Schnute unter ihr ein paar fröhliche Buckler machte. Um ein Haar wäre sie aus dem Sattel ihres Norwegers gerutscht, aber sie fing sich schnell wieder und rappelte sich lachend hoch. Ihr Gesicht strahlte. Für sie stand fest, dass es nichts Herrlicheres gab als so einen ungestümen Galopp über herbstliche Stoppelfelder – abgesehen vielleicht von einem Ritt am Strand.

Schon bald waren die jungen Reiterinnen und Reiter außer Atem. Die Pferde galoppierten kraftvoll weiter, aber schließlich verlangsamten sie von sich aus das Tempo und fielen in einen leichten Trab. Patricks Snorri schlug den für Islandpferde typischen Tölt ein und schien neben den anderen Pferden zu schweben. Beeindruckt sah Kiki zu den beiden hinüber.

»Was ist?«, fragte Patrick, der Kikis Seitenblick bemerkt hatte. »Willst du auch mal?« Er parierte Snorri durch und brachte ihn zum Stehen. Auch die anderen hielten ihre Pferde an. »Los«, forderte Patrick seine Freundin auf, »lass uns tauschen!«

Kiki zögerte. Sie hatte schon ein paar Mal versucht, Snorri im Tölt zu reiten. Jedes Mal hatte sie sich schrecklich blamiert. Und jetzt? Hier? Vor den anderen? Sie atmete tief durch und ließ sich von Torphys Rücken gleiten. »Aber nicht lachen, ja?«, sagte sie streng in die Runde.

Karlchen und Bente grinsten, aber als sie Kikis vernichtenden Blick auffingen, ließen sie ihre Mienen zu Stein erstarren. Karlchen bekam vor Anstrengung rote Ohren.

»Du kannst es«, war Patrick überzeugt, als er und Kiki die Zügel ihrer Pferde tauschten. »Ich weiß es.«

Kiki warf ihm einen zweifelnden Blick zu und kletterte auf Snorris Rücken. Patricks Steigbügel waren ihr viel zu lang und sie schnallte sie ein paar Loch kürzer. »Okay«, murmelte sie, als sie die Zügel aufnahm und sich zurechtsetzte. »Dann wollen wir mal!«

Patrick ging zu Torphy und klopfte ihm den Hals. »Wow, bist du groß«, sagte er, während er aufsaß. »So eine Reithöhe bin ich gar nicht mehr gewöhnt. Hoffentlich wird mir nicht schwindlig.«

Die Abteilung trabte an. Kiki versuchte, sich an alles zu erinnern, was Patrick ihr über das Tölten erzählt hatte: Setz dich tief in den Sattel, nimm die Hände hoch und halte mit den Zügeln locker Verbindung zum Pferdemaul. Dann schnalzte sie leise. »Hopp, Snorri«, sagte sie zu dem Schecken. »Komm, Süßer.«

Ob es an der freundlichen Aufforderung lag oder daran, dass Snorri plötzlich Lust hatte zu tölten, Kiki wusste es nicht. Auf einmal hatte sie das Gefühl, als würde sie auf einer Wolke sitzen. Keine Spur mehr von harten Trabtritten und Stößen in den Rücken. Snorri flog, und zwar in atemberaubendem Tempo. Kiki saß ganz ruhig auf seinem Rücken und war bemüht, ihn so wenig wie möglich zu stören. Ihre langen schwarzen Haare flatterten im Wind. »Ich hab's geschafft!«, fuhr es ihr durch den Kopf. »Ich hab's tatsächlich geschafft!«

Patrick ließ Torphy an Snorris Seite traben und lachte sie an. »Und?«, rief er. »Wie ist es?«

»Unbeschreiblich!«, rief Kiki zurück. Sie warf ihm ein strahlendes Lächeln zu. »Wie im siebten Himmel!«

Snorri wechselte vom Tölt in einen wiegenden Galopp und schließlich in den Trab. Kiki war enttäuscht, aber sie vergaß nicht, das Pferd zu loben und sich zu bedanken. »Snorri, das war super!«, sagte sie ausgelassen und strubbelte dem Isländer durch die dicke Doppelmähne. »Vielen Dank!«

»Willst du ihn zurück zum Stall reiten«, fragte Patrick, »oder wollen wir wieder tauschen?«

»Wenn du nichts dagegen hast, reite ich ihn zurück«, erwiderte Kiki. »Kommst du mit Torphy klar?«

Patrick nickte begeistert. »Ja, er ist ein tolles Pferd. Ich würde ihn gerne mal im Springparcours ausprobieren.«

»Kein Problem!« Kiki hatte wegen ihres Tölt-Erfolgs glänzende Laune und war ausgesprochen großzügig mit ihrem Pferd, was sonst nicht unbedingt üblich war.

Beim Abendessen gab es für Kiki nur ein Thema. Ununterbrochen plapperte sie übers Tölten und wie toll das wäre, bis Rebecca schließlich genervt aufstöhnte.

»Kannst du vielleicht mal das Thema wechseln?«, flehte sie.

Kiki zog eine Schnute. »Ich wollte ja nur sagen, dass ...«

»Wir wissen, was du sagen wolltest«, antwortete Bente trocken, »aber spar dir das bitte bis zum morgigen Frühstück.

Rebecca sieht aus, als würde sie dich gleich abmurksen, wenn du noch ein einziges Mal das Wörtchen ›Tölt‹ erwähnst.«

»Das könnte durchaus sein«, erwiderte Rebecca und steckte ihre Nase in die unvermeidliche Formelsammlung. »Ich könnte mir allerdings auch ein breites Pflaster besorgen und ihr damit den Mund zukleben.«

»Witzig«, sagte Kiki, »wirklich witzig.« Sie schaute in die Runde und sah, dass alle lachten. »Okay, okay, ich werde das Wort mit ›T‹ nicht mehr erwähnen. Zumindest heute nicht mehr«, fügte sie hinzu und fiel in das Gelächter ein.

4

»Ich hasse diese Verkleidung!« Bente zupfte zum ungefähr hundertsten Mal am steifen Kragen ihrer Bluse und schimpfte laut. »Ich hasse sie!«

Die Freundinnen sahen ihr grinsend zu. Auch sie hatten ihre gewohnten Jeans und Pullis gegen weiße Blusen und dunkelblaue, kniekurze Faltenröcke ausgetauscht.

»Stell dich nicht so an«, meinte Rebecca. »Wir können froh sein, dass wir die Klamotten nicht jeden Tag anziehen müssen. In England ist es ganz normal, dass Internatsschüler Uniformen tragen.«

»Echt?« Bente machte ein entsetztes Gesicht. »Du meinst, die müssen jeden Tag so aufgetakelt rumlaufen?«

Rebecca nickte.

»Da bin ich aber erleichtert«, mischte sich Kiki ein, »dass wir uns hier nur zu besonderen Anlässen so fein machen müssen. Jeden Tag würde ich das nicht aushalten.«

Die anderen stimmten ihr zu. Heute wurden die neuen Unterstufenschüler feierlich in das Internat aufgenommen. Und da dies traditionell ein besonderer Anlass war, hatte Frau Dr. Paulus darum gebeten, dass die Schülerinnen und Schüler entsprechende Kleidung tragen sollten, was zwar sehr chic aussah, aber schrecklich unpraktisch war. Karlchen hatte sich gleich beim Frühstück mit Saft bekleckert und den Fleck nur mit größter Mühe und unter Frau Wuttigs Anleitung aus der gestärkten Bluse herausbekommen. Die Falten in Bentes Rock wirkten schon jetzt, am späten Vormittag, etwas mitgenommen und gequetscht, weil sie sich damit auf Rebeccas Bett gefläzt hatte. Jetzt drehte sie sich auf den Bauch und bewunderte ein beeindruckendes technisches Modell, das auf Rebeccas Schreibtisch am Fenster stand.

»Was soll das sein?«, erkundigte sie sich neugierig.

Rebecca hob den Blick. »Das? Ach, das ist das Modell einer mit Solarenergie betriebenen Rolltreppe mit Fußgängerunterführung und Gepäckförderband«, erklärte sie locker. »Ich werde es beim diesjährigen Jugend-forscht-Wettbewerb einreichen.«

»Wow!«, entfuhr es Karlchen. Sie ging näher an das fragile Gebilde heran und betrachtete es von allen Seiten. »Und das funktioniert?«

»Na klar.« Rebecca trat an den Schreibtisch und schob das Modell näher ans Fenster. Sofort setzte sich die Minaturrolltreppe mit einem leisen Ruck in Bewegung, in dem kleinen Tunnel aus Pappmaschee leuchteten Lämpchen auf.

Karlchen war begeistert. Sie hielt eine Hand über die Solarzellen, um ihnen das Licht zu nehmen. Sofort stoppte die Rolltreppe, die Lichter erloschen.

»Cool!«, meinte sie. »Ist schon irre, was man mit Sonnenenergie alles anfangen kann!«

»Allerdings«, erwiderte Rebecca und putzte ihre randlose Brille, um sie kurz darauf zurück auf die Nase zu schieben.

»In der Sonnen-, Wind- und Wasser-Energie liegt die Zukunft. Wir werden auf natürliche Ressourcen angewiesen sein.« Sie richtete die flachen Solarzellen etwas aus und betrachtete die Anordnung mit gerunzelter Stirn, als wäre sie noch nicht ganz zufrieden mit ihrem Werk.

Kiki rollte mit den Augen und seufzte. Sie teilte das Zimmer mit Rebecca und musste sich deren Ausführungen zur alternativen Energiegewinnung regelmäßig anhören.

»Und wo hast du die ganzen Teile her?« Auch Bente war neugierig geworden. Sie erhob sich vom zerwühlten Bett und richtete ihren Rock. Mit zusammengekniffenen Augen warf sie einen Blick in den Mini-Tunnel, in dem vier kleine Figürchen mit Gepäck aufgestellt waren.

»Aus Modellbaukästen«, antwortete Rebecca. »Ich hab mir ein paar Experimentierkästen besorgt, den Inhalt zusammengeworfen und mir rausgefischt, was ich brauchen konnte.« Sie machte eine Pause und schob den Aufbau wieder dahin, wo er vorher gestanden hatte. »So ein mit Solarenergie betriebener Fußgängertunnel mit Gepäckband und Rolltreppe könnte für die Bahn ziemlich interessant sein. Es gibt viele Bahnhöfe mit solchen Unterführungen und Förderbändern. Und alle laufen mit teurem Strom. Ich frag mich nur, warum?« Über ihre Brille hinweg sah sie die Freundinnen an.

Karlchen zuckte die Achseln. »Keine Ahnung«, gab sie zu. »Warum denn?«

»Ich weiß es auch nicht.« Rebecca seufzte. »Wo es Sonnenenergie doch praktisch umsonst gibt.«

»Aber wann scheint bei uns schon mal die Sonne?«, gab Bente zu bedenken.

»Kein Problem«, winkte Rebecca ab. »Solarzellen kommen mit ganz wenig Tageslicht aus. Auch bei bedecktem Himmel können sie noch genügend Energie tanken, um stundenlang problemlos zu laufen. Es ist falsch, zu glauben, dass Solarzellen ständig intensives Sonnenlicht brauchen.«

»Wahnsinn«, meinte Bente.

»Find ich auch.« Karlchen griff in eine geöffnete Gummibärchentüte auf der Fensterbank und angelte sich ein paar Bärchen, um sie gleich darauf im Mund verschwinden zu lassen. »Und?«, wandte sie sich kauend an Bente. »Wann kommt der süße Bommel?« Sie machte kein Geheimnis daraus, dass sie sich mehr für das neue Pony interessierte als für die neuen Schüler.

»Heute Nachmittag kommt der Transporter. Ein Nachbar meiner Großeltern hat sich angeboten, Bommel herzubringen«, antwortete Bente. »Benjamin und Bastian können ihn ja schlecht zum Festakt in die Aula mitnehmen. Obwohl das wahrscheinlich ihr sehnlichster Wunsch wäre.«

In diesem Moment klopfte es an der Tür und ein Junge steckte seinen Kopf ins Zimmer. Auch er war festlich gekleidet und seinen kunstvoll an den Kopf geklebten Haaren konnte man ansehen, dass er sie mit jeder Menge Gel geglättet haben musste.

»Post für dich, Bente.« Er wedelte mit zwei Briefumschlägen.

»Hey, Sven, hast du einen neuen Job als Hauspostbote?«, fragte Kiki belustigt. »Oder gehört das zum Aufgabenbereich eines Schülervertreters?«

Sven bekam rote Ohren. Sein Blick schweifte unsicher

durchs Zimmer und blieb an Bente hängen. »Dein Postfach ist genau neben meinem«, beeilte er sich zu erklären, »da dachte ich ...«

»Schon gut, Sven«, sagte Bente freundlich. Sie nahm ihm die Briefe aus der Hand. »Nett von dir, danke.«

»Gern geschehen.« Sven blieb abwartend in der Tür stehen.

»Ist noch was?« Karlchen grinste. »Möchtest du uns die Post vielleicht vorlesen?«

»Ähm, nein, natürlich nicht«, stammelte Sven hastig. Er trat einen Schritt zurück, schob seinen Kopf noch einmal durch den Türspalt. »Wir sehen uns dann später.«

»Klar, Sven, man sieht sich«, erwiderte Bente. »Und vielen Dank noch mal!« Während Sven die Tür hinter sich schloss, öffnete sie den ersten Umschlag und überflog den kurzen Brief. Er war von Laura und enthielt ein paar Fotos von Arkansas, Lauras Westfalen Hengst. Lächelnd schob Bente den Brief und die Fotos zurück in den Umschlag und widmete ihre Aufmerksamkeit dem zweiten Brief. Sie drehte ihn hin und her, betrachtete ihn nachdenklich von allen Seiten und achtete gar nicht mehr auf ihre Freundinnen, die nach wie vor kicherten und sich über Svens Auftritt amüsierten.

»Habt ihr gesehen, wie der sie angehimmelt hat?«, prustete Karlchen. »Mann, ist der verschossen!«

»Ja, richtig niedlich«, lachte Kiki. »Sogar rot ist er geworden.«

»Ach, Bente, wann erhörst du den Kleinen endlich?« Rebecca kicherte und wischte sich mit dem Handrücken eine Lachträne von der Wange.

»Hey, Mädels ...«, sagte Bente langsam, »ich will ja nicht stören, aber dieser Brief hier ...«

Kiki sah die Freundin an. »Was ist damit?«

»Ja, was ist damit? Warum machst du ihn nicht auf?«, fragte Rebecca.

»Er ist von der Firma Goldschweif«, sagte Bente und schluckte, »dieser Futtermittelfirma, ihr wisst doch.«

»Och, wahrscheinlich nur Reklame.« Karlchen machte eine wegwerfende Handbewegung und nahm sich noch eine Handvoll Gummibärchen. Als sie die gespannten Gesichter der anderen bemerkte, vergaß sie allerdings zu kauen.

»Mensch, Bente, vielleicht hast du beim Preisausschreiben gewonnen!«, stieß Rebecca hervor.

Karlchen blies die Backen auf und schluckte die Gummibärchen runter. Mit großen Augen starrte sie auf den unschuldigen Briefumschlag. »Glaubst du echt?«, fragte sie.

Rebecca zog nur eine Augenbraue hoch, sagte aber nichts.

»Nun mach endlich auf!«, verlangte Kiki. »Los, Bente!«

Die Freundinnen traten näher heran und lugten über Bentes Schulter, die den Umschlag im Zeitlupentempo öffnete und ihm einen zusammengefalteten Brief entnahm.

»Lies vor«, flüsterte Kiki.

Im Zimmer war es ganz still. Die vier Mädchen hielten den Atem an.

»›Sehr geehrte Frau Brandstätter‹«, fing Bente an zu lesen, »›wir freuen uns, Ihnen mitteilen zu dürfen ...‹« Sie brach ab und schnappte nach Luft. Kiki riss ihr den Brief aus der Hand und las weiter: »›... dass Sie in unserem Preisausschreiben den ersten Preis gewonnen haben.‹ Bente!«, schrie Kiki. »Du hast gewonnen! Den ersten Preis!« Sie schlug Bente mit der flachen Hand auf die Schulter. »Wahnsinn!«

»Einhundertzweiundachtzig Kilogramm Pferdemüsli der Firma Goldschweif!« Rebecca hatte den Brief an sich genommen und studierte ihn aufmerksam. »Wow!«, sagte sie. »Ich bin beeindruckt. Du hast den Jahresvorrat Pferdemüsli gewonnen. Das ist der Hauptpreis, hier steht es schwarz auf weiß. Ich gratuliere.« Förmlich schüttelte sie der verdatterten Freundin die Hand und verbeugte sich dabei sogar ansatzweise.

»Manno«, murmelte Bente. »Ich fass es nicht. Wenn Laura das erfährt ... das glaubt die nie!«

Karlchen machte einen Luftsprung und fiel ihr um den Hals. »Aber ich glaub's!«, jubelte sie. »Ich hab's die ganze Zeit gewusst! Du bist ein Champion!«

»Aber das kann nicht sein«, stotterte die mehr fassungslose als glückliche Gewinnerin. »Das kann echt nicht wahr sein ...«

»Mensch, Bente! Einhundertzweiundachtzig Kilo bestes Goldschweif-Müsli!« Kiki gab Bente im Überschwang der Gefühle einen Kuss auf die Wange.

»Einhundertzweiundachtzig Kilo«, wiederholte Bente tonlos. Sie machte ein ziemlich dummes Gesicht.

»Ist das viel?«, fragte Karlchen fröhlich. Sie stand mit den Mengen- und Maßangaben ein wenig auf Kriegsfuß und hatte keine Vorstellung vom Umfang des Gewinns.

Rebecca rückte ihre Brille zurecht. »Ja, Karlchen, das ist viel, sehr viel sogar.«

»Das entspricht dreihundertvierundsechzig Pfund«, rechnete Kiki vor. »Ein rundes Pfund pro Tag.«

»Genau die empfohlene Tagesmenge für ein durchschnittlich großes Pferd«, murmelte Bente. »So stand es in der Anzeige in der Reiterzeitschrift: Ein Pfund pro Tag pro Pferd«, zitierte sie.

»Junge, Junge«, grinste Karlchen, »das ist echt nicht gerade wenig. Und wann wird das Zeug geliefert? Ich mein, da muss doch ein Riesenlaster kommen, oder nicht?«

»Momentchen.« Rebecca überflog den Brief. »Hier steht, dass die Firma Goldschweif in den nächsten Tagen eine Spedition mit der Lieferung beauftragt. Der Gewinner hat dafür Sorge zu tragen, dass ausreichend Platz in der Futterkammer oder einem ähnlich geeigneten Lagerraum zur Verfügung steht, damit die Zustellung der Gesamtmenge reibungslos vonstattengehen kann und nicht behindert wird.«

»Was soll das denn heißen?« Karlchen zog die Nase kraus.

»Das bedeutet, dass eine Spedition demnächst fast vierhundert Pfund Pferdefutter hier abkippt«, erklärte Kiki. »Und zwar alles auf einmal.«

Die Mädchen starrten sich sprachlos an.

»Wow«, entfuhr es Rebecca schließlich. »Bente, du musst sofort mit Herrn Much sprechen. Du wirst mindestens die halbe Futterkammer brauchen.«

»Hilfe!«, sagte Bente nur und in ihren Augen spiegelte sich Ratlosigkeit.

»Mach dir keine Sorgen.« Kiki legte einen Arm um sie. »Das kriegen wir schon hin. Ich rede mal mit Patrick, ja?« Bente nickte schwach.

»Hey, sag mal, freust du dich denn gar nicht?«, wollte Karlchen wissen.

»Doch«, sagte Bente nach kurzem Zögern. »Und wie! Ich hab nur irgendwie das Gefühl zu träumen. Und gleich wach ich auf und …«

Ein melodisches Läuten erklang aus den Lautsprechern im Flur.

»Das ist der Aufruf zur Feier«, sagte Rebecca. »Wir müssen in die Aula. Jetzt wird es festlich.«

»Oh Mann, das ist zu viel«, stöhnte Bente. »Meine missratenen Brüder im Internat, dazu der ungezogene Bommel«, sie hielt eine Hand in die Luft und zählte ihren Verdruss an den Fingern ab, »die Vorbereitungen für Halloween und jetzt auch noch Pferdemüsli in ungeahnten Mengen! Wie soll ich das alles auf die Reihe bekommen?«

Kiki lachte. »Nun krieg dich mal wieder ein«, meinte sie leichthin, während sie die Zimmertür öffnete und die Freundinnen hindurchließ. »Für deine Brüder bist du nicht haftbar, ihr Haflinger wird schon nicht so schlimm sein, bis Halloween haben wir noch eine Menge Zeit, und was das Futter angeht, finden wir bestimmt auch eine Lösung.«

»Genau«, sagte Karlchen energisch. »Nun freu dich mal!«

Bente verzog das Gesicht zu einer schiefen Grimasse, die ein freudiges Lächeln darstellen sollte, und rollte mit den Augen.

»Und außerdem hast du uns, deine besten Freundinnen.« Rebecca schob sie auf den Flur und schloss energisch die Tür. »Wir lassen dich schon nicht im Stich, keine Panik.«

5

Bentes Freundinnen sollten schon wenige Tage später feststellen, wie falsch sie mit ihrem Optimismus lagen. Sie fanden Benjamin und Bastian zwar niedlich, bekamen aber rasch zu spüren, wie anstrengend sie sein konnten. Alle paar Minuten kreuzten sie im Doppelpack auf, stellten Fragen, verlangten Süßigkeiten oder nervten ihre große Schwester mit Beschwerden über das Schulessen oder blöde Lehrer.

»Ich halt das nicht mehr aus!«, rief Bente, als zuerst Benjamin und fünf Minuten später Bastian in ihrem und Karlchens Zimmer auftauchten und Hilfe bei den Hausaufgaben verlangten. »Verschwindet und lasst mich in Ruhe! Seht ihr nicht, dass ich selber zu tun habe?«

Bente und Karlchen saßen an ihren Schreibtischen und brüteten über englischer Grammatik. Karlchen schaute von ihrem Buch auf und lächelte die Zwillinge freundlich an.

»Wisst ihr«, sagte sie in einem versöhnlichen Ton, »wir schreiben morgen in den ersten beiden Stunden eine Englischarbeit. Dafür müssen wir noch eine Menge lernen.«

Benjamin ließ sich auf Bentes Bett plumpsen und verschränkte die Arme hinter dem Kopf. »Können wir wenigstens hier warten, bis ihr fertig seid?«, fragte er.

Bastian warf sich auf das andere Bett. »Ja, cool«, sagte er. »Dieser Aufenthaltsraum für die Unterstufe ist ja so was von krass ... jeder Bahnhof ist gemütlicher!« Er stopfte sich ein Kissen in den Rücken und grinste Karlchen an. »Hast du was zu naschen? In Dänemark gibt's doch so super Weingummi und salziges Lakritz.«

Karlchen stand auf und ging an ihr Nachtschränkchen. »Zieh wenigstens die Schuhe aus, wenn du dich schon auf mein Bett legst«, bat sie seufzend. »Hier«, sie holte eine angebrochene Tüte Weingummi aus dem Schränkchen, »aber teilen!« Sie warf Bastian die Tüte auf den Bauch, worauf Benjamin sich sofort mit Indianergeheul auf ihn stürzte und versuchte, ihm die Süßigkeiten zu entreißen. »Ich hab gesagt, ihr sollt teilen!«, schimpfte Karlchen und drohte mit dem Zeigefinger.

»Und ich hab gesagt, ihr sollt die Klappe halten!«, mischte sich Bente ein. »Ein Wort noch, und ihr fliegt achtkantig raus und habt Zimmerverbot bis ans Ende des Universums, kapiert?«

»Jaja«, grinste Benjamin. »Alles klar, Schwester.«

»Wir werden schweigen wie ein Grab«, flüsterte Bastian. Er zog sich Karlchens Schlafanzugoberteil über den Kopf, das er unter dem Kissen hervorgezogen hatte, und jaulte schauerlich wie ein Schlossgespenst.

Karlchen und Bente warfen sich einen Blick zu. Gegen ihren Willen musste Bente grinsen. »Sind halt noch Fohlen«, meinte sie und widmete sich wieder ihren Studien. »Was will man da erwarten?«

»Kommt schnell!« Die Zimmertür wurde aufgerissen. Kiki

stürzte mit hochrotem Kopf herein. »Bommel hat Schnute gebissen und Snorri getreten! Er hat die ganze Ponyherde aufgemischt!«

Karlchen sprang sofort auf. »Snude?«, rief sie. »Ist ihm was passiert?«

Auch Bente stand auf. Ihre Brüder ließen die Weingummis fallen und hüpften von den Betten. Alle starrten Kiki an.

»Nee, ist wohl nicht so schlimm«, versuchte Kiki die Freundin zu beruhigen. »Aber du sollst es dir trotzdem anschauen, hat Patrick gesagt. Außerdem braucht er Hilfe.«

Die Mädchen rannten die breite Treppe hinunter, dicht gefolgt von den Zwillingen, stürmten aus dem Schloss und liefen quer über den Hof in Richtung Ponyweide.

»Armer Bommel«, stieß Benjamin hervor. »Bestimmt haben die anderen Ponys ihn geärgert!«

»Er wollte sich bestimmt nur wehren!«, schloss Bastian sich der Meinung des Bruders an.

»Ihr seid jetzt ruhig, klar?« Bente blieb kurz stehen und funkelte die Jungs an. »Schlimm genug, dass ihr mein geregeltes Leben durcheinanderbringt. Muss jetzt auch noch euer verzogenes Pony Unruhe stiften?«

Benjamin und Bastian zogen die Köpfe ein und trabten ohne ein weiteres Wort hinter ihrer Schwester her. Karlchen und Kiki waren bereits an der Koppel angelangt und kletterten über das Gatter. Mit ausgestreckten Händen, beruhigende Worte murmelnd, gingen sie auf die Ponys zu, die aufgescheucht und nervös schnaubend am Zaun hin und her liefen.

Patrick und Maximilian Much, der Stallmeister von Lindental, standen etwas abseits bei Schnute und Snorri und untersuchten sie. Bente sah, dass Bommel, der Übeltäter, allein am äußersten Ende der Koppel stand. Der rotbraune Haflinger spielte unruhig mit den Ohren und wedelte mit dem blonden Schweif.

»Benjamin, Bastian, ihr geht zu Bommel«, ordnete sie an. »Haltet ihn von den anderen fern, bevor er noch mehr anrichtet.«

Benjamin verzog maulend das Gesicht, sagte aber nichts. Mit seinem Zwillingsbruder im Schlepptau spazierte er zu ihrem Pony. Bente ging auf die anderen zu. Karlchen stand dicht neben Schnute und rieb ihm sanft die Stirn unter der wolligen Mähne.

»Ist ja gut, mein Dickie«, raunte sie ihm ins Ohr. »Keiner tut dir was.« Schnute rieb seinen Kopf vertrauensvoll an Karlchen und prustete.

»Was hat er denn?«, erkundigte sich Bente vorsichtig. »Ist er verletzt?«

Max Much richtete sich auf. Er schob seine verbeulte Schirmmütze aus der Stirn und kratzte sich nachdenklich am Kopf. »An der Hinterhand hat der Teufel ihn erwischt«, brummte er. »Zu sehen ist nichts, aber eine schöne Prellung wird er haben.« Er strich Schnute vorsichtig über die Kruppe und ließ die Hand tiefer gleiten. Sofort hob der Norweger den Huf und schnaubte warnend. »Ist ja gut«, murmelte der alte Stallmeister und wandte sich an Karlchen: »Ich geb dir eine Salbe und was zum Kühlen. In ein paar Tagen ist er wieder ganz der Alte.«

Karlchen nickte. Sie kraulte ihr Pony und wirkte sehr besorgt. »Ist es echt nicht schlimm? Muss der Tierarzt denn nicht kommen und sich das genauer angucken?«

»Nein, mach dir keine Sorgen«, erwiderte der Stallmeister. »Dein Schnute hat kräftig zurückgeschnappt. Der kann sich wehren.« Er klopfte dem Fjordpferd den Rücken. »So was passiert, wenn ein neues Pony in die Herde kommt. Das ist ganz normal. Erst mal muss die Rangfolge geklärt werden. Und dieser Bommel«, er deutete mit dem Finger auf den Haflinger, der von seinen Besitzern in sicherer Entfernung mit Löwenzahnblättern gefüttert wurde, »der wollte sich wohl als Anführer aufspielen.«

»Und was ist mit Snorri?«, fragte Bente. »Hat er viel abbekommen?«

»Nee, zum Glück nicht.« Patrick hob den Kopf. Er führte Snorri ein paar Mal am Halfter auf und ab und blieb schließlich bei der Gruppe stehen. »Bommel hat ihn kräftig getreten, aber Max hat recht: So was passiert, wenn ein Neuer auftaucht. Das lässt sich nicht verhindern.«

»Es sei denn, man trennt den Neuen von der Herde«, meinte Bente und musterte die Freunde der Reihe nach. »Wäre es nicht besser, Bommel aus der Herde zu nehmen, bevor er noch mehr Unheil anrichtet?«

Patrick und Max schüttelten einhellig die Köpfe.

»Nein, das wäre ganz falsch«, erwiderte der junge Pferdewirt. »Pferde arrangieren sich ziemlich schnell. Kann sein, dass Bommel noch einige Zeit der Außenseiter und Unruhestifter sein wird, aber früher oder später wird er seinen Platz in der Herde finden, da bin ich mir sicher.«

Max nickte zustimmend.

Kiki wies mit dem Finger ans andere Ende der Koppel, von wo aus sich mit betretenen Gesichtern die Zwillinge näherten. Von Bommel sah man nur das runde Hinterteil. Der Wallach hatte sich umgedreht und tat so, als ginge ihn die ganze Sache überhaupt nichts an.

»Wir wollten uns, ähm, entschuldigen.« Bastian stand vor Karlchen und vergrub die Hände tief in den Taschen seiner Jeans. »Wegen Bommel und so.«

»Ja, genau«, sagte Benjamin. Sein Gesicht war von unzähligen Sommersprossen übersät, das einzige Merkmal, das ihn von seinem Bruder unterschied. »Es tut ihm leid. Er hat uns versprochen, dass er sich in Zukunft benimmt.«

Bente sah, dass die beiden blass geworden waren, und hatte plötzlich Mitleid mit ihren Brüdern. »Okay«, sagte sie. »Es ist ja zum Glück noch mal alles gut gegangen. Schnute und Snorri sind in Ordnung.«

Die Jungs atmeten auf. Karlchen strubbelte Benjamin mit der Hand durchs Haar. »Am besten, wir vergessen den Ärger«, sagte sie lächelnd.

»Auch Snorri verzeiht eurem Bommel großherzig«, mischte sich Patrick ein. »Obwohl …«

Benjamin und Bastian zuckten zusammen und starrten den großen Jungen an. »Obwohl was?«, fragte Benjamin kleinlaut.

Patrick machte ein finsteres Gesicht. »Ich werde Snorri ein paar Tage nicht reiten können«, seufzte er, »und das ist etwas, was mir absolut nicht behagt. Es sei denn …«

»Es sei denn was?«, fragte Bastian.

»Es sei denn, ihr leiht mir solange euren Bommel!« Patrick schlug den Zwillingen freundschaftlich auf die Schultern.

»Klar, machen wir!«, riefen die beiden wie aus einem Munde.

»Dann ist ja alles klar«, sagte Patrick zufrieden. »Bommel gehört mir, bis Snorri wieder ganz fit ist.« Er zwinkerte Kiki zu. Sie wusste genau, dass ihr Freund es nicht ernst meinte, aber sie fand es gut, dass Benjamin und Bastian etwas zum Nachdenken hatten. Obwohl, so wie Patrick und Max es geschildert hatten, trugen die jungen Besitzer gar keine Verantwortung für das schlechte Benehmen ihres Ponys. »Du, Patrick«, mischte sie sich ein, »ich finde, ein Proberitt auf Bommel genügt, oder? Du willst den armen Jungs doch wohl nicht ihr Pony wegnehmen!«

»Zumal sie es sich ohnehin schon teilen müssen«, gab Max Much zu bedenken.

»Das find ich aber auch«, sagte Karlchen empört. »Wo die Kleinen ihren Bommel so lieb haben!«

Bente zog die Augenbrauen hoch, hielt sich aber zurück.

Patrick hob beide Hände und grinste. »Abgemacht: ein Proberitt auf Bommel für mich. Nicht mehr und nicht weniger. Einverstanden?« Er gab zuerst Benjamin und anschließend Bastian die Hand und besiegelte die Vereinbarung.

»Gut, dann gehen wir jetzt in den Stall und holen die Salbe für die Ponys«, sagte Maximilian. »Und wir beide«, wandte er sich an Bente, »gucken mal, wo wir dein Futter unterbringen. Patrick hat mir davon erzählt.«

»Mensch, Herr Much, wenn wir Sie nicht hätten!« Bente strahlte übers ganze Gesicht. »Sie sind der beste Stallmeister der Welt. Aber meinen Sie wirklich, Sie haben Platz für so viel Pferdemüsli?«, fügte sie unsicher hinzu.

Max Much kratzte sich erneut am Kopf und drehte sich um. »Wir werden sehen«, brummelte er und stapfte schon davon.

Während Patrick, Kiki und Karlchen unter den interessierten Blicken der Zwillinge die verletzten Ponys mit Kühlpackungen und Salbe versorgten, umrundete Bente mit Max Much ein ums andere Mal die weitläufigen Stallungen des Reitinternats. Sie hatte Mühe, den langen Schritten des Stallmeisters zu folgen. Ab und zu blieb er stehen, betrachtete scheinbar gedankenverloren die große Scheune und andere Gebäude, schüttelte den Kopf und ging leise vor sich hin brabbelnd weiter.

Bente schwieg die ganze Zeit über. Herr Much schien schwer über etwas nachzudenken – klar, wo sollte er mit runden zweihundert Kilo zusätzlichem Futter hin? – und sie wollte ihn dabei so wenig wie möglich stören. Es ging schließlich um ihr Futter. Sie fand es wirklich großzügig, dass man ihr einen Platz dafür zur Verfügung stellen wollte. Im Internat freuten sich alle über ihren Gewinn. Frau Dr. Paulus hatte ihr höchstpersönlich gratuliert und Benjamin und Bastian waren der festen Überzeugung, dass ihre Schwester nun eine Berühmtheit sei und ganz sicher bald in die Zeitung käme. Bente war der ganze Trubel um ihre Person ziemlich peinlich. Sie stand nicht gern im Rampenlicht. Aber dass sie als Gewinnerin eines Preisausschreibens – noch dazu in dieser Größenordnung – einiges Aufsehen erregte, ließ sich nicht ganz vermeiden. Sie hatte schon überlegt, das Pferdemüsli auf den Auenhof umzuleiten. Laura und ihr Reitclub würden sich bestimmt über die Futterspende für ihre Pferde freuen. Auch an das örtliche Tierheim hatte Bente gedacht. Immerhin war sie die Vorsitzende der Tierschutzjugendgruppe. Aber Karlchen hatte sich an die Stirn getippt und gesagt: »Spinnst du? Auf dem Auenhof gibt's genug Futter. Und das Tierheim hat keine Pferde. Oder willst du Hunde und Katzen mit dem Zeug füttern?« Also hatte Bente den Gedanken schnell wieder verworfen. Sie freute sich ja auch über den Gewinn, sehr sogar, sonst hätte sie gar nicht erst bei dem Preisausschreiben mitgemacht. Trotzdem, sie hatte noch nie zuvor etwas gewonnen, nicht mal einen Kugelschreiber bei einer Tombola. Es kam ihr irgendwie komisch vor und sie hatte Schwierigkeiten, ihre Freude richtig zu zeigen. Blöd war das, fand Bente, aber sie konnte es nicht ändern. Außerdem: Vielleicht hatte die ganze Sache einen Haken? Vielleicht war sie auf einen Werbegag reingefallen und bis auf den Brief würde sie nie wieder etwas von der Firma Goldschweif hören? Laura hatte ihr am Telefon erzählt, dass so was ständig in der Zeitung stand. Bente schüttelte den Kopf und verscheuchte die verqueren Gedanken, während sie weiter hinter Maximilian Much hertrottete, um ein geeignetes Plätzchen für das Pferdemüsli zu finden. Falls sie es denn jemals bekommen würde ...

Wenig später erreichten sie die Futterkammer des Stutenstalls. Bente sah sich um. Entlang der Wände standen mehrere große Holzkisten, die, wie sie wusste, Hafer und Kraftfutter enthielten. Herr Much blieb in der Mitte des Raums stehen und rieb sich die Nase.

»Wie viel Kilo, sagtest du?«, wollte er wissen.
»Genau einhundertzweiundachtzig«, erwiderte Bente.

»Hm«, machte der Stallmeister. »Dafür brauchst du zwei große Kisten.« Er schritt die Wände ab und musterte die Futterbehälter der Reihe nach. In einer Ecke blieb er schließlich stehen. Mit der flachen Hand auf eine etwas morsch aussehende Kiste klopfend, wandte er sich um. »Die hier kannst du haben. Die ist leer.« Er lüftete den Deckel und warf einen Blick hinein, dann öffnete er auch die daneben stehende Kiste. »Hier ist auch nicht mehr viel drin. Du kannst den Rest Hafer in den Futterwagen schippen.« Er guckte Bente freundlich an. »Einverstanden?«

Bente zögerte. »Zwei große Futterkisten? Geht das denn?«

Der Stallmeister nickte. »Klar geht das«, erwiderte er bestimmt. »Wie gesagt: Du musst den restlichen Hafer umfüllen und die Kisten anständig sauber machen. Dann kannst du sie von mir aus haben.«

»Aber ich kann nichts dafür bezahlen«, wandte Bente ein. »Ich meine, Miete oder Pacht oder so. Ich krieg leider nicht sehr viel Taschengeld von meinen Großeltern«, fügte sie etwas leiser hinzu.

Der Stallmeister schmunzelte. »Dann hilfst du mir eben ein Mal mehr im Stall und bei den Pferden.« Für ihn war die Sache erledigt. Er reichte Bente Eimer und Schaufel. »Umfüllen«, grummelte er, »und sauber machen.« Dann drehte er sich um und ließ Bente allein.

»Danke!«, konnte Bente ihm gerade noch hinterherrufen, dann stand sie ratlos in der Futterkammer, in der einen Hand die Schaufel und in der anderen den Eimer.

»Mensch«, sagte sie schließlich zu sich selbst, »ist das klasse! Zwei ganze Futterkisten für Flippi!«

Eifrig machte sie sich ans Werk. Mit der Schaufel füllte sie den Hafer aus der Kiste in den Eimer und vom Eimer in den großen Futterwagen. Nachdem sie das ein paar Mal wiederholt hatte, schnappte sie sich Schmutzschaufel und Handfeger und kletterte kurzerhand in eine der Kisten hinein, um sie gründlich von Staub, Spelzen und Spinnenweben zu befreien.

Als beide Kisten bis in die kleinste Ritze sauber waren, stand Bente, die Hände in die Hüften gestemmt, zufrieden davor und betrachtete stolz ihr Werk. Eine dunkle Stimme ließ sie herumfahren.

»Das passt ja gut. Ich glaub, du wirst die Futterkisten bald brauchen.« Es war Daniel. Neben ihm stand Rebecca und grinste.

»Wo kommt ihr denn her?« Bente wischte sich eine Haarsträhne aus dem Gesicht und nieste heftig. »Verdammter Staub …«, schniefte sie.

»Gesundheit«, lachte Rebecca. »Du siehst richtig klasse aus! Ich schätze, der Schmutz, der sich vorher auf dem Grund der Kisten befand, klebt jetzt an dir!«

»Och, ich wollte heute Abend sowieso duschen«, gab Bente gleichmütig zurück. »Also? Wo habt ihr gesteckt? Ich hab euch den ganzen Nachmittag nicht gesehen.«

»Wir waren in der Stadt«, antwortete Rebecca geheimnisvoll. »Genauer gesagt, auf der Post.« Sie machte eine Pause und warf ihrem Freund einen Blick zu.

»Wir haben Rebeccas Solar-Modell auf die Reise geschickt«, erklärte Daniel mit stolzer Miene. »Es ist gut verpackt auf dem Weg zur Jugend-forscht-Jury.«

»Cool!« Bente wischte sich die Hände an ihrer Jeans ab. »Ich drück dir die Daumen.« Sie wandte sich fragend an Daniel: »Und was hast du eben gemeint, von wegen, dass ich die Futterkisten bald brauchen würde?«

»Na ja, als wir aus dem Bus stiegen, hat uns ein großer Getreidelaster überholt.« Daniel schmunzelte. »Sah aus, als wollte er direkt nach Lindental.«

»Was?«, entfuhr es Bente. »Du meinst ...«

»Um es genau zu sagen«, fuhr Daniel fort, »ist der Laster abgebogen ...«

»... und steht jetzt genau vor der Stalltür!«, vollendete Rebecca den Satz. »Du solltest vielleicht mal rausgehen und nachschauen. Der Fahrer sucht nämlich die Gewinnerin eines gewissen Preisausschreibens der Firma Goldschweif.«

»Oh Hilfe, nein! Und ich seh aus wie eine Vogelscheuche!« Bente trat vor Schreck gegen einen Futtereimer, der scheppernd umfiel und über den Betonboden rollte.

»Ein Fotograf ist nicht dabei, soviel ich sehen konnte«, beruhigte Daniel sie. »Also, worauf wartest du noch?«

Gute Frage, dachte Bente, also auf in den Kampf!

Ihr Herz klopfte vor Aufregung, als sie aus dem Stall trat und fast gegen einen riesigen, silberfarbenen Futtermitteltransporter prallte, der mehr einem Tanklastzug als einem Lieferwagen ähnelte und auf den ersten Blick fast die gesamte Hoffläche einzunehmen schien.

»Ach du Schreck!«, entfuhr es Bente. »So riesig hatte ich mir das Teil aber nicht vorgestellt!«

Rebecca und Daniel gaben ihr einen sanften Schubs und drängten sie nach vorne.

Voller Entsetzen sah Bente, dass sich neben dem Transporter bereits eine kleine Menschenmenge versammelt hatte.

»Guck mal!«, krähte Bastian quer über den Hof. »Dein Preis-Müsli ist da!« Sein Zwillingsbruder hüpfte unterdessen von einem Fuß auf den anderen und löcherte den Fahrer des Wagens mit bohrenden Fragen. »Wie viel PS hat der Laster?«, wollte er wissen. »Wie schnell fährt der? Zeigen Sie mir mal den Motor?«

Bente, die die Auto-Besessenheit ihres Bruders kannte, sprang schnell hinzu und packte ihn am Kragen. »Benjamin«, zischte sie ihm zu, »verdrück dich, ja? Sonst kriegst du Stress mit mir!« Sie schenkte dem Fahrer ein strahlendes Lächeln, während Benjamin sich in ihrem eisernen Klammergriff wand wie ein Aal. »Sie wollen zu mir? Ich bin Bente Brandstätter.«

Der Fahrer wollte etwas sagen, wurde aber von plötzlich einsetzendem, ziemlich lautem Geheul daran gehindert.

»Wie soll ich mich verdrücken, wenn du mich erwürgst?«, schimpfte Benjamin. »Lass los, du blöde Kuh!« Er versuchte erfolglos, nach Bentes Schienbein zu treten. »Aua, du tust mir weh!«

»Hey, lass sofort Benjamin los!« Von der anderen Seite sprang Bastian an Bente hoch und würgte sie nun seinerseits. Es war das perfekte Chaos! Der Fahrer, ein junger Mann in rotem Overall, verzog genervt das Gesicht. Unter seinem Arm zog er ein Klemmbrett hervor und hielt es Bente unter die Nase. »Entschuldigung, aber ich muss noch weiter«, sagte er barsch. »Wenn du Bente Brandstätter bist, musst du hier unterschreiben.« Er deutete mit dem Finger auf eine gestrichelte Linie.

Bente schüttelte die Zwillinge ab und griff nach dem Stift. »Wo genau?«

Der Fahrer seufzte und klopfte auf die Linie. »Wo darf ich abladen?«, fragte er.

»Ähm, vielleicht gleich hier?« Bente sah sich ratlos um. »Oder wollen Sie es lieber in die Futterkammer bringen?«

»Nee, dazu fehlt mir die Zeit«, erwiderte der Fahrer und kletterte in das Führerhaus. »Davon war im Lieferauftrag auch nicht die Rede. Also?«

»Ist das Futter in Säcken oder lose?« Patrick war, begleitet von Kiki und Karlchen, von der Ponyweide herbeigeeilt und kam Bente zu Hilfe. Sie warf ihm einen dankbaren Blick zu.

»Lose«, sagte der Fahrer gedehnt. »Pferdemüsli von Goldschweif gibt's nur lose.«

»Verflixt!« Patrick wandte sich um. »Das heißt, dass wir jede Menge Schaufeln und Schubkarren brauchen, um das Futter in den Stall zu bekommen.«

»Kein Problem, das schaffen wir!« Daniel trat entschlossen vor. Kiki, Karlchen, Rebecca und die anderen nickten.

»Also abladen«, seufzte der Fahrer und drückte auf einen Knopf am Armaturenbrett. »Wie die Herrschaften wünschen.«

Mit einem lauten Zischen der Hydraulik hob sich der Tankaufsatz sanft in die Höhe und neigte sich schließlich schräg nach hinten. Der Fahrer sprang aus der Fahrerkabine, öffnete eine Schieberklappe am hinteren Ende des Tanks und sprang zur Seite. Wie ein goldbrauner Wasserfall ergossen sich im Zeitlupentempo einhundertzweiundachtzig Kilogramm bestes Goldschweif-Pferdemüsli auf den Hof und türmten sich innerhalb kürzester Zeit zu einer hohen Pyramide auf.

Bente schloss die Augen. Sie hörte das Rutschen und Rieseln ihres Hauptgewinns und mochte gar nicht hinsehen.

»Boah, was für ein Mörder-Haufen!« Benjamin machte Anstalten, den Futterberg zu erstürmen, wurde aber von Daniel daran gehindert.

»Spinnst du?«, raunzte er den Zwilling an. »Das ist teures Futter! Hol lieber eine Schaufel aus dem Stall, dann kannst du dich nützlich machen.« Er wandte sich an Bastian: »Und du schnappst dir eine große Schubkarre. Wir können jede Hilfe brauchen.«

Schulter an Schulter liefen die Jungs in den Stall und kamen kurz darauf mit Schaufeln bewaffnet zurück. »Die Schubkarren sind zu schwer«, erklärte Bastian. »Wir schippen lieber.«

»Okay.« Daniel nickte. »Aber anständig, ja?« Er gab Bente, die die Augen noch immer geschlossen hielt, einen Stups in die Seite. »Hey, aufwachen! Hilfst du mit oder ist das unter deiner Würde? Immerhin bist du die stolze Hauptgewinnerin«, setzte er grinsend hinzu, »da könnte ich verstehen, wenn du dir die Finger nicht schmutzig machen willst.«

»Was? Wie? Ja, klar.« Bente riss die Augen auf. Sie starrte den Müsli-Berg an und stöhnte. »Und das soll alles in zwei Kisten passen? Das glaub ich nicht.«

»Ich fahr dann mal wieder!« Der Fahrer hatte die Hydraulik zurückgefahren und startete den Motor. »Viel Spaß noch.« Mit einer Hand aus dem heruntergekurbelten Seitenfenster winkend rollte er mit seinem Laster vom Hof und ließ die Freunde in einer Wolke aus Abgasen und Staub zurück.

»Dann mal ran an den Speck«, sagte Karlchen fröhlich. »Ich

liebe es, in frischem Pferdefutter zu wühlen!« Sie spuckte demonstrativ in beide Hände und lief in die Geschirrkammer.

Schon bald herrschte auf dem Stallvorplatz lebhaftes Gedränge und Geschiebe. Immer mehr Helfer fanden sich ein, angelockt durch lautes Rufen und Gelächter. Sie luden das Müsli, eine wohlriechende Mischung aus Hafer- und Weizenkörnern, getrockneten Rüben- und Apfelschnitzen und kugelrunden Kraftpellets, mit kraftvollen Schaufelschwüngen in die bereitstehenden Schubkarren. Fuhre um Fuhre verschwand im Stall, wurde in der Futterkammer in Bentes Vorratskisten umgefüllt und schon bald begann der imposante Berg draußen vor dem Stall zusehends zu schrumpfen.

Nach einer knappen Stunde war es geschafft: Der Hauptpreis der Firma Goldschweif war wohlbehalten, warm und trocken in den beiden großen Futterkisten verstaut. Karlchen ließ den Deckel der einen Kiste zufallen und setzte sich schwungvoll darauf. Bente machte es mit der zweiten Kiste genauso.

»Puh!« Sie wischte sich das Gemisch aus Staub, Schweiß und Schmutz von der Stirn. »Ohne eure Hilfe hätte ich das nie geschafft! Danke!« Sie guckte in die Runde. »Was haltet ihr davon, wenn ich euch allen etwas spendiere?«

»Oh ja, jetzt eine eiskalte Cola«, seufzte Kiki.

»Wer redet denn von Cola?«, fragte Bente verschmitzt und pochte auf die Kiste. »Ich meine Naturalien. Als Dank für eure Hilfe spendiere ich jedem von euch eine Portion Futtermüsli für eure Pferde und Ponys!«

»Jo!«, rief Karlchen und ballte die Faust. »Das ist es!«

6

»Die Kürbisse sind reif!«, verkündete Rebecca ein paar Tage später. Sie stand im Aufenthaltsraum und drehte sich einmal um die eigene Achse. »Wer hilft bei der Ernte? Freiwillige vor!«

Kiki und Karlchen ließen augenblicklich ihr Monopoly-Spiel im Stich und meldeten sich mit erhobenen Händen. Ein paar andere Schülerinnen und Schüler schlossen sich an. Bente sah nur kurz auf.

»Klasse«, meinte sie, »aber im Moment bin ich mit etwas anderem beschäftigt.« Sie hob ein Stück Stoff in die Höhe.

»Hey, cool, wird das dein Halloween-Kostüm?« Rebecca war herangetreten und befühlte den weichen Stoff. »Als was gehst du denn?«

»Als Hexe, was sonst?«, rief Benjamin aus einer Ecke. Bastian schlug ihm begeistert auf den Rücken.

»Mit einer ekligen Warze auf der Nase und so richtig fiesem Buckel«, sagte er.

»Dann braucht sie sich eigentlich gar nicht zu verkleiden«, merkte Benjamin an. »Bente sieht sowieso schon aus wie 'n oller Besen!«

Die Zwillinge wanden sich lachend auf dem Teppich. Bente

warf ihnen einen missbilligenden Blick zu. Rebecca schüttelte den Kopf. »Meine Güte«, seufzte sie, »die beiden sind wirklich unmöglich. Manchmal tust du mir echt leid.«

»Endlich mal einer, der mich versteht«, erwiderte Bente. Sie schnitt einen Faden ab und betrachtete ihr Werk. »Im Übrigen haben die Zwillinge recht: Ich geh tatsächlich als Hexe. Laura hat mir ein Schnittmuster geschickt. Das Kostüm ist total einfach zu nähen, dazu ein Kopftuch, einen alten Stallbesen, vielleicht noch eine Faschingsmaske – fertig! Und ich hab eine geniale Idee.« Sie wandte sich an die Freundinnen. »Was haltet ihr davon, wenn ich euch auch solche Hexenkostüme nähe? Die vier Hexen vom Lindental! Hört sich doch gut an, oder?«

Karlchen war sofort begeistert. »Spitze«, sagte sie. »Ich setz mir dann nur noch eine schwarze Katze ins Genick. Muss doch authentisch sein, nicht?«

»Ich wusste gar nicht, dass du solche schweren Wörter beherrschst«, grinste Kiki. »Aber im Ernst, ich finde die Idee auch super! Hast du denn noch genug Stoff für vier Kostüme?«

»Klar.« Bente nickte. »Von meiner Oma hab ich alle möglichen Stoffreste bekommen, die nähe ich einfach wild aneinander. Ich könnte unsere ganze Klasse mit Verkleidungen versorgen, so viel Stoff hab ich noch.«

»Nö, lass mal«, meinte Kiki. »Ich finde, nur wir vier sollten richtige Hexen sein. Passt doch irgendwie zu uns, oder etwa nicht?«

»Die vier Hexen vom Lindental«, wiederholte Rebecca. »Ja, das hört sich gut an.« Sie nahm Bente das halb fertige Kostüm aus der Hand. »Also abgemacht, wir gehen als Hexen. Und wenn Bente uns jetzt bei den Kürbissen hilft, helfen wir ihr später bei den Kostümen. Macht doch viel mehr Spaß, wenn wir alle zusammen werkeln, oder?«

Bente hatte keine Chance, etwas einzuwenden. Ruckzuck war sie überstimmt und wurde von den Freundinnen aus dem Aufenthaltsraum gezogen.

»Wie erntet man eigentlich Kürbisse?«, konnte sie gerade noch fragen, während sie in ihre Gummistiefel schlüpfte. »Ich hab das noch nie gemacht.«

»Keine Ahnung, ich auch nicht«, gab Rebecca zu.

»Abschneiden und wegrollen«, schlug Karlchen vor. »Deshalb sind die Dinger doch so rund!«

Im Gemüsegarten wurden sie bereits von der Küchenchefin Hilde Wuttig und dem Schlossgärtner, Herrn Körbel, erwartet. Beide standen im Kürbisbeet, starrten auf die goldgelben Früchte und schüttelten die Köpfe.

»Mensch, Frau Wuttig«, rief Karlchen, »das ist aber nett, dass sie uns helfen wollen!«

Frau Wuttig sah auf. »Das hatte ich zwar nicht vor«, erwiderte sie, »aber Herr Körbel hat mich hergeholt. Er meinte, ich solle mir die Bescherung mit eigenen Augen ansehen. Es wäre kaum zu glauben.«

»Welche Bescherung?« Rebecca drängte sich nach vorne. »Ach du Schreck!« Sie guckte direkt auf einen dicken Kürbis, der mit zahnlosem Mund und ausgehöhlten Augen zurückglotzte.

»Das darf doch nicht wahr sein!« Bente war fassungslos. »Die schönen Kürbisse!«

»Da ist uns wohl jemand zuvorgekommen.« Kiki betrachtete die Reihe der Feldfrüchte. Etwa zwanzig Kürbisse lagen dick, rund und reif zur Ernte auf dem Beet. Zwei von ihnen waren ausgehöhlt und mit schauerlichen Grimassen verziert, ein paar andere trugen wilde Filzstift-Kritzeleien. Nur die Exemplare am äußersten Rand des Gemüsegartens waren unversehrt geblieben.

»Wer macht denn so was?« Rebecca ballte die Fäuste. »Als ich gestern Abend hier war, war noch alles in Ordnung.«

»Da konnte wohl jemand die Zeit bis Halloween nicht abwarten«, schimpfte Karlchen. »Schöner Mist!«

»Der Filzstift ist zum Glück nicht wasserfest.« Kiki fuhr mit angefeuchtetem Finger prüfend über einen Kürbis. »Das bekommen wir wieder ab.«

»Und die mit den schönen Schnitzereien können wir vielleicht sogar retten«, meinte Rebecca. »Mit ein bisschen Feingefühl können wir daraus noch gute Gesichter schneiden.«

Bente nickte geistesabwesend und vergrub beide Hände tief in die Taschen ihrer Jeans. Die schönen Kürbisse! Sie hatten sich so viel Mühe mit der Aussaat und der Pflege gegeben. Wer kam nur auf solch eine blöde Idee? Aus den Augenwinkeln sah sie, dass ihre Brüder sich dem Gemüsegarten näherten. Die Jungs grinsten und schlenderten betont langsam über den Hof. Wie ein Blitz schoss es Bente durch den Kopf. Benjamin und Bastian! Ihre eigenen Brüder! Es wäre nicht das erste Mal, dass sie solchen Unfug anrichteten. War es möglich, dass ... Nein, ausgeschlossen! Bente schüttelte energisch den Kopf. Warum sollten sie so etwas tun? Sie versuchte zu lächeln, als Benjamin und Bastian näher traten, aber ganz tief in ihrem Hinterkopf hatte sich ein leiser Zweifel eingenistet. Prüfend beobachtete sie die Reaktion der beiden auf die Bescherung im Gemüsebeet.

»Hey, sieht das geil aus!«, rief Benjamin, als er die dämlichen Fratzen und die wilden Krakeleien sah.

»Die armen Kürbisse«, sagte Bastian. »Wer war das denn?«

»Stand leider kein Name dran«, knurrte Bente. »Aber wenn ich die erwische, die dafür verantwortlich sind, dann können sie was erleben!« Sie warf ihren Brüdern einen finsteren Blick zu.

Benjamin grinste breit. »Na, in dessen Haut möchte ich nicht stecken. Du siehst aus, als könntest du glatt einen Mord begehen.«

»Sind doch nur olle Kürbisse«, warf Bastian ein. »Wieso machst du so'n Theater?«

»Olle Kürbisse?« Bentes Stimme überschlug sich fast. »Weißt du eigentlich, wie wir die Dinger gehegt und gepflegt haben? Das sollte unsere Dekoration für Halloween sein! Und jetzt ist alles im Eimer.« Sie wandte sich ab und ging ein paar Schritte, um sich zu beruhigen.

»Also, verloren sind sie nicht«, mischte sich Herr Körbel ein. »Wir ernten erst einmal und dann müsst ihr gucken, was zu retten ist.«

»Eine gute Idee«, gab Frau Wuttig dem Gärtner recht. »Das Fruchtfleisch kann ich in jedem Fall noch verwerten.«

»Okay, also ab mit den Dingern.« Karlchen bückte sich und zog an einem dicken Kürbis. Die orangefarbene Kugel bewegte sich kaum vom Fleck.

Wider Willen musste Bente lachen. »Mensch, Karlchen«, sagte sie, »Kürbisse haben Wurzeln!«

»Ach so, alles klar.« Karlchen machte ein etwas dümmliches Gesicht. »Hat mal jemand ein Messer, eine Machete oder Ähnliches?«, wandte sie sich an die Umstehenden. »Oder soll ich sie abbeißen?«

Alle lachten. Herr Körbel zog ein Gärtnermesser aus seiner Schürze.

»Ich schneide die Früchte ab«, sagte er gutmütig, »und ihr tragt sie in den Schuppen. Da gibt es Wasser und Schrubber. Vielleicht bekommt ihr die Malereien damit ab.« Er machte sich ans Werk und trennte Kürbis um Kürbis von Wurzelwerk und Blättern. Frau Wuttig wandte sich zum Gehen.

»Lasst die Kürbisse zwei, drei Tage im Schuppen liegen und meldet euch dann bei mir im Wirtschaftsraum«, sagte sie zu den Freundinnen. »Sie müssen ohnehin noch ein bisschen lagern, bevor wir uns an die Weiterverarbeitung machen.« Sie warf den Prachtstücken einen wohlwollenden Blick zu. »Mir ist egal, wie sie von außen aussehen«, meinte sie, »in meiner Küche zählen nur die inneren Werte.«

Karlchen und Kiki warfen sich einen Blick zu und prusteten laut los, aber Frau Wuttig war bereits auf dem Weg zum Schloss.

»Innere Werte!« Karlchen krümmte sich vor Lachen. »Ich wusste gar nicht, dass Kürbisse innere Werte haben.«

»Du musst das natürlich im übertragenen Sinn sehen ...«, setzte Rebecca an, aber Karlchen zögerte nicht lange. Mit beiden Händen packte sie einen abgeschnittenen Kürbis und legte ihn der verdutzten Freundin in die Arme. Rebeccas Redeschwall war im Keim erstickt.

Bente drehte sich zu Benjamin und Bastian um. »Ihr geht

in den Schuppen«, sagte sie mit einer Stimme, die keine Widerworte duldete, »und schrubbt die Dinger, klar? Aber anständig, ich will von den Kritzeleien später nichts mehr sehen!«

Ohne mit der Wimper zu zucken, gingen die Zwillinge zum Gärtnerschuppen und verschwanden darin. Bente sah ihnen zweifelnd hinterher. Seit wann machten sich die kleinen Monster ohne jeden Widerspruch an die Arbeit?

Am späten Nachmittag waren die Kürbisse geerntet und lagen in langen Reihen im Schuppen. Benjamin und Bastian hatten ganze Arbeit geleistet und die Spuren der Filzstifte restlos entfernt. Dick, rund und unheimlich prächtig sahen die Kürbisse aus. Die zwei beschädigten lagen auf einem Holzregal und warteten darauf, dass aus ihren nicht sehr kunstvollen Gesichtern doch noch anständige Halloween-Fratzen wurden.

»Darum kümmern wir uns morgen«, ordnete Rebecca an. »Ich hab von der Gartenarbeit für heute genug.« Sie betrachtete ihre schmutzigen Hände und die schwarzen Ränder unter den Fingernägeln.

»Ja, ich brauch dringend Stallluft«, meinte Bente. Sie wusch sich am Gartenschlauch notdürftig die Hände. »Außerdem hat Flippi heute noch gar nicht ihre Müsliration bekommen.«

»Okay, lasst uns zu den Pferden gehen.« Kiki wandte sich an die Zwillinge. »Wollt ihr mit?«

»Oder begleitet ihr mich zu den Ponys?«, fragte Karlchen.

Benjamin und Bastian zögerten.

»Wir gehen zuerst mit dir zu Schnute und Bommel«, sagte Bastian schließlich zu Karlchen.

»Und dann zu den anderen in den Stall«, fügte Benjamin hinzu.

Bente verkniff sich die Frage, ob die Jungs schon ihre Hausaufgaben erledigt hatten. Die beiden hatten den ganzen Nachmittag ohne Murren schwer geschuftet und hatten sich etwas Entspannung bei den Ponys redlich verdient.

Während Bente mit Kiki und Rebecca zu den lang gestreckten Gebäuden des Lindental-Stalls lief, gingen Karlchen, Benjamin und Bastian in Richtung Ponykoppel davon.

»Guck mal!«, rief Bastian. »Bommel und Schnute haben sich angefreundet!« Er deutete mit dem Zeigefinger auf die beiden Ponys, die Seite an Seite am Gatter standen und sich gegenseitig das Fell beknabberten.

»Tatsächlich«, staunte Karlchen, »ich glaub, du hast recht.« Sie kletterte, gefolgt von Bentes Brüdern, durch die Latten des Holzzauns. »Wenn sich zwei Ponys gegenseitig das Fell pflegen, spricht das für große Sympathie«, erklärte sie mit wichtiger Miene. »Das sogenannte Fellchenkraulen steht bei Pferden für ausgeprägtes Sozialverhalten. Das ist ein gutes Zeichen!«

»Bedeutet das, dass Bommel jetzt in die Herde inti... ähm, intrigiert ist?«, erkundigte sich Benjamin.

»Du meist integriert«, sagte Karlchen, »das heißt eingefügt.« Sie strubbelte Bommel durch die blonde Doppelmähne. »Ja, sieht ganz so aus. Er gehört jetzt dazu.« Schnute drängte sich eifersüchtig heran und verlangte ebenfalls Streicheleinheiten von seiner Besitzerin. »Ja, Dickie, du bist sowieso der Beste«, raunte sie ihm ins Ohr.

»Und Bommel ist unser Bester!«, rief Bastian.

»Jetzt ist er ein echtes Herdenpony!« Benjamin strich dem Haflinger über die schneeweiße Blesse.

Karlchen betrachtete die Brüder zufrieden. Auch wenn sie manchmal nervten – im Moment waren sie ihr richtiggehend sympathisch, so wie sie ihren Haflinger knuddelten und offensichtlich lieb hatten. Sie wühlte in den Tiefen ihrer Jeans und kramte ein paar Leckerlis hervor, die sie immer mit sich führte. Ein bisschen unansehnlich und zerkrümelt waren sie schon und eigentlich für Schnute bestimmt, aber sie reichte sie trotzdem den beiden Jungs. »Hier, für Bommel«, sagte sie. »Auf die Ponyfreundschaft.«

»Auf die Freundschaft.« Benjamin nahm eines der Leckerlis und gab es Bommel. Das andere gab er, zu Karlchens großer Genugtuung, auf ausgestreckter Hand ihrem Norweger Schnute.

»Und jetzt gehen wir zu den großen Pferden«, schlug Bastian vor.

Schnute und Bommel knabberten auf den Leckerbissen herum und drehten sich zufrieden um.

»Einverstanden«, sagte Karlchen. »Die anderen warten sicher schon auf uns.«

Bente stand in der Futterkammer und starrte abwechselnd in ihre eine Futterkiste und dann in die andere. »Ich versteh das nicht«, murmelte sie. »Wie kann das sein?«

»Was denn?«, fragte Bastian, der mit Karlchen und seinem Bruder unbemerkt hinzugetreten war.

Bente drehte sich um. »Das Müsli«, sie deutete in die Kisten, »es verschwindet.«

»Es verschwindet?«, wiederholte Benjamin. »Wie das denn?«

»Keine Ahnung«, antwortete Bente. »Es wird von Tag zu Tag weniger. Einfach so.« Sie machte ein ratloses Gesicht.

Karlchen grinste. »Ist doch kein Wunder«, meinte sie, »so wie du deine Flippi damit mästest!« Sie warf einen Blick auf das Futter. »Klar, dass es dann weniger wird.«

»Flippi bekommt jeden Tag nur einen einzigen Messbecher voll«, widersprach Bente energisch. »Daran kann es absolut nicht liegen. Hier.« Sie deutete mit der Hand auf eine Holzspalte in einer der Kisten. »Gestern ging das Müsli noch bis hier oben. Und heute fehlt eine ganze Lage!«

»Das gibt's doch gar nicht!« Kiki und Rebecca kamen herein und starrten nun ebenfalls auf das mysteriös reduzierte Pferdemüsli. »Bist du dir ganz sicher?«, fragte Kiki.

»Absolut!« Bente verschränkte die Arme vor der Brust. »Es wird von Tag zu Tag weniger.«

»Hm, so viel fressen unsere Stallmäuse ganz bestimmt nicht«, räumte Karlchen ein. »Aber wer geht sonst an deine Futterkisten? Hier im Stall weiß doch jeder, dass das Müsli dir gehört.«

»Hast du die Deckel immer fest verschlossen?«, erkundigte sich Rebecca.

Bente schüttelte den Kopf. »Nein«, sagte sie. »Max hat gesagt, die Deckel müssen vorerst offen bleiben, weil in der Mischung auch Apfel- und Rübenstücke sind. Die könnten sonst leicht schimmeln.«

»Dann kann also jeder ganz bequem ran.« Karlchen zog die Nase kraus. »Einfach so.«

»Schon«, gab Bente zu, »aber wer macht so was?«

»Ja, wer macht so was«, wiederholte Kiki. »Wer klaut Pferdemüsli der Firma Goldschweif?«

»Vielleicht das Schlossgespenst?« Daniel lehnte in der Tür, neben ihm stand Patrick.

»Genau«, sagte dieser geheimnisvoll. »Das Kuttenmännchen!«

»Gespenst? Kuttenmännchen?« Benjamin und Bastian waren sofort Feuer und Flamme. »Echt?«

»Klar«, entgegnete Daniel ungerührt und zwinkerte Rebecca kaum merklich zu. »Sagt bloß, ihr kennt die Geschichte vom Kuttenmännchen nicht?«

»Hat euch eure große Schwester wirklich niemals von dem kopflosen Mönch erzählt, der in Lindental sein Unwesen treibt?« Fassungslos schüttelte Patrick den Kopf. »Das muss man doch wissen, wenn man ins Internat kommt!«

»Ja, sonst kann das sehr böse enden«, fügte Daniel düster hinzu, »wenn euch das Kuttenmännchen eines Nachts unvorbereitet erwischt.«

»Mann!«, entfuhr es Bastian. »Ist ja irre!«

Benjamin riss die Augen auf. Sein Blick wanderte unsicher zu Bente, die sich, ebenso wie die anderen, krampfhaft bemühte, nicht loszukichern. Sie nickte und sagte: »Da hab ich wohl tatsächlich vergessen, euch die Story zu erzählen. Daniel und Patrick haben absolut recht: Ihr müsst eingeweiht werden.«

»Setzt euch, ich erzähl euch die ganze Geschichte.« Daniel wies auf einen Strohballen, der vor der Kammertür lag. Ohne zu zögern, setzten sich die Zwillinge dicht nebeneinander drauf und starrten den blonden Jungen erwartungsvoll an. Bente konnte nicht anders, sie drehte sich um und lachte unterdrückt los. Es hörte sich an, als hätte sie einen Hustenanfall. Karlchen schlug der Freundin hilfsbereit auf den Rücken. Sie gluckste ebenfalls. »Kuttenmännchen«, flüsterte sie begeistert, »das ist der Hammer!«

Wenig später hing auch sie wie gefesselt an Daniels Lippen und lauschte gebannt der unglaublichen Geschichte des Lindentaler Schlossgespensts.

»Vor vielen hundert Jahren lebte auf Schloss Lindental eine wunderschöne Prinzessin«, fing Daniel an zu erzählen, »sie hieß, ähm, Serena.« Er warf Patrick einen Blick zu. Der nickte ernst. »In einem Dorf hinter Lindental, das es heute nicht mehr gibt«, fuhr Daniel fort, »lebte eine Gruppe von Bettelmönchen. Sie zogen umher und versuchten, die Bauern und armen Landleute zu bekehren. Manchmal gelang es ihnen, meistens nicht. Eines Tages kam einer von ihnen, er hieß Knut, zum Schloss, um Lebensmittel für die armen Mönche zu erbetteln. Der Herrscher von Lindental, Fürst Meinhardt, befahl, Knut vom Schlossgelände zu verjagen. Er glaubte, der Mönch wollte ihn bekehren, und darauf hatte er keinen Bock.«

»Meinhardt war nämlich ein gottloser Raubfürst«, fügte Patrick hinzu. »Er hasste die Kirche und alles, was damit zusammenhing!«

»Mensch!«, entfuhr es Bastian. »Und dann?«

»Als Knut mit Schimpf und Schande und ohne Lebensmittel davongejagt wurde, warf er einen Blick zurück auf das Schloss«, erzählte Daniel weiter. »In einem Zimmer am Fenster sitzend sah er Serena. Sie kämmte sich das güldene Haar und …« Rebecca lachte laut los. Daniel runzelte die Stirn und fuhr fort: »Serena kämmte sich also das blonde Haar und schenkte dem armen Mönch ihr bezauberndes Lächeln.«

»Genau«, mischte sich Patrick ein. »Und da war es um Knut geschehen. Er hatte sich unsterblich verliebt, trat sofort aus dem Mönchsorden aus und schlug sein Lager am Fuße des Schlosses auf. Sein einziger Besitz, den ihm seine Brüder mitgegeben hatten, war ein mächtiger Kaltblüter. Ein Fuchs mit hellem Behang. Er hieß …«

Diesmal war es Bente, die hemmungslos losprustete. »Vielleicht Hermann?«, fragte sie mit Lachtränen in den Augen. Sie fing sich einen wütenden Blick von Patrick ein.

»Nein, er hieß nicht Hermann«, sagte er grimmig. »Das Pferd von Knut hieß Taran.«

»Alles klar«, sagte Bente und wischte sich die Tränen aus den Augenwinkeln. »Taran passt ja auch viel besser!«

»Eben.« Daniel guckte zufrieden in die Runde. »Knut und sein treuer Taran hockten nun also Tag und Nacht vorm Schloss und schmachteten Serena an.«

»Taran auch?«, fragte Rebecca amüsiert.

»Ja, auch Taran war vom Zauber der schönen Prinzessin beeindruckt«, erwiderte Patrick überaus ernsthaft.

»Aber dem alten Meinhardt wurde es schon bald zu bunt«, führte Daniel die Geschichte fort. »Er befahl, Knut den Kopf abzuschlagen und den Körper anschließend auf Taran zu binden.«

»Ist das oberkrass!« Benjamin kaute angestrengt auf einem Daumennagel. »Und dann?«

»Dann, als der Kopf ab war und der Rest von Knut auf Taran festgezurrt war, gab Meinhardt dem Pferd einen Klaps auf den Hintern und jagte es davon.« Daniel grinste breit. »Taran und der kopflose Mönch verschwanden im Galopp im düsteren Wald.«

»Aber so alle fünfundzwanzig bis dreißig Jahre kehren sie nach Lindental zurück«, sagte Patrick. »In Vollmondnächten sieht man Knut in seiner schmutzigen Kutte über die Ländereien reiten. Er hat eine Kapuze auf, und wenn man darunterguckt, sieht man …«

»Was?«, fragte Bastian atemlos.

»Nichts!« Patrick hatte sich vorgebeugt. »Unter der Kapuze ist rein gar nichts!«

»Den Kopf hat man nämlich nie gefunden«, ergänzte Daniel die gruselige Geschichte. »Der arme Knut ist dazu verdammt, bis ans Ende seiner Tage ohne Kopf durch die Gegend zu reiten. Mit nichts als seinem treuen Freund Taran und der schmutzigen Kutte, die er seit Ewigkeiten auf dem Leib trägt.«

Einen Moment herrschte tiefes Schweigen. Dann, nach einer ganzen Weile, fragte Benjamin schließlich: »Und wann kommen Knut und Taran wieder?«

»Sie sind seit neunundzwanzig Jahren nicht mehr gesehen worden«, antwortete Daniel. »Urkunden im Schlossarchiv belegen das eindeutig. In diesem Jahr sind dreißig Jahre rum.«

»Heißt das, sie tauchen dieses Jahr auf?«, fragte Bastian.

»Ja, in einer Vollmondnacht im Spätherbst«, erwiderte Bente trocken. »So steht es geschrieben.«

»Ganz genau.« Daniel streckte sich. »Höchstwahrscheinlich reitet Knut an Halloween ums Schloss. Dann ist nämlich das nächste Mal Vollmond.«

»Und deshalb, um Knut sozusagen zu ehren, haben Daniel und ich beschlossen, an Halloween Mönchskutten zu tragen.« Patrick öffnete einen schmalen Spind und entnahm ihm zwei grobe, aus alten Futtersäcken zusammengeschusterte Umhänge mit Kapuzen. »Vielleicht können wir Knut und Taran auf diese Weise von ihrem Fluch erlösen.«

»Ihr habt euch eigenhändig Kostüme für Halloween genäht?« Rebecca war beeindruckt. »Ich hatte keine Ahnung, dass ihr so was könnt!«

»Warum denn nicht?«, erwiderte Daniel fest. »Du wärst erstaunt, wenn du wüsstest, was für unentdeckte Talente wir Männer noch so haben.«

»Davon bin ich überzeugt«, sagte Bente. »Aber das alles erklärt immer noch nicht, warum mein Pferdemüsli täglich weniger wird, oder?«

»Stimmt«, gab Daniel zu.

»Mensch, ist doch logisch!« Benjamin war aufgesprungen. »Daniel und Patrick haben doch erzählt, dass Taran ein Kaltblüter war. Die fressen unheimlich viel, das weiß doch jeder.«

»Und wenn bald Vollmond ist, sind Knut und Taran wahrscheinlich schon in der Nähe.« Bastians Wangen glühten vor Begeisterung. »Taran braucht Futter!«

»Und mein Pferdemüsli von Goldschweif schmeckt ihm natürlich besonders gut«, seufzte Bente. »Klare Sache. Dumm von mir, dass ich nicht selber darauf gekommen bin.«

»Ach, Bente«, meinte Patrick beiläufig, während sich die Gruppe langsam auflöste, »weißt du eigentlich, dass deine

Flippi ihre Boxentür öffnen kann? Ich hab sie heute Morgen in der Stallgasse stehen sehen. Sie hat mir ganz fröhlich entgegengewiehert.«

»Ja, ich weiß.« Bente rollte mit den Augen. »Flippi kommt mit ihrem langen Hals bequem an den Riegel. Der ist schon ein bisschen ausgeleiert. Sie schiebt ihn zur Seite und geht einfach spazieren. Ich bin noch nicht dazu gekommen, Max zu bitten, die Boxentür extra zu sichern.«

»Ich kümmere mich darum«, versprach Patrick. »Bevor Flippi noch irgendwelche Dummheiten anstellt.«

Bente bedankte sich und ging mit den anderen zum Schloss zurück. Während des Fußmarschs über das Gelände plapperten die Zwillinge unentwegt über den kopflosen Knut und sein treues Pferd Taran.

»Die beiden werden heute Nacht wahrscheinlich kein Auge zumachen«, raunte Kiki den Freundinnen zu. »Die sind ja völlig von der Rolle wegen dieser Gruselgeschichte.«

»Mir egal«, entgegnete Bente der Freundin. »Ich für meinen Teil bin jedenfalls hundemüde und werde schlafen wie ein Stein.« Sie gähnte herzhaft. »Außerdem liegen die Zimmer der Jungs im Westflügel. Das ist zum Glück weit genug von meinem kuscheligen Bettchen entfernt.«

7

»Jetzt reicht's!« Bente schimpfte wie ein Rohrspatz. Nur noch sechs Tage bis Halloween. Die Hexenkostüme waren noch nicht fertig, sie musste für die letzten Klassenarbeiten vor den Herbstferien büffeln, bei den Dekorationsvorbereitungen im Schloss helfen – und ihr kostbarer Müslivorrat schrumpfte wie von Geisterhand.

»Was ist denn nun schon wieder?«, wollte Kiki wissen. Sie hockte auf einem umgedrehten Futtereimer und lernte englische Vokabeln. Ab und zu warf sie Bente ein Wort aus dem Vokabelheft zu und ließ sie übersetzen, aber die Freundin war mit den Gedanken ganz woanders.

»Mein schönes Müsli«, jammerte Bente. »Sieh dir das an! Von Tag zu Tag wird es weniger. Bald sind die Kisten leer. Dabei sollte es doch ein Jahresvorrat sein! Wenn es so weitergeht, sind bald nur noch Krümel übrig.«

»Das gibt's doch gar nicht!« Kiki war aufgestanden und warf einen Blick über Bentes Schulter. Sie musste zugeben, dass der Müslipegel tatsächlich rapide sank.

»Wir sollten eine versteckte Kamera installieren«, schlug Karlchen vor. Sie kam von einem Ausritt mit der Ponyabteilung und trat mit lehmverschmierten Reitstiefeln zu den

Freundinnen. »Mit so einer Kamera erwischen wir den oder die Diebe auf frischer Tat und haben gleich Beweise.«

»Woher soll ich denn eine Kamera nehmen?« In Bentes Stimme schwang Verzweiflung mit. »Die sind doch viel zu teuer.«

»Vielleicht kann man irgendwo eine ausleihen?«, meinte Kiki nachdenklich.

»Genau«, warf Karlchen ein. »Vielleicht hat sogar unsere Film-AG im Schloss so ein Ding.«

»Hm, das könnte möglich sein.« Bente zupfte an einer Haarsträhne. »Aber der ganze Aufwand … Es dauert viel zu lange, bis so eine Kamera installiert ist. Und überall hängen Kabel und Drähte rum, das ist doch viel zu auffällig.«

»Und der Müsliklauer bekäme bestimmt Wind davon«, wandte Kiki ein. »Die Installation würde hier im Stall bestimmt nicht unbemerkt vonstattengehen.«

»Vorschlag also abgelehnt«, seufzte Bente resigniert.

Die Freundinnen dachten angestrengt nach. Als Rebecca und Daniel den Stall betraten, wunderten sie sich über das angespannte Schweigen der sonst so quirligen Mädchen.

»Ist euch eine Laus über die Leber gelaufen?«, grinste Daniel.

»Nee, eher übers Müsli«, grummelte Bente.

Daniel warf einen Blick in die Futterkiste und sog scharf die Luft ein. »Das ist bitter«, meinte er. »Ich glaub, wir sollten langsam etwas unternehmen.«

»Haha, Schlaumeier!« Kiki lachte. »Was glaubst du, worüber wir hier die ganze Zeit grübeln?«

»Wir müssen diesen miesen Dieb schnappen!« Karlchen

sprang auf und lief in der engen Futterkammer auf und ab. »Es muss doch möglich sein …«

»Und wenn wir uns auf die Lauer legen?«, fragte Rebecca beiläufig, während sie ihre Brille putzte. Als sie sie wieder auf die Nase schob, sah sie in verblüffte Gesichter.

»Auf die Lauer legen?«, echote Bente verdattert. »Wie meinst du das?«

Rebecca lächelte. »Ich dachte daran, dass wir uns nachts in der Futterkammer verstecken«, sagte sie, als wäre das die normalste Sache der Welt, »und dem Dieb das Handwerk legen. Verstecke gibt es hier mehr als genug. Was sagt ihr dazu?«

»Ich weiß nicht recht.« Daniel runzelte die Stirn. »Wir wissen schließlich nicht, mit wem wir es zu tun haben. Die Sache könnte gefährlich werden.«

»Glaubst du etwa, der kopflose Knut und sein Taran poltern nachts durch den Stall auf der Suche nach unschuldigen Opfern, die sie ins Schattenreich mitnehmen können?«, lachte Rebecca. »Ich persönlich hab vor Gespenstern absolut keine Angst. Es sollte bekannt sein, dass der in Horrorfilmen auftretende grüne Nebel und die dazugehörigen Geister nichts weiter als Tricks beziehungsweise verkleidete Schauspieler sind, die eine erklärbare Herkunft haben und mit Spuk und Ähnlichem nicht das Geringste zu tun haben. In dieser Hinsicht können wir also beruhigt sein.«

»Ähm, ja, klar«, stammelte Daniel leicht verwirrt. »Ich dachte eigentlich auch nicht an Knut und sein Ross, sondern eher an professionelle Diebe. Die könnten bewaffnet sein.«

»Blödsinn.« Karlchen blieb stehen. »Profis würden alles mitnehmen und nicht jede Nacht nur ein paar Schippen.«

»Stimmt«, räumte Daniel ein. »Was wollen wir also tun?«

Bente zögerte, dann meinte sie: »Ich finde Rebeccas Idee gar nicht so schlecht. Wir sollten wirklich eine Art Stallwache machen. Nicht alle zusammen, klar. Wir sollten uns in Gruppen aufteilen und so lange abwechseln, bis wir Erfolg haben.«

»Bis wir den Dieb haben«, sagte Kiki entschlossen. »Ich bin dabei! Und ihr?«

»Logo«, nickte Karlchen. »Ist doch Ehrensache.«

»Selbstverständlich«, meinte Rebecca. »Schließlich war es meine Idee.«

Daniel seufzte. »Wollt ihr das nicht lieber Patrick und mir überlassen? Vier Mädchen, nachts allein im Stall ... Ich weiß nicht.« Er machte eine Pause und fügte hinzu: »Patrick kennt sich im Stall am besten aus. Und es würde nicht auffallen, wenn er im Dunkeln noch mal eine Kontrollrunde dreht.«

»Patrick liegt mit einer fetten Erkältung im Bett«, seufzte Kiki. »Der fällt diese Woche aus.«

»Dann mach ich es alleine«, sagte Daniel bestimmt. »Es ist mir zu riskant, euch hier rumstolpern zu lassen, wenn ein Verbrecher in der Nähe ist.«

»Erstens stolpern wir nicht, lieber Daniel«, erwiderte Rebecca spitz, »und zweitens sprechen wir nicht von einem Gewaltverbrecher.«

»Und drittens«, mischte sich Karlchen ein, »können wir ganz gut auf uns alleine aufpassen!«

»Stimmt«, sagte Bente. »Die Hexen vom Lindental packen das, was, Mädels?« Karlchen, Kiki und Rebecca nickten einhellig. »Gut, dann ist es also beschlossen.« Bente klopfte auf eine ihrer Futterkisten. »Ab heute läuft die Aktion ›Rettet das Müsli‹!«

Daniel wollte noch etwas einwenden, aber Rebecca warf ihm einen scharfen Blick zu. »Okay, okay«, sagte er zerknirscht, »ihr habt gewonnen. Aber darf ich wenigstens dabei sein?«

»Kannst du zufällig Karate?«, fragte Karlchen beiläufig. »Oder irgendeine andere Sportart?«

»Ja, ich hab mal so einen Kurs mitgemacht«, war Daniels Antwort. »Ist zwar schon ein Weilchen her, aber das verlernt man nicht.«

»Alles klar.« Karlchen grinste breit und klopfte ihm auf die Schulter. »Du bist dabei.«

»Habt ihr die Taschenlampen?«, fragte Rebecca am frühen Abend. Die vier »Hexen vom Lindental« hockten in Bentes und Karlchens gemeinsamem Zimmer auf dem Fußboden und besprachen den bevorstehenden Einsatz. Bente nickte abwesend, während sie mit flinken Fingern eine SMS an Laura in ihr Handy tippte. Sie hatte ihrer Cousine hoch und heilig versprechen müssen, sie über alle Ereignisse im Zusammenhang mit dem Müsliklau auf dem Laufenden zu halten.

»Wecker gestellt?«, fragte Rebecca weiter. Sie musterte die Freundinnen. Diesmal nickte Karlchen. »Gut«, sagte Rebecca und hakte die Liste ab, die vor ihr lag. »Dann übernehmt ihr beide also heute die erste Wache, Bente und Karlchen.«

»Klaro, machen wir.« Karlchen wickelte einen Schokoriegel aus und hielt ihn den Freundinnen hin. »Will eine abbeißen?«, fragte sie. Drei Köpfe wurden gleichzeitig geschüttelt.

Bente schickte die SMS an Laura ab und schob ihr Handy in die Tasche.

»Mensch, Karlchen«, sagte sie und verdrehte die Augen, »wie kannst du nur ständig dieses süße Zeug in dich reinstopfen?«

»Mein detektivisches Gehirn braucht Energie für die Aufgaben, die auf mich zukommen«, entgegnete Karlchen ungerührt und biss herzhaft in den Riegel. »Macht euch keine Sorgen, ich weiß, was für mich gut ist.«

Die Mädchen hatten beschlossen, die Stallwache zimmerweise anzugehen, das würde am wenigsten auffallen. Bente und Karlchen teilten sich ein Zimmer. Sie waren als Erste an der Reihe, so hatte es das Los entschieden. In der darauffolgenden Nacht sollten dann Kiki und Rebecca in Aktion treten und Bentes Müsli bewachen.

Daniel hatte versprochen, um Mitternacht vor dem Stall zu sein. Bis dahin wollte er sich den Stallschlüssel von Patrick besorgen, denn die Lindentalställe waren über Nacht natürlich verschlossen. Auch das war eine Sache, die die Freundinnen beschäftigte: Wie schaffte es der ominöse Müslidieb, Nacht für Nacht in einen abgeschlossenen Stall einzudringen? Konnte er durch Wände gehen oder besaß er einen Nachschlüssel für den Stall? Und wenn ja: Woher hatte er den?

»Wir haben den Wecker auf halb zwölf gestellt«, sagte Bente jetzt. »Maximilian macht gegen dreiundzwanzig Uhr seine letzte Runde und schließt dann ab. Um Mitternacht dürfte er im Tiefschlaf liegen.«

»Und ihr seid sicher, dass ihr aus dem Schloss herauskommt?«, fragte Kiki.

»Aber ja, Karlchen kennt den Weg«, entgegnete Bente optimistisch. »Sie hat ihn schließlich zur Genüge ausprobiert, wie wir alle wissen.«

Karlchen grinste von einem Ohr zum anderen. Es stimmte, sie kannte den Weg aus dem Schloss wie ihre Westentasche. Auch die Haupteingänge des Internats waren über Nacht natürlich verriegelt und gesichert. Es gab nur einen Weg hinaus: durch den Speisesaal und dann durch Frau Wuttigs Heiligtum, die Küche. Das war der Notausgang und der war immer frei und unversperrt. Karlchen hatte das entdeckt, als sie vor einiger Zeit einmal einen nächtlichen Ausflug mit ihrem Norweger Schnute unternommen hatte. Eigentlich hatte sie nur einen gemütlichen Wanderritt machen wollen, aber dann waren Schnute und sie in Seenot geraten, hatten kurz darauf zwei brutale Pferdediebe dingfest gemacht und der Polizei übergeben und …

»Karlchen?«, riss Bente die kleine Dänin aus ihren Erinnerungen. »Hast du zugehört?«

»Ähm, nö«, sagte Karlchen wahrheitsgemäß. »Entschuldigung. Um was ging's denn?«

»Ich hab vorgeschlagen, dass ihr schwarze Klamotten tragt«, wiederholte Rebecca. »Damit man euch in der Dunkelheit nicht sieht. Hast du dunkle Kleidung, Karlchen?«

»Klar, ich hab einen schwarzen Rollkragenpullover und eine schwarze Jeans«, sagte Karlchen. »Ist das okay?«

»Das ist perfekt«, erwiderte Rebecca. Sie machte noch ein Häkchen auf ihrer Liste. »Bente, bei dir sehe ich allerdings ein Problem …«

»Welches denn?«

»Du bist leider blond.« Rebecca kaute auf dem Kuli. »Du solltest eine dunkle Mütze tragen.«

»Mensch, Rebecca«, mischte sich Kiki ein, »übertreibst du jetzt nicht ein bisschen? Bente und Karlchen sollen keinen Juwelierladen ausrauben, sondern nur die Futterkammer bewachen.«

Rebecca zog eine Schnute. »Ich finde, wenn wir das machen, sollte es perfekt sein.«

»Ja, sicher«, lenkte Kiki ein, »aber sie verstecken sich doch sowieso hinter dem Spind. Ist es wirklich nötig, dass sie sich derartig verkleiden?«

»Gut, die Mütze lassen wir weg«, seufzte Rebecca. »Es sei denn, du möchtest sie freiwillig tragen«, wandte sie sich an Bente. »Die Herbstnächte können schon ziemlich kühl sein.«

»Och nö, ich bin kein Mützentyp.« Bente fuhr sich durchs Haar. »Ich kann den Rolli ja hochziehen und die Haare in den Kragen stecken.«

»Mach das.« Rebecca warf einen letzten Blick auf ihre Liste. »Haben wir wirklich an alles gedacht? Hat einer von euch noch eine Idee?«

Kiki, Bente und Karlchen sahen sich an und schüttelten die Köpfe.

»Fein.« Rebecca faltete ihren Zettel zusammen und warf einen Blick auf die Uhr über Karlchens Schreibtisch. »Es ist fast zehn Uhr. Kiki und ich gehen jetzt rüber. Und ihr«, sie musterte Karlchen und Bente, während sie aufstand und sich streckte wie eine Katze, »solltet euch auch noch ein bisschen hinlegen. Es ist wichtig, dass ihr später topfit seid, vergesst das nicht.«

Die anderen erhoben sich ebenfalls. Bente und Karlchen brachten die Freundinnen zur Tür.

»Toi, toi, toi«, flüsterte Kiki zum Abschied.

»Passt auf euch auf«, sagte Rebecca.

Karlchen reckte einen Daumen nach oben und machte ein optimistisches Gesicht. »Nacht, Mädels. Wir sehen uns.« Sie schloss die Zimmertür hinter Kiki und Rebecca und lehnte sich dagegen. »Tja, nun geht's los, was?«

Bente sagte nichts. Ihr Gesicht war blass und angespannt. Meine Güte, worauf hatte sie sich da nur eingelassen? Mitten in der Nacht übers Schlossgelände zu schleichen war nicht gerade das, wovon sie träumte. Wenn sie nun erwischt wurden? Vom Müslidieb oder, noch schlimmer, von der Pauli? »Ich leg mich dann mal hin«, murmelte sie in Karlchens Richtung. »Ich glaub zwar nicht, dass ich einschlafen kann, aber ein bisschen Ruhe vor dem Sturm ist bestimmt nicht das Verkehrteste.«

»Jo, mach das, Bentelein«, erwiderte Karlchen fröhlich. »Ich weck dich, wenn's losgeht.«

Bente war tatsächlich tief und fest eingeschlafen. Als Karlchen sie rüttelte und ihr »Aufwachen, es ist so weit!« ins Ohr flüsterte, knurrte sie unwillig und drehte sich auf die andere Seite. Aber dann war sie schlagartig hellwach. Sie guckte sich im dunklen Zimmer um und stellte fest, dass ein dicker, runder Vollmond seine hellen Strahlen durch das halb geöffnete Fenster schickte und alles in ein unwirkliches, fast bläuliches Licht tauchte. Karlchen trug schon ihre schwarze Kleidung und hüpfte von einem Fuß auf den anderen.

»Junge, ist das spannend«, jubelte sie leise. »Das ist das Tollste seit meinem Ausflug mit Snude, echt wahr.«

Bente stöhnte über die ungebremste Abenteuerlust der Freundin und schälte sich umständlich aus dem Bett. Mit klopfendem Herzen stieg sie in ihre dunkle Jeans und schlüpfte dann in einen dicken, schwarzen Rolli. Schwarze Reitstiefeletten machten das Outfit der Mädchen perfekt.

»Ich bin so weit«, flüsterte Bente. »Hast du die Taschenlampe?« Karlchen nickte, was Bente in der Dunkelheit mehr erahnte als sah, und schlüpfte schon aus der Tür. Im Korridor brannte nur das schwache Nachtlicht über den Teppichleisten.

Wie Gespenster huschten die Mädchen dicht hintereinander den Flur entlang und zielstrebig die Treppe hinunter, sorgsam jedes Geräusch vermeidend. Karlchen führte Bente durch den Speisesaal und die verlassene Küche. Ehe Bente bis hundert zählen konnte, standen sie schon draußen vor dem düsteren Schlossportal. Bente staunte.

»Das war ja leicht«, murmelte sie. Karlchen nickte.

»Hab ich doch gesagt«, flüsterte sie zurück. »Los, immer an der Wand lang, dann durch den Torbogen. Komm.«

Bente warf einen Blick zurück, während sie hinter der Freundin herstolperte. Am Himmel ballten sich ein paar schwarze Wolken und verdeckten den Mond. Es war stockdunkel, aber solange sie in der Nähe des Schlosses waren, wollten sie die Taschenlampe nicht anmachen.

Hinter zwei Fenstern im Lehrerflügel brannte noch Licht. Bente vermutete, dass einer der Lehrer noch über Arbeiten brütete oder sich einen fiesen Test ausdachte, mit dem er die

Schüler in den nächsten Tagen piesacken wollte. Fast wäre sie über eine Baumwurzel gestolpert, als Karlchen sie am Arm packte und festhielt.

»Was ist denn?«, knurrte Bente Karlchen an. Karlchen stand wie festgewurzelt und hob eine Hand. »D-da«, sagte sie tonlos. »Dahinten ...«

»Spinnst du?« Bente machte ihren Ärmel los und wollte weiter. Plötzlich fiel ihr der starre Blick der Dänin auf. »Karlchen, was hast du?«, fragte sie beunruhigt. »Sag doch was! Du siehst aus, als hättest du ein Gespenst gesehen.«

»Sieh doch«, sagte Karlchen. Sie hielt noch immer den Arm von sich gestreckt und wies in Richtung Wald. »Da, neben den Bäumen.«

Bente folgte Karlchens Blick und erstarrte. »Das gibt's doch nicht«, murmelte sie entsetzt. Am liebsten wäre sie weggelaufen, aber ihre Beine schienen nicht mehr zu ihr zu gehören. Sie wollte um Hilfe rufen, aber aus ihrer Kehle kam nur ein heiseres Röcheln. »Karlchen«, krächzte sie und krallte sich am Pullover der Freundin fest. »Mensch, Karlchen ...«

Ein plötzlich einsetzender, heftiger Windstoß rauschte im Laub der uralten Buchen über den Köpfen der Mädchen. Es wurde kalt. Irgendwo schrie ein Nachtvogel. Und dort hinten, am Waldrand, stand ein Pferd. Auf dem Rücken des Pferdes saß ein Mann. Die Wolkendecke riss auf. Im Licht des Vollmonds konnten Karlchen und Bente sehen, dass der Mann eine Art Kutte trug. Eine Mönchskutte mit einer Kapuze, die er tief ins Gesicht gezogen hatte. Der Reiter hob eine Hand, als wollte er den Mädchen zuwinken, dann bäumte sich das Pferd unter ihm auf und galoppierte davon. Bevor eine Wolke den Mond wieder verdunkelte, waren Reiter und Pferd im Wald verschwunden.

»K-knut …«, stotterte Bente atemlos.

»… und sein treues Pferd Taran.« Karlchen zitterte am ganzen Leib. Endlich ließ sie die Hand sinken. »Hilfe! Mensch, Bente, das halt ich nicht aus«, stöhnte sie.

»Ich auch nicht«, erwiderte Bente. Ohne es zu merken, krallte sie sich noch immer an Karlchens Ärmel fest. »Ich will nach Hause. Ich will sofort in mein Bett.« Sie wimmerte fast und zog die Freundin schon mit sich. Ohne sich noch einmal umzudrehen, hasteten Karlchen und Bente zum Schloss zurück.

8

»Ihr habt mich die halbe Nacht in der Kälte stehen lassen«, Daniel ging im Aufenthaltsraum auf und ab und raufte sich die blonden Haare, »und jetzt wollt ihr mir allen Ernstes erzählen, dass ihr den kopflosen Knut und diesen Geisterzossen Taran gesehen habt? Sagt mal, haltet ihr mich für blöd?« Er blieb stehen und starrte Bente und Karlchen an. Die himmelblauen Augen des Jungen schienen fast Funken zu sprühen, als er die Freundinnen musterte.

Bente und Karlchen saßen dicht nebeneinander auf einem Sofa und hielten sich an den Händen. Sie nickten. Kiki und Rebecca, die in tiefen Sesseln vor dem Sofa saßen, warfen sich einen Blick zu. Natürlich hatten Bente und Karlchen nach ihrer überstürzten Flucht versucht, die Freundinnen zu wecken, aber die hatten sich im Tiefschlaf befunden und das Klopfen der beiden nicht gehört. Erst beim Frühstück bekamen sie die gruselige Geschichte erzählt. Sie waren genauso fassungslos wie Daniel und wussten nicht recht, was sie von der ganzen Sache halten sollten.

»Kann es nicht sein«, sagte Kiki vorsichtig, »dass ihr eingeschlafen seid und alles nur geträumt habt?«

Karlchen tippte sich an die Stirn. »Wie sollten wir beide

genau denselben Traum haben?«, fragte sie entnervt zurück. »Überleg mal! Das geht doch gar nicht.«

»Wir haben nicht verschlafen«, jammerte Bente zum wiederholten Male. »Der Wecker hat geklingelt, wir sind aufgestanden und haben wie verabredet das Schloss verlassen. Als wir auf dem Weg zum Stall waren, stand da dieser, dieser …« Sie brach ab. Es war einfach zu gruselig. Sie fing ja schon an, an sich selbst zu zweifeln. Ein kopfloser Mönch auf einem Pferd. Mitten in der Nacht. Und dazu noch Vollmond. Hätte sie nicht Karlchen an ihrer Seite gehabt, hätte sie an ihrem Verstand gezweifelt. Aber so? Karlchen hatte recht, sie hatten nicht geträumt. Sie hatten den unheimlichen Reiter mit eigenen Augen gesehen! Das Problem war nur, dass keiner ihnen glauben wollte. Sogar Kiki und Rebecca schienen zu zweifeln und dabei waren sie ihre besten Freundinnen! »Ich weiß, dass es sich unglaublich anhört«, stöhnte Bente, »aber es war so! Es war genau so, wie wir es euch erzählt haben!«

»Und damit basta«, sagte Karlchen. Sie warf sich eine Handvoll Gummibärchen in den Mund. »Glaubt uns oder lasst es bleiben. Mir egal. Mich kriegen jedenfalls keine zehn Pferde mehr um Mitternacht aus dem Haus!«

»Ich hab fast zwei Stunden lang auf euch gewartet«, schnaubte Daniel. »Denkt ihr, das war witzig?« Er drehte sich um und öffnete die Tür. »Erzählt eure Schauermärchen den Zwillingen. Die stehen auf so was. Und wahrscheinlich nehmen sie euch die hanebüchene Story sogar ab.« Ohne ein weiteres Wort verließ er den Aufenthaltsraum, nicht ohne die Tür kräftig hinter sich zuzuschlagen.

»Junge, Junge, ist der geladen«, murmelte Kiki.

»Kein Wunder«, meinte Rebecca. »Immerhin hat er die halbe Nacht vor dem Stall gestanden. Also, da wäre ich auch sauer, das muss ich zugeben.«

Als wenig später die Tür erneut geöffnet wurde, betrat Patrick den Aufenthaltsraum. Der junge Pferdewirt hatte einen dicken Wollschal um den Hals geschlungen, seiner geröteten Nase und den glasigen Augen konnte man ansehen, dass er die Erkältung noch lange nicht überstanden hatte. »Moin«, sagte er schniefend in die Runde. Als er Bente und Karlchen auf dem Sofa hocken sah, stutzte er. »Mann, ihr seht aus, als hättet ihr ein Gespenst gesehen!« Er überhörte das Aufstöhnen der Mädchen, gab Kiki einen Kuss auf die Wange und lächelte lieb.

»Untersteh dich, mich anzustecken«, wehrte Kiki die Zärtlichkeit ab. »Ich bin mitten in den Proben für Beethovens Violinkonzert. Da kann ich mir eine Erkältung nicht erlauben.«

Patrick nieste. »Sorry, ich setz mich woandershin.« Er nahm sich einen Stuhl und setzte sich rittlings darauf. »Wisst ihr zufällig, wo Daniel ist?«, fragte er. »Er wollte gestern am späten Abend die Stallschlüssel holen und ist nicht gekommen. Ich hab bis nach Mitternacht auf ihn gewartet, aber dann hat mich die Grippe ins Koma gekickt.«

»Noch ein Typ, den ihr um den Schlaf gebracht habt«, grinste Rebecca in Richtung Sofa. »Glückwunsch, Mädels, das ist eine reife Leistung.«

Patrick runzelte die Stirn. »Hab ich was verpasst?«, erkundigte er sich.

»Nein, ist schon gut«, beeilte sich Kiki dem Freund zu versichern. »Daniel ist letzte Nacht was dazwischengekommen.«

»Ja, uns auch«, murmelte Bente. »Ein Mönch ohne Gesicht.«

»Kann mich bitte mal jemand aufklären«, bat Patrick. »Ich versteh nur Bahnhof.«

Im Schnelldurchlauf schilderten Kiki und Rebecca ihm die Vorkommnisse der vergangenen Nacht. Patricks Grinsen wurde breiter und breiter, je länger er zuhörte. Schließlich lachte er laut los. Es hörte sich an wie ein heiseres Bellen und endete schließlich in einem heftigen Hustenanfall.

»Entschuldigung«, sagte er, als er wieder Luft bekam, »aber das glaub ich nicht.« Er guckte Bente und Karlchen an. »Ihr habt den kopflosen Knut gesehen? Und Taran?« Erneut brach er in röchelndes Gelächter aus. Seine Augen schwammen fast in Lachtränen.

»Ja, stell dir vor«, gab Bente patzig zurück.

Patrick rang um Fassung und wischte sich mit dem Ende seines Schals die Tränen von den Wangen. »Mensch, Bente, Karlchen«, sagte er, »das ist doch nur ein Märchen, eine Legende«, er suchte nach dem richtigen Wort, »eine Sage!«

»Und jetzt hat sie sich erfüllt, die Sage von Mönch Knut und seinem Pferd.« Karlchen stopfte sich noch ein paar Gummibärchen zwischen die Zähne. Wenn sie unter Stress stand, brauchte sie Kalorien.

»Ähm, ihr glaubt das also echt?« Patrick machte ein verblüfftes Gesicht. »Versteh ich das richtig? Ihr behauptet im Ernst, letzte Nacht ein Gespenst gesehen zu haben?« Bente und Karlchen nickten ernst. Patrick stand von seinem Stuhl auf und zog seinen Schal fester um den Hals. »Ich glaub, ich hab Fieber«, nuschelte er. »Ich muss mich dringend wieder hinlegen.«

Mit dem Kopf schüttelnd ging er zur Tür. Die Mädchen starrten ihm, teils amüsiert wie Rebecca und Kiki, teils sauer wie Bente und Karlchen, hinterher. »Ach, Bente«, sagte er über die Schulter, »Merle hat mich vorhin angesprochen. Bommel stand heute früh verschwitzt auf der Koppel. Sie macht sich Sorgen, er könnte sich erkältet haben.«

Bente horchte auf. »Bommel? Ist es schlimm?«, fragte sie alarmiert. »Muss der Tierarzt kommen?« Patrick schüttelte müde den Kopf.

»Nein«, meinte er. »Merle hat gleich Atmung und Temperatur kontrolliert. Beides war völlig normal. Ich wollte es dir nur sagen.«

»Danke. Und gute Besserung.« Bente atmete erleichtert auf. Das fehlte jetzt auch noch, dass Bommel krank würde. Zum Glück passte Merle, die Betreuerin der Ponyabteilung, auf ihre Schützlinge auf. Wenn es Grund zur Besorgnis gab, würde sie rechtzeitig Bescheid sagen und den Tierarzt rufen.

»Ich leg mich dann wieder hin«, verkündete Patrick. »Und hört bloß auf mit diesen Gruselgeschichten!«

»Ich guck später noch mal nach dir!«, rief Kiki ihrem Freund hinterher. »Und koch dir heiße Milch mit Honig!«

Patrick winkte mit einer Hand und verschwand.

Im Aufenthaltsraum kehrte Ruhe ein. Karlchen und Bente hatten aufgehört, Händchen zu halten, und gähnten gleichzeitig. Beide hatten in der Nacht verständlicherweise kaum ein Auge zugemacht.

»Und nun?«, brach Rebecca das Schweigen. »Was wird aus unserer Rettet-das-Müsli-Aktion? Wollen wir sie abblasen?«

»Ich schenke Knut mein Müsli«, sagte Bente. »Es scheint

Taran zu schmecken. Von mir aus kann er den Rest auch noch haben. Hauptsache, er lässt mich in Ruhe«, fügte sie hinzu.

»Du willst dein Müsli nicht mehr beschützen?« Kiki machte ein ungläubiges Gesicht. »Du willst nicht mehr wissen, wer hinter diesem geheimnisvollen Futterschwund steckt?«

Bente zögerte. »Sicher will ich das wissen«, räumte sie ein. »Aber unter den gegebenen Umständen ...«

»Unter den gegebenen Umständen ...«, äffte Rebecca die Freundin nach. »Was soll das denn heißen?« Sie zog die Augenbrauen hoch. »Ich denke, eure Fantasie hat euch letzte Nacht einen Streich gespielt. Zugegeben, die Geschichte von Knut und seinem Pferd hat sich neulich im Stall sehr authentisch angehört, aber es ist nur eine Legende. Ihr hattet Angst, dazu noch der Vollmond, Mitternacht, Geisterstunde ...« Sie machte eine weit ausholende Geste. »Da kann es schon mal passieren, dass ...«

»Dass man anfängt zu spinnen?« Bente war aufgesprungen und funkelte Rebecca an. »Macht von mir aus, was ihr wollt, aber ohne mich, klar?«

»Das heißt wohl, dass du keine Stallwache mehr machen möchtest?«, fragte Rebecca freundlich.

»Genau das, liebe Rebecca«, zischte Bente. »Vergiss es einfach, okay? Es war eine doofe Idee und jetzt ist sie gestorben.«

Karlchen murmelte etwas Unverständliches, aber ihrem Gesicht konnte man ansehen, dass sie voll und ganz Bentes Meinung war.

»Hättest du was dagegen, wenn Kiki und ich uns um die Sache kümmern würden?«, fragte Rebecca mutig. »Auf eigene Faust?«

Kiki sog scharf die Luft ein, sagte aber nichts. Bente ließ sich zurück aufs Sofa plumpsen. »Wenn ihr euch den Schock eures Lebens holen wollt«, murrte sie, »bitte sehr. Ich kann's euch nicht verbieten. Aber kommt hinterher nicht schlotternd angelaufen und sagt, ich hätte euch nicht gewarnt!«

Rebecca lächelte. »Fein, dann machen wir das so. Heute Nacht schieben Kiki und ich Müsli-Wache. Wäre doch gelacht, wenn wir das Geheimnis nicht lösen könnten. Und diesen Knut und sein verfressenes Pferd schnappen wir vielleicht gleich mit.«

9

Kiki und Rebecca hockten eng nebeneinandergedrängt in einer Nische in der Futterkammer des Lindentalstalls, halb verborgen von Maximilian Muchs langem Stallkittel. Es war kurz nach Mitternacht. Rebecca unterdrückte ein Gähnen. Bis jetzt war alles glattgelaufen. Auf Karlchens erprobtem Schleichweg hatten sie das Schloss verlassen und waren unbehelligt bis zum Stall gelangt. Kiki hatte vorher den Schlüssel von Patrick geholt, ihm die versprochene Honigmilch gekocht und ihm Gute Nacht gewünscht. »Passt auf euch auf und lasst euch nicht von Knut erwischen«, hatte Patrick noch gemurmelt und war dann fast augenblicklich in einen erholsamen Schlaf gesunken.

»Ich versteh das nicht«, wisperte Kiki jetzt, »wir sind zur gleichen Uhrzeit aufgebrochen wie Bente und Karlchen und wir haben denselben Weg genommen. Warum ist uns Knut nicht über den Weg gelaufen? Ich hätte ihn ja zu gerne mal mit eigenen Augen gesehen.«

»Wahrscheinlich pennt der Gute schon«, flüsterte Rebecca zurück. »Auch ein Geist braucht schließlich seinen Schönheitsschlaf.«

Kiki unterdrückte ein Kichern. Sie versuchte, sich ein wenig bequemer hinzusetzen. Der linke Fuß war schon kurz vorm Einschlafen. »Ich fürchte fast, wir sitzen hier die ganze Nacht und nichts passiert. Oder glaubst du ernsthaft, dass jemand auftaucht und sich ans Müsli heranmacht?«

»Früher oder später muss jemand kommen«, flüsterte Rebecca überzeugt. »An ein Gespenst glaub ich natürlich nicht«, schränkte sie ein, »aber der oder die Übeltäter schlagen mit schöner Regelmäßigkeit zu. Warum also nicht auch heute Nacht?«

Kiki hoffte, die Freundin würde recht behalten. Sie hatte zwar ein bisschen Furcht vor dem, was da vielleicht noch auf sie zukommen konnte, aber sich die ganze Nacht für nichts und wieder nichts um die Ohren schlagen? Nee, dachte sie, dazu ist es viel zu kalt und ungemütlich. Heute musste einfach etwas passieren! Nur was das sein sollte, das wusste sie nicht. Sie kuschelte sich ein bisschen dichter an Rebecca und schloss die Augen. »Was machen wir eigentlich mit dem Dieb, wenn wir ihn haben?«, murmelte sie schläfrig.

»Wir hauen ihm gehörig auf die Glocke«, erwiderte Rebecca ungerührt, »und übergeben ihn der Pauli. Pst«, machte sie. »Ich glaub, ich hör was!« Die Mädchen hielten den Atem an und lauschten angespannt. Im Stall rumorte ein Pferd. Ein Huf trat gegen eine Boxenwand, dann wurde irgendwo in der Dunkelheit eine Selbsttränke betätigt. Gleich darauf war es wieder still.

»Blinder Alarm«, flüsterte Kiki und ließ sich wieder zurücksinken. Sie war tatsächlich eingenickt, als sie einen unsanften Stoß zwischen die Rippen bekam.

»Wach auf!«, zischte Rebecca ihr zu. »Es geht los!«

Kiki riss die Augen auf. Ihr linker Fuß war nun endgültig eingeschlafen und kribbelte entsetzlich, aber sie riss sich zusammen und achtete nicht darauf. »Was ist denn?«, flüsterte sie erschrocken.

»Pst!«, machte Rebecca noch einmal. Sie schob den Stallmeisterkittel ein wenig zur Seite und warf einen Blick um die Ecke. Zu sehen war nichts. Aber Schritte waren zu hören, schlurfende Schritte, die sich langsam näherten.

»Da ist jemand auf der Stallgasse, hörst du nicht? Er bewegt sich eindeutig in Richtung Futterkammer.« Rebecca straffte die Schultern. »Genau auf uns zu.«

Kiki umklammerte ihre Taschenlampe. Am liebsten hätte sie sie sofort eingeschaltet, aber sie durften den Dieb nicht zu früh wissen lassen, dass er ertappt war. Die Stablampe wog schwer in ihrer Hand und sie überlegte, dass sie sich zur Not ganz gut damit würde verteidigen können. Allerdings hoffte sie inständig, dass es gar nicht erst so weit kommen würde.

Die Tür zur Futterkammer stand einen Spalt weit offen. Kiki presste eine Hand vor den Mund, als sie langsam nach innen aufgestoßen wurde. Ein Schatten schien witternd in der Tür zu stehen und abzuwarten. Dann wurde die Tür ganz aufgestoßen. Der Schatten trat ein, wurde größer und größer und ...

»Flippi!«, rief Rebecca. »Ich fass es nicht!« Sie stand, ihre eingeschaltete Taschenlampe wie wild über dem Kopf schwenkend, in der Futterkammer und starrte das Pferd an. Flippi schnaubte erschrocken und wich zurück.

Kiki war sprachlos, dann ließ sie ihre Stablampe fallen und lachte laut los. Flippi rollte mit den Augen, trat gegen einen

Futtereimer und blieb schließlich stehen. Mit hängendem Kopf guckte sie die Mädchen unter dem Stirnschopf hervor an und machte ein schuldbewusstes Gesicht. Ihre Ohren spielten nervös hin und her.

»Flippi«, sagte Rebecca noch einmal. »Im Namen des Gesetzes, du bist verhaftet!«

Kiki konnte nicht mehr. Sie lachte und lachte, stand auf und fuhr Bentes Pferd durch die lange Mähne. »Mensch, Flippi«, sagte sie, »du machst Sachen!«

»Bestohlen vom eigenen Pferd! Mein Gott, ist das peinlich!«, stöhnte Bente am nächsten Morgen während des Frühstücks. Sie verbarg ihr Gesicht in beiden Händen. »Mit allem hab ich gerechnet«, murmelte sie und warf zwischen den Fingern hindurch einen Blick hinüber zu ihren Brüdern, die ihr, mit breitem Grinsen auf den Gesichtern, ausgesprochen fröhlich zuwinkten, »aber damit nicht.«

Im Speisesaal des Internats Lindental wurde getuschelt und gekichert. Die Geschichte von Bentes müsliklauender Holsteinerstute hatte im Nu die Runde gemacht und war das absolute Tagesgespräch. Sogar Laura, die Bente gleich angerufen hatte, um ihr die Neuigkeit zu erzählen, hatte sich fast schlapp gelacht. Bente hatte nur den einen Wunsch: Im Erdboden zu versinken und erst wieder aufzutauchen, wenn Gras über die Sache gewachsen war!

»He, Bente!«, rief ein Junge vom Nachbartisch dem Mädchen zu. »Schon gefrühstückt? Ich kann dir das hausgemachte Müsli empfehlen! Es ist ausgezeichnet!«

»Hahaha, wahnsinnig witzig, Sven! Aber danke für den

Tipp«, konterte Bente. »Ich bring gleich nach dem Frühstück ein Schüsselchen davon zu meinem Pferd!«

»Es ist schon erstaunlich, wie viel kriminelle Energie sich in solch einem Pferdehirn verbirgt, wenn's ums Fressen geht«, meinte Rebecca, während sie ihr Frühstücksei mit einem einzigen gezielten Schlag köpfte.

»Ich wusste genau, dass Flippi ihre Boxentür aufbekommt«, jammerte Bente. »Ich hatte Patrick doch extra gebeten, den Riegel zu erneuern.«

»Patrick liegt seit Tagen mit Grippe im Bett«, wandte Kiki ein. »Schon vergessen?«

Bente schüttelte den Kopf. »Nein, natürlich nicht. Ich mach ihm ja auch gar keinen Vorwurf, es ist nur so ... so wahnsinnig peinlich! Mein eigenes Pferd«, wiederholte sie. »Meine kleine Flippi klaut mein Goldschweif-Müsli! Das hätte ich ihr niemals zugetraut.«

»Wenn man es genau nimmt, hast du das Müsli doch für Flippi gewonnen, oder etwa nicht?«, mümmelte Karlchen zwischen zwei Löffeln Haferflocken. »Es war schließlich für sie bestimmt und nicht für dich.«

»Es war aber kein Schild dran, auf dem ›Selbstbedienung für Flippi‹ stand, oder irre ich da?«, murrte Bente. »Kein Wunder, dass sie in letzter Zeit so zugelegt hat. Na warte, das trainier ich ihr alles wieder ab. Sagt mal«, wandte sie sich an Kiki und Rebecca, »wie habt ihr sie eigentlich zurück in ihre Box gekriegt?«

Die Freundinnen grinsten verschmitzt. »Wir haben sie mit einem Eimer Pferdemüsli gelockt«, berichtete Kiki. »Sie ist uns ganz brav gefolgt.«

»Ihr hättet sie sehen sollen!« Rebecca lachte. »Ihr Hals wurde immer länger!«

»Als wir sie in ihrer Box hatten, haben wir ihr eine Hand voll Müsli in die Futterraufe geworfen«, erzählte Kiki weiter, »blitzschnell die Tür zugeknallt und …«

»… und mit mehreren Stricken gesichert«, vollendete Rebecca den Satz. »Wir haben ungefähr dreißig Doppelknoten gemacht. Wenn der arme Max heute früh ihre Box ausmisten will, wird er ganz schön fluchen, fürchte ich. So schnell bekommt er den Sicherheitsverschluss ganz bestimmt nicht auf.«

»Ich muss heute Mittag unbedingt mit ihm sprechen«, sagte Bente. »Am besten installiert er drei dicke Vorhängeschlösser und mindestens fünf neue Riegel an Flippis Tür.«

»Wenn das mal reichen wird«, sagte Karlchen. »Ich glaub, für Pferdemüsli von Goldschweif knackt deine Flippi jedes Schloss.« Sie kratzte den letzten Rest Haferflocken aus ihrer Schüssel und wechselte das Thema. »Und? Irgendwelche neuen Erkenntnisse in Sachen Knut und Taran?«

»Keine Spur«, erwiderte Rebecca. »Wir hatten mit Bentes gefräßiger Stute alle Hände voll zu tun, da hatten wir überhaupt keine Gelegenheit, uns auch noch um Gespenster zu kümmern.«

»Darum kümmern wir uns, Patrick und ich.« Daniel stellte sein Frühstückstablett auf den freien Platz neben Rebecca und begrüßte sie mit einem kleinen Kuss, während er sich setzte.

»Wie meinst du das?«, fragte Rebecca. »Patrick und du?«

Daniel schnitt seelenruhig ein Brötchen auf, bestrich es mit

Butter und Marmelade und biss erst einmal hinein, bevor er antwortete: »Sobald Patrick wieder auf den Beinen ist, machen wir uns auf Gespensterjagd.«

Bente riss die Augen auf. »Heißt das, ihr glaubt uns die Geschichte? Gestern hast du noch gesagt, es wäre alles Einbildung gewesen!«

»Ich hab nicht gesagt, dass ich glaube, dass es in Lindental spukt«, antwortete Daniel. »Aber ich glaub schon, dass ihr da draußen irgendetwas gesehen habt. Vielleicht, heißt das«, schränkte er ein. »Jedenfalls haben Patrick und ich einen leisen Verdacht, denn der Müslidieb war es ja offensichtlich nicht, nicht wahr?« Er zwinkerte Bente belustigt zu. »Also hat euch jemand anderes erschreckt. Und dieser Jemand spukt vielleicht weiter und bringt noch mehr arme Mädchen um ihren Schönheitsschlaf.«

»Ihr habt einen Verdacht?«, fragte Karlchen. »Los, spuck's aus!«

»Nö.« Daniel verputzte sein Brötchen und nahm sich eine Scheibe Vollkornbrot vor, die er dick mit Wurst belegte. »Das ist Männersache.«

»Männersache? Ha, dass ich nicht lache!« Karlchen grunzte abfällig.

»Lasst uns mal machen«, entgegnete Daniel unbeeindruckt. »Wir schnappen uns diesen Grusel-Knut und dann stutzen wir ihn noch einen Kopf kürzer, als er ohnehin schon ist.«

»Männersache«, schnaubte Karlchen noch einmal. »Als ob wir Mädchen das nicht auch könnten!«

»Bis Halloween haben wir den Kerl, wollen wir wetten?« Daniel hielt Karlchen die Hand hin. Die Dänin schlug ein.

»Die Wette gilt«, sagte sie. »Was ist der Einsatz?«

Daniel überlegte. »Wenn wir es nicht schaffen, diesen albernen Spuk bis Halloween zu beenden, serviere ich dir ein Jahr lang höchstpersönlich deine Haferflocken zum Frühstück. Wenn wir es allerdings schaffen, werde ich dir die alte Kutte von Knut dem Kopflosen bringen, dazu ein goldenes Schweifhaar von Taran. Und zwar auf einem silbernen Tablett!«, fügte er hinzu.

10

In dieser Nacht waren es Daniel und Patrick, die auf der Lauer lagen. Nicht im Lindentalstall – das Müsli-Rätsel war ja gelöst –, sondern hinter einem Mauervorsprung am Garten des Internats, genau an der Stelle, von der aus Bente und Karlchen den kopflosen Knut und seinen vierbeinigen Gefährten Taran gesehen haben wollten.

Milchige Nebelschwaden zogen über die Ländereien. Es war eine ungemütliche, von Wolken verhangene Nacht, kalt und fast windstill. Der arme Patrick sah bemitleidenswert aus. Immer wieder musste er unterdrückt niesen, seine roten Augen erinnerten an die einer Albinoratte, wie Daniel nicht sehr taktvoll bemerkte.

»Das ist mein Ende«, jammerte Patrick mit heiserer Stimme. Er zog seine schwarze Mütze tiefer ins Gesicht und den Schal bis über die Nasenspitze. Durch den entstandenen Sehschlitz musterte er Daniel missmutig. »Es ist dir klar, dass du die Verantwortung dafür trägst, wenn ich an einer Lungenentzündung sterbe, oder? Hätten wir mit unserem Einsatz nicht noch ein paar Tage beziehungsweise Nächte warten können? Mann, geht's mir schlecht …«, stöhnte er. »Ich glaub, ich hab Fieber.«

»Natürlich hast du Fieber«, erwiderte Daniel ungerührt, »und zwar Jagdfieber!«

Patrick grunzte etwas Unverständliches und versuchte mühsam, einen Hustenanfall zu unterdrücken, bevor er weitersprach: »Aber warum ausgerechnet heute Nacht?« Er vergrub die Hände tief in den Taschen seiner Thermohose und stampfte mit den Füßen, um sich notdürftig warm zu halten. Vor seinem Mund bildeten sich kleine weiße Atemwölkchen.

»Der Mond steht günstig«, antwortete Daniel. »Und außerdem hab ich so ein Gefühl.«

»So ein Gefühl, so ein Gefühl ...« Patrick zog ein Taschentuch aus seiner Hose und schnäuzte heftig hinein. »Und ich hab so ein Gefühl, als würde ich die heutige Nacht nicht überleben. Es ist dir hoffentlich bewusst, dass du mich nachher zurück in mein Bett tragen und den Notarzt verständigen musst, du Geisterjäger!«

»Pscht!«, machte Daniel ärgerlich. »Mach doch nicht solchen Krach!«

»Seit wann sind Gespenster geräuschempfindlich?«, murrte Patrick. »Die rasseln doch ständig mit verrosteten Ketten und machen Huh-Huh und solche Sachen.«

Daniel schüttelte nur den Kopf und starrte weiter in die Dunkelheit. Der Mond war hinter Wolkenfetzen verborgen. Es war unmöglich, etwas zu erkennen. Daniel kniff die Augen zusammen. Hatte sich da nicht etwas bewegt? Ein Schatten? Dort hinten am Waldrand?

»Pscht!«, zischte er noch einmal, obwohl Patrick ohnehin keinen Mucks mehr machte.

»Was ist denn los?« Patrick war die Mütze über die Augen

gerutscht. Mit einer fahrigen Handbewegung schob er sie zurück. »Ist was?«

»Wie spät ist es?«, fragte Daniel leise. Er hatte seine Uhr im Zimmer liegen lassen.

Patrick drückte kurz auf den Leuchtanzeiger seiner Armbanduhr. »Genau zwölf Uhr, Mitternacht.« Er grinste. »Geisterstunde, wenn du es genau wissen willst. Aber warum fragst du?«

»Ich glaub, gleich wird's spannend«, murmelte Daniel und duckte sich hinter die halb verfallene Mauer. »Los, runter mit dir!« Mit einer Hand zog er den Freund ebenfalls in Deckung.

Patrick nieste zweimal hintereinander und fing sich sogleich einen vorwurfsvollen Blick ein. »Sorry«, grummelte er, »das sind die Bazillen, die wollen raus.« Er hob das Gesicht und schimpfte: »Verdammte Wolken! Ich seh so gut wie überhaupt nichts!«

»Mach dir keine Sorgen«, zischte Daniel zurück, »das ist ganz normal, wenn's dunkel ist.«

Angespannt beobachteten die beiden Jungs den Waldrand, der sich als gespenstisch gezackte Silhouette vor dem Nachthimmel abhob. Eine große Nachteule schwebte lautlos von einem Baum herab und schnappte nach Beute, bevor sie ebenso lautlos wieder verschwand. Patrick zitterte vor Kälte. Aber er versuchte, sein Unwohlsein zu verdrängen. Es war schon spannend, so mitten in der Nacht einem Geist aufzulauern – auch wenn er nach wie vor nicht daran glaubte. Wenn es ihm besser gehen würde, überlegte er, wäre die ganze Sache eigentlich recht lustig!

Irgendwo auf der nahen Koppel wieherte ein Pferd. Patrick fragte sich, ob es sein Snorri war, der von einem Galopp über eine Wiese träumte und ...

»Himmel, Patrick!«, stöhnte Daniel plötzlich auf. »Merkst du nicht, dass du die ganze Zeit auf meinem Fuß stehst?«

Patrick lachte leise. »Doch, aber es war so bequem!«

»Blödmann!«, gab Daniel zurück. »Wie spät ist es jetzt?«

»Kurz nach Mitternacht«, sagte Patrick nach kurzem Blick auf die Uhr. »War wohl blinder Alarm, was?«

Daniel wollte gerade etwas erwidern, als die Wolkendecke aufriss. Das fahle Licht des Mondes fiel auf eine Lichtung am Rande des Waldes. Auf der Lichtung – Daniel und Patrick trauten ihren Augen kaum – stand ein stämmiges Pferd. Es stand absolut unbeweglich, nur der lange Schweif bewegte sich in einem leichten Luftzug. Auf dem Rücken des Pferdes saß eine vermummte Gestalt. Auch sie bewegte sich nicht, saß einfach nur da. Die Gestalt trug einen zerschlissenen Umhang, eine Kutte, und eine große Kapuze, die weit nach vorn gezogen war.

»D-das Kuttenmännchen!«, stieß Patrick krächzend hervor. »Knut ohne Kopf! Das ist zu viel, ich hab Halluzinationen!«

Daniel erhob sich im Zeitlupentempo und spähte über die Mauer. Das Kuttenmännchen drehte den Kopf und schien seinen Blick zu erwidern. Dann hob es eine Hand und winkte.

Daniel schluckte. Er sah die Kapuze, aber kein Gesicht. Unter der Kapuze war nichts als schwarze Leere. Der geheimnisvolle Reiter hatte kein Gesicht!

»Na warte, den schnappen wir uns!« Daniel zog Patrick auf

die Füße und schüttelte ihn ziemlich unsanft. »Spar dir deine Halluzinationen für später«, raunte er ihm zu. »Los jetzt, Action! Du läufst hier entlang«, er deutete vage in eine Richtung, »und versuchst, einen weiten Bogen zu schlagen. Ich komme von der anderen Seite. Wir schneiden dem Burschen den Weg ab. Der entkommt uns nicht«, fügte er grimmig hinzu.

Patrick wollte schon protestieren und auf seinen angeschlagenen Gesundheitszustand hinweisen, der längere Fußmärsche, geschweige denn wilde Verfolgungsjagden absolut unmöglich machte, als ein hellroter Lichtschein über die Waldlichtung zog. Ein großer runder Kürbis, ausgehöhlt zu einer gruseligen Grimasse und von innen leuchtend, schien zwischen den Bäumen hindurchzuschweben. Er verharrte einen Moment lang in der Schwebe, drehte sich im Kreis und zog dann langsam weiter.

»Jetzt reicht's!«, schimpfte Daniel und setzte mit einem Sprung über die Mauer. »Halloween ist erst übermorgen! Los, Patrick!«, rief er über die Schulter zurück. »Lauf!« Er hörte ein unterdrücktes Schimpfen, aber Patrick kam nun ebenfalls aus der Deckung hervor.

»Ich lass mich doch von so einem blöden Kürbis nicht zum Narren halten!«, murmelte Daniel, während er über das weite Feld in Richtung Wald spurtete. In einer tiefen Furche blieb er hängen und wäre um ein Haar gestürzt, aber er fing sich wieder und rannte weiter. Schräg hinter sich hörte er Patrick keuchen. Der junge Pferdewirt fluchte und schimpfte in einer Tour, aber er hielt mit. Gut so, dachte Daniel, gleich haben wir ihn!

»Links, Patrick!«, rief er dem Freund zu. »Du musst dich weiter links halten!«

Patrick reagierte sofort und schlug einen Haken, während Daniel einen Bogen in die entgegengesetzte Richtung machte. Als er zum Wald blickte, bemerkte er, dass der Kürbis hektisch schwankend hinter einem Gebüsch verschwand. Von Knut und Taran war in diesem Moment nichts zu sehen, aber das war kein Wunder, denn der Mond hatte sich wieder hinter einer Wolke versteckt. Der einzige Anhaltspunkt war der schwach leuchtende Kürbis, und Daniel hielt, ohne zu zögern, genau darauf zu. Im Laufen tastete er in seiner Jacke nach der Taschenlampe, die er mitgenommen hatte. Als er sie nicht sofort fühlte, fürchtete er, sie vergessen zu haben. Aber da war sie, schwer und äußerst beruhigend.

Als Daniel den Waldrand erreichte, verlangsamte er sein Tempo, um sich zu orientieren und etwaigen Hindernissen auszuweichen. Trotzdem peitschte ihm ein tief hängender Zweig schmerzhaft ins Gesicht.

»Mist, verdammter!«, fluchte er. Er blieb kurz stehen und rieb sich die Wange. »Genug ist genug! Alles klar bei dir, Patrick?«, rief er in die tintenschwarze Nacht.

»Alles okay!«, rief der Freund prompt zurück.

Die beiden hatten jetzt jede Vorsicht aufgegeben. Das ominöse Gespenst wusste ohnehin, dass sie ihm auf den Fersen waren. Warum also jedes Geräusch vermeidend durchs Gebüsch kriechen? Bei einer Treibjagd machte man auch jede Menge Krach, fuhr es Daniel durch den Kopf, oder etwa nicht? Und genau das war es jetzt für ihn: eine Treibjagd auf ein reitendes Gespenst und einen grinsenden Kürbis!

Plötzlich hörte er ein Kichern, dann einen unterdrückten Aufschrei. Danach war alles ruhig. Daniel blieb stehen und lauschte. Er wagte es nicht, sich vom Fleck zu rühren.

»Ich hab was!«, kam Patricks heisere Stimme nach endlosen Sekunden aus dem Nichts.

»Lass los!«, hörte Daniel kurz darauf eine zweite, hellere Stimme. »Du tust mir weh!«

Daniel bahnte sich einen Weg durchs Unterholz. Mehr tastend als sehend bewegte er sich in Richtung der Stimmen.

»He, du kleine Kratzbürste«, das war wieder Patrick, »hör auf zu zappeln!«

Kratzbürste? Daniel grinste. Das hörte sich nicht nach einem furchterregenden Gespenst an!

»Daniel! Wo bleibst du?«, bellte Patrick wütend. »Diese Frettchen kratzen und beißen! Ich brauch dringend Hilfe!«

Kratzende und beißende Frettchen?, dachte Daniel. Das wird ja immer besser!

»Bin schon da!«, rief er, bevor er über eine Baumwurzel stolperte und der Länge nach hinfiel. Als er aufsah, lachte er laut los. Vor ihm stand Patrick, die Taschenlampe zwischen die Zähne geklemmt, mit tief über die Augen gerutschter Wollmütze und fluchte. Links und rechts hielt er zwei kleine Gestalten mit eisernem Klammergriff auf Sicherheitsabstand. Die Gestalten trugen etwas am Leib, das Daniel ziemlich stark an ausrangierte Futtersäcke erinnerte. Sie wanden sich hin und her und versuchten, sich zu befreien, während sie immer wieder ausholten, um nach Patricks Schienbeinen zu treten. Der »schwebende Kürbis« lag auf der Seite. Das Kerzenlicht in seinem Inneren flackerte unruhig.

Daniel rappelte sich hoch und zog die Stablampe aus der Jacke. »Hände hoch!«, rief er, während er den Lichtstrahl auf das merkwürdige Spektakel richtete, das sich ihm bot. »Das Spiel ist aus!« Ganz kurz herrschte verblüfftes Schweigen, dann hoben die vermummten Gestalten die Hände.

»Nanu? Wen haben wir denn da?«, fragte Daniel. »Den kopflosen Knut in doppelter Ausführung? Gleich zwei kleine Mönche ohne Gesicht?« Er schwenkte die Lampe von einem zum anderen. »Kapuzen runter!«, forderte er. »Ich will wissen, wem ich es zu verdanken habe, dass ich mitten in der Nacht durchs Gelände hecheln muss!«

Gleichzeitig zogen die Kuttenmännchen ihre Kapuzen vom Kopf. Zwei geschwärzte Gesichter kamen zum Vorschein.

Patrick wischte mit dem Daumen über die Wange des einen Übeltäters. »Faschingsschminke«, bemerkte er trocken.

Die Mini-Mönche, die Patrick nur knapp bis zur Brust reichten, grinsten. Weiße Zähne blitzten in den schwarzen Gesichtern auf. Plötzlich knackte es im Gebüsch. Etwas schnaubte und brummelte leise. Daniel richtete seine Lampe ein Stück zur Seite. »Ach nee, da kommt ja auch der gute Taran!« Ein stämmiger Fuchs mit blondem Behang trat, vorsichtig einen Huf vor den anderen setzend, auf die Lichtung und beäugte die Versammlung neugierig. Es war allerdings kein Kaltblüter, der da näher kam und dunkel wieherte – es war ein gedrungener Haflinger.

»Hallo, Bommel«, begrüßte Patrick das Pony und griff nach dessen Zügel. »Taran hatte ich mir aber irgendwie größer vorgestellt.« Bommel rieb seinen Kopf an Patricks Hose und ließ sich die Stirn kraulen.

»Und nun zu euch.« Daniel machte einen Schritt vorwärts. »Junge, ich hab's doch geahnt«, schmunzelte er. »Die missratenen B&Bs ... Bentes Lieblingsbrüder Benjamin und Bastian!«

Patrick hatte Mühe, nicht loszuprusten, als er die verhinderten Gespenster betrachtete, mit ihren verschmierten Gesichtern und den hängenden Schultern. »Ihr konntet wohl nicht bis Halloween warten, was?«, fragte er. »Habt ihr nichts Besseres zu tun, als nachts harmlose Internatsbewohner zu erschrecken? Eure arme Schwester und ihre Freundin haben den Schock ihres Lebens erlitten!«

»Cool!«, kicherte das eine Kuttenmännchen.

»Und wo habt ihr die Verkleidung her?«, mischte sich Daniel ein. »Die Dinger kommen mir irgendwie bekannt vor.«

»Aus Patricks Spind im Stall«, gab das andere Kuttenmännchen zu.

»Und den Kürbis?«, forschte Daniel weiter.

»Aus dem Gärtnerschuppen«, erwiderten Benjamin und Bastian wie auf Kommando.

Patrick gähnte. »Und wie seid ihr mitten in der Nacht aus dem Schloss gekommen? Das ist doch gar nicht so einfach.«

»Och, wenn man ein Zimmer im Erdgeschoss hat«, grinste Benjamin, »ist das babyleicht.«

»Wir sind einfach rausgehüpft«, ergänzte Bastian. »Und Bommel steht sowieso immer draußen. Das war ganz easy.«

»Aber wie habt ihr diesen Kürbis zum Schweben gekriegt?«, fragte Patrick. »Das sah ziemlich echt aus. Kompliment.«

»Mit Draht an einem Stock befestigt«, antwortete Bastian knapp. »Wie 'ne Laterne.«

»Bente und Karlchen sind leider abgehauen, bevor der Kürbis bei ihnen zum Einsatz kommen konnte.« Benjamin lachte. »Mann, die sind vielleicht gerannt! Ich wusste gar nicht, dass unsere Schwester so schnell laufen kann!«

»Aber woher wusstet ihr, dass die Mädchen in dieser Nacht draußen waren?«, wollte Daniel wissen.

»Belauscht«, war die Antwort der Zwillinge.

Daniel und Patrick wechselten einen Blick. Patrick nieste.

»Tja, und was, meint ihr, sollen wir jetzt mit euch machen?«, erkundigte sich Daniel, bemüht, eine ernste Miene zu machen.

»Bringt uns bloß nicht zur Pauli!« Benjamin riss entsetzt die Augen auf. »Die ist imstande und wirft uns glatt aus dem Internat!«

»Und auch nicht zu Bente«, flehte Bastian. »Ihr kennt unsere Schwester nicht. Die versteht echt keinen Spaß mit solchen Sachen!«

»Dann wart ihr es also damals auch, die die armen Kürbisse verunstaltet haben, stimmt's?« Patrick kraulte nach wie vor Bommel, der mit tief hängendem Kopf ein Nickerchen zu halten schien.

Die Zwillinge nickten betreten.

»Aber wir haben sie auch eigenhändig wieder sauber geschrubbt«, merkte Benjamin an.

»Hm, das habt ihr in der Tat«, Daniel wiegte den Kopf, »trotzdem ...«

»Strafe muss sein«, brummte Patrick. »Zuerst die unschuldigen Kürbisse, dann dieser ungehörige Spuk in den letzten Nächten ...«

Die Kuttenmännchen schienen zu schrumpfen. Sie senkten die Köpfe und starrten den Waldboden an.

»So schlimm war's doch gar nicht«, murmelten sie. »Wir haben doch nur Spaß gemacht.«

Daniel und Patrick zwinkerten sich zu.

»Ich glaub, ich hab da eine Idee«, meinte Patrick nach kurzem Zögern.

»So ein Zufall«, gab Daniel zurück. »Ich glaub, ich auch.«

11

»Heute ist Halloween«, verkündete Bente zwei Tage später nach der Reitstunde, während sie Flippi mit zusammengedrehten Strohwischen abrieb. »Laura und Fynn kommen extra mit dem Zug aus Soltau, um mitzufeiern. Cool, oder? Sie sind total gespannt auf unsere Fete. Schade, dass Daniel und Patrick Knut und Taran noch nicht geschnappt haben. Ich hätte sie den beiden zu gern präsentiert.«

»Das wird wohl auch nichts mehr.« In der Nachbarbox verlas Kiki Torphys Schweif und entfernte vorsichtig ein paar Kletten.

»Die Sage vom Kuttenmännchen wird ein ewiges Rätsel bleiben«, seufzte Rebecca, die auf einem Strohballen vor den Boxen saß und in ihrer Formelsammlung blätterte. »Bis dreißig Jahre rum sind und Knut und Taran wieder auftauchen, sind wir alt und grau.«

Patrick schleppte einen Hafersack an den Mädchen vorbei und grinste.

»Was gibt's da zu grinsen?«, erkundigte sich Rebecca spitz.

»Ich hab mir euch gerade als vier bucklige, alte Hexen mit grauen Haaren vorgestellt«, kicherte Patrick, während er den Futtersack abstellte.

»Sehr charmant, Patrick, wirklich.« Kiki schob den Kopf über die Boxenwand und funkelte den Jungen an.

Die Stalltür wurde zur Seite geschoben. Karlchen und Daniel kamen herein.

»Tja, Daniel«, sagte Karlchen gerade, »stell am besten schon mal deinen Wecker. Ab morgen musst du mir die Haferflocken servieren.«

»Wart's ab, Karlchen«, erwiderte Daniel, »wart's einfach ab. Hey, Patrick«, wandte er sich an den Freund, »hast du einen Moment Zeit?«

»Klar.« Patrick schob den Hafersack zur Seite und folgte ihm nach draußen.

»Wieso stecken die beiden bloß immer die Köpfe zusammen?«, wunderte sich Bente. »Ich wüsste zu gerne, worüber die immerzu tratschen.«

»Vermutlich arbeiten sie noch an ihrer Gespensterfalle«, mutmaßte Rebecca. Sie warf einen Blick auf die große Stalluhr. »Ein bisschen Zeit haben sie ja noch. Aber wir müssen uns beeilen, Mädels. Wir sollten uns langsam in Hexen verwandeln.«

Bente strich Flippi über die Nase und verabschiedete sich von ihr. Als sie die Boxentür schloss, vergewisserte sie sich, dass die beiden neuen Riegel an der Tür auch wirklich zuschnappten. Dann verließ sie mit den Freundinnen den Stall.

Auf dem Weg hinauf zum Schloss trafen sie Benjamin und Bastian.

»Wohin des Weges, ihr kleinen Monster?«, fragte Karlchen und stellte sich den Zwillingen in den Weg. »Gleich wird das Gruselbüfett eröffnet. Keinen Appetit auf Glibberschleim?«

Benjamin und Bastian schüttelten die Köpfe und wichen ihr aus. »Nee, wir wollen noch mal zu Bommel«, sagte Bastian hastig.

»Keine Panik, wir kommen schon nicht zu spät zum Höhepunkt der Halloween-Party«, versicherte Benjamin und zog den Bruder mit sich.

»Nee, ganz bestimmt nicht.« Bastian unterdrückte ein Kichern. Dann rannten sie im Laufschritt weiter in Richtung Ponykoppel. Bente sah ihnen stirnrunzelnd nach. »Höhepunkt der Halloween-Party?«, murmelte sie. »Die brüten doch schon wieder irgendetwas aus.«

Am Abend war das Schloss festlich erleuchtet. Große Außenscheinwerfer ließen die weiß gestrichene Fassade des Reitinternats in der Dunkelheit erstrahlen. In den Fenstern lagen die ausgehöhlten Kürbisse mit flackernden Teelichtern in ihren Bäuchen. Im Innern des Hauptgebäudes herrschte lebhaftes Gewusel. Vampire, Skelette, Monster und andere Unwesen streiften umher, standen beisammen oder tanzten ausgelassen zu der lauten Musik, die aus den Lautsprechern durch die endlos langen Korridore bis in den letzten Winkel des altehrwürdigen Gemäuers drang.

Am Eingang zum gruselig geschmückten Speisesaal standen vier Hexen. »Süßes, sonst Saures!«, fuhren sie jeden an, der den einzigen Durchgang zum großen Halloween-Grusel-Spuk-Büfett passieren wollte. Wer sich weigerte, eine Süßigkeit in den bereitgestellten Weidenkorb zu werfen, bekam mit einem an einen ausrangierten Stallbesen erinnernden Hexenbesen einen scherzhaften Hieb auf den Allerwertesten, wurde mit einem unmissverständlichen Hexenfluch belegt und schließlich doch hindurchgelassen. Kiki, Bente, Karlchen und Rebecca nahmen ihre Aufgabe als »Türsteher-Hexen« sehr ernst und leisteten ganze Arbeit. Sogar Frau Dr. Paulus, die vergessen hatte, sich mit Süßigkeiten einzudecken, bekam unter großem Gejohle der Umstehenden den Besen der »vier Hexen vom Lindental« zu spüren.

»Wo Daniel und Patrick wohl bleiben?«, fragte Bente. »So kompliziert ist ihre Verkleidung ja nun wirklich nicht, oder?« Sie winkte Laura und Fynn zu, die als Vampirpärchen verkleidet durchs Schloss schlenderten und sich beeindruckt umsahen. »Hey, toll, dass ihr kommen konntet!«

»So eine coole Halloween-Party lassen wir uns doch nicht entgehen!« Laura gab Bente vorsichtig ein Küsschen auf die Wange und begrüßte die anderen. »Danke für die Einladung!«

Fynn grinste. Seine spitzen Vampirzähne blitzten auf.

Bente rückte ihr buntes Kopftuch zurecht und klebte die Gummiwarze zurück auf die Nasenspitze. Der Kleber hielt nicht richtig, weil sie im Eifer des Gefechts ständig nachfühlte, ob die Scherzwarze noch da war.

»Bestimmt trauen Daniel und Patrick sich nicht ins Schloss«, vermutete Karlchen.

»Ohne Knuts Kutte und das Schweifhaar von Taran brauchen sie sich auch gar nicht erst hier blicken zu lassen.« Kiki schwenkte ihren zerzausten Besen. »Sonst gibt's Extra-Saures!«

Sven schlich sich von der Seite an die Freundinnen heran. Er hatte eine Frankensteinmaske auf, aber Bente wusste sofort, wer sich dahinter verbarg. »Hi, Sven«, sagte sie lässig.

Sven stutzte. Er lüftete die Maske und fragte: »Woher wusstest du, dass ich es bin?«

»Ich hab dich an deinen Schuhen erkannt. Kaum einer im Schloss trägt außer dir nämlich so große Schuhe.« Bente grinste. »Sonst noch Fragen?«

»Ja. Wo steckt deine Freundin Rebecca?«, fragte der Schülervertreter verschnupft. »Ich hab einen Brief für sie.«

Rebecca klopfte ihm von hinten auf die Schulter. »Unser kleiner Postbote«, lachte sie. »Immer im Einsatz, sogar an Halloween.«

Sven lief rot an und zog einen Umschlag aus der Tasche. »Hier«, sagte er und reichte ihn Rebecca. »Sieht ziemlich wichtig aus.« Er deutete auf den offiziellen Stempel des Absenders.

Rebecca starrte den Brief an. »Hilfe, der ist von der Jugend-forscht-Jury! Das ist …«

»Die Gewinnmitteilung? Der Beweis deiner Genialität? Dein Durchbruch als anerkannte Wissenschaftlerin?« Kiki schob ihren Kopf über Rebeccas Schulter. »Los, mach auf! Du hast gewonnen, das spür ich ganz deutlich!«

Rebecca drehte den Umschlag hin und her, machte aber keine Anstalten, ihn zu öffnen.

»Rebecca! Spann uns nicht so auf die Folter!« Karlchen zappelte hin und her. Mit ihrem rotbraunen Wuschelkopf und dem kunstvoll zusammengeschneiderten Flickenkostüm sah sie tatsächlich aus wie eine kleine Hexe.

»Ich … ich«, stammelte Rebecca. Sie guckte die Freundinnen hilflos an. »Ich kann's nicht!«, stieß sie schließlich hervor. »Ich kann es einfach nicht!«

»Dann mach ich es für dich. Gib her!« Kiki riss ihr den

Umschlag aus den Händen und machte sich daran, ihn aufzureißen.

»Nein!«, schrie Rebecca. »Untersteh dich!« Sie schloss die Augen. »Doch«, murmelte sie nach einer Weile, »mach ihn auf.«

Kiki, Karlchen und Bente wechselten einen Blick. Karlchen und Bente nickten kaum merklich. Gespannt sahen sie zu, wie Kiki den braunen Umschlag der Länge nach öffnete, ihm einen eng beschriebenen Briefbogen entnahm und diesen unendlich langsam auseinanderfaltete. Rebecca stand dicht neben ihr und hielt die Augen krampfhaft geschlossen. Sie murmelte etwas, das sich anhörte wie eine altägyptische Beschwörungsformel, und ballte dabei die Hände zu Fäusten.

Sven ließ die vier Mädchen keine Sekunde aus den Augen. Er stand ein wenig abseits und meinte: »Manchmal glaub ich, ihr seid echt so was wie Hexen. Normal ist das jedenfalls nicht!« Trotzdem blieb er stehen und beobachtete das merkwürdige Ritual, dem der Brief unterzogen wurde.

Kiki hob den Kopf. »Okay?«, fragte sie in die Runde.

»Okay«, sagten Karlchen und Bente wie aus einem Munde.

Rebecca nickte angespannt. »Wenn's eine schlechte Nachricht ist«, flüsterte sie, »zerreiß ihn sofort, ja?«

Kiki überflog die ersten Zeilen. »Wow!«, sagte sie und: »Ist ja irre!«

»Was ist, Kiki?«, fragte Bente ungeduldig. »Was steht in dem Brief?«

Kiki hob den Brief in die Höhe. »In diesem Brief, liebe Hexen vom Lindental, steht ...«, begann sie.

Rebecca keuchte. »Was? Sag schon, Kiki!«

»… dass Rebecca Mangold mit ihrem Solarmodell zur alternativen Beleuchtung öffentlicher Fußgängerunterführungen in der Fachrichtung Fotovoltaik den ersten Preis gewonnen hat!«, vollendete Kiki den Satz.

Rebecca hatte die Augen geöffnet und starrte auf einen Punkt in der Ferne. Sie sagte nichts, sie bewegte sich nicht einmal.

»Aber das ist noch nicht alles«, fuhr Kiki fort, nachdem sie sich vergewissert hatte, dass die Freundin noch atmete. »Rebecca Mangold hat darüber hinaus den ›Renewable Energy Junior Award‹ gewonnen, was immer das auch heißen mag. Die Jury lädt sie jedenfalls hiermit zur feierlichen Preisvergabe nach Berlin ein.« Kiki ließ den Brief sinken.

Bente machte dicke Backen. »Ist das krass!«

»Boah«, machte Karlchen. »Aber was bitte schön ist Fotovoltaik? Und dieses Renewable-Dingsbums?«, erkundigte sie sich.

»Fotovoltaik ist ein Teilbereich der Energietechnik, der sich mit der Gewinnung von elektrischer Energie aus Sonnenenergie befasst«, erklärte Rebecca bereitwillig, und als sei dies die selbstverständlichste Sache der Welt. »Und als renewable energy bezeichnet man natürliche Energie, die sich ständig erneuert, wie der Name schon sagt. Windenergie zum Beispiel, Wasserenergie, Solarenergie …«

Rebecca war in ihrem Element und kaum zu stoppen. Kiki versuchte es dennoch. »Du, Rebecca«, sagte sie, »manchmal bist du mir unheimlich.«

Rebecca hielt inne. »Wieso?«

»Du hast gerade erfahren, dass du gewonnen hast«, lachte

Kiki, »und dir fällt tatsächlich nichts Besseres ein, als uns einen Vortrag zu halten!«

»Hilfe«, sagte Rebecca, »du hast recht.« Sie stieß eine Faust in die Luft und schrie: »Yeah! Ich hab's geschafft!«

Im Nu war sie von den Freundinnen umringt. Laura und Fynn machten neugierige Gesichter.

»Worum geht's eigentlich?«, wunderte sich Laura.

»Dürfen wir uns mitfreuen?«, fragte Fynn.

Bente erklärte es ihnen. Laura und Fynn machten große Augen.

»Wow!«, sagte Fynn, ehrlich beeindruckt. »Das hat Stil!«

Rebecca wurde umarmt, gedrückt, geküsst und zu guter Letzt hochgeworfen und wieder aufgefangen. Als sie wieder zu Atem kam, hatte sie Tränen in den Augen. Kiki, Karlchen, Bente und Laura vollführten einen wilden Freudentanz um sie herum. Fynn und Sven grinsten einträchtig.

»Ich kann's nicht fassen«, sagte Rebecca immer wieder. »Ich kann's einfach nicht glauben!«

»Du kannst es ruhig glauben. Schließlich hast du's schriftlich!«, schrie Karlchen ihr ganz laut ins Ohr. »Jetzt bist du berühmt!«

»Und bald bist du vielleicht steinreich!« Kiki übertrieb vor lauter Aufregung.

Bente nahm Rebecca den Brief aus der Hand, faltete ihn sorgfältig zusammen und ließ ihn in die Tasche von Rebeccas Hexenschürze gleiten. »Jetzt wird anständig gefeiert! Los, lasst uns tanzen!« Sie nahm Svens Hand und zog den verblüfften Jungen hinter sich her in die überfüllte Disco neben dem

Speisesaal. Laura, Fynn, Kiki und Karlchen folgten mit einer strahlenden Rebecca im Schlepptau.

Grelle Lichtblitze durchzuckten den Raum. Aus den Boxen dröhnten hämmernde Beats. Die Freundinnen und Freunde bildeten einen Kreis und tanzten wild und ausgelassen.

»Wo Daniel und Patrick nur bleiben?«, schrie Kiki gegen die laute Musik an.

Karlchen zuckte mit den Achseln. »Ist doch egal!«, schrie sie zurück. »Heute ist Rebecca der Star!«

Doch Karlchen irrte sich gewaltig. Ein schriller Schrei, lauter als die ohrenbetäubende Musik, ließ die Tänzerinnen und Tänzer mitten in der Bewegung innehalten. Ein Mädchen, als Frankensteins Braut verkleidet, stand am Fenster und starrte nach draußen. »Da!«, stieß das Mädchen hysterisch hervor. »Da draußen!«

Der DJ stoppte die Musik. Alle liefen zu den hohen Fenstern und starrten hinaus in die Nacht. Auf dem Rasen vor dem Schloss stand ein stämmiges Pferd mit rotbraunem Fell, blonder Mähne und ebensolchem Schweif. Auf dem Pferd saß eine Gestalt. Sie trug einen zerschlissenen Umhang mit einer großen Kapuze. Es sah aus, als hätte der Reiter überhaupt kein Gesicht. Dort, wo ein Gesicht hätte sein sollen, gähnte schwarze Leere.

Der Reiter hob die Hand und winkte. Neben ihm schwebte ein ausgehöhlter Kürbis unbeweglich in der Luft und grinste hämisch zu den erleuchteten Fenstern hinauf.

»K-knut!«, entfuhr es Bente. »Knut und Taran!« Sie wankte vom Fenster zurück. »Haltet mich fest, Mädels. Ich glaub, ich werde ohnmächtig …«

Laura hielt erschrocken die Luft an. Fynn legte schnell einen Arm um sie. »Das gibt's doch gar nicht«, murmelte er. »In was für einem Spukschloss sind wir denn hier gelandet?«

»Kein Grund zur Beunruhigung, Ladys und Gentlemen.« Eine laute Stimme ließ die erstarrten Zuschauer herumwirbeln.

Am Plattenpult stand ein Junge mit einer Totenkopfmaske und sprach ins Mikrofon. Er hob die Maske leicht an und ließ ein strahlendes Lächeln sehen.

»Daniel!«, rief Rebecca. »Was zum Teufel …«

Daniel grinste noch breiter und legte eine CD auf. Eine laute Fanfare erklang. Dann schwenkte er einen Scheinwerfer zur Tür. »Und hier kommt sie, Ladys und Gentlemen«, rief er ins Mikro, »die Kutte von Knut dem Kopflosen und ein goldenes Schweifhaar seines treuen Pferdes Taran. Serviert und präsentiert auf einem silbernen Tablett!«

Die Tür öffnete sich wie von Geisterhand und ein zweiter Junge, der ebenfalls eine Totenkopfmaske trug, trat ein. Er hatte lange Reitstiefel an. Kiki erkannte ihn sofort.

»Patrick!«, rief sie. »Was hat das zu bedeuten?«

Patrick schüttelte leicht den Kopf. Er trug ein rundes Tablett aus Silber vor sich her. Auf dem Tablett lag etwas, das aussah wie ein alter Futtersack. Vor Karlchen blieb Patrick stehen. Er reichte ihr das Tablett und nahm sich die Maske ab.

»Bitte sehr, edles Fräulein«, sagte er triumphierend, »die gewünschte Kutte und das entsprechende Schweifhaar. Ich denke, wir haben die Wette gewonnen.«

Karlchen trat vor und entfaltete den Futtersack. Er hatte eindeutig die Form einer Mönchskutte mit Kapuze. Darunter lagen, aufgerollt und mit einer roten Schleife verziert, ein paar lange Schweifhaare. Sie waren eindeutig blond.

Karlchen war sprachlos. Sie drehte sich um und guckte aus dem Fenster. Der Rasenplatz war leer.

»Wie habt ihr das gemacht?«, fragte Rebecca schließlich.

»Künstlergeheimnis«, entgegneten Daniel und Patrick wie aus einem Munde. »Aber seht doch selbst.« Sie deuteten hinaus.

Im hellen Licht eines Außenscheinwerfers trat ein Pferd vors Fenster.

»Ach du Schreck!«, rief Bente. »Das ist doch Bommel!«

Neben dem Pferd standen zwei Jungs. Sie winkten zum Schloss hinauf und in ihren geschwärzten Gesichtern konnte man schadenfrohes Grinsen sehen. Der eine Junge hatte seinen Fuß auf einen leuchtenden Kürbis gesetzt.

»Das glaub ich nicht.« Bente war fassungslos. »Wollt ihr damit etwa andeuten …« Im Zeitlupentempo drehte sie sich zu Daniel und Patrick um.

»Klar«, lachte Patrick. »Deine niedlichen, überaus einfallsreichen Brüder waren für den ganzen Spuk verantwortlich! Sag bloß, du hattest keine Ahnung?«

Bente schüttelte den Kopf. »Na wartet …«, knurrte sie. »Die kauf ich mir!«

Karlchen, Kiki und Rebecca lachten. Sie nahmen die Freundin in die Mitte und hängten ihr die Mönchskutte um. Laura kicherte.

»Sei nicht so streng mit den Kleinen«, bat sie. »So ein cooles Halloween gab's bestimmt noch nie!«

»Stimmt, eigentlich hast du recht.« Bente zögerte und sah

sich um. Alle grinsten. »Okay, okay«, sagte sie schließlich, »ich lass die Köpfe dran!«

Der DJ hatte seinen Platz wieder eingenommen und spielte die neusten Hits.

Karlchen trat an Daniels Seite.

»Ach, übrigens«, sagte sie zu ihm, »Rebecca will dir noch was mitteilen.«

»Was denn?«, wunderte sich Daniel.

»Das erzähl ich dir lieber draußen und in Ruhe.« Rebecca nahm seine Hand, führte ihn aus der Disco und ging mit ihrem Freund den Korridor entlang, bis sie an eine Fensternische kamen. Dort setzte sie sich hin und klopfte mit der Hand neben sich. Als Daniel neben ihr saß und einen Arm um ihre Schultern gelegt hatte, zog sie den Brief aus ihrer Schürze und reichte ihn Daniel mit einem Lächeln.

»Hier, lies«, sagte sie.

Daniel las und las. Rebecca hielt die ganze Zeit den Atem an. Schließlich hob Daniel den Blick. Er sah Rebecca ganz merkwürdig an. Seine Augen hatten einen Ausdruck, der ...

»Daniel, was ist?«, fragte das Mädchen alarmiert. »Sag doch was!«

Aber Daniel sagte nichts. Er stand auf, zog sie hoch in seine Arme und küsste sie. Aus der Disco drang gedämpfte Musik. Daniel und Rebecca tanzten eng umschlungen und vergaßen alles um sich herum.

»Das ist einfach super. Ich gratuliere dir«, flüsterte Daniel Rebecca ins Ohr. »Du bist die schönste und die klügste aller Hexen!«

Im ganzen Schloss wurde bis tief in den späten Abend hinein gefeiert und getanzt. Laura und Fynn mussten aufpassen, dass sie den letzten Zug nicht verpassten. Als endlich Benjamin und Bastian in der Disco auftauchten, ging Bente sofort auf ihre Brüder zu. Laura und die anderen folgten ihr.

»Ihr habt also Daniel und Patrick die Kostüme geklaut«, stellte sie mit vorwurfsvoller Stimme fest. Die Jungs nickten. »Und uns den Kürbis«, fuhr sie fort. Wieder nickten die beiden. »Und den armen Bommel habt ihr aus seiner wohlverdienten Nachtruhe gerissen«, schimpfte sie zu guter Letzt. »Sagt mal, schämt ihr euch denn gar nicht?«

Benjamin und Bastian sahen sich an, grinsten und schüttelten die Köpfe. »Eigentlich nicht«, erwiderte Benjamin schließlich. »Immerhin mussten wir zur Strafe heute vors Schloss reiten und uns allen Leuten präsentieren. Peinlich, peinlich.«

»Genau«, meinte Bastian. »Das war nicht geplant.«

»Und wir mussten Bommel drei Schweifhaare ausrupfen«, merkte Benjamin an. »Das fand der gar nicht witzig, kann ich dir sagen!«

»Armer Bommel«, sagte Laura und verkniff sich nur mühsam ein Grinsen.

Wider Willen musste Bente lachen. »Na, das ist wohl Strafe genug«, meinte sie, »obwohl …«

Die kleinen schwarzen Gesichter verzogen sich ängstlich.

»Ich fürchte, ihr müsst uns morgen früh beim Aufräumen helfen«, sagte Bente. »Immerhin habt ihr uns fast zu Tode erschreckt! Okay?«

»Klar! Machen wir glatt!«, war die einhellige Antwort der Zwillinge.

»Aber nur, wenn wir jetzt endlich ans Büfett dürfen«, maulte Benjamin. »Wir haben einen Mörder-Hunger auf Glibberpudding mit Fledermausnasen!«

»Und außerdem gibt's eisgekühlten Kürbissaft«, fügte sein Bruder schnell hinzu. »Der soll der Hit sein!«

»Na, dann mal ab, ihr Helden!« Bente sah den beiden lächelnd hinterher.

»Eigentlich toll, so kleine Brüder zu haben, oder?«, fragte Laura grinsend.

»Klar«, gab Bente zu. »Aber im Doppelpack manchmal auch ganz schön anstrengend!«

Der Mond hing tief über dem Internat. Während im Schloss gefeiert wurde, ritt draußen ein einsamer Reiter durch den nebelverhangenen Wald. Er saß auf einem stämmigen Fuchs, der unruhig schnaubte und den Kopf mit der blonden Mähne aufwarf. »Ruhig«, brummte der Reiter unter der Kapuze seines Mönchsgewandes. »Ganz ruhig, mein Freund.«

Er legte die Schenkel an. Sein Pferd bäumte sich auf und galoppierte davon. Als der Mond sich hinter einer Wolke versteckte, waren Pferd und Reiter in der Dunkelheit verschwunden.

Ein atemberaubendes und fantastisches Abenteuer

304 Seiten, €/D 12,99

Charlie kommt zu Hause nicht mehr klar. Auf einem abgelegenen Reiterhof soll sie wieder zu sich finden. Das Seltsame: Hier suchen sich die Pferde ihre Reiter aus. Die verschlossene Charlie wird ausgerechnet von dem wilden Hengst Arman gewählt. Ein zartes Band der Freundschaft beginnt sich zwischen den beiden zu entwickeln. Und schon bald wird Charlie klar: Auf diesem idyllischen Pferdehof ist nichts so, wie es scheint. Ehe sie sich versieht, steckt sie in einem atemraubenden, fantastischen Abenteuer ...

kosmos.de   Auch als Ebook erhältlich   Preisänderungen vorbehalten

INSEL DER VERGESSENEN PFERDE

256 Seiten, €/D 12,99

Beatriz lebt mit ihrer Mutter auf einem Boot in der Karibik – es klingt wie ein Traum, doch für das junge Mädchen ist es zunächst wie ein Gefängnis. Am Strand von Great Abaco auf den Bahamas trifft sie auf eine wunderschöne Wildstute und spürt eine tiefe Verbindung. Und sie erhält von einer Einheimischen ein mysteriöses Tagebuch: Die junge Spanierin Felipa flieht 1492 auf Columbus' Schiffen mit ihrer Stute Cara Blanca in eine neue Welt. Während sich die Leben von Beatriz und Felipa immer weiter miteinander verbinden, wird Beatriz klar, dass sie es ist, die ihre Stute und die Herde retten muss.

kosmos.de Auch als Ebook erhältlich   Preisänderungen vorbehalten